U0023593

台灣現代詩美學

簡政珍◎著

自　序

一

　　台灣現代詩，從日據時代至今，已經幾近四分之三個世紀。一般詩史的記載，大都以詩社的形成與流變、思潮的湧動，配合時代的興衰為主。換句話說，在一般的撰述中，「歷史」的重要性經常超越「詩」本身的重要性。在這樣立論的基礎上，可能產生兩種現象：

1. 將「語言」事件簡化成現實事件。以詩例印證時代走向；詩是時代的註腳。文學的研究不是美學本身，而是歷史學、社會學研究的案例。

2. 以思潮的脈絡追尋詩風的演變，因此刻意凸顯所謂的「前衛」。但所謂的「前衛」事實上是外來思潮的印證，是國外「前衛」理論之後的尾緒。詩的詮釋經常套入理論的框架。詩的存在是為了佐證理論的存在。

　　這並不是說，詩不要現實，不要檢視新起的思潮。事實上，現實題材的書寫是對詩人最大的考驗；嶄新的思潮是詩生命力的活水。脫離現實人生的詩人，詩作的成就必然有所侷限。現實的存在

是詩作的傍依，遠離現實的天馬行空之作，有時是潛在詩藝不足的隱喻。完全脫離現實的「超現實」的寫作，可能是想像貧乏的遮掩。因為最困難、最具有挑戰性的想像是落實於現實，而又不只是現實的複製品。「剔牙」、「馬桶」、政治事件以及類似的題材最具困難度，因此也只有第一流的詩人才能寫出不黏滯於現實，而又撼動人心的想像之作。

但是詩史的撰述並不是在詩作中抽析現實成分。詩作的詮釋更不是將文字還原成現實事件。詩是詩人與現實的辯證，是現實與人生「哲學化」的結果。所謂「哲學」，不是人生的意念化，而是經由意象思維後的提升。詩人以現實為題材，意味對人生的關懷，但正如本書在第三章討論十九世紀末二十世紀初，美國浩威爾斯（William Dean Howells）的寫實觀點：

若是沒有真實處理人生，「風格的幽雅、發明的才智、結構的機巧只是多餘的累贅」。寫實主義最大的貢獻是讓文學撒離浪漫主義才子佳人、非常態的人性書寫。但是浩威爾斯苦口婆心地告誡：寫實文學不僅要有倫理觀（ethics），也要有美學觀（aesthetics）。不能進入美學殿堂的作品，不是文學的課題。「反映」人生的積極意義，不只是被動的報導事件，還要讓本身的書寫成為美學事件。

假如現實的書寫是美學事件，詩的詮釋當然不是將作品簡縮成客觀現實的再現，而成為歷史學、社會學的附庸。「前衛」的思潮亦然。詮釋也不是將詩簡化成為既有理論或是前衛思潮的代用品。事實上，在創作上演練理論，對於稍有「知識」的詩人來說，可能易如反掌。是不為也，非不能也。五、六〇年代被稱為「超現實主

義」時代，八○年代之後又將作品歸類放在「後現代」的旗幟之下。有些詩人對如此的主義訴求，趨之若鶩。有些批評家，對其中所謂的「前衛」想像驚豔稱奇，而不能在類似的思潮下，洞穿詩人想像的虛實。前衛的思潮的戲耍，有時是想像與詩藝不足的障眼法。這也就是為什麼「超現實」的詩風過後，有些詩人已經無法繼續創作，即使有少數作品問世，更暴顯其潛在想像的蒼白。同樣，這也是為什麼有些詩人針對後現代的「標籤」作詩，以迎合批評家設定的批評藍圖，有些詩人卻能在詩作裡展現後現代細緻的「雙重視野」。

雖然理論是美學底層的支撐，批評家以詩作驗證理論或是所謂前衛思潮，但事實上，也是一種簡化，忽視了詩美學應有的豐碩天地。反過來說，若是詩人以理論作為創作的依歸，詩無疑也跳入自我設限的框架，即使這些理論很「前衛」。如此詩作與詩論交互影響的結果，讓我們對台灣現代詩與詩學有進一步的期待——那是美學的期待。

本書的寫作就是在這樣的「前景」下完成的書寫。歷史與現實是許多創作的動因，但本書所專注的是這些寫作如何轉化現實。有些作品形同口號或是陳情書，有些則是和現實的辯證下，寫下動人心魂的詩作，而關鍵就在於是否穿透美學的生命感。

本書也檢視不同時代湧動的思潮，但同時也注意到在「前衛」思潮下，有些詩作鑿痕畢現，有些則展現了現代生活裡繁複幽微的面向。關鍵在於「前衛」思潮是否和人生作深沈的對話，而使書寫不墜入理論鋪設的「陷阱」。

本書探討台灣現代詩的美學，但也自我期許希望論述詮釋的過

程本身也是一種美學。

<h1 style="text-align:center">二</h1>

　　本書分為三部分。第一部分是美學與歷史的對話，概略將五、六〇年代迄今的作品分為三個階段，而分段的方式，雖然體認到具體的歷史事件以及詩社詩風的論戰，但並不是以後者為著眼點。不是以「超現實主義」左右五、六〇年代的詩史，也不是以「鄉土文學」定為七〇年代書寫的主流。不論「超現實」或是「鄉土寫實」都要經過語言收納的門檻，才能進入美學的殿堂。本書以「物象的觀照」以及「現實的觀照」論述這兩個階段的書寫。所謂「觀照」，重點不只是「什麼」，還有「如何」。前者是現實或是歷史的圖象，後者是美學的視野。不論詩人與物象、現實、或是超現實的世界對話，能達到美學與客觀世界呈現上的平衡，是八〇年代以後的事。八〇年代以後的詩美學，部分取之於超現實的聯想，而去掉其過度曲折的假象；部分取之於現實人生的關懷，而不流之於口號與煽情。詩美學是否因為時代演進而成長？觀之於五、六〇年代迄今的發展，似乎有類似的傾向。

　　本書第二部專注於「後現代的風景」。這是八〇年代之後，和「現實詩美學」相映照的另一個美學天地。撰寫的精神概述如下：

1.台灣詩壇八〇年代之後，經常被稱為「後現代」時代，其實，這個名稱是個誤導。很多的好詩，並不能以「後現代」概括，而在概括名稱的篩選與籠罩下，詩史變成以「主義」

為取向的犧牲品。

2.台灣後現代詩論述，經常以「標籤」作為後現代的圖騰。詩人配合標籤寫作，批評家根據標籤選擇作品；彼此心照不宣的「合作」下，「製造」了台灣後現代詩八、九成的詩作。由於「標籤」倒果為因的指標，這些作品很難跨入美學的堂奧。

3.真正能進入美學堂奧的詩作，是感受到後現代的雙重視野，體現了後現代有無虛實辯證與拉扯。反諷的是，由於這些作品不因循大部分批評家的標籤，詩人本身並不意識到這是「後現代」的書寫。但由於是「非目的性」的寫作，反而更具有美學的說服力。本書所專注的大部分是這類的作品。

4.避免標籤的套用是本書的自我要求。在後現代雙重視野的觀照下，本書第二部將逐次討論結構與空隙的辯證、意象與「意義」的流動性、後現代意義的「有無」、意象的嬉戲性、不相稱的美學，詩「也是」「也不是」的存在等等。希望這些論述能迥異於已經「制式化」的標籤，而能展現後現代較纖細的美學層次。

本書第三部專注於長詩，以及那些技巧「似有似無」的詩作。前者檢驗詩人的意象敘述能力，後者體現「表象看不出的技巧可能是最高的技巧」。詩可以是瞬間迸發的想像，而成為趣味橫生的詩句，但一流的詩人更需要想像的延續力，使詩句成就「可觀的」詩篇。延續不是語言的稀釋。在幾百行的長詩裡，個別詩行要如短詩的密度才有意義，因為語言稀釋而成就的「長詩」可能已經不是詩了。

至於「似有似無」的技巧，在這個時代傾向套用「陌生化」口號的背景襯托下，是暮鼓晨鐘的迴響。任何展現創意的詩作，必然有相當的「陌生感」。新鮮來自於潛在的陌生。刻意表現「陌生」的技巧，對一流的詩人，並不必然有挑戰性。進一步說，刻意追求陌生的技巧，也可能是對「標籤」的追逐。

本書的論述，不以預設立場為詩人定位，不以政治意識型態為依歸。以一切回歸詩作本身為取向，以閱讀原典描繪詩人的輪廓。在詩例的尋找上，本人大約閱讀了一千本詩集，由於本書是以美學的課題為標的，並不是所有類似的作品都會成詩例。範例取捨的標準，除了少數詩人外，詩人整體的質與量是主要的依據。除外，由於篇幅的限制，這些詩集也無法全部列入「參考書目」。

另外，有一點需要說明，本人雖然已經出版九本詩集，討論本人的文章百餘篇，但是為了保持撰寫應有的語調，以及詮釋的持平立場，除了第十章一個簡短的特殊案例（請見該章的註解說明）外，本書不以自己的詩作為例論述。有興趣的讀者請參閱「參考書目」裡黎山嶢、章亞昕、費勇、鄭明娳、蔣美華、陳建民、吳新發等人的評論。

此外，本書所有外文著作的引文，都是本人依據英文版所做的翻譯，自覺未能閱讀英文之外的原典，甚感缺憾。

本書撰寫過程中，要感謝各方面的資助與鼓勵。首先，要感謝國科會通過此項研究計畫的申請。其次，要感謝國祥、彩萍資料的彙編整理。最後，要感謝孟樊兄以及揚智出版公司，讓我的美學思維有機會受到讀者的檢驗。

是為序。

目　錄

第二部：後現代風景

cance）

第三部：美學的歷史跡痕

1 導論──台灣現代詩美學的發展

　　詩是詩人透過文字觀照人生。詩美學是這種觀照所顯現的藝術，那是語言穿透生命的交融狀態。詩美學涵蓋了詩人和客體世界相互的投射。詩美學也是探討詩人經由詩作觀照人生的過程中，所引發的哲學思維。

　　有關台灣現代詩理論及美學上的發展，目前的重點似乎大都集中於詩社、詩人間的論戰。雖然論戰可以觸發美學的發展，但回顧過去，很多文字的激烈動向，與其說是詩學的論辯，更不如說是彼此意識型態的攻伐。更等而下之，所謂論戰就是貼標籤，希望對手成為一個特定標籤的犧牲品。

　　假如文學史是論戰的歷史，台灣現代詩的批評或是理論史，也是將詩人簡單歸類，將其放在特定標籤下觀照的一段歷程。五、六〇年代的詩史經常將這一階段的詩簡化成西化或橫的移植，和中國既有的傳統相對抗與對立。[1]詩最重要的活動是寫詩，許多詩史的敘述重點卻是在撰寫詩派間的論戰「事蹟」。再其次，撰稿者時常在詩社的標籤下，主觀決定個別詩人詩觀及詩學的取向。「創世紀詩社」「當然」被認定是力主西化的詩社，所有的成員「當然」也被認定都是「西學」的擁抱者。但是該詩社的主要成員瘂弦曾經有如此的言語：「詩，究竟不是一面戰旗」；詩不只是要「解」，也要「感」。這樣的論點是古今中外詩作的精神所在，怎麼會放在

「西化」標籤的陰影下？在貼標籤的準則下，葉維廉的道家美學觀及中文語法的獨到思維，也應該是「西化」的結果，因為他是「創世紀」成員？

——物象的觀照——

撇開論戰的口沫，詩美學應該讓詩回到語言的情境。語言以物象的呈現為基礎。審視詩人透過文字觀照物象的方式，是詩美學的第一步。大抵上，五、六〇年代對物象的觀察，常在兩極上穿梭。這種二元對立的狀態，隨著時間的流程，有些變成個別詩人的終身標誌，有些經由時代的變遷和外在的調適，而有所變易。

五、六〇年代的詩論，經常討論到「橫的移植」，如此的措辭，似乎意謂詩可以變成一種交易。而所謂交易似乎又暗示有一種一成不變的東西可以進口。事實上，詩美學是一種思維，一種對物象的思維方式。

仔細閱讀這個時代的作品，物象在詩行中有兩種方式展現。一種是意象是形象的直接投射。類似這樣的文字：「我家在山那頭/我住山那頭/那山頭/翻山越嶺去/是一簇白雲深處/不愁交通紛亂/不愁空氣飲水污染」（巫永福，《詩卷Ⅰ》〈我的桃源〉），以文字描述情節，而不做意象上的思維。寫作者直接發抒感覺，直接陳述對人生的看法，沒有迂迴。這些文字可以在一般感時的散文裡出現，有時甚至更可以在論述時局的文章裡出現。文字沒有隱約的探索縱深，閱讀之後，也不留下想像的迴旋。

另一種文字，是詩行裡重疊了複雜的心境。場景交雜場景，以

層層曲折的隱喻構築詩的天地。假如上述巫永福的文字似乎將想像力放逐，複雜的隱喻則是在考驗讀者的想像力。商禽的「月亮是自動洗碟器」（〈事件〉），以及洛夫的「他們的飢渴猶如室內一盆素花」（《石室之死亡及相關重要評論》9），物象在心靈糾結的時空中，成為繁複的變貌，脫離客體世界常理的樣態。月亮是洗碟器，也許是因為月光的皎潔，可以洗滌食物容器的污穢。至於「他們的飢渴猶如室內一盆素花」，可能顯現一種反諷。「素花」沒有豔麗的色彩，暗示心靈的純淨。「素花」也可能是死亡事件之後，室內的裝扮，純淨的外表卻隱藏著飢渴。物象增添了膨脹的幻想才能觸及這個意象。讀者努力思維，仍然可以找到實際經驗的憑藉，但詩裡的世界在迂迴幽微的隱蔽地帶。

　　林亨泰在討論這一階段的詩，尤其是商禽和瘂弦的詩時，特別提到「眞摯性」的問題。林亨泰的「眞摯性」，是針對那些「技巧性」隱喻所寫的詩。林亨泰的命題是：假如寫詩是技巧的運作，而非眞誠的人生的感受，寫詩可能缺乏眞摯性。同樣是隱喻的運用，成功與否，就在於詩人對於人生感受的眞誠。

　　隱蔽與幽微是否一種欠缺眞摯的表徵？假如語言如迷宮，是詩人在躲避現實還是不敢面對眞正的自我，還是正如蘇雪林所說的，詩人在玩弄「巫婆的蠱詞，道士的咒語，匪盜的切口」？[2]這裡層層疊疊蘊藏了美學之外的課題，也顯現了所謂文學「純粹性」的罔然。

　　對於迷信寫詩只是一種技巧或是演練語言遊戲的人來說，「眞摯性」可以作為一種反平衡。但眞摯的感受本身並不等同於詩。它可能是一種激昂情緒下傾倒出來的口號。身陷五、六〇年代政治的

「恐共症」有些「詩作」化身成爲文字嘶吼。這些文字也許是詩人的自保策略，但文學的書寫卻因此留下時間難以塗消的記錄。

假如詩人躲在詩行隱幽的縫隙，在政治現實的探照燈下，躲藏意謂有不可告人之處。現代詩的文字迥異於淺白的政治宣言，因而以執政者的觀點看待，這是否也意謂詩人的政治立場曖昧不明？

紀弦是台灣現代詩發展的墾荒者，但「現代派」成立的第六宣言：「愛國。反共。自由民主。」無疑是所謂「現代詩精神」的自我消解。「現代派」第五宣言的「追求詩的純粹性」在第六宣言的覆蓋下，可能成爲掏空的書寫內涵。詩的純粹性在任何的政治標籤下，如何喘氣存活？詩不是口號，雖然詩人知道「詩不是口號」，只是語言的弔詭。

因而，詩的政策口號也許只是一種策略，爲了遮掩更複雜的心性活動？仔細閱讀這其間的詩，又不盡然。以紀弦一九五一年所寫的〈十月，在升旗典禮中流了眼淚〉(《檳榔樹甲集》58)、〈鄉愁〉(同上 68)、〈等著他〉(同上 75) 等一些詩來看，都有相當的「眞摯性」。誰能質疑「我從來沒有像這樣深切地體驗到國亡家破的痛苦。/而我的止不住的眼淚遂潸潸地滴下──/一滴滴，滲入自由中國的泥土，/化爲天地間正義之一部分，/不滅，永遠。」(〈十月，在升旗典禮中流了眼淚〉) 的眞誠？但誰不懷疑這樣煽情的吶喊，竟然出自於一個強調詩「純粹性」的詩人？

紀弦「現代詩派」的「知性的強調」事實上包容了濃厚的抒情本質。反過來說，當時習慣被貼上抒情標籤的藍星詩社也有很多「知性」的意象。藍星的主要發言人覃子豪就有這樣的詩行：「無數發光的窗瞪著我，老遠的/像藏匿在林中野貓的眼睛在閃爍/發著

油光的石子路是鱷魚的脊樑/我是驀然的從鱷魚的脊樑上走來」（《覃子豪全集 I》242）。「發著油光的路子是鱷魚的脊樑」是心神凝注，感情沈澱，所產生的意象思維。物象的呈現，不是對客體被動的模擬，而是心有所「感」，而引發瞬間深沈的認「知」，這也就是紀弦所強調的：「詩的本質是……散文所不能表現的詩想」。

在那個年代，能在文學的書寫空間留下來的，大都是能觸及人心的「情感」，又能引人深思的詩行。這些詩人雖然論戰時，各居於不同的詩社，但詩作卻不時跨越詩社的藩籬；論戰時相互噴灑口水，詩作時卻彼此融入詩質共同的領域。紀弦、覃子豪、洛夫、瘂弦、余光中、向明、白萩等都不乏這樣的詩作。試舉向明的〈窗〉為例：

> 孤立於土牆上的窗是懷念者呆意的嘴
> 不喚住雍容華貴的雲，不招呼披著誘惑長髮的雨
>
> 煩躁時，他把鄰家解意的笛音迎過來
> 高興時，他把心靈的口哨吹出去
>
> （《雨天書》37）

「孤立於土牆上的窗」是心存懷念的人的嘴巴。這不是一個刻意玩弄技巧的隱喻，有人生「真摯」的感受。窗的孤立暗示思念者的孤獨。「喚住」、「招呼」都是嘴巴意象的延伸。雲、雨也是隱喻誘人的女子，但都不是詩中人懷念的對象。懷念者心中另有所屬，因此讓雲、雨自來自去，沒有呼喚，也沒有招呼。懷念不免煩

躁，且讓鄰家的笛音，透過嘴巴音符的吟哦，飄入心窗。高興時，吹起口哨，讓這一扇窗飄揚出去。整首詩，意象有機的連結，嘴巴和窗重疊帶動敘述。懷念者的「情」透過隱喻，引發讀者對「情」、「知性」的思維。

——現實的觀照——

五、六〇年代

　　若說五、六〇年代有關現實的詩作全然缺席，也不盡然。只是對照七〇年代後的詩作，非常稀有，幾乎成異類。有時候處理現實，除了「反共」的文字外，大多只是有關現實的一種理念，而不是外在世界的細節。如紀弦在一九五一年所發表的〈現實〉：「甚至於伸個懶腰，打個呵欠，/都要危及四壁與天花板的！//蜷伏在這低矮如雞塒的小屋裡，/我的委屈著實大了：/因為我老是夢見直立起來，/如一參天的古木。」）（《檳榔樹甲集》109-110），詩中人在現實中委屈自我，只有在夢中才能伸展如「參天的古木」。這些詩行有些說服力，但是可以放在任何時空，因為缺乏當下現實的具體處境。它是一種放諸四海而皆準的思維。表面上觸及現實，事實上，遠離現實。它是有關現實這個理念的「詩想」，而非當下身心仰俯其間的現實。

　　真誠的面對人生，是詩人在要求自我。詩不是「為己」（for himself）或是「在己」（in himself）的存在。詩雖然可以自我而足，但透過一個夾含人生的語言，詩一直投射到外在的真實世界。

事實上，詩人之所以為詩人，並不在於他能風花雪月，飲酒賦詩；而是對人生的一些細節能更有所感，並且能將這些感受化成文字。梅洛龐帝（Merleau-Ponty）說：人只有和他者或是外在的世界的互動中，才能體認到真正的自我。一般人如此，詩人更是如此。

有關現實的人生的觀照，艾略特曾提到，傳統和當代性的融通問題。艾略特說，當代性必須要有傳統和歷史感，但傳統不是重複。人的存在是時空兩軸的交集，也是現時性和永恆性的交集。現時性，是詩人必須掌握當下時空的題材和精神。永恆性，是從當代的個相，邁向通相。永恆性，我們耳熟能詳，那是一種普遍的人性，能跨越時空。因此，莎士比亞的詩，我們現在也可以感動。但我們經常忽視當下時空的真正意義。只有面對而且觸及眼前的現實，一個詩人才有傳統及歷史感。

七〇年代

七〇年代若以處理現實的地域分類，可以概括地以眼前的時空（台灣）或是思鄉的時空（大陸）兩種。

以台灣的情境入詩，是詩人題材的一大突破，詩人從晦暗的角落，或是飄渺的現實，踏上真實的土地。以當下的處境入詩，也是和台灣經濟發展所發生的現象，同一步調。經濟的成長通常以人性的傷痛為代價。因此，以現實入詩，書寫也暴顯一些傷痛和疤痕，文字變成社會發展的歷史紀錄。[3]個別詩人，如吳晟、李昌憲、張雪映、黃勁連等，在詩中對現實感嘆。笠詩刊的成員更是層層疊疊的著筆這樣的社會情境。

另一方面，大陸來台的詩人，大量的書寫遠離大陸，身居台灣

的放逐感。他們不是「近看」眼前的環境,而是「遠眺」隔海的大陸。思鄉、望鄉在詩行裡流轉,猶如詩人在現有時空的迴旋徘徊。辛鬱、向明、張默、羅門、余光中,洛夫等都不乏這樣的詩作。如余光中的〈鄉愁四韻〉的第一節:「給我一瓢長江水啊長江水/那酒一樣的長江水/那醉酒的滋味,是鄉愁的滋味/給我一瓢長江水啊長江水」(《白玉苦瓜》)。

大陸具體化爲思念的長江,以飲長江水來解鄉愁,但即使這樣希求,也是奢侈的渴望。七〇年代以及八〇年代的初期,思鄉和放逐總在時空落差下縈繞意識。空間的置換暗藏時間的不可追,遠離大陸也成爲時間和空間的遊子。由大陸來台灣有如放逐。自問眼前的時空是否爲家,進而引發內心的放逐意識。有時放逐者說服自己眼前的現實就是家的落足點,另外一個遙不可及的家又在意識裡湧動。放逐地在放逐者心中,總無法穩當地凝結成爲家的地位。「眺望」對家鄉的凝視變成放逐者一個如影隨形的意象。余光中的詩裡充斥著這樣的意象。而當放逐者在大陸的邊界,如香港,眺望大陸,詩人和詩作也捲入了最戲劇性的情境。

以大陸爲書寫對象的,大都是詩藝較成熟的詩人。較成功的詩裡,文字鋪寫情境,幽雅而動人,偶爾有所感嘆,大都委婉隱約,而不濫情吶喊。但是由於詩人似乎無視「眼前腳下」的現實,在世人及其他一些詩人的心目中,這樣的詩作是一再被質疑的對象。遠離當下現實的詩作,甚至被一些以政治意識型態立論的批評者質疑爲執政當局暗示下的書寫(李豐楙〈七十年代新詩社的集團性格及其城鄉意識〉341)。

詩美學的檢驗,一再顯示一種辯證。一方面,詩要在藝術爲本

的範疇裡圓熟，另一方面，若是詩一再在現實的情境下展現時，詩藝必須接納現實的觸摸。藝術不能自我封閉，但藝術又不能向現實既有的成規和標準臣服。以現實爲思維對象的詩也不能只是現實的複製品。詩更不是反映現實的工具。

但是弔詭的是，許多七〇年代以台灣生活空間書寫的詩作，擁抱了當下的現實，同時也遠離了藝術的懷抱。有別於「遠觀」他鄉，而能「近視」此地，這些作品應該被肯定，能「眞摯」地面對當下的人生。但是，在那個時代，很多詩作時常是幾近情緒宣洩的感嘆，甚至成爲現實社會吶喊的抗議書，如：「還不是想／把我們視同勞役／把價值強權劫掠／把我們意志摧殘／把國魂連根拔棄／換一幅面具」。

詩能綿延歷史，在於詩能保有其存有的質素，而不淪爲教條或是吶喊的工具。工具使詩變成消耗性的產物，可能用完就丟。檢驗詩對現實的處理，在於現實過後，是否留有美學的空間，而成爲人類思維想像的課題。七〇年代的「現實詩」充斥著過度明顯的「目的論」。爲了表達悲苦心聲，爲了傳達抗議的目的，有些詩像街頭激情的吶喊。這不是語言白話的問題，這個時代本來就用白話寫詩。關鍵在於，當文字等於訊息的工具，詩美學也變成失血的文本。

詩經由語言重整現實。但語言不是服務社會的工具。事實上，語言也不全然是思想的工具，語言在承載思想的過程中，本身已經是思想。以人生作爲哲學思維對象的現象學哲學家如海德格（Heidegger）和梅洛龐帝等，都是把語言作爲生命和思想的等同物。海德格說語言是一種存有（*Being and Time*）。梅洛龐帝說：語

言一直在喚醒我們，使我們以口、肢體、意識相互交融而發出言語，是「語言擁有我們，而非我們擁有語言」（*The Visible and the Invisible 194*）。

大體說來，七〇年代的現實詩有幾種現象：

1.直接的感嘆，而沒有隱約回味的餘地。如：「坐在台北街頭/霓虹燈下的亭仔腳/猛打著抽搐的胸膛/灼熱的眼眶/掉下二滴熱淚」。當有強烈的感受要表達時，大部分的詩人還未體會到，詩所要展現的，不是詩人情緒的強度，而是詩的處理強度；詩所要展現的，不是傾洩的情緒，而是綿綿流長的情感。

2.以「說」或是明言來傳達題旨。類似「低垂著頭飽含過多的辛酸」這樣的文字「說明」勞動階層的心情，在七〇年代的作品裡，比比皆是。詩的重點在於「傳達訊息」，因此也變成「目的論」的寫作。將語言視為工具傳達訊息，也是將詩的書寫趨近散文。意義不再存有空隙，想像陷入文字現有的框架。從五、六〇年代到七〇年代，美學的發展似乎是，從一個極端擺盪到另一個極端。當詩人的筆觸從自我意識的陰暗角落，面對現實的陽光時，詩人也似乎在五彩繽紛的現實裡迷失，而無法「正視」到詩裡的現實並非只是客體現實的複製品。

3.另一方面，大陸來台的詩人在呈現望鄉的「現實」時，也是一種遠離現實。這和五、六〇年代的「超現實」書寫有異曲同工之妙。詩人大都不「正視」當下的時空，而漫遊於意識

的雲霧裡。雖然他們的詩作有較大的美學成就，但是因爲欠
缺當下時空的撞擊力，在一般人的眼光中，如此的美學是一
種虛幻。

4.整體說來，七〇年代的詩作就是上述的兩種南轅北轍的情
　境。能展現當下的現實而又有美學成就的詩作還未成爲「現
　實」。這種「現實」的體現是八〇年代以後的事。

八〇年代

　　八〇年代之後，台灣現代詩漸漸能成熟地面對現實的社會情
境。一方面，以前遠離當下現實而沈溺於思鄉的詩人，漸漸也能面
對眼前的時空。雖然這些詩人，並未能以文字觸及社會的痛處，一
些周遭的生活情景已漸漸進入詩作。余光中八〇年代大部分的詩，
仍然以懷古以及思鄉的變奏爲主，但像《隔水觀音》這樣重複懷舊
思念的書頁裡，偶爾夾雜這樣的詩行：「一架老電視機，守在牆角
/寂寞的螢光幕上/曾因卡特的形象/顯得有一點光芒/一直想把那電視
機換掉/不料先換了幕上的人像/一架老電視機，還在牆角」（〈電視
機〉）。以生活入詩是好預兆，雖然在這本詩集裡這樣的「詩想」是
鳳毛麟角。辛鬱的〈台北速寫〉有這樣的詩行：「終端機活生生的
宣告/這城的身軀急速膨脹/已不是地理課本能容納」（《因海之死》
188）。

　　前行代由大陸來台，在八〇年代較常觸及台灣現實的詩人有
向明、羅門及洛夫等人。向明如下的詩行是一幅鮮明反諷的圖象：
「信義路那端的落日/緩緩墜下如一大枚金幣/眼看摔碎在世貿中心那
些稜角上時/四野車聲譁然」（《水的回想》〈黃昏八行〉）。以貌似金

幣的太陽墜落在以金錢交易的世貿中心，作為現代都會的諷刺隱喻。羅門的現代社會是一個電烤箱：「現實社會是一隻/高溫電烤箱/燒烤著一顆顆/紅色的心/黑色的心」(《有一條永遠的路》〈電烤箱與大磁場〉)。而洛夫所看到的城市是：「大家樂而我不樂的城市/遊行隊伍湧動如泡沫的城市/電腦靈活而人腦空白的城市/酒店與子宮從不打烊的城市」(《月光房子》〈讀報〉)。在洛夫的詩行中，城市顯現的是時空相互交疊的情景。遊行和泡沫的意象是一語雙關。一方面，遊行隊伍的湧動如海浪，但終究是浪花破滅如泡沫，也正如這個城市。另一方面，這個意象也可能是暗示遊行隊伍將面對鎮暴警察所噴灑的泡沫。現代的城市裡，人腦已不再思考，人體只有子宮還有生機，晝夜不息的販賣春意。

但是真正使詩切入現實而和現實調變的是中青代的詩人。這些詩人大都是政府從大陸遷台以後出生。他們面對的就是有血有肉的生活環境。台灣五十年來的變化也說明了他們成長的變化。假如前行代的詩人描寫大陸的現實需要大量的想像，因而詩裡佈滿了思鄉和回憶；八○年代以台灣現實為題材的詩人，想像的焦點不是題材，而是語言。換句話說，前行代詩人心中的大陸在想像中成形，中生代的詩人的台灣活生生的在眼前，並不需要想像，需要想像的是，如何使語言調變現實而非複製現實。七○年代所走的路是八○年代的借鏡。對現實的關懷不能使詩變成意識型態的吶喊，詩人必須在詩美學的空間裡才能銘記詩的存有。

人和社會的撞擊，語言中介激盪的場景，而成為一種提升後的省思。杜十三的詩行：

有人在妳繁華的臉上

開闢了一種風景

在妳陡峭的胸口

建築了一種公路

開著喜美車

歡歡喜喜的

沿著妳性感的大腿

北上

（《地球筆記》〈中山北路〉）

　　文字雖然有部分情緒直接的描述，但整體的感受，已將七〇年代對社會的悲苦控訴提升成一種隱喻。以女體比喻中山北路，「繁華的臉上」、「陡峭的胸口」、「性感的大腿」戲謔嘲諷都市的景觀。沿著大腿北上，更是隱約暗諷開車的方向，以性器官的所在地作為指標。詩行以迂迴的比喻表達詩中人身心的感受，而不作激情的控訴。整體說來，杜十三仍然有不少直接描述情緒的詩作，但和七〇年代的詩相比較，已經趨向收斂；以風格來說，是七〇年代和八〇年代詩風的過渡。

　　由情緒的敘述轉至婉約的情感，是八〇年代以後詩作最值得注目的焦點。陳義芝描寫走訪大陸親人，堂哥送行，「江輪掉頭時/忍不住一陣急咳」（《不能遺忘的遠方》〈破爛的家譜〉）。以七〇年代大部分詩人慣常的寫法，最後兩字「急咳」一定變成「熱淚」或是「眼淚」。

　　假如隱喻是自有文學以來就有的思維，八〇年代之後有些詩人更將有關現實的思維隱去這一層牽連的痕跡。詩人將一些原來不可能相容的意象並置撞擊，而產生隱約的意義。前行代的詩人非馬有這樣的詩行：「此去不遠的街頭/娼館在左/圖書館在右/都是修心養性的好所在」（《沒有非結不可的果》〈娼館〉）。整個詩節的反諷在於，娼館和圖書館的並置，一個最形而上的精神領域，一個肉體交易的場所，透過意象的比鄰，顯現潛在的共通性，「都是修心養性的好所在」。「修心養性」表面是精神向度，但也暗藏肉體的層面，因為「養性」在這裡一語雙關。

　　馮青如下的詩行也是以意象的並置產生詩的趣味：

在青銅的月光下
一隻斷腿的幼馬誕生了
公園在住宅的陷阱裡　膠著
永遠充塞　吐納著
抽油煙機及打嗝老人的
香氣

（《雪原奔火》〈公園一九八八〉）

　　仔細審視上述馮青和杜十三的意象，兩者都有隱喻的功能在推展，但馮青的詩行「幾乎」沒有任何向讀者說明「這是隱喻」的痕跡。詩行中，除了「陷阱」有人為鋪陳的暗示外，意識在意象的疊比中延生。事實上，這裡的隱喻大都是意象並置的結果。換句話說，隱喻來自於置喻。[4]

意象的並置，是詩的構成因子，在彼此的鋒面交接，產生新的組合體。幾乎是有文學，就有隱喻。人在對物象或是外在事物的觀察中，「什麼『是』什麼」或是「什麼『暗示』什麼」是文學傳襲已久的思維方式。在物與物的連結或是類比的過程中，創作者以慧眼來發覺隱喻。但是幾千年來，自然及生存環境變化並不大，除了個別時代的新事物可以入詩，大體上，人的作息韻律和自然的生序循環，仍然在既定的模式裡運轉，因此有些隱喻的思維和意象總不免重複。以「太陽的升起」暗示希望，以「紅光的閃爍」暗示危險，以「漂浮的白雲」暗示時光的流逝等等，是幾千年來既有而且一再重複的詩想。發覺新隱喻是具有創意的詩人的極大的自我期許。在既有的物象中尋找新意而避免重複是檢驗創造力的試金石。

以類比的狀態尋找隱喻終有思維枯竭的時候，但在個體或是元件彼此碰觸的狀態中，物象隨時產生新的組合。事實上，物象表象偶發性的聚合，暗藏潛在的因緣有待詩人和讀者進一步的探索。馮青的詩行中，月光讓我們看到公園裡斷腿的幼馬，這完全是傳統月光的浪漫氣氛，展現殘破的現實。月光是「青銅」，是青銅的幼馬的投影。這是兩個意象並置後屬性的移轉。接著是公寓與公園的並置。當前的公園被四周的公寓所包圍，因此公園裡老人的呼吸應合公寓抽油煙機的吐氣。由於老人「打嗝」，也暗示老人來自於公寓，可能是三餐過後，在公園裡的休閒。由「香氣」的銜接，老人之前可能是製造「香氣」，現在則是必須接受「香氣」。這是一個潛在的循環，一個由公寓包圍公園的空間，人一再在其中的陷阱裡循環度日。另外，「香氣」是一語雙關。對公寓內要吃飯的人是香氣，對公園裡的人是薰染的惡氣。這些隱喻是藉由各個意象的並置

而產生。

由於「意象的並置」，八〇年代以後許多值得注意的現代詩，詩行的起承轉合充滿了流動性。「流動」暗藏兩種層面，一是它富於變化，從既有的結構中而延生出枝節而重新定義所謂的結構。二是它如水的流動中，更強調瞬間的韻律起伏，而重新以心靈時間定義客體時間。也就是這樣的流動性與雙重性，也造就了八〇年代後的後現代雙重視野。秩序在解構與建構中成長。[5]

——秩序的成長——

結構的辯證

首先，在台灣現代詩壇裡，「結構」經常是詩人或是讀者一種預設的框架，讀詩也因而經常以預設框架解讀。顏元叔和林亨泰早年詮釋洛夫的詩，雖然不是以預設框架詮釋，但在既有的閱讀能力的觀照下，若是在詩行裡找不到前後映照文字、邏輯的關連性，讀者或是批評家就會質疑該詩的結構。因此，林亨泰質疑〈石室之死亡〉的「完整性」（《找尋現代詩的原點》：〈現代詩的基本精神〉），顏元叔質疑《外外集》詩裡數字與意象的「必然性」。（顏元叔120-23）

以「完整性」與「必然性」審視詩作，從好的方面看待，是寫詩並不是隨意為之，詩人要學習自我規範，沒有規範就沒有藝術。但不論既有的傳統或是批評者所構思的「規範」都不能喧賓奪主。一旦詩一切以規範為依歸，詩的創造力也蕩然無存。同一定點，再

穩定的水流,也有不同的波紋和漣漪。

八○年代以後,有些值得注目的詩,在於檢驗詩結構的可塑性。中青代的詩人如焦桐、向陽、林燿德、陳克華等在既有的詩形式裡,「實驗」拓展結構的可能性。如陳克華的〈誰是尹清楓〉(《美麗深邃的亞細亞》137-43))[6]以標題的每一個字作為一節的開始。每一節的風格也相互迥異。在較傳統的第一節及最後一節的包圍下,二、三、四節分別以口令及填空替代「詩行」。詩傳統結構的抒情性被「乾澀」的文字取代,隱喻或是置喻消失,留下一大片散文的口語和空白。

詩中第二節的口令式語言大部分是簡短的一個字或是兩、三個字一組。但是決定一個字或是兩個字的分組並沒有絕對的必然性。文字組別的歸屬帶有即興率性的流動傾向。書寫瞬間的感受入替持久空間性的銘記。寫作時作者的「獨斷性」分組反諷地暗示:任何創作時的獨斷都必須接受閱讀時瞬間的重組意圖。

但是檢驗結構的可能性,並非意謂推翻結構或是宣稱詩沒有結構。以第三節為例。詩行中留白的部分有其必然性。留白一個字或是兩個字也有其文本的考慮。事實上,第三節雖然空白和文字交錯有如猜謎,但是原先是完整的文本,「挖去」一些關鍵性的字眼後,才留下空白。反過來說,看得見的字大部分也是關鍵字,因此雖然許多留白,卻並未阻礙讀者掌握「概約」的情境。猜謎本身就需要一些結構的支撐,雖然它重寫一般現有的結構。

再進一步思維,留白事實上就是這一首詩的主要結構。「誰是尹清楓」是一個問號,要解答這個問號,就必須填補詩行中的留白。在文字世界和真實世界中,空白是讓這個謎繼續存在的必要條

件。

因此，八〇年代之後，有些詩人雖然重組台灣現代詩既有的結構，但是實際書寫的動作是一種對結構的展延，而非將其推翻或是消解。現代詩也在「似乎」沒有結構中構築結構，在狹小的空隙裡開展天地。

空隙中的美學

嚴格說來，詩與散文不同，在於字裡行間的空隙。但是，台灣現代詩從五、六〇年代以來，有些詩流於隱喻過度的壓縮，而成為猜謎，有些如訊息的吶喊，如口號。文字的空隙成為詩裡乾坤是八〇年代以後的事。陳克華有一首詩〈罅縫〉以如下的詩行開始：

> 罅縫在早餐的咖啡裡展開
> 雖然，咖啡杯是完整的
> 雖然你以為
>
> 一切都將在預料
> 和邏輯之中。……
>
> （《美麗深邃的亞細亞》107）

空隙或是罅縫是「預料和邏輯」之外的美學天地。空隙裡可能另有空隙，正如「罅縫顛覆著罅縫／罅縫隱射著罅縫」（同上109）。在日常常理之外有額外的聲音和光芒，需要額外的敏銳力才能捕捉。

　　詩學中，真正可貴的空隙，是在預料之外，邏輯之中。詩的邏輯不是日常習以為常的邏輯，但是完全悖離常理邏輯，又讓詩脫離現實與人生。詩在現實的虛實中穿梭，詩也在日常的邏輯裡拉扯。意象在現實的場景中和常理邏輯若即若離。空隙的可貴在於，跳出常理邏輯產生新鮮感的同時，又和常理邏輯隱約相扣，產生說服力。假如邏輯是人生的投影，完全悖離邏輯的思維難以成就美學。

　　八〇年代之後的詩作，詩節和詩節之間，詩行和詩行之間，意象和意象之間留下許多的空隙。王添源的詩行「喧騰完畢的電話擱淺在複雜/，凌亂的桌上，兀自沈默」（《如果愛情像口香糖》〈面壁十四行〉），喧騰和沈默的空隙是人事的寫照。喧騰可能在爭吵，而爭吵之後，是悵然若失的沈默。「擱淺」也有弦外之音，在字典定義的空隙裡，讀者看到也聽到電話兩頭兩人關係的停滯擱淺。複雜和凌亂也暗示心情的紛亂。看得見的文字留下的空隙，需要人生的感受才能填補。

　　空隙的美學在於，讀者在有形的文字之外，要看到空白處的弦外之音。空隙使詩有別於散文。進入空隙需要沈靜的思維，詩因而有拒絕大眾化的傾向，很難成為暢銷的消費品。詩，由於不是消費品，才能自持其存有的身姿。

不相稱的美學

　　其次，空隙的產生，也是因為八〇年代之後，意象流動性所造成的動態組合。傳統詩裡較少見甚至難以接受的不相稱意象在新的時代裡刻畫出詩的側影。猶如貝克特（Samuel Beckett）在《等待果陀》和《終局》裡人物的對白，或是艾許伯瑞（John Ashbery）

詩裡意象「突兀」的翻轉，台灣現代詩在周遭的人事裡，找到怪異而寫實的當代景象。洪水過後，客廳的茶几上停歇著一部摩托車。一隻公雞飛上美國在台協會的屋頂觀看落日。油輪漏油，嚴重油污包圍寶島，但主其事的官員二十五天仍然若無其事。這些景象「不相稱」地成為台灣現實的構圖。

於是，陳黎有這樣的詩行：「逃家學童書包的博物館：/鉛筆盒，作業簿，便當，/打火機，人皮面具……」（《小宇宙》〈小宇宙〉36）。前面兩行是一般的景象，而到了第三行的「打火機」，讀者已概略知道逃學的理由。但「人皮面具」，幾乎是一個「不相稱」的意象。和前面的意象相對照，既礙眼又突兀。細究之，這是一個窺探意義的曙光和開口。人皮面具用來做身分的遮掩，也用來模擬偽裝不同的身分。小孩應該上學，逃學就是在扮演另一種身分。更令人難過的是，小孩必須以和自己迥異的身分去面對現實世界。人皮面具暗藏羞愧，也潛藏可能因為壓抑而爆發某種報復性的舉止，在面具之後。

林燿德的〈一九九〇〉短短的六行詩裡充斥著彼此不相稱的意象：

潮汐的背面是古代的電路板

巨大骨骸上佈滿細緻晶方

整個世界如此宏偉

要從我的頭蓋骨裡迸裂出來

無從阻撓　這些

獰笑的天使和福音

（《一九九〇》204）

　　潮汐的背面和古代的電路板如何銜接？古代怎麼有電路板？兩者的產生都是不相稱美學存在的理由。同樣，骨骸上有晶方，天使會獰笑，都似乎是悖離常理而造就不相稱的意象。但間隙和不相稱的意象都是在檢驗或是擴展語言意義的可能性，驅使創作者和讀者逼視既有常理和邏輯中的裂縫，而在裂縫裡發現另有乾坤。假如詩的閱讀，就是現象學所說的，要將現有的理所當然的思維和認知暫時懸空，才能真正看到物象的本貌，裂縫裡所顯現的「不相稱」原本「相稱」，只是我們身陷既有知識和感覺的塵埃，而未能洞見罷了。我們是否在潮汐的來去中，聽到時間的聲音？而時間是否有古代的景象在波濤中翻滾？古代真是洪荒的野蠻時代，沒有文明？撇開約定俗成的知識和感覺，我們從時間的回音裡看到古代令人訝異的文明圖象。

　　同理，骨骸上的晶方也是如此。潮汐的推演是時間，從現在到古代；骨骸和晶方相互的轉移是空間，由大到小，由小到大。大小交互成為物象和人事的景象。晶方是骨骸的基礎，而晶方裡另有天地，正如骨骸裡有整個宏偉的世界。釋迦牟尼佛在兩千多年前告訴弟子：一杯清水裡有無數眾生，宇宙有無數個佛世界，每一個佛世界裡有無數個太陽和月亮。沒有顯微鏡和天文望遠鏡，以當時一般人的認知，豈非「妖言惑眾」？詩在探索真理的極限時，有突破常理認知的觸角，正如佛的圓覺對照娑婆眾生的無明。以有限的知作為知識的憑藉，科學只能在多年落後的時差證明「神話」的真實。

　　而天使為何獰笑？獰笑並非殘忍的信號。它是反證世人既有的

於難以成為大眾化的商品，因而已瀕臨死亡，沒有存在的意義。但是以這兩點來看，詩都有存在的意義。

首先，有關第一點有兩種層次。第一個層次是，詩雖然從既定約定俗成的指涉中鬆解，文字的意圖性仍然存在，仍然在對朦朧的對象投射，這時符徵對符旨的指涉依然，只是符旨隱晦不明。意義的指涉保留一種開放的可能性。顏艾琳的詩行：「父親在十條街之外上班。/母親，是某醫院的大型植物。」（《抽象的地圖》〈抽象三圖〉），「十條街」或是「九條街」沒有絕對的必然排他性，雖然「十」暗示一種多而完滿，「九」暗示多而有未達完滿前的危機感。在上述詩的情境裡，兩者相互取代也無不可。可以相互替代意謂意義的展延性，而非文字的不夠精確。這是當代詩美學和「新批評」時代觀點的不同。

更值得討論的是「母親，是某醫院的大型植物」。這個隱喻指涉留下多處的開口，難以提供一個明確的含意。但這是意義的盈滿，而不是沒有意義。詩行是否在暗示母親已是一個植物人？或是母親在醫院工作是一個象徵性的存在，沒有自我如植物？或是母親在某一瞬間和一大顆植物並立，造成觀察者的聯想？以人生的悲劇思維看待，「植物人」的指涉較有可能，但語言又似乎留一些縫隙，有容納後兩者的可能性。不明確的含意反而是更豐富的含意。

第二個層次，若是符徵已完全游離在任何符旨之外，詩仍然有其含意。林燿德、林群盛、陳黎、夏宇有大量幾近文字遊戲的「詩作」，所有的符徵似乎大量佔據書寫的遊戲空間。刻意為這些詩的符徵找尋符旨，強做解人，可能淪於「過度詮釋」。但在彼此完全斷裂表象沒有意涵相扣的文字中，起碼散發這樣一個含意：語言與

人生充滿變數及空隙，不要將其牽連成爲穩定的意義。不過，反過來說，這些幾近文字遊戲的「詩作」，大都是語言的實驗，人生逢場作戲，書寫也是如此，相較於這些詩人的其他作品，這些遊戲性質的「詩作」，「意義」實在不大。也許，這類作品最大的意義是，讓那些套用後現代理論框架的批評家找到貼標籤的實例。也許，此類的創作就是爲了配合這樣的評論。如果是如此，這是詩人和詩評共謀的「意義」。7

至於，由於詩無法成爲大眾的消費品，而認定寫詩已沒有意義。這是將心靈思維的活動貶抑物化成爲商品的論斷。當詩被邊緣化時，寫詩最大的意義在於反制以商品消費爲中心的文化傾向。8 事實上，自八〇年代以來，一方面商品化的旗幟到處飄揚，詩作更繽紛細緻，詩美學更跌宕可喜，這是詩人在被宣判「詩死」時所體會的意義。

似有似無的技巧

詩最大的技巧，是讓人看不到明顯的技巧。有些詩以「非技巧」展現更大的「技巧」。八〇年代之後，由於習於套用理論的批評者，在實際批評時規劃後現代許多標籤，詩人和詩評的「默契」，詩的論述以看得見的表象技巧作爲焦點。有些詩人知道：「只有寫這樣的作品才會被討論」；評論者也知道：「只有詩人寫這樣的作品，我才看到其中的技巧。」

但是，套用技巧的詩作，很難觸及人生的厚度。表象的花招，也只是浮光掠影。一些在標籤下「作」出來的產品，也是階段性的消耗品。雖然在套用理論者的眼光是目不暇給的驚喜，時間的沈澱

終究暴顯其中的淺薄。

　　因而,以詩美學的觀點,超乎表象技巧而能顯現人生厚度的詩更值得注意。這些詩不必故意留下空格,不必留一大堆生硬的動詞或是名詞要讀者連連看,不必在同一個字以缺乏不同筆畫的各種樣貌排列,不必刻意以圖象取代文字吸引讀者的注意。向陽寫過一些強調本土性的方言詩,也寫過跟隨所謂後現代潮流的「填空」詩,但是如此的詩行更值得注意:「天空,也在發呆/雁鳥先被煙囪逼走了/又被人家的鐵籠挽留下來」(《向陽詩選》〈秋風讀詩〉)。詩只以平實的詩行展現,在詩行中迴響的是深沈的人生。有些自然的詩作涵蘊後現代多重互植的文本,但互植的痕跡圓柔,看不到明顯的「技巧」。

　　進一步以洛夫的一首詩簡單為例:

一位剛化過妝的女人站在門口

維持一種笑

有著新刷油漆的氣味

另一位蹲在小攤旁

一面呼呼喝著蚵仔湯

一面伸手褲襠內

抓癢

(《月光房子》〈華西街某巷〉)

　　詩以道地的白話寫成,但是字裡行間充滿語言的餘韻,而有別於散文。所謂餘韻是人生的感受與經驗的尾音。從「油漆味」和

「褲襠內抓癢」，讀者由一個生活的橫切面看到慣性時間裡的點滴和苦澀的笑聲。臉孔「粉刷」如油漆，為了接客。褲襠內抓癢是妓女的風姿，以及因為接客已經染上不可告人的疾病或是隱痛。

假如洛夫不是已經成名的前輩詩人，如此的詩作在當代喜歡套用理論框架的詩評風潮中，很可能被忽視。當此時此地有些人刻意在強調《笠》詩刊的本土性和族群的意識型態時，我們是否會注意到類似江自得如此的詩行：「曾經，你說過/故鄉漆黑的深處/隱藏著/大地咳嗽的聲音」《從聽診器的那端》〈咳嗽〉)。這些詩行自然流暢，但不像洛夫詩行那樣細緻，因而更容易被忽視。它富於詩的韻味，因而又有別於散文。而利玉芳如下的詩更是如此：

> 最後上來的
> 是挾著枴杖的年輕人
> 都已經客滿了
> 我闔上雙眼
> 悄悄把心騰出空位
> 讓他的自尊
> 坐下

(《活的滋味》〈讓座〉)[9]

仰俯於生活的空間，當詩心敞開感動的深處，意象留下人生的刻痕。當語言和人生激盪交融，詩人絕不屑玩弄扭曲詩行的遊戲。在這個所謂女性主義的時代，並不是在詩行中尋找性器官才叫做女性詩。在一個刻意強調族群對立的時代，一個笠詩社的詩人跳開僵

化的意識型態後，可能發現和一個《創世紀》詩刊的成員有一顆相似的詩心。

目前詩美學最需要提升的是詩評者的閱讀能力。撇開明顯的理論標籤，撇開意識型態的框架，在能分辨詩與散文不同的前提下，一個詩評者應該進一步自問：是否對語言足夠敏感？是否能在詩行的弦外之音裡聽到人生深沈的迴響？

長詩的發展

假如八〇年代以後，台灣現代詩已發展出值得注目的詩美學，以上所列舉的各項特色，在長詩中更能進一步延伸展現。五、六〇年代有洛夫的〈石室之死亡〉、葉維廉的〈愁渡〉、羅門的〈死亡之塔〉，瘂弦的〈深淵〉（嚴格說來，〈深淵〉並不能算是長詩），在詩學上留下可觀的紀錄，這些詩也是上述林亨泰所說的，是複雜隱喻的展示。七〇年代初，陳千武的〈影子的形象〉在較鬆弛的語言中和上述各詩，形成對比。余光中六〇年代末的〈敲打樂〉及七〇年代的〈天狼星〉也是以較明朗的敘述語調鋪陳。另外，八〇年代充滿歧異，一方面，有白靈的〈大黃河〉，渡也收集於《最後的長城》內以散文化「敘事」的長詩，另一方面，有字質稠密如短詩的長詩，如楊牧的〈子午協奏曲〉、馮青的〈雪原奔火〉、陳克華的〈星球記事〉。九〇年代，簡政珍的〈歷史的騷味〉、〈浮生紀事〉、〈失樂園〉和洛夫的〈非政治性的圖騰〉及〈天使的涅槃〉也是強調長詩的字質要和短詩相當。張默寫了一首組詩〈時間，我繾綣你〉。杜十三有一首〈火的語言〉。林燿德八、九〇年代分別寫下〈絲路〉、〈韓鮑〉、〈馬拉美〉等長詩。他也嘗試將長詩作跨文類

的寫作,將詩小說情節化,但此類的作品,有嚴重散文化的傾向。

相較於近年來蕭蕭、林建隆等人對短詩的提倡,長詩的構思者有全然不同的視野。對於長詩的寫作者,一首短詩只是一、兩個詩句,需要「敘述成篇」。但詩的敘述和小說的敘述不同,小說在其中所填補的是情節,而詩則是由意象所呈顯的感覺和思維。另一方面,八○年代之後重要的長詩,大部分都自我要求稠密如短詩。詩作長達兩、三百行,但每一個詩句仍然像短詩那樣精密。若是長詩如散文,文字摻水稀釋,字質鬆塌,詩質消散,如此的書寫已失去詩美學的立足點。

若是長詩詩質如短詩,它更進一步檢驗詩人的意象敘述能力。結構龐大,由意象展延敘述,雖然首尾相呼應,但不是在預設的結構框架裡填補。長大的篇幅容許更多的變奏,因此,以上所論述的幾點特色都可以在長詩裡展現。語言的空隙、不相稱的辯證意象、符徵的游移、意義的自我反思,都在八○年代以來一些較具有代表性的長詩裡構築文本。但是如此的文本必須產生美學結構。古添洪說長詩的「美學結構可以是一氣呵成,可以是波瀾起伏,可以是一波三折,可以是前後回溯,可以是外設敘事框架、內設敘事人物等,更有眾聲並起,不一而足」(〈讓我們一起來寫長詩〉5)。長詩的寫作要檢驗詩人綿綿的想像力,詩人要跨越層疊的障礙和挑戰,才能超越機械化的結構,而進入美學結構。因此,長詩可以檢驗詩人創作力的最終能量。也許,我們可以說,一個詩人如果一生中沒有完成一首詩質濃密的長詩,它的寫作生涯還留下很多等待填補的空白。

於是,時至西元二○○一年,另一個千禧年的開始,我們看到

洛夫一首大約三千行的長詩〈漂木〉，字裡行間，我們看到無數的驚喜，我們在其中看到詩創作的另一個向度。但，我們希望，這不是台灣詩美學的總結，而是另一個開始。

註釋

1 本書的論述以台灣五、六○年代以後現代詩的發展為主。在這之前，為台灣「先行」柴下現代詩基礎的楊熾昌值得注意，將在下一章進一步論述。

2 請見蘇雪林的〈新詩壇象徵派創始者李金髮〉。蕭蕭在〈五○年代新詩論戰述評〉也引用這一段話。

3 參見李豐楙的〈七十年代新詩社的集團性格及其城鄉意識〉一文。但是李先生該文的論述大都以政治意識型態為著眼點，和本文的立足點不同。

4 參見簡政珍的〈隱喻和換喻〉一文，收錄於《詩心與詩學》。

5 有關台灣「主義」詩潮的流變，從五、六○年代至八○年代後，若是美學的課題不論，而純然以文學的外表事件為焦點，有關的文獻與論述概略將大略呈顯如下的面貌：

1956年，紀弦宣布成立「現代派」。同一年，夏濟安創辦《文學雜誌》。這可以視為台灣「現代主義」開始的一年。（參見《紀弦回憶錄──在頂點與高潮・現代主義論戰》、白先勇《樹猶如此・六○年代台灣文學：「現代」與「鄉土」》、奚密《現當代詩文錄・邊緣，前衛，超現實──對台灣五、六○年代「現代主義」的反思》、侯作珍〈論紀弦的現代詩運動〉、孫玉石《中國現代主義詩潮史論》）。進入六○年代以後，「現代主義」成長、壯大，成為台灣文壇的主流。

1972年，關傑明連續發表三篇文章批評現代詩。次年，唐文標為文響應，這是「現代主義」在台灣開始式微的表徵。1977年至1978年之間的鄉土文學論戰，是台灣光復以來未曾有過的一次大規模的文化論戰。接續了五、六○年代的「戰鬥文藝」和「現代主義」所中斷了的「現實主義」文學傳統，它是從反「現代主義」的立場出發的。（參見呂正惠等編《台灣新文學思潮史綱》、陸士清《台灣文學新論》、彭瑞琪《中國新文學創作實績》、曹文軒《二十士紀末中國文學現象研究》、鄭春《精神與局限──二十世紀

中國文學兩級透析》、張默《台灣現代詩概觀》)。

八〇年代中期,「後現代主義」思潮勃興於台灣文壇。如今,文壇又宣揚「後殖民論述」。1978年,薩伊德首先在其《東方主義》一書中將「殖民話語」作為研究對象。(見Said, *Orientalism*。中文參見張京媛編《後殖民理論與文化認同》、廖炳惠《回顧現代——後現代與後殖民論文集》)邱貴芬《仲介台灣‧女人——後殖民觀點的女性閱讀‧「發現台灣」:建構台灣後殖民論述》一文中,即嘗試以「後殖民論述」觀點來看待台灣。陳芳明《台灣新文學史》的撰述,便是從「後殖民」的立場和後結構來思考。這樣的觀點,並不被陳映真、呂正惠等人所接納,雙方長達一年(1999年8月至2001年12月)的論戰,請參見陳芳明《後殖民台灣——文學史論及其周邊‧史觀的討論》與陳映真等著《反對言偽而辯——陳芳明台灣文學論、後現代論、後殖民論的批判》。

6 〈誰是尹清楓〉全文如下:

一、誰

誰/誰在帷幕大樓的鏡面牆壁上/製造了幽靈//以及幽靈龐大的巢穴。/當天空紛紛降下淡綠色的鈔票/武器便開始滋長/槍管生出刺刀/裝甲的肚腹漲滿魚卵般的飛彈//誰,誰的臉/在潛望鏡沈下的那一瞬/在水面偷偷笑了一下

二、是

是。長官。是。/請。長官。請您。/蹂躪。是。盡情/地。是的。長官。別。/再猶豫。了。請長官。/卸下。您。手中。和腰間/。已經陳舊。的。/武器。是的。/長官。請您。/蹂。/躪。是的。請/長官。舉起/您胯。間。/那副/。嶄新。大。粗。/硬。是的。夠/有凍頭。的/新武器。盡/情地。/蹂躪。/我罷

三、尹

尹□□因□辦□□速/□因□擬□□爾□□/□等可□奉□消□忍/□如辦□察□□有□/事□不□□滅□無何/□此□撤□□政實□/□證□□圓□結□滅/

□□據□消□□完□

四、清

清晨的和風悠悠拂過/中正號飛彈的胸膛再悠悠拂過/美齡號戰機的肚臍再悠悠拂過/經國號艦艇的乳頭再悠悠拂過/登輝號潛艇的下顎再悠悠/拂/過

五、楓

楓開始落葉的那個冬日，我清楚記得/也就是照片在藥水中開始顯影的那日我/開始將換季的軍服由抽屜托出的那晚/有人開始聽見地底傳來的回聲也正是/錄音帶開始斑駁的那一刻有一隻手伸出/按下play鍵並告訴我：從今天起你的生命/已開始被竊聽。也正是我發覺我遺失了/我專用的橡皮擦的那晚我開始大量/喪失記憶是的正是我拔開那瓶/標示著低階軍官禁止服用的藥瓶的那日/我清楚記得，那一個冬日楓樹開始掉下葉子……

（《美麗深邃的亞細亞》 137-43）

7 本書將陸續在各章繼續延伸這個論點，〈意象與「意義」的流動性〉一章的論述尤爲重點。

8 請參閱簡政珍的〈當代詩的當代性省思〉，收錄於《詩心與詩學》。

9 這個例子純粹爲了說明。江自得和利玉芳仍然有相當比例的詩，有散文化的傾向。

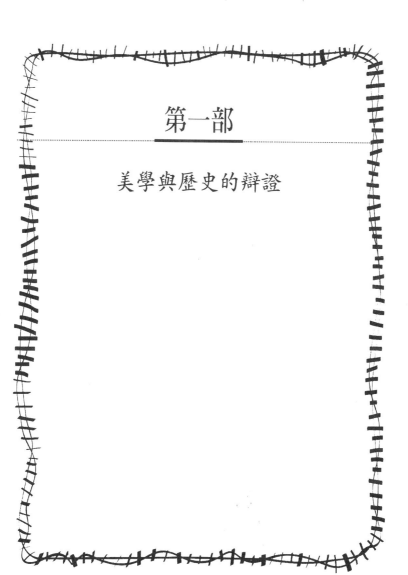

第一部

美學與歷史的辯證

2 概念化與超現實經驗──五、六〇年代詩的物象觀照

──論戰──

歷史的回顧，經常沈澱成一個具體的意象或是縮減的概念。詩人或是批評家對五、六〇年代最「本能」的印象就是「詩的論戰」。對照七〇年代之後的沈寂，這一段砲聲隆隆的歷程，無疑也是鑴刻在歷史的記憶。從一九五六年「現代詩派」的六大宣言開始，到一九六〇年代初期，總共有三波論戰。第一波是詩社、詩派之間的論戰，重點是「知性」與「抒情」的爭辯，主角是紀弦與覃子豪。第二波是有關象徵派的論戰，主角是蘇雪林與覃子豪，第三波的論戰是詩人與現代詩的質疑者的論戰，主要是言曦與余光中。

本來詩學的論戰，在質疑與解答中，問題的核心能夠在辯解中，越來越明晰，詩人與詩論家也越能觀照到詩美學的堂奧。但是當時詩人一般的思維的深度與廣度，以及立論的角度，都使很多問題懸而未決。詩人大都在本能的性向與品味裡做辯解，因而很難求得對手的信服。蕭蕭說：「主知？抒情？未能得解；橫的移植？縱的繼承？爭議猶在」，「詩理未明」，只是詩社因為論戰互有消長。（〈五〇年代詩論述評〉113）。

但是以概而化之的結論淡化當時論及的課題，也有失公允。只

是詩人、讀者或是文學史的撰述者以文字轉述這一段過程時,經常對事件始末的重視,超過本身問題的癥結。再其次,撰述者對明顯的課題如主知或是主情粗糙的二元命題的重視,超過其他更纖細更能觸及詩美學的課題。紀弦提出所謂「六大信條」,持相對立場的覃子豪也有「六原則」。[1]在覃子豪「六原則」的第一原則是:詩的再認識。認為「詩的意義就在於注視人生本身及人生事象,表達出一嶄新的人生境界。」紀弦剛開始對覃子豪的三、四、五、六點沒有意見(事實上,這四點和紀弦的「六大信條」的主要內容,只是措而辭不同,但實質內容非常相似),但對第一點卻不贊同。經過幾次論戰後,紀弦已經有所改變,他在〈六點答覆〉中贊同覃子豪第一點所強調的詩為人生而藝術,但是必須「無所為」而為。

覃子豪的「詩的意義就在於注視人生本身及人生事象」以及紀弦詩展現「無所為」而為的人生,可以說是「論戰歲月」裡最值得重視的論述。表面上,覃子豪的宣言,可能會被解讀成無關詩作的口號,但其積極意義則是將詩與人生現實牽連。紀弦同意以詩為人生藝術,但必須保持若實若虛的美學距離。結合兩個人的觀點,我們可以體會到:為何詩要有生命感,沒有人生的閱讀,詩也將成夢幻泡影。但是詩觸及人生,卻不能把詩作為現實理念的工具,只能「無所為」而為之。假如我們體會到這兩點論點的可貴,我們就進一步能體會到為何詩不是扭曲的文字遊戲,詩也不是目的論的化身。我們更能在以下討論林亨泰的「真摯性」時,對「真摯」所必須附加的認識。如此的認知,我們將體會到「口號詩」的不足,「前衛詩」若是未能「重現更真實的現實」也只是無甚意義的遊戲。

可惜，在這段論戰所沈澱的結晶中，這個論點只是一個黯然失色的沙粒。人們所掏取的珠寶是「主知？主情？」、「橫的移植？縱的傳承？」主客攻防的來龍去脈。如此的論戰轉述勢必錯失詩美學的瑰寶。超現實的思維有豐富的立論空間，但撰述者習慣將詩作貼上超現實主義，因而必須列舉搬弄「主義」的各種條款時，詩美學也變成標籤的犧牲品。

——物象的觀照——

詩美學應該落實於詩語言的情境。語言以物象的觀照為基礎。物象透過文字的觀照方式，是詩美學關注的起點。所謂物象，涵蓋自然的存在物以及覃子豪所謂「人生的事象」。

人為周遭的「人、物」所包容，梅洛龐帝說：「我觀照的領域經常充斥著色彩的嬉戲、聲音、以及即將逃逝的觸感」（Merleau-Ponty, *Phenomenology of Perception* x）。感官敏銳，是因為要感知「他者」。所謂他者，是他，也可能是它，也可能是牠。我的觀照構成他的一部分，我在他的存在中看到自己的影子。哲學家如此，詩人的意識更是在接納各種感覺中湧動。詩使草木生情。詩也使生存的世界富於人文的色彩。人和自然律動，自然的真實涵蓋了人的影子。人和人互動，「他者」的世界就有我不能缺席的必要性。物象的觀照實際上是詩人意識的投影。

對物象的觀照是詩人最根本的課題，因為它印照了詩人和外在世界的對應，以及兩者之間相互的依存。切離這層關係，詩人都應該自問：「詩人所為何事？」對詩美學的探問就是：在這個存在的

基礎上，如何觀照？

八〇年代之後，詩壇曾經興起的「詩遊戲」風尚，當詩大都是文字的遊戲時，詩幾乎已經和人生無關。這是否是另一種美學？嚴格說來，遊戲的創作應該是文學技巧論運作，而技巧論和美學有相當複雜的距離與糾葛，將在八〇年代的詩美學論述之。

大抵上，五、六〇年代對物象的觀察，常呈現兩極上的差異。[2]一種是物象直接的轉植，詩因而幾近等同訊息。另一種是物象的呈顯在意識裡迂迴，在書寫空間裡曲折遮掩。兩種截然的對比狀態，隨著時間的流程，有些變成個別詩人的終身標誌，有些經由時代的變遷，和外在的調適，而有所變易。但是，檢視這一個時代成就最高的詩美學，卻是印照上述紀弦與覃子豪論戰後，交融的「戰果」。

——說明性的物象——

這個時代的作品，詩行展現物象的方式概約有兩種。一種是：生活情境轉植成為說明性的報導。巫永福的文字：「得忘記舊台幣四萬元兌新台幣一元的交碎/也暫時切斷家兄被捕友朋失蹤的惡夢/企望旭光安慰我」(《詩卷 I》〈祈禱〉)；或是詹冰的書寫：「我聽見有個足音——我的眼前無人無影/驟然回頭一看，除了自己空無一人/在這險峻而寂靜的山徑上」(《詹冰詩選集》〈足音〉)，[3]文字描述的幾乎是情境與物象的轉述與說明。詹冰文字中淡雅的人生，雖然未經語言的調梳，還大致能保持一些趣味，即使到九〇年代，還是延續類似的寫作風格：「空無一人……在險峻而寂靜的山徑

上」，「名利，有也好無也好/萬事，想得開放得下/親近大自然，心寬多微笑/生活本來就是一場夢」（《銀髮與童心》35-36）。但是巫永福心中湧動的政治意念，隨著時間的演進，漸漸更進一步將詩美學放逐。到了七○年代，他的許多詩作已幾乎成為街頭示威行列中的吶喊：「我們有無得著憲法的保障/我們常聽民主憲政的大言辭/卻是空嘴破舌的灌迷湯」（《詩卷 I》〈題外〉212）。對現實的反應，對周遭情境的感受，寫作者直接抒發政治宣言，直接指陳、控訴人生。這些文字和一般「感時」的散文或是批評指控時局的「讀者投書」或是「民意論壇」難分軒輊。沒有思維或是情感的隱約縱深，閱讀之後，讀者心中也很難有想像的迴旋。

即使當時被稱為現代感的詩人白萩，偶爾也有類似的詩作出現，當時被中國文藝協會選為第一屆新詩獎的〈羅盤〉就是如此：

握一個宇宙，握一顆星，在這寂寞的海上
我們的船破浪前進，前進！像脫弓的流矢
穿過海鷗悲啼的死神的梟嚎
穿過晨霧籠罩的茫茫的遠方
前進啊！兄弟們，握一個宇宙，握一顆星
我們是海上新處女地的開拓者

和前面巫永福及詹冰的文字相比，白萩這些文字看來似乎比較有詩味及迂迴。但詩行中的驚嘆號所承載的焦點，也是一種傳達理念的功能與效益性。詩的訊息超過詩的美學回味空間。表象「海鷗悲啼」比喻成「死神的梟嚎」、「傳破浪前進」比喻成「脫弓的流矢」是一種迂迴的想像。但是這些比喻與被比喻之間的關係，幾乎

41

都是一般「理所當然」的聯想。兩者之間不是因為比喻而提升更高一層的物象關係,而是一種既有的質素牽連類似的質素。

追根究底,這些物象的觀照方式使訊息直接「複製」成詩行。寫詩者所關心的是理念的傳輸,而不是詩的審美空間。如此的書寫在七〇年代,當社會現實激盪人心時,更進一步延伸成寫詩的「目的論」。

以另一方面的觀點看待上述白萩的詩行,有兩點值得注意:其一,第四行拗口的句型,正呼應了當時受西方詩作的潛在影響,因此寫詩有時如詩的翻譯。台灣本地雖然也有日據時代楊熾昌等少數《風車》詩社詩人所留下來的「超現實」傳統,[4]大部分本土詩人如巫永福大都是意象的描寫如訊息直接的傳播。白萩是「本土詩人」,但上述「拗口的句型」又顯現了當時受西方影響的現代派詩人的痕跡。其二,上面引述的第一行「握一個宇宙,握一顆星」正是當時所謂「超現實」詩的寫照。以五、六〇年代來說,「本土詩人」白萩及林亨泰身跨兩種疆域,在他們大部分的作品裡,也兼具了上述兩種領域的優缺點。

——曲折的隱喻——

五、六〇年代物象觀照的另一種方式,是詩行裡重疊了曲折的心境。這當然和《現代詩》於一九五六年第十三期所揭櫫的現代詩派宗旨,以及《創世紀》詩刊在一九五九年第十一期後,朝向「世界性」與「超現實性」的發展有關。[5]

剛開始,紀弦強調「超現實」能「更深入現實」,但漸漸地,

他發現在實際創作中超現實也很可能變成「潛意識」的「自動寫作」，而變成「游離的現實」。於是，原來在「現代主義」的議題下，彼此針鋒相對的紀弦與覃子豪都對「超現實主義」有所批評，紀弦因而也極力否認自己是超現實主義者。[6]

《創世紀》有關「超現實主義」的發展，就沒這麼富於戲劇性的轉折。洛夫、瘂弦、商禽等人以持續的創作作爲理論最有力的註腳。六〇年代初期，在「超現實」創作上，詩壇已經沒有較具份量的詩刊與《創世紀》相制衡。《現代詩》至五〇年代末期已經式微，出刊不定，至一九六四年二月第四十五期發行後停刊。對超現實主義有所批評的余光中在國外，藍星詩社的集體活動幾乎停止，批評「超現實主義」的主將覃子豪也於一九六三年去世。《創世紀》詩刊所力行的「超現實主義」屹立於詩壇，爲那個時代留下影響深遠的書寫。

本文不再爲「超現實主義」立論，只是在物象的觀照的課題下，以「曲折的隱喻」作爲美學的論述焦點。[7]意象的聯想經常作時空的跨越以及邏輯的跳脫，詩作裡經常場景交雜，以層層曲折的隱喻作爲詩的構築體。假如上述巫永福的文字似乎將想像力隔絕，這些糾結的隱喻則可能讓讀者的想像力因經不起檢驗而自卑。

層層迂迴的想像

在商禽的詩行裡：「一整天我在我的小屋裡流浪，用髮行走」（〈事件〉），在糾結的意識中呈顯物象，幾乎完全從常理的客體世界脫軌。「用髮行走」，讀者可以想像是人的倒立狀態。但不說是用「頭」行走，大概是因爲這時的生存狀態，已經沒有包藏思維的「頭

腦」了。至於「在小屋裡流浪」，比較可以瞭解人只能在一個封閉的斗室裡「流浪」，沒有出口，沒有和外面世界互通聲息。而「流浪」是因為在小屋裡不停的走動，暗示思緒的不定，沒有歸屬感。

商禽類似的詩行：「于是，我的嘆息被我后面的狗檢（撿）去當口香糖嚼，而狗的憂鬱乃被牆角的螞蟻卸去築巢」（〈螞蟻巢〉），「一條界，乃由晨起的漱洗者凝視的目光，所射出昨夜夢境趨勢之覺與折自一帶水泥磚牆頂的玻璃頭髮的回聲所織成」（〈界〉），語言極盡扭曲迂迴之能事。

瘂弦的「當一顆星把我擊昏；巴黎便進入/一個猥瑣的屬於床笫的年代」（《瘂弦詩集》〈巴黎〉）也是將詩趣建立在繁複的比喻上。「一顆星把我擊昏」，完全是天馬行空的想像。五、六〇年代這樣的比喻似乎用得理直氣壯。八〇年代林群盛的「我從口袋裡掏出一個太陽」是這種「自由想像」的「傳承」。當然若是勉強要將「一顆星把我擊昏」合理化，也是可以解釋。我們平常有「頭冒金星」的用語，意謂頭與外物的撞擊，而昏頭轉向。在原來的口語中，「星」或是「金星」是撞擊後的「果」，但在瘂弦的詩行，平常的用語倒果為因，客體變成主體，變成是星星撞擊人。假如是原來口頭語的轉化，「昏頭轉向」也因而滲透如詩的情境。那是一段理智不清、辨識不明的淫穢時光，在巴黎的日子，也就變成「一個猥瑣的屬於床笫的年代」。

以上商禽與瘂弦的例子，詩並不全然閉鎖在沒有進出口的迷空裡，讀者仍然能感受其中的詩趣。但是讀者的閱讀與詮釋，必須在隱喻的迷宮裡探測詩情境的光源，這將是一段辛苦的心路歷程。詩裡的文字使現實增添了膨脹的幻想。但詩裡的世界在一再迂迴的隱

蔽地帶。在商禽〈界〉的詩行裡,讀者有時甚至會興起被刻意玩弄戲耍的負面反應。

其他如羅門的「法蘭西詩集疊成石級的日子安息了/悲多芬製造海的日子安息了/在杯底打撈宴會屍體的日子安息了」(《羅門詩選》〈死亡之塔〉)以及洛夫的「縱使在一匹巨獸的齒縫間/妳們還要爭論唇膏與地獄的關係/妳們吐昨夜的貪婪於錦被上/且從雙目中取出春衫與匕首」(〈石室之死亡〉第29節)都是營造類似的繁複曲折的效果。這些詩句也似乎為周寧談論管管的詩作時所說的背書:「過分強調『扭斷語句的頸子』,使得一首詩如同患了畸形的肥大症」(周寧908)。表面上,這些詩句很有知性的思維,但實際上這些思維可能卻以強烈主觀性的「感性」為基礎。余光中如下的立論不能說是無的放矢:「現代詩對傳統詩的一大反動,原是針對浪漫主義的『濫情』,不料浪漫主義的『濫情』竟為超現實主義的『濫感』所替」。(〈新現代詩的起點〉927)

意象語法的倒置

相較於上述「扭曲」的句法,葉維廉的詩句是意象的倒置。在《愁渡》這本詩集裡,類似如下的詩行營造出迥然不同的視野:「那些是船隻自容貌」(46);「孩童的嫩臉自石榴的雲霓開放」(51);「有鈴聲自兩臂散落」(63);「白色的醉漢一個個從杯沿溢走」(89)等等。基本上,這些意象大都是:一個凝止的瞬間裡重疊了不同時空的景象。景象的呈現似乎是因果的倒錯,語法與意象的倒置。「有鈴聲自兩臂散落」,兩臂如何散落鈴聲?是兩臂放下的瞬間,鈴聲(可能是現場,也可能是記憶)在腦際裡迴響。同

樣，石榴開放，觸發詩中人想起孩童的臉龐。臉龐與石榴基於「開」的動作彼此互爲隱喩。至於「白色的醉漢一個個從杯沿溢走」，詩中人看到是酒杯滿溢，但句法上似乎是醉漢的溢／（逸）走。也許是詩中人已經醉了，眼前杯子的焦點模糊，只感受到一個個「醉漢」在杯子的兩邊走動；也可能是視覺的焦點在杯子，隨者酒在杯沿滿溢，眼角的餘光看到醉漢一個個「淡出」遠去。

葉維廉這些句法比上述層層曲折的隱喩有較大的說服力，但仍然要求讀者迥然不同的視野觀照。這樣的句法深深影響了七〇年代末期蘇紹連的《茫茫集》的寫法。[8]

「崇高」與「痛苦」的底調？

十八世紀康德（Kant）的哲學曾經區分藝術的「愉悅」與「崇高」（sublime）。當表達客體的能力能夠與感知能力相應和；當主（創作者）和客（閱讀者）雖沒有約定的規則但彼此心照不宣加以認同時，這樣的藝術品能傳達「愉悅」的感受。「崇高」則相反。當表達能力不能應和感知能力，當我們感知到世界的理念，但我們找不到任何的範例來表達，當我們感知到力量的無限，但我們找不到任何的客體將其視覺化，這時我們就有了「崇高」感。所以「崇高」基於一種缺無——一種心靈視野無法外在呈現的匱缺。「崇高」不是道德的口號，而是面對人生的繁複糾結但又難於言說的莊嚴感。是一種沈默，但不是啞巴式的無言。

現代藝術就是要呈現那幾乎不能呈現的世界，這本身就是一個「崇高」的意圖。但感知而無法視覺化的東西如何呈現？康德說：「沒有形式，形式的缺乏」可能是呈現「難於呈現」的指標。因

此，正如李歐塔（Jean-François Lyotard）的觀察，欣賞這樣的藝術可能給觀賞者夾帶不少痛苦，藉由痛苦才能愉悅（Lyotard 78）。這是以「崇高」為因，以展現不可能為果的代價。

閱讀以上所引用的這些詩行，有些讀者可能感受「痛苦」，但這是否證實這些詩作的「崇高」呢？關鍵在於，這些詩行是否因為「形式的缺乏」，而必須展現「難於展現」、「難於言說」的一切？對這些問號的答案，不盡然是全然肯定。以羅門的詩行「在杯底打撈宴會屍體的日子安息了」來說，意識中不同時空的重疊可以經由文字的拆解，使詩行的意象更具有力度與凹凸的輪廓。詩人心中的風景是可以展現，可以言說的，而今如此的「言說」只是顯現當時詩風如翻譯、詩想的行徑習慣在曲折的巷弄裡迂迴。不論瘂弦、商禽、洛夫或是羅門，若是今天有機會重寫或是再書寫，若是作者仍然有創作力的話，這些詩行將經由語言的手術改變面貌。

「更真實的現實」？

我們習慣將以上這些曲折的隱喻，定位為所謂的超現實。超現實在五、六〇年代在很多批評家的詮釋裡，是一種對現實的躲避與抗拒的前衛書寫。劉紀蕙認為當時作家，都面臨了「有話不能盡說的政治壓力」。「傳統語言無法提供當時文藝創作者有效的抒發管道，他們需要用更曲折隱晦的語言，連結表面上無意義的意象，才能使底層的意義一層又一層的轉化。超現實風格正是此管道。」（《孤兒・女神・負面書寫》277）奚密將超現實視為前衛藝術，並且引用查理羅素（Charles Russell）歸納前衛的特質，其中的第四點是：「前衛企圖經由美學上的斷裂和革新來發覺新的觀察、表現

與行為的模式」(《台灣現代詩史論》 250），由於超現實是新的思維模式，當代的批評家大都以同情的眼光看待之。若以「美學上的斷裂」來展現新意，曲折是另覓蹊徑，斷裂是為了更能收攬上一層的風景，這樣迷宮式的隱喻自可自圓其說。超現實的語言是違反常理邏輯，以「反理性反邏輯來重現更真實的現實」(同上 252），這也是紀弦強調的「現實之最深處」的現實。但五、六〇年代的超現實在所謂斷裂與革新的同時，是否能將「重現更真實的現實」放在心上呢？

我們可以以「更真實的現實」作為檢驗超現實詩作成敗的依據。「更真實的現實」的立足點是詩人和人生的相傍依，與海德格「投入」這個世界與「世界中的存有」(being-in-the-world）類似的關懷。換句話說，超現實的思維仍然要和人生現實相牽繫，因為它要表達「更真實的現實」。同樣是《石室之死亡》的詩行，比起上面的引文，如此的意象展現了更能觸動人的心思：「所有的玫瑰在一夜萎落，如同你們的名字/在戰爭中成為一堆號碼」(49節）。原因無他，因為詩行讓我們逼視到戰爭的樣貌，生命的存在將只剩下一些代表名字的兵籍號碼。玫瑰一夜間全部萎落是超現實的思維，名字變成號碼是經由思想的剪輯而跨越常理邏輯的鴻溝。比起上面所引（包括洛夫自己）的例子，文字也較流暢，比較不像「翻譯」，暗示這些意象來自真誠有感的心靈。

真摯性與技巧性

林亨泰在討論當時商禽和瘂弦的詩時，特別提到「真摯性」的問題。也許，「重現更真實的現實」和林亨泰的「真摯性」有些共

同的立足點。林亨泰的「眞摯性」，所針對的是那些以「技巧性」隱喻所寫的詩。林亨泰的命題是：缺乏「眞摯性」的詩，大都是技巧的運作，而非眞誠的人生的感受。在敘述了商禽與瘂弦的一些特色後，林亨泰「迂迴」地暗示：兩人的某些詩行缺乏「眞摯性」。同樣是隱喻的運用，成功與否，就在於詩人對於人生感受的眞誠。

林亨泰的「眞摯性」和全然以是否「前衛」的考量南轅北轍。事實上，任何有創意的詩都有前衛的意涵，但所謂的前衛不在於外表可見的形式。能以「傳統」的形式而展現詩行內在的創意及稠密度是頂尖的詩人。「詩想」窒礙時，詩人比較會另循捷徑，而做文字的扭曲與形式的實驗。反諷的是，這樣的詩常常讓學者趨之若鶩，認爲這是「前衛之光」的來臨。

因此，過度曲折的隱喻是否是欠缺眞摯的表徵？假如語言如迷宮，是詩人在「重現更眞實的現實」，還是在躲避現實？是詩人有超凡的想像力，還是欠缺眞正能以想像傍依人生的能力？

「圖象詩」（concrete poetry）的眞摯性？

我們是否也可以以林亨泰的詩論檢驗他「圖象詩」或是具象詩的眞摯性？五、六〇年代甚至到七〇年代初期，《創世紀》詩刊以及《現代詩》有不少「圖象詩」的創作。洛夫、白萩、碧果、管管、林亨泰等詩人都有類似的作品。《創世紀》詩刊二十二期（1965年6月）有一首王裕之的〈杉的過程〉：

　　　　　　　　　當

　　　　　　　不　絲
　　　　　　　是　杉
　　　　　　　死　倒
　　　　　　　亡　下
　　　　　　　　‥
　　　　　　　當　當
　　　　　　　不　絲　絲
　　　　　　　是　杉　杉
　　　　　　　死　倒　倒
　　　　　　　亡　下　下
　　　　　　　……
　　　　　　　當　當　當

　　　　不　絲　絲　絲
　　　　是　杉　杉　杉
　　　　死　倒　倒　倒
　　　　亡　下　下　下
　　　　　‥‥
　　　　　　當　當　當　當
　　　　　不　絲　絲　絲　絲
　　　　　是　杉　杉　杉　杉
　　　　　死　倒　倒　倒　倒
　　　　　亡　下　下　下　下
　　・亡死是不・下倒杉絲當

這些「詩行」垂直表示杉樹直立的姿態,最後一行橫擺,表示它的倒下。其他的部分則是幾個字一再地反覆。所謂詩趣大概是對圖象懷鄉式的模擬。唯一可以回味是橫擺的詩行「當絲杉倒下‧不是死亡」,似乎暗示可能的再生。但這只是說教性的言語,語意迴盪的空間有限。張漢良認為這些圖形沒有意義,詩是失敗的(〈論台灣的具體詩〉75)。

其實,當時台灣具象詩所能引發的聯想,大都非常有限。林亨泰當時也寫了不少的具象詩,若以他的詩論來觀照,所謂的真摯性也只是留下一些問號。試舉一例:

花園
　關著
　　　小的〇
　　　小的〇
　關著
　　　花
　　　花
　籬笆的　　〇〇
　　×　　　〇〇
　　×　　　花
　　×　　　花〇
　　×
　籬笆的

(《林亨泰全集二 116》

51

這些「詩行」若是硬要做一些詮釋，並非不可能，但是任何詮釋者都要自問自己如此的詮釋是否和詩作都有「眞摯性」？《現代詩》從第十一期（1955年秋）起，連續數期，刊登了林亨泰「圖象詩」。本來這是一個詩人一生中因爲受到外來風潮偶爾爲之的模仿遊戲之作，對本身的詩學成就影響不大，這些詩是否「眞摯」，也不宜過於認眞追究。[9]但是到了八○年代後，由於所謂後現代的標籤，這些「圖象詩」又被炒作一番。文學史的傳承，有時是一種反諷，是一種反淘汰的現象。也許是因爲「前衛」，經常喚起批評家潛意識創作的鄉愁。所謂的「前衛」是刀子的兩面開口。在肯定創新的過程，要檢視是否只是形式上的遊戲。以林亨泰的詩學的「眞摯性」論點檢驗他詩作的「眞摯性」，可以暴顯五、六○年代超現實詩與圖象詩「眞正」的欠缺。[10]

——美學的跡痕——

詩的純粹性？

再其次，眞摯的詩並不一定就是好詩。對於迷信寫詩只是一種技巧或是語言遊戲的人來說，「眞摯性」可以引導書寫者進入眞正的人文世界。但眞摯的感受本身並不等同於詩，它要建立在詩美學的基礎上，否則「眞摯」吶喊的口號也可能就是詩？五、六○年代政治環境的「恐共症」，使有些「詩作」化身成爲文字嘶吼。「恐共症」的具體表現就是由政府在五○年代所倡導的「戰鬥文藝」。而「戰鬥文藝」是針對四○年代末期，左傾作家楊風、楊逵、駱駝

英等人所提倡的「文藝統一戰線」的反擊（參見呂正惠《台灣新文學思潮史綱》190）。不論「戰鬥文藝」或是「文藝統一戰線」，所訴諸的都是文學爲政治服務。因此，詩變成一種嘶吼與吶喊。有些嘶吼很「眞摯」，因而詩作很自然的自我消解。有些嘶吼不眞摯，只是爲了呼應既有政治宣言，這些「詩」自然變得表裡不一。表面上，這些「不眞摯」的吶喊是對政策的敷衍，是詩人的自保策略，但文學的書寫卻因此留下時間難以塗消的記錄，詩人也留下一些消解自己整體藝術成就的詩作。

時代使詩作的理念蘊藏了美學之外的課題，也顯現了五、六○年代標榜所謂文學「純粹性」的惘然。面對政治現實，詩人以超現實的語言躲在詩行隱幽的縫隙。躲藏意謂有不可告人之處。以執政者的觀點看待，現代詩的文字迥異於淺白的政治宣言，是否也意謂詩人的政治立場曖昧不明？詩人的「表白」可能迴避懷疑的眼光，但是詩人也可能藉著「表白」披戴另一個面具。瘂弦自述道，由於周遭對身爲軍人詩人的「側目」，「他擅於使用戲劇性的演出，讓帶了面具的、化裝了的我登場，而實際的我卻隱藏在幕後」。[11]於是，人在「面具的我」與「幕後的我」拉扯，在「面具」與「表白」間存在著富於張力的矛盾。五、六○年代有些詩人在矛盾中展示現代詩的宣言。

政治的投影

紀弦是台灣現代詩發展的墾荒者。他在《現代詩》十三期（1956年1月）中揭示六大「現代派的信條」。其中的第六宣言是：「愛國。反共。自由民主。」事實上，在「戰鬥文藝」的氣氛下，

詩人必須在妥協中求生存。一九五○年所設置的「中國文藝獎金會」給詩人以符合「官方」胃口的創作贏取獎金。紀弦就以〈怒吼吧台灣〉在一九五○年贏得「中國文藝獎金委員會」獎。一九五二年再以〈鄉愁〉一詩獲獎，次年他的《革命革命》再度得獎。瘂弦也曾以〈冬天的憤怒〉在一九五四年獲獎，同年他的長詩〈祖國萬歲〉獲軍中文藝獎特獎。

值得注意的是：詩人得獎後所獲得「名聲」，日後卻刻意將其掩蓋。正如奚密所說，不論紀弦或是瘂弦，這些得獎作品都沒有在日後結集的詩集裡出現。詩人似乎感受到過去為政治宣言的「創作」，已經是文學生涯上的污點。「他們並不希望自己傳世的文學名聲和政治抒情詩有任何牽聯。」(〈在我們貧瘠的餐桌上〉206)。一九五六年《現代詩》的成立，就意味是生存心態與創作心態辯證的結果。一方面，詩創作要向周遭的政治氣氛的交代，因此，「愛國。反共。自由民主。」納入「現代派的信條」的第六宣言。另一方面，詩人對純文學的渴望，於是有「追求詩的純粹性」的第五宣言。第六宣言及「第五宣言」的並存是一個自相矛盾、自我抵消、不言而喻的存在悲劇。

進一步審視，所有美學的創作面臨政治的考慮，大都讓出它的自主性。詩的純粹性在任何的政治標籤下，如何喘氣存活？以詩作為口號，必定使詩墜於「真摯的效命政治」與「虛假的文學創作」的兩極。五、六○年代的詩人知道詩不是口號，但是現代詩必須喊口號使口號變成遮掩詩作的面具。

知性的抒情

因而，以當時的情境考慮，「詩不是口號」只是語言的弔詭。詩刊或是詩人的政策口號也許只是一種策略，為了庇護更複雜的心性活動？詩作是否呈顯出表象與潛在的歧異？文字內在的意涵是否與表象的政治口號相違背？仔細閱讀這些詩作，又覺得不論文字或是詩人的語調經常表裡不如一。以紀弦一九五一年所寫的〈十月，在升旗典禮中流了眼淚〉（《檳榔樹甲集》58）、〈鄉愁〉（同上68）、〈等著他〉（同上 75）等一些詩來看，都有相當的「真摯性」。誰能質疑「於是獰笑的侵略者/拿著倭刀/闖進我幽靜的書齋/敲碎我心愛的古瓶/劃破我出色的風景畫/又燒了我的詩稿。/那些馬鹿野郎/太兇、太沒禮貌。/——此仇必報！」（〈鐘聲〉）是心中「真誠」的吶喊？但誰能相信〈鐘聲〉和〈古池〉的詩行「我是古池；/妳是蛙。/我是永不揚波的；/妳是春風。//我是多年塵封的/不開的門；/妳是從我的客廳裡，草地上/發出的良夜歌聲。」（《檳榔樹甲集》86）竟然是同一個作者？前者口號式的吶喊，和前面巫永福詩行幾乎異曲同工。後者婉約的比喻，則將讀者帶入一個豐富的「詩想」與詩心。這是現代詩派旗幟下，「純粹性」和「政治宣言」的矛盾。

若是以〈古池〉一詩為例，我們習慣上所謂的「知性」和「感性抒情」的二元對立自然得到化解。詩裡有多層隱喻，是「知性」的行為，但這種「知性」的發源地是內心的抒情。「我是古池」是妳這隻蛙生活的場域。妳也是「春風」，風拂過水池的表面，但沒有揚起我的水波。春風當然暗示情意，可是我古池之心靜如古井。

不僅心如古井，而且心事塵封，夜裡妳想撩撥想穿堂而過，我只是大門深鎖。由「古池」和「蛙」的相對，展現了妳我之間過往的情感和思維。這些思維也不是複雜迂迴的隱喻，因此知性的行為在抒情中化解，情感在知性的思維中升騰。

抒情中的知性

　　紀弦「現代詩派」強調知性事實上蘊涵抒情。批評家認為紀弦有些詩甚至是濫情（陳啓佑 131）。[12]羅門九〇年代如此回憶：「紀弦先生本人浪漫情緒相當濃厚」（〈一些往事與感想〉30）。另一方面，當時被貼上抒情標籤的藍星詩社也有不少「知性」的詩作。覃子豪這樣的詩行：「雨底街，是夜的點彩/霧裡的樹，是夜的印象/穿過未來派彩色的圖案/融入一幅古老而單調的水墨畫裡」（《覃子豪全集I》242）。以夜景與繪畫的對稱作為知性思維的基礎。雨中的街道是夜點點滴滴的彩繪，「點彩」與雨滴有關。街道有各種彩色或是燈影，是未來派的圖案，烘托這幅彩色的圖畫，是黑夜佈局的水墨畫；水墨與雨水有關。這首詩印照了藍星主要發言人覃子豪在他的第三本詩集《畫廊》的〈序〉裡所闡述的詩所涵蓋的四個階段：從繪畫性到建築性到奧秘性到抽象性。（《覃子豪全集II》259）詩中的意象是心神凝注，感情沈澱，所產生的思維。物象的呈現，不是對客體被動的模擬，而是心有所「感」，而引發瞬間深沈的認「知」，這也就是紀弦所強調的：「詩的本質是……散文所不能表現的詩想」。（〈從現代主義到新現代主義〉）

知情交融

回顧那個年代，大都只有能觸及人心的「情感」，又能引人深思的詩行，才能佔據美學史的書寫空間。詩人雖然各居於不同的詩社，但詩作卻不時跨越詩社的藩籬；論戰時相互噴灑口水，詩作時卻共同融入詩質。以上的論述，雖然指出瘂弦等人寫了一些曲折的隱喻，但他們也寫下了一些詩質濃密、知情交融的作品。其他紀弦、覃子豪、洛夫、余光中、羅門、向明等都不乏這樣的詩作。瘂弦的〈C教授〉是這樣寫的：

> 到六月他的白色硬領仍將繼續支撐他底古典
> 每個早晨，以大戰前的姿態打著領結
> 然後是手杖、鼻煙壺，然後外出
> 穿過校園時依舊萌起早歲那種
> 成為一尊雕像的慾望
>
> 而吃菠菜是無用的
> 雲的那邊早經證實甚麼也沒有
> 當全部黑暗俯下身來搜查一盞燈
> 他說他有一個巨大的臉
> 在晚夜，以繁星組成

（《瘂弦詩集》141-42）

這是一幅人物的側影與素描。由外貌暗指人物心靈的內在層

次。「白色硬領」暗示潔淨與堅持,以這種堅持支撐心中既有的古典。古典當然是老舊的一切,但是心中執著不願割捨的一切。就是這樣的執著,即使到了六月的夏天,仍然要挺著衣領打著領結。顯然一場戰爭已將舊有的摧毀,但他仍然堅持戰前的種種。外出依然是往昔的配備,穿過校園時,仍然萌起年輕的願望,那是因為看到雕像而想到當年立志也要成為一尊雕像的願望。

可是現實的自己,尤其是身體,即使吃菠菜都已經無濟於事。詩行雖沒有指明時間在身上的烙紋,但顯然已經歲月斑斑。雲的那端可能是想像的歸屬,但此時已經自知再也不能求得什麼。黑夜來臨時,燈的點亮是一切的焦點,而這盞燈也印照他那張巨大的臉。詩的結尾已經在暗示即將的未來。所謂肉體的臉,即將還諸虛空;所謂雕像或是古典是一種光芒,但那不是日月,而是不太明確的星光。而即使這樣的星光,也是要在繁華之後,肉身結束之後的一種想像。

整首詩在勾勒人蒼茫的一生時,沒有任何感慨,只有意象思維所呈現的細緻之情。在外表及內心深入的拿捏上,落筆筆觸非常恰當,不太貼近,也不太離遠。離則無情,近者沈溺。這是一首以隱形的詩中人所觀照的「他者」,幾近小說的全能敘述。向明有一首〈井〉則是以擬人化的井,觀照人的他者,也因而反映自身:

> 投我以長長的索子
> 而不是來丈量我的汲水少女們
> 來了復走了

盛滿滿重量於她們的銅瓶
留我以空泛
以深深的隱隱的激動
我欲接納一朵鬐花的漣漪
一個淺笑
或一個顧影

而她們説
太深沈了
且有點冷，且顧及於一小小的迷信

（《向明自選集》23-24）

　　詩的趣味在於，井似乎想和打水的少女有一點感覺的牽連。但是少女打水的動作不是「丈量」井的心意，而且打完了水就走了，似乎沒有任何的留戀。第二節描述少女盛滿重重的水，卻讓井滿懷「空泛」，暗示情意的空寂落寞。打了水，水波激動，暗示感覺的波動，井的心情只想少女留下一個「鬐花的漣漪」，或是對著水波的淺笑與倒影。但顯然，少女走就是走了，沒有回眸，也沒有顧影，最後一節，井只有自我安慰，也許井深讓她們有所顧忌。而且少女投影於井底，在傳說中是否意謂某種不祥。在這首詩裡，井可以一語雙關，是實物的井，也是比喻想得到少女顧盼的男子。井是主角自身，也是另一他者的隱喻。這些隱喻不過度曲折，而且情感與思緒貼切交融。整首詩，意象有機的連結。井對少女的思緒再加上自

身是少男的隱喻，引發讀者對「情」、「知性」的思維。

　　此外，林泠在六〇年代持續的抒情語調也經常蘊涵了令人深省的思維。表面上，這和「現實」的題旨稍有距離，但是卻是人與人思緒抑揚的韻律。試以她的〈造訪〉為例：「你不必驚異/昔日的遊伴，將十年的冷漠/在你家的門環下搖落//倘若時間是誓約，我已撕毀了/時間的紀錄，那遠遠攜來的一身塵土/已為這小城的風沙拂盡」（《林泠詩集》75-76）。字裡行間，幾乎沒有「情」的訴說，卻充滿情。這個情因為經由思維而令人動容。當年的遊伴，突來的造訪，會將冷漠從「門環下搖落」。這也許是打破當年相互約定長時間甚至是不見面的約定。突然的造訪打破約定，當然是思念之情的慫恿。結尾的意象是遠方來的塵土被城市的風塵拂盡，說明了兩人被時間風塵的阻隔，而再見面有如再度進入世間情裡的紅塵裡翻滾。

　　瘂弦、向明、大荒部分作品以及林泠如上的〈造訪〉，在五、六〇年代是少數能較明晰處理人生的詩作。許多這時期的詩，不是遠離現實人生，就是將人生包裝在層層疊疊的超現實裡。大部分詩人在超現實的意識裡，扭曲文字，作語言與結構的實驗性的前衛「遊戲」。這些詩作也讓世人為籠統的詩人貼上「關在象牙塔」的標籤。另一方面，由於「遊戲」的前衛性，讓一般批評家未及檢驗詩作是否能「重現更真實的現實」，也未能省思作品是否有「真摯性」，就為某些詩人戴上光環。影響所及，八〇年代之後，在批評家洶湧所謂的後現代時，「遊戲」之作再度成為詩壇的聚光點。

60

物象的哲思

　　除了打破「知、情」二元對立的詩作，黃荷生的詩作在「超現實」時代是另一個值得注目的焦點。他物象的呈現可以類似詩的概念化，而概念又如思維的物象。換句話說，他的詩是介於概念與物象之間，文字在這兩個領域的重疊地帶，逼視省思概念與物象的存在狀態。試以他第一首的〈門的觸覺〉的第一節為例：

　　門被開啓——被無所為的偶然

　　吹來了終要吹去的風；被那些遠赴

　　交點的線條，被那些肯定地

　　下降過斜度的梯，而沒有表示出

　　休止與終點的，沒有引力沒有方向的

　　那些問句，那些包含著否定的片語

　　那些久久而不得成熟的猶豫

　　久久的孕育，久久存在的奇蹟

（《觸覺生活》3-4）

　　門這個經由風吹開，是物象與物象的關係。但風是「吹來了終要吹去」，是概念化思維。門也被「那些遠赴/交點的線條」、「下降過的斜度的梯」所開啓。線條與梯的描述已經是濃密思想的注入。進一步想到門是這樣開啓，更想到人生悠遠的歷程。從樓上下樓梯，開啓門出去，而出去的行程，到遠方和別的線條成交點。假如線條與樓梯在上述的討論裡，賦予概念化的轉化，詩引文最後的

61

四行則幾乎以完全概念的書寫呈現哲學的厚度。門的開啓也可能是來自人生的一些問句,甚至是人生否定的場景,來自猶豫,來自「存在的奇蹟」。因爲問句,需要開門求得解答;因爲否定,需要遠離追逐肯定或是翻轉否定;門的開啓讓不成熟的猶豫暫時抒解;門的開啓也可能迎接奇蹟。這些都是對人生哲學的省思。值得注意的是,由於思維的密度,造成詩質的密度;又由於這些哲思是由「門」這個物象支撐,因而沒有一般意識型態概念化的膚淺。這也不是「超現實」的書寫,因爲不是耍弄的前衛,也不是刻意曲折的隱喻。可惜黃荷生本人以及後續的台灣現代詩,沒有延續這個傳承,延續詩作哲學思維的厚重書寫。[13]

另外,生於一九四五年的曾貴海,不算是「前行代」詩人,但他在六〇年代發表的少數詩作中有豐富的意象哲思。試以他的〈思考的纖維〉一系列作品中的〈燈〉爲例:

燈
在煩擾的中心
搖晃

像疲憊的眼光
垂散著一些語言
欲吐無力

(《鯨魚的祭典》4)

燈受到四面八方的煩擾,人聲吵雜,蟲聲縈擾。「搖晃」似乎

暗示他已無法支撐面對周遭的喧囂。但他還是要繼續吐出昏黃的光芒，雖然已經像是「疲憊的眼光」。這些光線也像是一種言語，但面對這個世界已經「欲吐無力」。這是具有哲學深度的物象觀照。

——總結——

總結五、六〇年代這一個階段的詩，有幾點值得注意：

1. 物象的觀照，台灣現代詩已經略具未來發展的雛形。有的詩人以說明性的言語，寫成詩行，詩的質素非常稀薄，但在刻意強調「本土化」的政治氛圍中，在文學的研究和文學史的撰寫上，反而變成研究討論的焦點。[14]這是台灣現代詩美學發展的一大反諷。詩學的論述，應該回歸美學的課題，不應淪落成（政治）意識型態的附庸。

2. 詩論戰只是烘托詩美學的過程，本身不是焦點。詩學發展的探討，不是列舉你來我往的爭奪過程，而是藉過程凸顯詩學的辯證。[15]

3. 辯證是正反的對應與對比，相似與相異的交相滲透。在相異的標籤下，有更重要的相似的詩質。

4. 不能純粹以詩人自己的立論，來決定其作品的風格走向。五、六〇年代「知性」和「抒情」或是「感性」的旗幟分明，將詩作生硬地分成兩個敵對的理念和陣營，對後代詩人及詩論負面的影響甚鉅。「知」、「感」絕不二元對立。在二元對立的「原則」下，重「感」的，可能濫情如做少女

夢，重「知」的，則冷漠如冰，耍弄文字技巧。事實上，一首能引人深省的「知性詩」，一定是一首暗藏深厚感情的詩。

5.五、六〇年代，也是隱喻狂飆的時代，部分詩作所顯現的複雜扭曲，造成一般對詩的誤解。「詩的技巧論」就是這種誤解的產物。向明在一九八八年的回顧指出：由於很多人的誤解與迷惑，誤以為在精神上裝成鬱悶難解才是現代詩人，文字上寫成晦澀難懂得才叫現代詩。（〈五〇年代現代詩的回顧與省思〉）

6.五、六〇年代，詩人大都欠缺對現實的處理能力。有的詩作平白直敘，甚至喊口號，有的躲在超現實的角落裡，過象牙塔式的人生。雖然「超現實」在當時的社會情境，是語言迂迴轉進的出口，有其存在的理由，但詩人無法面對當下人生是存在以及美學上的缺憾。七〇年代以當代時空入詩，是對這些超現實詩作的反制。但現實課題的詩作，是對詩人最大的考驗。當詩人要「真摯」面對人生與現實，而又能保持詩隱約潛藏的深邃感，詩人的感情更需要經由意象思維的辯證。詩能保此自我，在於詩人能勇敢面對當下的現實時，能經由詩行梳理情感重整現實，而使詩富於哲學的厚度。真正這個時代留下來最富於美學內涵的，不是前衛戲耍的詩作，而是兼含抒情與思維的人生書寫，以及黃荷生、曾貴海等人透過物象對抽象概念的哲思。

7.其次，所謂前衛是一再浮動的指標。五、六〇年代的「超現實」有其前衛的魅力，有些美學的價值，但在後代一再模仿

的過程中，已經幾近一種重複，而非前衛。同樣這樣的句子：「我從口袋裡掏出一個太陽」，在五、六○年代裡可能有前衛的光芒，但在八○年代已成迂腐。洛夫這樣超現實的詩句：「我正在尋找一雙結實的筷子/好把正在沈淪的地球挾起來」(《洛夫禪詩》135)，[16]放在二十一世紀的時空，已經難以引起當年《石室之死亡》式的震撼。這也就是為什麼當一再固守前衛標籤的批評家在八○年代還在肯定當前超現實遊戲詩作的想像力時，實際從事創作的詩人大都覺得這些作品，是因為缺乏想像而以戲耍的想像來遮掩。[17]

8. 最後，也就是「前衛」的浮動，當一個詩人自覺原先的寫作方式（如超現實主義）已經趨近老舊陳腐時，風格是否能突破是延續寫作的關鍵。瘂弦與白萩出版一、兩本詩集後，在超現實或是前衛「圖象」的書寫中翻轉後停筆。反諷的是，瘂弦最值得後世討論的作品，是以現實入題如〈上校〉、〈老教授〉、〈鹽〉的詩。林亨泰與商禽創作量本來就不多，與「圖象」戲耍或是超現實寫作的風氣告別後，勉強延續創作，到了八○年代之後所發表的作品，如商禽的《用腳思想》、林亨泰的《跨不過的歷史》詩質稀疏已經接近散文。[18] 管管仍然在做超現實的戲耍，但在不時的技法重複中發出時間泛黃的色調。碧果繼續有詩作，是浪漫的抒情，以及超現實遊戲精神的堅持。[19]真正在八○年代後還能展現創造力的是洛夫與羅門，以及在「超現實主義時代」，並不刻意玩弄超現實的向明與大荒。[20]

註釋

1 有關「六大信條」和「六原則」的內容,請參看有關的介紹。本文所引的蕭蕭的論文有詳盡的說明。

2 一種自體存在的二元對立,這種對立現象一直影響到七〇年代之後文學的藝術性與社會性的區隔,到了八〇年代之後兩者才得以較普遍性的統合。

3 其實,在五〇年代,詹冰是台籍詩人裡,頗有現代意識的詩人,他和林亨泰、白萩曾經有一些圖象詩的實驗,如〈水牛圖〉、〈插秧〉、〈雨〉、〈淚珠的〉、〈Affair〉等。但是綜觀他的詩,大體上仍然傾向於作物象說明式的處理。

4 台灣在1930年代楊熾昌等人合辦《風車》,引介日本的超現實主義,可惜每期印刷量只有七十五本,印了四期,影響有限,但卻是台灣本土最早的「超現實」淵源。有關楊熾昌的資料,補述如下:

陳明台〈論戰後台灣現代詩所受日本前衛詩潮的影響──以跨越語言一代的詩人爲中心來探討〉(《彰化師大第三屆現代詩學會議論文集》,1997年5月)說,1920年代出生的台灣元老級詩人,如詹冰、陳千武、林亨泰、蕭翔文、錦連等五位,對戰後台灣新詩現代主義與現實主義的混合、推展,其新興前衛的詩潮,加速了現代詩史往前發展。

陳明台的觀點,事實上,是有意藉此強調《笠》詩刊本土性之外的前衛性。但是大部分詩評家的論述並不苟同,如以下劉紀蕙的論點就是迥然不同的看法。

劉紀蕙〈前衛的推離與淨化──論林亨泰與楊熾昌的前衛詩論及其被遮蓋的際遇〉(《書寫台灣──文學史、後殖民與後現代》)一文認爲,今日台灣文學史在界定「台灣新文學」時,居然遺漏了最具有前衛精神以及反覆強調「新精神」的楊熾昌。以他和銀鈴會、現代派、《笠》詩刊的前衛性相較,他翻轉了寫實主義伊底帕斯症的系統結構,抗拒翻轉了僵化的意識型態。

又：楊熾昌（水蔭萍1908-1994）的作品，可藉由呂興昌編輯的《水蔭萍作品集》窺其全豹（參見蕭蕭、白靈主編《台灣現代文學教程：新詩讀本》、古繼堂《台灣新詩發展史》）。

5 那個時期，《笠》詩刊也翻譯引介日本與法國的超現實主義作品。

6 紀弦剛開始對超現實主義加以肯定，他在《現代詩》第14期〈對〈所謂現代派〉一文之答覆〉裡說：現代精神「尤以超現實派的表現方法爲純正而新銳」（頁71）。他以超現實主義反制浪漫主義，也以超現實主義與寫實主義對立。但是漸漸地他對「超現實主義」的「自動寫作」與「潛意識」書寫頗不以爲然。他在〈從自由詩的現代化到現代詩的古典化〉裡說：「我們的詩人群中，就頗有一些人在啃著法國的超現實主義的麵包乾而自以爲頗富營養價值，這是很不對的。」（《紀弦論現代詩》31）。覃子豪一面譯介超現實主義，一面對超現實主義批評，請參見他的：〈超現實主義給予現代詩的影響〉、〈象徵派與現代主義〉以及〈超現實主義的影響〉，全部結集於《覃子豪全集II》。

7 有關台灣「超現實主義」的論述甚多，請參見：柳鳴九編的《未來主義 超現實主義 魔幻現實主義》，奚密的〈邊緣，前衛，超現實——對台灣五、六十年代現代主義的反思〉（《台灣現代詩史論》247-264），《現當代詩文論》155-179），張漢良的〈中國現代詩的「超現實主義風潮」——一個影響研究的仿作〉（《比較文學理論與實踐》73-90），劉正忠的《軍旅詩人的異端性格——以五、六十年代的洛夫、商禽、瘂弦爲主》，劉紀蕙的〈超現實的視覺翻譯——重探台灣五〇年代現代詩「橫的移植」〉（《孤兒・女兒・負面書寫》260-295）等。

8 蘇紹連的《茫茫集》裡〈魂〉一詩裡有這樣的詩行：「什麼事是夜車。什麼水是船隻。什麼愁是燈火。……」。這些文字與意象是一種倒置。以上三句要呈現的是：夜車來了有什麼事？船隻渡什麼水來？燈火點什麼愁？和本文葉維廉的句法散發出同樣的趣味。更有趣的是，和葉維廉一樣，八〇

年代後，蘇紹連的詩作嚴重的散文化。他最值得討論的作品仍然是這一本《茫茫集》，正如葉維廉的《愁渡》。

9 陶保璽《台灣新詩十家論・景也，亨泰！舍也，亨泰！思也，亨泰！──讀林亨泰的詩，兼論圖象詩的思維走勢》提及，林亨泰所創作的圖象詩，其詩學理論價值有三：善於捕捉並把握漢字所蘊涵的「詩意本源」，具備著無限的創造能量。結合著字象與物象思維，去釀造詩意，擴展詩的張力，定格爲詩人所獨有的藝術形式，並從其中迸發出新思想。其三，單就圖象詩的創作而言，它的著力點，並非運用人類直覺思維的圖式，去構製和創造某種圖象，而是必須在鮮明的圖象中，熔鑄渾厚而豐富的詩之意蘊；否則，那便會喪失詩味而取消了詩的本質屬性，淪爲非詩。陶保璽有關「圖象詩」的論述頗有洞見，但是林亨泰實際的圖象詩和這些論述頗有距離。因此，陶保璽的論述，可以說是將林亨泰的詩作經由批評家理想化後作詮釋的塡補。

10 在當時本土性詩人中，和林亨泰並稱最有現代性的詩人是白萩。白萩寫的詩不多，但「圖象詩」佔了相當的比例。他常被引用的〈流浪者〉也是一些固定文字與意象的反覆。

11 這是李豐楙的措辭。請參見他的〈中國純粹性詩學與現代詩學〉，頁59。

12 也許爲了複雜的政治情境，也許是本身的立足點的飄移，紀弦除了上述「反共」與「詩的純粹性」、「知性」與陳啓佑所說的「濫情」的矛盾外，有關「超現實」的立論，正如上述，也是前後自相反證。以「濫情」的課題來說，正如本文所述，《現代詩》10期之前感傷濫情的詩作佔相當大的比例（請參閱本書下一章的討論）。奚密引用紀弦在第6期的社論〈把熱情放到冰箱裡去吧！〉說明：「相對於淺薄的浪漫抒情，《現代詩》強烈反濫情感傷」（〈在我們貧瘠的餐桌上〉《書寫台灣》208）。這是另一種理論與實際的矛盾。我們不能因爲詩人表象的說詞，就相信其詩作的實際走向。

13 很難相信上述黃荷生的詩作是他當年16歲時高一的作品。台灣90%以上的
詩人即使成熟期也沒有這麼豐富的「詩想」。有關他作品的討論，請參閱
阿翁（翁文嫻）的〈傾斜的少年〉（《觸覺生活》209-224）以及〈門被開啓
——黃荷生作品討論〉（同上 170-201）。

另外，楊宗翰《台灣現代詩史——批判的閱讀》說，黃荷生（1938-）是
紀弦任教的成功高中學生，當紀弦的《現代詩》13期（1956年2月）宣告
成立「現代派詩人群」，才高一的黃荷生就已經是第一批加入的成員。他
在1956年出版了第一本也是唯一一本的個人詩集《觸覺生活》。1958年過
後，才上大學沒多久的他，一聲不響地把詩筆封了起來，從此創作生涯宣
告結束。1993年，《觸覺生活》由現代詩社重印，翁文嫻並發表了〈傾斜
的少年——黃荷生詩論〉、〈「難懂的詩」解讀方法示例——黃荷生作品析
論〉兩篇論文，現代詩社還舉行了「黃荷生作品討論會」，肯定當年才十
七歲的黃荷生，其詩作驚人的原創性，是早期新銳詩人中，現代詩的拓荒
者之一。

14 有關「本土化」的論辯如下：彭瑞金強調台灣文學「本土化」，而本土化
的主張就是強調台灣文學不是中國文學（〈當前台灣文學的本土化與多元
化〉）。游喚在〈八○年代台灣文學論述的質變〉指出，台灣文學本土化已
泛政治化。龔鵬程的〈本土化的迷思：文學與社會〉（《台灣文學二十年集·
評論20家》）認爲，過激的本土化，是本土化運動中氾濫、冒用、錯置的
現象。「本土化」一詞，在國際學術界，經常是與「納粹」、「法西斯」
相連在一起。雖充滿了道德感與神聖性，但也帶著反壓制的色彩。認爲過
去外省作家佔據了台灣文壇，於是就重新界定台灣文壇，將非我族類排棄
在外，說別人不夠資格稱爲台灣作家。呂正惠《文學經典與文化認同》一
書裡，〈台灣文學與中國文學——台灣文學主體性平議〉、〈七、八十年代
台灣鄉土文學的源流與變遷〉、〈以獨白反對群衆 ——對本土文化論的質
疑〉等文章中，明確表達他「台灣是中國的一部分」之信仰，而「本土派」

通常已經認定自己不是「中國人」。「本土派」認爲，關心台灣和關心中國是矛盾而不能並存的。

15 有關詩刊/主義、詩史/詩壇、創作/理論的交叉辯證補述如下：

陳芳明《後殖民台灣──文學史論及其周邊‧台灣現代文學與五〇年代自由主義傳統的關係──以《文學雜誌》爲中心》提及，1956年，夏濟安主編的《文學雜誌》與紀弦的《現代詩》同時問世，對戰後台灣文學的再出發，深具意義。夏濟安是六〇年代現代文學運動的奠基者，在文學上採取自由主義與現代主義的雙重思考，是他留給後人的一個典範。在新詩方面，他提議使用現代主義的技巧來提升白話文的運用。《文學雜誌》停刊於1960年，隱性的現代主義運動者，在同年又重新集結於白先勇創辦的《現代文學》旗幟下，他們所帶來的新感覺與新美學，已開始改造台灣文學史的軌跡了。

《現代詩》詩刊停辦於1964年2月，《藍星》詩刊停於1965年6月。《創世紀》詩刊於1961至1963年間，每年只出版一期。正是在這樣的詩壇生態下，《笠》詩刊於1964年6月15日創刊；迄今的雙月刊，已發行了235期。奚密〈早期《笠》詩刊探析〉（《文化、認同、社會變遷：戰後五十年台灣文學國際學術研討會論文集》）澄清，五〇到六〇年代中期，《現代詩》詩刊的詩人表面上固然參與「反共抗俄」的論述，實際上卻是將官方資源轉化成民間文化資源，且以含蓄迂迴的方式批判與反抗官方的意識形態。早期的《笠》詩刊甚具現代感。它繼承了《現代詩》的前衛精神，以追求詩的純粹性與眞摯性爲理想，且就多重的文學理論展開結合與對話。（參見吳潛誠〈台灣在地詩人的本土意識及其政治涵義──以《混聲合唱：「笠」詩選》爲討論對象〉、趙天儀〈論林亨泰的詩與評論：現實主義與現代主義的對話〉、林亨泰《找尋現代詩的原點》、陳玉玲《台灣文學的國度──女性‧本土‧反殖民論述》、蕭蕭《燈下燈──中國現代詩評論專集》、孟樊〈台灣的世紀末詩潮〉及向陽〈長廊與地圖──台灣新詩風潮的

溯源與鳥瞰〉、〈七○年代現代詩風潮試論〉、〈八○年代台灣現代詩風潮
試論〉)。

16 類似這種林群盛的口袋裡掏出太陽，或是洛夫的筷子挾地球在有些詩人中
似乎用得想當然爾，如丁穎在七○年代出版的《第五季的水仙》裡的〈期
待〉的開頭：「昨夜，我敲落滿天星子/綴一串銀色項鍊」（63）。這一次是
星星。和林群盛以及洛夫上述的詩行相比，這個意象比較有說服力，因為
有些「寫實」的立足點——項鍊上珠寶閃爍如星星。

17 也就是如此，比較強調「前衛」的批評家張漢良、劉紀蕙、奚密所肯定或
是費神討論的林群盛、林燿德、陳黎在大部分的詩人心目中評價迥然不
同。即使處於五、六○年代前輩作家，撇開詩史的陳述外，以美學的觀點
來說，商禽、白萩、林亨泰、管管、碧果在刻意強調「前衛」的批評家中
的地位，和真正詩人的心目中的地位也迥然不同。

18 嚴格說來，白萩與林亨泰當時雖然和超現實主義略有牽扯，但真正的詩心
與詩作是詩創作的現代化。事實上，林亨泰的「現代主義」也是以「鄉土」
的現實為著眼點。他說：「雖然在方法上因追求『現代』而作了最大的嘗
試，但是，另一方面，詩作品的題材卻都以『鄉土』為限」。（《林亨泰全
集·文學論述卷4》129）白萩在1965年出版的《風的薔薇》的〈後記〉直
言：「有一部分高唱著中國傳統，偷竊著唐詩宋詞的詩句、形象」，「另
一部分卻極端的搞時髦的超現實和存在」（60-61）前者暗指余光中等人的
詩風，後者暗指洛夫、瘂弦、商禽等人的超現實主義。林亨泰和白萩在詩
中所關注的是台灣現實。這是他們以《笠》詩刊另起爐灶的動因。

19 碧果即使在2003年出版的《一隻變與不變的金絲雀》裡，還有不少如下文
字遊戲的超現實詩作，如〈洞〉：「當月光睨視的由那株自命為史的樹後
升起大地/已走進一片碧色的光裏飢餓的狂嘶向那位無形/的聽者述說一種
沒有止境的夢的描模川流東去/而後把自己填入一個空著很久且/尺碼適合
的//席次。」（《一隻變與不變的金絲雀》62-63）；以及以這本詩集的標題

詩的第三節:「所以:/水的水,水的水,水的水的水,的水的水的的水/的水的,的水的,的水的水的,水的水的水水的/水的的,水的的,水的水的水水的/的水水,的水水,水的水的的水/水水的,水水的,水水水水,水的的/的的水,的的水,的的的的·的水水/水的,/的水,/水的的,的的/水。/水的水的水水的,沒有鼓聲伴奏的/的水的水的的水,沒有鼓聲伴奏的/水/的」(同上 70-71)

20 一種主義流行時,這種主義時常變成一個沒有眞正創造力詩人的遮掩策略。好的詩人能在某種主義流行過後,還能湧動創作的泉源。以洛夫爲例,七〇年代來自關傑明、唐文標、陳映眞等人有關超現實主義的攻擊,以及來自《龍族》詩社主張中國民族意識以及詩風明朗的籲求,洛夫在七〇年代出版的《魔歌》以實際不同的風貌作爲回應。《魔歌》裡的詩不時有超現實的詩興,但卻不是「超現實主義」的複製。洛夫在八、九〇年代繼續以詩集《時間之傷》、《釀酒的石頭》、《月光房子》、《天使的涅盤》、《雪落無聲》等詩作,讓偶爾的超現實思維落實於人生而變成合理化的想像。洛夫在《雪崩》的〈自序〉裡說:「一個詩人畢其一生不可能只寫一種風格的詩而不變,他如果要追求自我突破,就必須不斷佔領,又不斷放棄」。2001年的長詩〈漂木〉所展示的正是一個詩人不以固定風格而展現創造力的最好說明。

另外,大荒在五、六〇年代,就和一些詩人一頭栽進超現實主義的迥然不同。大荒在那個時代,保持和超現實若即若離的距離,早期的《存愁》無論語言與想像都比當時很多的「前衛」詩更具說服力,隨後,歷經八、九〇年代,先後有《第一張犁》、《剪取富春半江水》詩集的問世,到了2003年3月,在《創世紀》詩刊有長達八百行的長詩〈九聲〉(由組詩九首組成)。我們看到持續動人而不玩弄所謂「前衛」的想像力。

有關大荒的資料與評論,請參閱:沈奇在〈台灣詩人散論·歷史情懷與當下關切——評大荒兩本詩集〉、〈銘心入史存此愁——論大荒和他的代表詩

作《存愁》》（大荒《第一張犁‧附錄三》）、〈詩重布衣老更成——讀大荒詩集《剪取富春半江水》〉提及，強烈的現代意識與深厚的歷史情懷，同時體現在詩人的詩作上。孕大含深是其大荒式的詩美品質。

古繼堂在〈浩氣貫古今，健筆攬縱橫——評大荒的詩〉說，詩人的第二部詩集《台北之楓》實際上就是中國之風。其中的長詩〈萬里長城傳〉，是政治抒情詩的佼佼者。陶保璽〈觸摸詩人大荒燃燒的靈魂〉（轉引自落蒂〈燃燒的詩魂——大荒詩作研究〉，《創世紀》131期）指出，詩人詩作的特色為：為人生的悲苦命運而嘯吟呼號、在審視現實中鍛造自身的靈魂。

3 詩與現實——早期台灣現代詩的現實觀照

——五、六〇年代——

　　一般文學史的撰寫傾向以思潮與意識型態的走向選擇焦點。在一個主義的聚光燈下，只有光圈裡的臉孔有了五官，其他的被推入黑影。五、六〇年強調「超現實主義」，不超現實的詩人，就甚難進入一般詩史的撰寫。例如：同樣是創世紀的成員，大荒在當時幾乎是個被遺忘的名字。但是在六〇年代，當有些創世紀詩人在玩超現實的文字遊戲時，大荒已經寫下足以和羅門〈第九日的底流〉、洛夫的〈石室之死亡〉份量相當的幾首長詩：〈存愁〉、〈兒子的呼喚〉、〈幻影‧佳節的明日〉、〈我是流動戶口〉、〈第四夜〉、〈最後的傲岸〉等。這些詩想像力豐富，整體詩作比當時大部分的「超現實詩」自然恢弘。但是在現有文學史上，除了沈奇極少數的批評家外，有誰注意到這幾首長詩？大部分台灣的詩評不是尋找「前衛」、「理論」的標籤，就是在作品中印證本土族群的意識型態。因此，詩史的撰寫有時是詩美學的反淘汰。

　　「現實」的課題也是如此。若是以「超現實主義」或是「橫的移植」當焦點，因為當時這些聚光燈下的詩人，躲在心靈的陰暗

處，不敢碰觸現實，我們就輕率下結論說：五、六〇年代的詩沒有現實的觀照，我們也可能患了上述同樣的錯誤——誤把這些人當作整個時代的代表。大荒的〈幻影·佳節的明日〉裡就有這樣的詩行：

> 九月夜晚，列車交媾著城市，
> 夜總會已經開門，團管區已經下班，
> 閃爍的電子呼籲著顧客，
> ……
> 可愛的荒淫！白玫瑰刺流泯的名字的乳房，
> 畢竟不紋馬斯的頭像，
> 如徵集令尚未送達而斑馬線待於渡口，
> 且狂吹薩克斯風，且如打七種樂器的鼓手，
> 放手玩過今夜！
>
> (《存愁》63-64)

雖然部分的文字和當時甚多的詩作一樣有些拗口，詩行卻是心靈的內在思維適度和外在的世界的銜接。表面上「列車交媾著城市」和一般「超現實」的詩一樣，是個曲折的隱喻。但是當我們想到列車修長的形狀，城市是一個類似盆地裡大的圓形空間，而列車正朝「她」駛去時，我們也驚喜這個交媾意象的逼真。隱喻要建立在某些現實的逼真度上才有說服力。「交媾」的意象和整個詩節「放手玩過今夜」相呼應。注意詩行中「團管區」潛在的幽默感與現實內涵。它暗示這是個不安的時代，詩行中沒有出現軍人，但軍人呼之

欲出。因此，只有團管區下班，刺著流氓名字的乳房才有人光顧。而以流氓的名字迎接軍人又將兩者做似有似無的牽連，讓讀者發出感受反諷的會心微笑。妓女迎接的可能就是兩種人：軍人和流氓。經由妓女的中介，軍人和流氓有一種喜劇式的認同，雖然在一般常理的認知，兩者是全然的對比。

我們的印象中瘂弦《深淵》裡「側面」那一卷的幾首人物速寫——〈水夫〉、〈上校〉、〈坤伶〉、〈馬戲的小丑〉、〈棄婦〉、〈瘋婦〉等——大概是超現實時代，主張超現實的詩人留下來極少數有關現實的詩。瘂弦這幾首人物的書寫，其影響力可能超過他本人的想像。《深淵》是瘂弦唯一的一本詩集，這個「單一詩集」作者的名聲能支撐到二十一世紀，雖然主要原因是和作者大量主動或是被動參與文學活動有關，但幾首詩裡的人物側寫所展現的人性刻畫，使詩中的個相變成通相，使創作延展成特定時間之外的銘記，也有關鍵作用。

除此之外，超現實詩人在現實的扉頁裡幾近一片蒼白。但超現實之外呢？巫永福等本土詩人以詩作為意識型態的工具的寫作方式，是詩美學的反面示範，前一章已經略微說明，不再重複。[1]其他表象是所謂「現代主義」的《現代詩》也在五○年代刊登了一些現實關懷的詩。事實上，我們既定反應裡的《現代詩》與實際的《現代詩》有很大的差距。我們以為刊登在《現代詩》裡的作品都是表現現代主義的詩，但仔細翻閱，卻發現當年的《現代詩》很像今天的《葡萄園》與《秋水》詩雜誌，第十期以前的狀況尤其如此——浪漫式的情緒書寫佔據詩刊的主要篇幅。除了成就不高的浪漫煽情詩外，偶爾夾雜一些反共「詩作」。第十一期以後才慢慢發揮

了「現代詩」的精神。但不論第十期之前的「浪漫」，或是第十一期之後的「現代」，偶爾會出現一些「現實詩」。其中有小凡所描寫的〈僧〉（第5期）、〈店員〉（第6期），零零的〈女侍〉（第5期），王璞的〈賣花女〉（第5期），曹陽的〈娼妓〉（第8期），張航的〈老兵〉（第8期），賀山蘭的〈老人〉（第8期）、〈致一農家女〉（第8期），吹黑明的〈工人之詩〉（第10期），吳瀛濤的〈台北詩篇〉（第9期）等。孫家駿組詩《台北街頭行吟》（第11期），共包括六首詩，分別是〈店員〉、〈三輪車夫〉、〈擦鞋童〉、〈酒女〉、〈乞者〉和〈黃牛〉。這些短詩有如社會現象的側寫，也是時代風貌的記錄。通常能描寫現實大都意味對社會情境的同情或是譏諷。當很多詩人在「超現實」的世界裡玩前衛的遊戲時，這些詩卻能觸及真實世界裡的人生，能以人本的語調為都市裡的小人物發出他們坎坷的心聲。

　　大體來說，《現代詩》所同情社會弱勢者的詩作，其實不一定有強烈的社會使命感。所描寫的弱勢族群，在文字的敘述中，泰半是自身生活的寫照。正如奚密在〈在我們貧瘠的餐桌上——五〇年代的《現代詩》季刊〉所說：「它們背後未必有任何社會批判意識或道德目的，它們更直接來自詩人自身的處境和親身的經歷。」（奚密 220）由自己的身世的坎坷，因而書寫坎坷的他者，這種寫作有點是對自身生活環境的本能反應，和七、八〇年代現實詩的創作動因不同，甚至和六〇年代能真正寫「他」的詩人有別。七、八〇年代的現實詩，詩人本身並不一定是弱勢者，但是卻以不是弱勢者同情弱勢，有更莊嚴的人生觀。在詩人創作生涯的成長中，從寫「我」到寫「他」是很大的跨越。

　　但是即使寫作動機只是自己命運的映照，這些有關現實的詩作仍然彌足珍貴。在文學史以及美學發展上應該在所謂的清一色「超現實主義時代」裡佔有一席之地。其他詩人呢？文曉村的〈小鎮群像〉，是人物的速寫刊於《葡萄園》詩刊三至八期，描寫各行各業的形象，包括農民、礦工、泥水匠、綠衣人、老校長、女教師等。另外，在超現實以及本土意識型態的兩極裡，我們看到麥穗等一些幾乎不被文學史討論的詩人有如下人物刻畫：「多孔的罟網哪盛得住少女的青春/不停的流水也照不見額上的皺紋/櫓槳在水面上留下行行哀詩/兩岸的秋蟲不停地在月下低吟」（《森林》〈漁家女〉）。麥穗另外有「女店員」的側寫：「潮湧般的人群/湧過來湧過去/……/他們的視線/磨亮了妳們貝殼般的青春/在妳們積沙似的歲月中/卻增加了他們那/苦澀而汗臭的鹽粒」（《森林》〈女店員〉）。麥穗七〇年代之後的創作，以形容詞做感嘆說明式的抒情，整體的寫作成績無關緊要，但當我們要在五、六〇「超現實」時代裡找一些有關現實的意象思維時，他那些類似〈女店員〉的作品仍然值得詩史的回眸一瞥。

　　整體說來，五、六〇年代已經存在一些現實觀照的詩，無論在詩的美學成就上，以及詩的產量上，除了少數例外，大都流於散文化的敘述與感嘆，因而在文學史上，幾乎全然被「超現實主義」所遮掩。七〇年代的詩作雖然是散文或是感嘆語法的延續，但是由於本土詩人的大量創作，且配合各種文學論戰來勢洶洶，有關「現實」的詩作完全翻轉，變成文學史聚焦的主流。可見美學的發展，若是以各個時代的「主義」或是「意識型態」做為主體，將是一個非常「失焦」的論述。在有限的焦點裡，許多好詩因為不去呼應流行的

理論或是意識型態，大都在篩選的框架外流失。

另外，若是文學史的撰寫者或是批評家只能用流行的理論來篩選作品，我們在文學史裡所閱讀的很可能都是二流的作品。因爲不合乎批評家理論框架的詩作，無法進入他們的視野，當然也進不了文學史。

──七○年代──

七○年代有關現實的詩作分成兩個迥異的大方向。一個是「近看此地」的現實，另一個「遠眺那邊」的現實。前者主要是本土性作家，後者是大陸來台的詩人。兩種詩作的並列討論並不是有意造成族群或是意識型態的對立，而是在這樣的對比張力下，我們可以深入詩人心中所「關心」、「所在意」的基本差異。對於前者，面對生活空間的苦難，美學可能是奢侈的用語；對於後者，詩的工具化也讓詩的存在產生問號。前者是腳踏實地的現實，後者是「以望鄉作爲現實」；在前者的眼光中，後者是遠離現實。

詩美學並不意味要漠視生活的苦難。事實上，生活的苦難更能激發美學的層次。美學到達某一層次，就自然會以海德格所謂的「日日的存在」（everydayness）爲基礎。五、六○年代許多詩作，詩中人躲在潛意識的角落，完全無視於生活的空間，只是演練超現實的隱喻，詩學的成就有限，原因在此。藍笙（John Crowe Ransom）三○年代的〈詩的本體論〉（"Poetry: A Note in Ontology"）（結集於 *The World's Body*）裡，就曾經說過，詩人善用巧喻（conceit），但其是否產生神奇的效果，關鍵在於逼眞。單憑這一句話，

就可以瞭解一些批評家輕率的文字：「『新批評』只是文本內在的研究，沒有外在現實世界的牽扯」是典型的不看原典，而只是以訛傳訛的論斷。事實上，不論是當時的泰德（Allen Tate）所提出的字質的張力，布魯克斯（Cleanth Brooks）所強調的「弔詭」（也就是葉維廉所說的「既謬且真的情境」），或是他們共同所強調的詩內在的戲劇化，都是以人生當參考點。字質間的張力不只是字與字之間的內在關係而已，而是文字裡穿透的人生所引起的緊張感。「弔詭」既然「既謬且真」，當然是人生的投影。

以「新批評」所強調的既要有想像又要有逼真感，是對詩人極大的考驗。想像與逼真的辯證才能產生真正觸動人心的詩行，但是五、六〇年代許多詩人只有「狂放」的想像，無法和現實的「逼真」相傍依，因而只能寫出一些類似文字遊戲的作品。這些詩作在真正有創意的詩人眼光中，大都不屑一顧，但反諷的是，在一些批評家的評論文字裡，卻變成有「超凡的想像力」。這些批評家無法體認到，最難寫作的是想像逼真地扣住現實情景的詩作，如艾略特類似的詩行：「我用咖啡湯匙量走了我的一生（I have measured out my life with coffee spoons）」。

要能「逼真」當然要「逼視」當下的現實。這一點，七〇年代的詩作有極大的意義。但是逼真並不是現實的複製，必須要和想像結合。假如五、六〇年代有些「超現實詩」是天馬行空的想像，七〇年代許多著眼現實的詩，是將想像放逐。我們不一定要以「新批評」那些所謂「過時的」詩觀來檢驗台灣現代詩，只是詩是人類最能發揮想像的文類。詩的好壞也是想像與現實逼真感彼此距離的拿捏。我們實在無法想像將想像放逐的「詩作」將是什麼樣的

「詩」？

詩的社會性價值

　　這樣的詩大都延續五、六○年代巫永福的寫作方式。寫詩的人對社會與現實有強烈的感受與反應。但這種感應卻經常訴諸於情緒，而非進出深沈思維的情感。這些詩不經由想像，詩只是對現實的感慨與情緒的出口。文字的情緒化使詩成為控訴現實的言談。進一步說，這些對現實採取控訴型的書寫，潛在要求的就是要立即引起讀者情緒的波動。他們所在乎的不是讀者能長久回味的詩作，而是能在短時間內改變社會現實的作品。

　　某方面說，面對生活的苦澀，社會價值的不公，雖然詩人本身不一定是直接的受害者，但是能將自己放在「他者」的情境裡，這是詩人或是任何文學的書寫者最難能可貴的心境。這樣的文學也當然富於林亨泰在〈現代詩的基本精神〉裡所說的「真摯感」。詩人比一般人更敏銳的感受力，因而也應該更能感受到生活處境的觸動。詩人擁有最獨立的自我，但這種自信卻建立於和外在世界的交融。報載的悲壯事件也許是自己的事，只是用了別人的名字。沒有對人生的真摯感，沒有人同此心的人文感受，詩人所為何事？當一個城市裡有多少人因為失業而前仆後繼的跳樓自盡，詩人還在詩作裡飲酒賦詩數星星？還是在語言的閣樓裡玩超現實或是所謂的後現代文字遊戲？

　　當代現象學的思維將「自我」建立於和「他者」或是外在世界的互動上。經由「他者」才能深切體認到真正的「自我」。美國詩人麥克理希（Archibald MacLeish）對詩人有一段極動人的描述：

「詩人不只是觀察者，而是觀察情境裡的演員。在詩裡講話的語音就是他的語音──痛苦事件中的承痛者，愉悅事件中的愉悅者──正如詩人的語音。」（MacLeish 98）

但由於感受敏銳以及一切身陷其間更容易導致心靈的創傷，書寫現實必然更會品嚐到現實的苦澀，關懷「他者」卻經常自覺到「自我」的無力感。海德格在《存有與時間》（*Being and Time*）裡認為人的存有是無可奈何的「日日的存在」，生存的價值在「日日的存在」裡變得模糊。但詩人不服膺現有的價值體系，而在文字中確立另一種價值。文字所確立的價值是什麼？如何確立？我們可以在七〇年代有關現實的詩作裡，做一些探討。

所謂價值，可分為兩方面，一方面是社會性的價值，另一方面是藝術性的價值。社會性價值是人文精神的發揮，以詩指陳現實的困境，以詩作引起社會的回響，以詩敲響的鐘聲作為警訊。李昌憲以如此的文字陳述七〇年代外國資本家對台灣女工的壓榨：「還不是想/把我們視同勞役/把價值強權劫掠/把我們意志摧殘/把國魂連根拔棄/換一幅面具」（《加工區詩抄》〈女工之怒〉）。張雪映以如下的文字傾訴社會給個人造成的傷口：「花十塊錢購買三口檳榔驅寒/一口檳榔在口中有咀嚼不盡的家鄉味/有百般哀痛地受到酒廊的歌聲擊傷/……/一種焚心的往事，自千瘡百孔的胸口/彷彿鑿出血孔」（《同土地一樣膚色》〈德惠街、檳榔液〉）。吳晟對一個要離開這塊土地而投入他鄉異國的友人，有如下的言語：「終於，你也走了/你還會回來嗎/在異族歧視的眼神中/你和我們這塊土地的血緣/你切得斷嗎」（《吾鄉印象》〈你也走了〉）。這些言語都是來自肺腑，來自意念的真誠。李昌憲的詩行裡，真實作者並不是女工，但能人同

此心的移情。張雪映的詩行裡，社會的頹敗讓人的身心佈滿傷口，檳榔汁有家鄉味，對照現實的「千瘡百孔」。吳晟的說話者的對象顯然已對現實不再有任何的寄望，不如自我放逐到遠方的國度。

目的論書寫

假如詩能引起社會的共鳴，詩已經或多或少或是間接地豎立了社會性價值。當詩作把社會性價值擺在意識的第一個層面時，詩就佈滿了焦慮的急促感。「目的論」的理念也因而可能變成詩的驅策者。而當詩變成目的論的代言人，詩也自然將自我從藝術價值中放逐。目的論（teleology）有三種意涵：1.語言的發生與目的是直線距離；2.語言是消耗性的傾向；3.語言是詩的承載工具。

假如想像是詩必然的內涵，詩所承載的的訊息勢必迂迴隱約。假如詩的訊息指向某一個方向，這個方向和標的物之間層層疊疊了眾多飄浮的風景。詩作並不是沒有動因，只是這個動因要由讀者去感受摸索，不是詩人明白的「指示」。正如藍笙所說，所有的動因、「主旨」不是在清水裡的珠寶，觸目可見，觸手可及。十九世紀的詩人柯勒奇（Samuel Taylor Coleridge）說：詩的語言以及讀者閱讀中的心境正如一條蛇的移動，不是直線進行，而是藉著蛇身的彎曲扭動，在表面朝後的動作中，凝聚了往前的力量（173）。布魯克斯在論述「弔詭」時說：詩正如莎士比亞作品裡的滾木球遊戲，木球不是正圓形，因此滾球的人需要用迂迴的弧度，才能滾進目標。布魯克斯進一步比喻說：詩正如風箏飛揚時的尾巴，尾巴的擺動促使風箏往上升，但尾巴本身的重量又會使風箏往下墜。詩的風箏是在上下兩種力量的拉扯中保持張力，「面對風的衝擊」，在空

中遨翔。[2]

　　但是目的論無視詩內在相反力量的拉扯，也無視詩情境裡可能的逆向衝擊。「目的論的詩人」採取直線而非隱約迂迴的寫作方式，因爲直線是兩點之間最短的距離。對於這些詩人來說，寫詩動機和現實的刺激是立即的因果；文字就是動機直接的操控。被操控的文字就是要達到社會性的指標；寫作的主要目的不是美學，而是「陳情」、「吶喊」。

　　詩作要與現實互動，但詩要在現實過後，不會被丟入垃圾桶，因爲寫詩不是即時的消耗。目的論的寫作使詩幾乎等同訊息。因此，當現實的情境不在，事過境遷，所謂的詩作已失去訊息的意義，已無存在的功能。一個明天八點鐘開會的「通知」，明天八點過後，除了以後製作年表或是提供以後政治鬥爭翻案的素材外，已無存在的必要。目的論的寫作爲了急於達成目的，變成了目的完成後（甚至還未完成）的消耗品。

　　由於急於達成社會使命而不迂迴想像，或是由於詩人本身想像能力不足，目的論的寫作大都使作品喪失回味的空間。作品因而也只是物質性的記錄，很難有延續性的精神內涵。另外目的論的寫作和一般慣常的文學「反映論」琴瑟和鳴。「文學反映人生」是一句滑溜的口號或是座右銘。這些論點在一般「鄉土」文學的課題上，大都順理成章。在《文訊》雜誌一系列所舉辦的「鄉土與文學」的研討會上，類似的言論：「文學的可貴與價值，在於透過文字的技巧，忠實地描述了某一特定時空中所發生的某一些人、事、物」（楊子澗 179-80）：「鹽分地帶文學揭發鹽分地帶農村的困境，反映當地農民的生活情景，便成爲作家使命感的誘因，是難以推卸的

責任。」(羊子喬 203)

　　表面上，文學需要有時代性，「反映」正是文人應有的道德承擔。十九世紀末，美國寫實主義的推手浩威爾斯（William Dean Howells）如此論說：若是沒有真實處理人生，「風格的幽雅、發明的才智、結構的機巧只是多餘的累贅」。寫實主義最大的貢獻是讓文學撤離浪漫主義才子佳人、非常態的人性書寫。但是浩威爾斯苦口婆心地告誡：寫實文學不僅要有倫理觀（ethics），也要有美學觀（aesthetics）。不能進入美學殿堂的作品，不是文學的課題。「反映」人生的積極意義，不只是被動的報導事件，還要讓本身的書寫成為美學事件。如此的書寫，因而也漸漸使「反映」摻插了心靈透過語言的「反應」。楊子澗的「透過文字技巧」只是一般約定俗成「語言技巧論」的投影，事實上所謂技巧就是美學「形而下」的起步。

　　換句話說，現實的處理，表面似乎是「報導」、「揭發」、「抗議」主宰創作意識，因而變成目的論的犧牲品。事實上，語言事件卻是創作意識所顯現的美學功能。表面上，「抗議」是主動的行為，實際上，作者是被「目的」所掌控。假如文學以「直接反映」現實為目的，作品就變成「目的論」的附庸。文學或是詩的創作，真正的主體性應該是美學的發揮。這也是林宜澐所說的：作者的「作品除了被動地受到時空先天形式及由其衍生出來的諸多因素所規範外，也同時因為作者的主動能力而擁有無限的可能。」對現實或是鄉土的「反映」，因而並不是「那麼直接必然」，而可能是「經過數層意識或潛意識的轉化、變形」（林宜澐 91-92）

語言的動態進展

　　進一步說，在「目的論」的旗幟下，訊息本身就幾乎已經被視為成品，語言只是承載成品的工具。因此，詩也像個郵遞包裹，假如沒有空難，假如沒有恐怖份子劫機，在美國打開從這個島上寄來的包裹將一成不變，一樣不減。以詩比喻成郵遞包裹意味詩已經是成品，只是經由語言傳送而已。但詩是語言在動態進展中的產物。詩是經由語言才完成，在未完成前，詩是未知、未定型的。詩只存在於「未來」完成的那一瞬間。大陸的詩學家何鑫業在〈召喚‧蒙難‧語言的意義〉說：「詩是未知的，我們要讓詩從某個地方出來，使用的呼喚之聲就是語言；反過來，詩人懇求語言幫助，說明語言的全過程又將是詩本身。」（何鑫業 143）

　　詩是「詩想」經由語言的「召喚」，和語言互動的結果。進一步說，詩的語言不是工具，而是思想。但這個思想，不是既定不變的思想，而是在語言的動態進展，是詩人與語言的對話中才延伸出來的思想。假如詩有所謂理論、意識型態，這些都應該在詩創作的過程中才誕生，而不是事先以預定的理論即意識型態填入文字的工具來完成詩。

　　布魯克斯在上述有關「反諷」的文章裡說：

詩人不是選好一個抽象主題，然後以具體的細節裝飾。相反地，他必須建立細節，必須支撐細節，透過細節的完成才達到〔文本中的細節〕所能指向的意義。意義來自於細節，而不是強加於細節。

（Irony 59）

　　詩的創作中，不是用既有的「主題」、「思想」來導引詩的走向，也不是找一些細節來「裝飾」思想與主題。詩是透過細節彼此間的張力，時而相依，時而相抵，在「緊張感中的和諧」中邁進，走出一個方向。布魯克斯說：「詩必須帶我們跨越既有的信念，進入『細節』的距陣，從這個距陣中才導出我們的信念」（同上69）。推演出來的「信念」由於出入錯綜複雜的細節，讀者也實際體驗詩情境中的峰迴路轉、酸甜苦辣，因而這些信念是「多重面向，是三度空間的」思維（同上70），有別於一開始就操控詩的細節與詩的走向的「信念」。詩的「有趣」在此。

　　有關現實的思考與呈現也是如此。正如當代對文化的認同，不是在完成預設的指標。詩人或是思想家不能以既定的意識型態來操控文學與文化的傳承。人在特定時空中，不能免於歷史的烙痕，但這些歷史與文化卻非永遠一成不變（Hall 69）。文化認同因此正如王浩威所說的，「出現雙重性：一是類同和延續，另一則是差異和斷裂」（王浩威〈地方文學與地方社群認同——以花蓮文學為例〉19）。

　　不僅文化與社會情境持續在改變，個人所謂的「自我身分」也在一再變異的社會與文化中變異。柯比（Paul Kerby）在「自我與敘述」（*Narrative and the Self*）中說：「自動性、自由、自我身分的特性並非先天注定，而是要在人所面臨的社會語言競技場裡才能定義。」（Kerby 114）

　　詩人所感受的現實與文化，以及原來所謂的「自我」，在詩的

形成中，大體上有些原先思考的落足點，這也許是促成寫詩的動機與切入角度，但這些原始動機，卻在語言的事件中延異——在延續以及延誤中顯現差異。但這些差異卻是詩存在的理由。我們可以說，原先動機裡的思維，是散文的層次，在「延異」的過程中才產生詩。

　　語言事件之後的成品與傳輸語言事件之前的訊息的差距，也造成「寫詩」與「做詩」的不同。「事後」與「事前」的差異性有不同層次的影響。以目的論的寫作來說，前者經由「延異」而有「現實詩學」的領域，後者使詩淪為煽情的口號或是陳情書。以理論的運用來說，前者即使有理論或是意識型態的痕跡，理論的存在似有似無，經常在文字的裡外來去穿梭。後者則在文字所設的框架裡，自我宣示：批評家，請看，你們要印證的理論就在這裡。二、三流的批評家只有對於這種宣示的自白驚豔，對於前者意象中隱約的理論思維大都陷入視覺的盲點。換句話說，很多批評家論詩時，只看到做詩，沒辦法領略寫詩。

文字的時間性要素

　　詩的創作與閱讀都有時間性的要素。它的意義不是瞬間空間性的敞開如繪畫，圖象上下左右的關係，可以一眼看到底。[3]不論寫作或是閱讀，詩總在逐字逐行中一分一秒的進行。詩從已知探索未知。在探索中，未定性的焦慮、好奇是重要的美感經驗。詩的時間性意味作者與讀者是在文字的拿捏體驗中，詩外表的輪廓，以及內在的意涵才慢慢成形。一首已完成的詩佈滿意象的空間構圖，但詩人或是讀者對空間既有的佈局，一定要體認到文字時間性的安排所

呈現的美感。詩的創作過程猶如充滿驚訝的旅途,沿途風景森羅萬象,因此,詩路之旅不是直驅目的地。詩人在寫詩的過程中才觸摸到、看到詩(雖然這個過程,有時只是心裡的琢磨思維,而尚非「寫」的實際動作),而不是將已是成品的詩塞進語言。

目的論的寫作與閱讀經常無視文字時間性的美學,寫作只是按照心中既有的職志,按圖索驥,將意圖填滿,以發抒所謂的社會良心。當代批評家李查哈維(Richard Harvey)將社會當成文本研究時發現:

> 現代社會的道德論述已經被貶抑成為純然的個人主觀的領域,而社會建制的論述則是純然客觀的非道德詞彙。修辭是將社會隱喻為敘述文本,將這兩個領域重新加以結合。隱喻是對動作的邏輯與思想的道德明白表示敬意。

(119)

表面上,面對現實的道德抒發,似乎有社會意識的良心支撐,應該是客觀的,但情緒化的言談或是論述顯現的卻是純然的主觀。假如詩作以情緒與目的論著眼批判現實,詩只是煽動群眾的手段,在詩美學的領域裡,缺乏說服力,因為那是純然個人主觀化的產物。當然,詩也絕非是客觀的社會資料而已。修辭是將兩個主觀與客觀的領域統合。在此,所謂修辭不是文學的裝飾功能,而是美學最基礎的課題。它具有社會關懷的道德功能,但它是個隱喻,是美學的產品,不是目的論的直接投影。

以上幾點討論,說明為何七〇年代,大部分所謂的鄉土詩、現

實詩在關照現實社會時，同時也遠離了詩本身的藝術與美學的意涵。詩人一生懷鉛提槧，期以書寫回報社會，但由於意識裡目的論興風作浪，寫詩反而可能毀詩。任何作品都有潛藏的「目的」，但對於詩人或是藝術家的考驗是，如何將這個「目的」放在一個適度的距離，而使它不成為文字「有意」的操控者。當詩人寫作時一直「意識」到目的，寫詩就變成做詩。「有目的的書寫」並非必然就是遠離美學的圖騰，但以七〇年代有關台灣現實的詩作印照，能在美學的書頁裡留下刻痕的，實在鳳毛麟角。七〇年代文壇舉出一些新標的如吳晟，以鄉土詩的創作反襯五、六〇年代的超現實。但是以美學的眼光回顧，這些作品，大都是「意識型態的言說」大於「意象婉約的盛景」；文字敘述的重點在於現實批判，詩作的意義社會性大於文學性。[4]

都市裡的放逐

七〇年代有關「此地時空」的作品，詩中人時常陷入陌生城市裡的困境。城市的意象變成現代人矛盾心結的總成。城市代表文明的進步，也意味舊有的文化的消失。城市提供一個機會，但與之伴隨的是更大的挫折。在追求現代文明的生活方式時，詩中人時常已經跌撞得千瘡百孔。詩中人一再自我意識到自己在這個都市的空間裡漂泊，毫無心靈的歸屬感。城市變成一個陌生地，現實處境一再提醒自我是個遠離家鄉的遊子。

因此有些「詩人」在寫作時對現實強烈的控訴，時常伴隨著對家鄉的思念與緬懷。家鄉變成一個逃脫都市現實的寄望，思念是困境的出口。黃勁連在六〇年代末的文字：「阿弟 我們回去吧／回去

向阿爸説/所謂「台北」/沒有什麼/只是一些櫥窗/一些霓虹燈」(《蟑螂的哲學》〈悵悵台北街頭〉)。現代文明的價值已被詩中人簡化成「櫥窗」與「霓虹燈」,其他什麼也沒有。作者對都市的負面印象,一直延續到八○年代也大略如此。一九八八年的〈把眼淚忍住〉情緒更大的浮動:「拚命喝酒/拚命謀殺我的神經/不 我必須/買棹歸航/趁著夜黑風高/急急如喪家之犬/時速一百貳十米/遁回故鄉」(《蟑螂的哲學》124)。詩中人持續以買醉麻痺自己,但在一個情緒無法控制的刹那,想趁著夜黑風高「遁回故鄉」。

沙穗的〈失業〉,當然著眼詩中人生活的苦楚,心中閃現的家鄉記憶,引發情緒的激昂:「入夜之後/台北沒有我 但我確實/是在台北 這很虛無/自從想起母親的那枚烙餅/我便發現我既非日月/也非星辰我只是/一顆淚」(《燕姬》11)。記憶是「母親的那枚烙餅」。記憶更觸發自我的意識,自覺在現實時空裡渺小和無奈,「我」已是淚的化身。黃樹根的望鄉也是「辛酸」、「流淚」:「苦難的時刻已被/一陣春風翻掀過去千帆送我回家去/但願惡夢不再攪擾餘生的清靜/不再流淚望鄉土/幾把辛酸也都/也都溶入故鄉塵埃的覆蓋裡」(《讓愛統治這塊土地》95)。

七○年代有關「都市裡的放逐」的詩作,經常襯顯目的論一體的兩面:一方面是對現實的控訴,另一方面是自我或是詩中人的感慨或是悲情。前者使詩類似街角的吶喊宣言,後者使詩鼓盪讀者的情緒。前者使文字散發出火藥味,後者使眼淚沾濕了作品。對這些寫作者來說,眼淚是挑起讀者情緒最好的利器。眼淚是使詩以直線距離奔向目的。[5]但是對社會現實的反應一定要以情緒與吶喊將美學及藝術性放逐嗎?向陽有一首類似成長必須面對現實以及思念家

鄉的詩：

> 必須出去闖盪的年紀了
> 嚮往城市繁華的少年，砍倒
> 枝枒落盡的老樹，在樹中
> 迴繞的年輪裡，想起
> 乾枯閉塞的晨露
>
> 該是回到家門的時候了
> 縈念愛孫歸期的老人，捧著
> 茶葉瀰漫的小杯，在杯裡
> 倒映的皺紋中
> 身陷洸洋的江河

（《向陽詩選 1974-1996》〈雨落〉）

詩中「嚮往城市繁華的少年」，要到城市闖蕩之心已決。砍倒家裡的老樹，是破釜沈舟。樹的年輪是重疊的往日，那些乾枯閉塞的日子有如晨霧。霧的意象暗示身居家鄉的朦朧心境以及自己的未來，因此，撥開雲霧的願望，變成對城市的憧憬。

但詩隔了一行，跳入另一個敘述觀點。以「縈念愛孫歸期的老人」的心境敞開另一個人世空間。杯裡瀰漫著茶葉，暗示老人孤獨的心境，也暗示少年在外的漂泊，斷梗飄蓬，正如茶葉在水中上下的起伏。而水還會顯現自己的倒影。皺紋映照在茶杯的水中，正如歲月所流失的江河。詩的結尾顯現期盼孫兒歸來的殷切，因為自己

在「杯裡風雲」中，看到時光急促的召喚。

整首詩有隱約的比喻，在戲劇性的詩行及分段的詩節裡開展。詩裡顯現少年與老年的對比。少年急於離開家鄉去城市闖蕩，老年思念少年的返鄉，可能爲少年的未來埋下一個伏筆。一則少年畢竟終要返鄉，城市終非可以安身立命。再則，老年可能是多年後少年的寫照。不僅已經返鄉，而且同樣會掛念離鄉的孫兒。離鄉懷念在代代相傳中變成宿命的輪迴。事實上本詩也可以閱讀成第二節裡的老人就是第一節的少年，此時已是人生的晚景。如此的閱讀有另一番更稠密的戲劇性張力。向陽這首〈雨落〉以及類似的鄉土詩作，在整體現代詩裡，不能算是出類拔萃，但和以上所引的幾首詩相比，已經顯現了較深沈的思維。讀者能感受到詩綿綿的情感，而非消耗傾洩的情緒。

李敏勇是《笠》詩刊中生代以持續的創作力關懷現實的詩人。從他的《野生思考》、《鎮魂歌》、《傾斜的島》、《心的奏鳴曲》等詩集中，我們可以發現和現實與政治意識型態越能保持觀照距離的作品，越有美學的內涵。《野生思考》、《鎮魂歌》與《傾斜的島》、《心的奏鳴曲》的差別在此。前兩部作品寫六、七〇年代，比八、九〇年代作品有更大的回味空間。他在七〇年代寫的一首詩〈時間〉，意象的經營也迥異於當年眼淚的氛圍，本詩的第一節如下：「典當了手錶以後的/妻的手/端過來一碗稀飯/這個構圖/被窗戶的一塊有裂痕的玻璃拍攝了」（《野生思考》56）。因爲貧窮而典當手錶的悲哀，完全迴避煽情的感慨。妻子端稀飯的瞬間，由玻璃攝取入鏡，這當然也將銘記成詩中人長久的心靈景致。稀飯而不是乾飯暗示貧窮，玻璃有裂痕也如是。由於貧窮字眼的缺席，反而引介

了美學的出席。另外，由於妻子端著稀飯是玻璃的映照，這種觀點的轉移不僅加強了詩的戲劇性，也適度地將可能的情緒傾洩或是議論吶喊放逐。假如本詩的結尾能保持這樣的敘述語調與觀點，將有更高的美學層次。

當七〇年代本土詩人煽情的作品被一般文學史書寫成正宗後，有些非「正宗的」外省人或是僑居歸國的詩人，也曾為這塊土地、這裡的城市寫下值得記憶而不煽情的詩行。[6]古添洪的〈都市背後的臉〉：「啊！都市/我走進您的腹內/走進您重重疊疊的建築物裡/走進您霓虹燈廣告排的交錯裡/走進您底結構中互相遮掩的陰影裡/驀回頭 我發覺/一面龐大的臉/蹲在背後或者角落窺視」（《歸來》118-19）；陳慧樺（陳鵬翔）的〈街景〉的第一節：「冷漠從藍田從馬路從許多人臉上/昇起/我突然聽到深淵的叫喊/聽到骨骼的呼嘯/當我停在斑馬線上」（《雲想與山茶》75）都不是眼淚的傾洩。這些詩行和一些八〇年代詩作裡現實的處理，稍顯生硬，但和前面引用的詩作相比，真是天地之別。適度的美學距離，造成詩的深度。詩不是知識，詩也不純然是理性，但適度的理性使詩免於濫情，而更能感人。

以上，向陽以及七〇年代的李敏勇和其他本土詩人相比，歸國與本地的詩人相比，充分顯示：處理現實的詩是否展現美學和藝術成分和詩人是否「本土」無關。七〇年代留下很多有關這塊土地的詩，這些詩和五、六〇年代許多玩超現實遊戲的詩相比，展現了詩人關懷現實的真摯感。但令人遺憾的是，除了非詩壇主流的少數詩人外，大部分這些詩在美學的空間裡顯得蒼白。

隔海的放逐

和許多「本土」的詩人相比，大陸來台的詩人來說，放逐與思鄉是個迥然不同的空間。前者是離鄉背井而成為都市的漂泊者，後者則是隨著政府遷台形同政治放逐。前者雖然也可以說是一種放逐，但同樣在島內，如果願意，思鄉可以馬上變成返鄉。後者則只能藉由翹首顧盼，但在七○年代總是有「家」歸不得。思鄉在一海之隔的島嶼裡輾轉成生活的主體意識。

隨手翻閱，七○年代大陸來台的詩人留下甚多思鄉的詩行。事實上，懷鄉文學在五、六○年代就已經和「戰鬥文藝」同時並存。但是在「超現實」與「戰鬥文藝」的掩蓋下，在五、六○年代不成為「顯學」。[7]某方面來說，五、六○年代的「思鄉」作品與「超現實」寫作都是躲避文學為政治服務的另一條小徑。趙遐秋與呂正惠所編的《台灣新文學思潮史綱》如此的敘述：

> 在兩岸隔絕又歸期無望的背景下，大陸去台軍民普遍患了「懷鄉病」和「失根症」，懷鄉文學即是這種心態的真實寫照。以追憶大陸、懷舊思鄉、寄寓鄉愁為主的作品，被稱為懷鄉文學，它所凸顯的是一種鄉愁意識。儘管在這一主題指向中，某些作品也潛藏著或深或淺的政治意識，但多數作家巧妙地避開對政治的直接發言，在人性和人情、故園與鄉土的情感層面深入開闢，於「戰鬥文學」原野的空白地帶左奔右突，蜿蜒曲行。

（245-46）

到了七〇年代，「戰鬥文藝」的氣氛式微，望鄉、思鄉變成大陸來台作家的創作焦點。詩人中，余光中、鄭愁予、彭邦楨、羅門等不時有思鄉的詩行發抒懷鄉的情緒。在辛鬱的詩行「一定是疲倦的緣故/啊 夢中的故國睡在夢中」（《豹》〈心事十五行〉）裡，詩中人是個「故國山河夢裡尋」的放逐者。放逐的感受在身心疲倦時最容易入侵意識。向明的思鄉與放逐感凝聚成母親的意象，母親當然在海峽的另一邊：「好長好長唷/三十五年歲月的這條/時間的長廊/長廊的盡頭始終張望著/ 母親那張/青春的臉」（《向明自選集》〈青春的臉〉）。詩行中強調「母親那張青春的臉」，意味著遊子心目中的母親，還是當年看到最後一眼的母親。可是這張臉已經歷經了三十五年，理所當然佈滿歲月的風霜，但是在記憶裡永遠是一種凝固的圖象。「時間的長廊」意味時間與空間的交錯。空間的放逐事實上是時間的放逐。空間的移轉也意味時間的變異。

羅門藉由海浪的言語，道出「家」在放逐者意識裡的地位：「砲聲吵了一陣過後/又睡去/海卻一直睡著/一個浪對一個浪說過來/一個浪對一個浪說過去/說了三十年只說一個字/家」（《羅門詩選》〈遙望故鄉〉）。海浪的言語三十年滔滔不絕，但縈繞於意識的就是一個字：「家」。海浪的言語是對家殷切的思念，但意象的運用使可能淚水奔湧的情緒轉化成情感。羅門如下的詩行藉著時空的重疊引發思鄉的濃情密意：

一聲驚叫
沈在杯底的葉片全都醒成彈片
如果那是片片花開 春該回

家園也該在
而沈不下去的那一葉
竟是滴血的秋海棠
在夢裡也要帶著回去

(《羅門詩選》〈茶意〉)

杯底的茶葉形似爆裂的彈片。葉片與彈片結合了現在的時空與
過去的時空。現代中國人當然是由砲聲所引起的放逐。喝茶的瞬間
確是引發夢魘的瞬間。返鄉建立在「如果」的幻想上。「如果」回
去,「家園也該在」,「也該」暗示很可能已不在。那一片沈不下
去的葉片是「滴血的秋海棠」,將放逐者的中國意識凝結成一種信
念。雖然代表中國的秋海棠已經滴血,但堅持不下沈,堅持在縈繞
放逐者的意識。[8]

七〇年代裡,大陸來台的詩人中,余光中最能持續地在作品裡
表達放逐意識。從早期的《蓮的聯想》,到《敲打樂》,到《白玉苦
瓜》,到《與永恆拔河》,思鄉的意念一直在詩行中湧現。也許由於
寫作的空間是香港,《與永恆拔河》的思鄉望鄉似乎更加快了節
奏。如此的詩行:「回家?我已在海外漂泊得太久」(《與永恆拔河》
〈那鼻音〉);「一曲兒歌心中遂升起/秋深了/你的土地你的根喚你
回去」(《與永恆拔河》〈憶舊遊〉)不時在詩集裡浮現。余光中大量
的思鄉望鄉的寫作,甚至被一些批評家詮釋成心中只有中國沒有台
灣,完全沒有當下的現實意識。余光中在詩作極少描寫台灣當下的
現實,是不爭的事實。但處理或是不處理現實,所牽涉的可能是詩

人自覺是否有「以詩處理現實」的能力，不一定是意識型態的問題。對詩人書寫能力最嚴苛的檢驗可能是現實情境的書寫。至於余光中心中是存在著中國意識或是台灣意識，不能單獨以是否「書寫台灣」作為唯一的憑藉，評者需要在他其他的作品裡如散文作進一步的辯證。[9]

凝視的意象

　　七〇年代對大陸的思鄉望鄉的詩經常有凝視的意象。凝視是以眼睛取代肢體的返鄉。凝視暗藏期盼，暗藏主體對客體的渴望，但可望不可即。辛鬱就有這樣的詩行：「啊 這種天氣/望鄉之目是折翼的鳥」(《豹》〈這種天氣〉)。眼睛是折翼之鳥，暗示面對所凝視的對象所遭受到的刺痛，不只是肉眼，還有心眼。余光中在《與永恆拔河》裡有這樣的詩行：「一抬頭就照面蒼蒼的山色/咫尺大陸的煙雲/一縷半縷總有意繚在/暮暮北望的陽台」(〈北望〉)。中國或是大陸都帶有一點抽象的成分，很難具體化，「咫尺大陸的煙雲」是具體化的結果。煙雲中的江山有點朦朧，一個不是放逐者所完全能掌控的世界。但是雖然朦朧，卻總有一絲半縷在意識裡繚繞。望鄉的放逐者以陽台作為隱喻，在暮色中北望歸不得的大陸。這是余光中少數純然以意象的不言而喻、不假言說的詩行，為那個時代的望鄉詩留下有力的美學見證。

　　思鄉的凝望是一種悲劇的眼神。當這個眼神又在邊界間夾著槍眼的對峙時，悲劇進入一個戲劇性的顛峰。余光中曾經寫下這樣的詩行：

咕咕那不穀在欲暮不暮處

不如且歸去，啼，不如且歸去

禁區洞開的望遠鏡筒裡

野水寂寂，阡陌無人

……

槍眼槍眼，準星暗伺的焦點

羨慕一瞥白鷺

越界而去的翩翩

我也要飛過去奔過去嗎？

（《與永恆拔河》〈望邊〉）

詩中不穀鳥「不如歸去」的叫聲，在心情最低落的暮色的時間，急遽地喚起歸去的意念。這時從望眼鏡裡看大陸，是「野水寂寂，阡陌無人」，一幅恬靜的景致，在寂靜中迴響著「不如且歸去」的鳥叫聲，非常撩人。但下一節，是兩邊的槍眼互望。故鄉是凝視渴望的對象，但凝視的對望卻是充滿敵意的槍眼。不寫槍的準心，而代之以槍眼，強化了兩種眼睛之間的張力與反諷。以槍眼彼此監視的情境中，誰都動彈不得，只能羨慕白鷺鷥翩翩的姿態，飛越邊界。這時詩中的放逐者自問：「我也要飛過去奔過去嗎？」答案當然是無聲堅決而未出現於詩行的「不」。本詩的意象非常淺白，讀者不必有迂迴的想像，但整首詩的效果大都建立在意象排列的戲劇性上。[10]

類似「凝視」大陸的意象也在洛夫的詩作裡出現：

望遠鏡擴大數十倍的鄉愁
亂如風中的亂髮
當距離調整到令人心跳的程度
一座遠山迎面飛來
把我撞成了
嚴重的內傷

病了病了
病得像山坡上那叢凋殘的杜鵑
只剩下唯一的一朵
蹲在那塊「禁止越界」的告示牌後面
咯血。而這時
一隻白鷺從水田中驚起
飛越深圳
又猛然折了回來

（《時間之傷》〈邊界望鄉〉）

　　構成詩的主要意象幾乎和余光中的詩完全相同。[11]望遠鏡、白鷺鷥都是香港邊界常見的景象，再度在洛夫的詩中出現。這首詩除了戲劇化的處理外，又加上意象的稠密度。兩首詩相互參照，情境相似，卻呈現出思鄉詩迥然不同的美學層次。余光中的詩裡，從望眼鏡裡看大陸，所展現的是一幅靜靜的圖象。洛夫的詩則藉由肉眼的「看」，帶動心靈的痛傷。首先，風中的亂髮暗喻心緒的紛亂，

以意象替代說明或是感慨。從「當距離調到心跳的程度」的詩行，讀者可感受到調整望遠鏡的焦距時心情的緊張。但是詩以「心跳」取代「緊張」的心情描述。「一座遠山迎面飛來/把我撞成了/嚴重的內傷」非常有視覺效果。在距離聚焦的剎那，一座遠山乍然出現，從遠到近的快速到眼前，類似飛的動作。這是故國的一座山，夾雜著多少的記憶和思緒，但是看得見，卻歸不得，更不能觸摸。一時間，情緒澎湃不能自已，外表無恙，但內心已是嚴重的內傷。表面上，「嚴重的內傷」在這些詩行裡，最具有情緒波動的痕跡，但和他人類似的詩作相比照，它仍是含蓄的意象，和說明性的意念表白和情緒性的眼淚傾洩極為不同。

下一節的「病了病了」是銜接上一節的內傷。病的狀態以枯萎的杜鵑相襯。杜鵑花只剩下一朵，蹲在「禁止越界」的告示牌後咯血。杜鵑花是詩中人凝視的客體，但這裡就是凝視者主體的映現。「咯血」是上一節「內傷」的具體化。詩行從「內傷」到「病了」到「咯血」是有機的進展。由於有「禁止越界」的告示，白鷺鷥越過邊界又折回來。這是一個極動人的意象。兩個世界截然分野，任何人都不能逾越雷池一步。告示牌所代表的意涵，連鷺鷥都能感受其嚴重性。鷺鷥和前面的杜鵑都是主體觀照者也就是放逐者的化身。一個是凋萎的花容，是望鄉者「內傷」的寫照，一個以飛越邊界暗示心裡的強烈的欲念，但又必須克制這個欲念，因此飛過去的鷺鷥又折回來。在鷺鷥飛去飛回的動作中，意象不言自明。詩意的傳達有別於余光中詩中人略帶說明性的自問：「我也要飛過去奔過去？」

從以上的有關此地的社會情境，到都市漂泊後懷鄉的心境，到

隔海望鄉的放逐意識，現實的描寫展現不同的美學層次。因此，文學的成就不能純以所寫的題材作定位。整體說來，七〇年代有關本地現實題材的詩作大都還未體會到「隱約」和「戲劇化」的美學境地。除了極少數的詩人的極少數的作品外，大部分描寫有關現實的詩人還未意識到：如何以流暢的口語或是白話寫作，但所寫的是詩而非散文；如何使詩不沈淪成為只是承載訊息的工具；如何使詩的語言不隨著現實事件的起落而變成過時的消耗品；如何使詩作不墜入意識型態的陷阱而變成目的論的犧牲品。

這個時期有關本地現實的「詩作」，在文學史上，所留下的蛛絲馬跡，是一把刀的兩面開口。一方面，它開展了詩既有的題材，將寫作落實於人生和當下的時空，為詩與人生的牽連打下一個重要的基礎。另一方面，以美學層次來說，詩作與詩美學漸行漸遠。假如以當時的詩作作為模仿對象，任何人都可能會有這樣的假象：當我們「眞摯」地面對人生，眞誠地抒發心裡的苦痛，眞實地將這些感受化成文字，我們就是詩人。根據這樣的論斷，假如我們島上有兩千萬對現實人生有眞切感受的人，我們就可能有兩千萬個詩人。當社會使命感和詩作畫成等號，詩的書寫空間裡迴響的是嘆息和怒吼。嘆息與怒吼的「目的」為何？如此的追問，詩人為「目的」著筆，已經在為政治的策略操刀。雖不言明，七〇年代鄉土詩作和政治抗議的行為與政治意識型態相傍依。但，假如把詩作為達成政治目的的工具，詩已成為掏空的存有。麥克理希在論述愛爾蘭詩人葉慈面對動盪的政治環境所寫的詩時，認為後者仍然完美地保存了詩的存有。他說：「葉慈的例證有其必要。對於一個未放棄詩的詩人，政治是個禁忌。在詩的天性上，以詩作為政治戰爭的武器必然

是個禁忌。」（MacLeish 122）

詩爲政治怒吼，使詩自己消解成雲霧。面對翻騰的現實，詩以凝重沈靜的美學捕捉現實。桃李不言，下自成蹊。詩是在這些聲音趨於沈默的時候才存在，詩的沈默是語言最豐富的迴響。

另一方面，大陸來台的詩人，以「隔海望鄉」作爲現實詩作的主要內涵。雖然個別詩作仍有美學層次的差距，大體來說，這些詩人所展現的大都比本土現實的詩作，有較大的回味空間，有較大的美學成就。飽受思鄉之苦，但形之於文字的仍然是較爲婉約的情感，而非情緒的撩撥，也非以眼淚傾洩激動的情緒。這些詩作也能和寫作目的論保持相當的距離，而避免成爲語言工具論的犧牲品。但是在此時此地的空間遙望他鄉，而忽視眼前的現實，詩作總令人覺得欠缺腳踏實地之感。個人和周遭的生活空間似乎兩不相干，當生命在眼前一分一秒的走動，他們所緬懷的所在乎的仍然是雲霧飄渺之外的時空。對於許多著眼當下現實的人來說，所謂隔海望鄉的現實已經是遠離現實。

本土題材的寫作以詩面對當下的時空，但是由於美學的欠缺，這只是一個重要但粗略的起點。對於本土性詩人來說，「超現實」之後，「隔海望鄉」的主題又是一個大陸來台詩人另一個無法面對現實的例證。七〇年代有關現實的詩作就是這兩種美學與題材的對比。能放眼當下又能展現詩作的現實美學是八〇年代以後的事。

註釋

1 有些批評家將如此的創作歸之於語言文字的斷層，從日文到中文銜接上的斷層。如劉紀蕙引用巫永福的詩作「遺忘語言的鳥呀/也遺忘了啼鳴/……甚麼也不能歌唱了/被太陽燒焦了舌尖」說明台灣人語言因政治因素被禁絕以及改變的痛苦，所以作品「多半顯得十分生澀幼稚」（《孤兒‧女神‧負面書寫》277）。但仔細觀察，並不全然如此，這些作品的「幼稚」主要是詩人意象思維能力的欠缺，也就是想像力的欠缺。在超現實的時代，很多更「生澀」的文字仍然展現了深具靈視的意象。洛夫、羅門等寫了不少拗口「生澀」如翻譯但具有創意的詩行。本土詩人林亨泰的詩作不多，文字也不是很順暢，但有些詩作對「現代詩美學」還是有一些貢獻。

2 有關木球的比喻，請參閱布魯克斯《精緻的甕》（*The Well Wrought Urn*）裡的〈弔詭的語言〉（"The Language of Paradox"），風箏的比喻則出現於〈反諷作為結構的準則〉（"Irony as a Principle of Structure"）。引文「面對風的衝擊」出自「反諷」一文的70頁。以下本文簡述為"Irony"。

3 有關文字的時間性美學，請參閱：

Wolfgang Iser, *The Implied Reader: Patterns of Communication in Prose Fiction from Bunyan to Beckett*.

Georges Poulet, "Criticism and the Experience of Interiority," *The Structuralist Controversy: The Language of Criticism and the Sciences of Man*.

Stanley Fish, *Is There a Text in This Class? The Authority of Interpretive Communities*.

簡政珍，〈意象和語言〉，〈閱讀和寫作〉，《語言與文學空間》，頁87-110，162-180。

4 吳晟的詩大都有強烈的說明性，即使在施懿琳為文肯定而引用的詩行裡（〈稻作文化蘊育的農民詩人——試析吳晟新詩的性格特質與批判精神〉），也

是如此的現象，如〈水稻〉裡，「而你們卻無聊去思索、去議論千年以來，一代又一代你們的根，艱困地扎下土地裡/你們的枝枝葉葉/安分地吸取陽光」，道地散文化的敘述；以及〈愚行〉一詩裡毫無迂迴的政治性批判：「弟弟不喜歡你的作風/你便氣呼呼的揮動拳頭/強迫他順從你是企圖掩飾什麼嗎/你是擔心權威動搖嗎」。

5 七○年代目的性的寫作經常和情緒的傾洩相呼應。以「說明」來表達目的，以「眼淚」來「流露感情」幾乎是這些詩人的共同點。沙穗相對於上述的「失業思鄉」的「目的」陳述外，有甚多比例的作品，以「說明性」的抒情描寫他的「燕姬」如何深情地支撐他的不幸：「整整一個冬天/我甚麼也沒有賣出去/連眼淚都送人了/送給創世紀我只留下了燕姬留下了燕姬/一道讀我的眼淚」(《燕姬》〈在樹林鎮〉)。同樣，李昌憲的作品除了指陳女工環境的不人道，也以情緒的措辭描述女工的苦痛，這種情形到了八○年代初期所發表的一系列「生產線上」也是如此：「夜愈深傷痕也愈深/猛烈的痛，才驚覺/傷口有淚氾濫隱隱傳來媽媽的叮嚀/一聲聲一聲聲輾轉到天明」(《生產線上》〈出入工廠的女工〉)。類似這樣的文字：「只能無語凝噎/或只能面著滾滾波濤/頓足捶胸/或只能淚眼婆娑/在西半球的這裡/望著蒼天」(《蟑螂的哲學》〈唱黃昏的故鄉〉)，在黃勁連詩作中佔了相當的篇幅。相較之下，吳晟的情緒稍微收斂些。

6 執政的民進黨在2003年把「鄉土文學」和「台灣文學」劃上等號。

7 請參閱胡衍南的〈戰後台灣文學史上第一次橫的移植——新的文學史分期法之實驗〉。

8 「放逐文學」源於傳統：早從《詩經》中的〈鴻雁〉、〈河廣〉、〈浮游〉，已浸透著遷逐的漂泊感，抒寫著在未確定的空間裡尋找歸屬的渴望。屈原、曹植、李白、韓愈、柳宗元等，都曾是「放逐詩人」。楊匡漢《詩學心裁》在討論簡政珍的放逐論述時認為，鄉愁是「放逐文學」的重要模式：如「伊甸園」式的，詩人以童年回憶為靈感泉源，縮住個體生存和親緣、

人倫史上的太初福祉，給今日放逐的苦難以精神的慰藉。再如「失樂園」式的，詩人因放逐而痛感人性上、文化上的家園失落，以文化批判傳達對社會變遷所造成的人文焦慮。又如「游子之魂」式的，在家園意識和故鄉憧憬中，體現文化認同和精神歸屬感。多種方式的呈示，和天明獨去無道路的精神飄流相對照，更顯出出入高下窮煙霏的「放逐文學」之追索。

簡政珍在《語言與文學空間》提及：「放逐」詩中的存在指涉不存在，以現有的時空追憶已逝去的時空。時空的變化引發遊子思鄉，人脫離原有的時空後，試圖在新時空中找到自我的定位，但舊有的時空雖然在外在的空間消失，卻在心靈的空間駐足。2003年，他由聯合文學所出版的《放逐詩學──台灣放逐文學初探》，繼續延續如上的思維。他說：放逐是時代的悲劇，但放逐文人或是作品並不全然是悲觀。「若時間已無特定的年歲日月，人反而能一窺永恆。書寫將時間空間化，放逐作家的存在在書寫空間展延。」(《放逐詩學》18)。以下有關思鄉放逐的詩作都可如是觀。

9 有關余光中詩作中的「台灣現實」，和其散文相比，稀薄很多，這可能是「詩化現實」的處理難度。但有些批評家仍然在其極少數的現實詩作裡，討論其「本土」的關懷，如：

陳芳明《後殖民台灣──文學史論及其周邊》〈余光中的現代主義精神──從《在冷戰的年代》到《與永恆拔河》〉說，七○年代的余光中，以銜接、救贖的衍生方式，構成了「現代主義」風潮中的逆流。這時，他所出版的《白玉苦瓜》詩集裡，收錄有〈車過枋寮〉、〈霧社〉、〈碧湖〉等詩，預告著「台灣經驗」已成為他詩中的重要主題。

又：有關余光中的放逐意識以及作品裡所牽繫的時空，請參閱簡政珍《放逐詩學》裡的〈余光中：放逐的現象世界〉一文。

10 這兩個詩節的討論，請進一步參閱簡政珍的《放逐詩學》58-59。

11 有趣的是，洛夫在這首詩的附註裡說明，這一段邊界望鄉的實際經驗是在余光中的陪同下完成的。

4 詩化的現實──八○年代以來詩的現實美學

──現實美學的基礎──

海德格在《存有與時間》裡有一段話深刻地道出人與他者或是外在世界的關係：

「墜入」不僅存在上是「世界中的存有」的先決條件。同時，「投入」會干預存有心境，在波動中顯現投入動作的個性。「投入」不是已完成的事件，也非塵埃落定的事實。存有的真相是：存有一直在投入中，一直被吸進「他們」非本真〔世界〕的波動中。

（*Being and Time* 223）

海德格讓我們體認到人是「世界中的存有」。「世界」或是「他者」和我們並存，也由於這樣並存，才有所謂的「存有」。因此，人本質上一直「墜入」或是「投入」到這個世界中。這是存在的本質。但所謂「投入」，並不是已經完成的動作。「投入」是持續的動態，永不休止。人也一直被吸進「他者」「非本真」的情境。

　　我們不一定要以海德格的思維作爲所有詩作的參考點，但無疑海德格這一段話是深邃「眞摯」的言語。美學或是藝術成就的考慮是建立在人的基礎上。由於這個基礎的支撐，藝術創作才能展現眞正的創意。天馬行空的所謂「超現實」遊戲不能「眞摯地」面對人生，而純以藝術的創造來說，這種遊戲對一般人來說似乎很迷人，但對於許多詩人來說大都是雕蟲小技。是不爲，而非不能。這些遊戲有如童趣的卡通，想像力不必有現實的基準。事實上，想像要和眞實牽連才能展現詩作的深度以及藝術的困難度，對寫詩的人也更具挑戰性。大部分五、六〇年代所謂的前衛超現實詩，美學成就不高，一些不知實際創作的批評家讚賞有加，但大部分的詩人都一笑置之，原因在此。[1]

　　但人要在「世界中存有」所面臨的，總是心情的波動與創傷，因爲這是「他者」環視的「非本眞」世界。他者的存在總意味自我必然的妥協，因而存有必然難以保存「本眞」。但是因爲有他者，人才能眞正展現自我。自我與他者又是另一場必然的糾葛與牽扯，存有是一種「不得不」的存在，生存也因而顯得「不得不」的悲壯。

　　沙特在一九四八年也有一段話，可視爲書寫者的自我提醒劑：作家的功能「是要使自己的作爲能讓世人不對世界漠視（igno-rant），不要讓世人對周遭所發生的事漠然無知（innocent）。」（*What is Literature* 38）。嚴格說來，「對世事的關懷」是一種倫理觀，也是對人生有感覺的詩人的自我要求。在這樣的自我審視下，玩弄遊戲「不眞摯」的書寫，有時會引發閱讀的負面反應，甚至是反感，這是七〇年代「本土」現實觀照對超現實翻轉的意義。倫理

學或是道德觀要能和美學融為一體，才能有深邃的內涵。

　　以此看待八〇年代有關現實的詩，才能體會其美學成就的意義。現實的關照在五、六〇年代被「超現實」詩掩蓋，到了七〇年代終於重見天日，但由於粗俚的書寫使詩淪為目的論的工具，反而使詩美學的內涵被掏空。八〇年代見證了過去二、三十年兩極的擺盪，找到一個適切的切入點，使想像和現實結合，提升了有關現實詩美學的高度。

——議論的傳承——

　　但是，前一時代的寫作痕跡仍然籠罩著部分這個時代的書寫者。七〇年代以詩明言說教或是議論的書寫仍然成為一些詩人的言談。林豐明的〈雞〉發出這樣的感慨：「在這黑白顛倒的世界/只有不正常的我們/還願意擔任這個惹人嫌的職位/企圖喚回一點殘存的/是非」（《地平線》77）。某方面來說，這些詩行有一些趣味性，暗諷人世的是非竟然交給一隻雞來承擔。但是詩行仍然是直接展現主題的論述。「詩的議論」似乎誘引很多詩人繼續類似的書寫。林盛彬一般的詩比較隱約，有回味的空間，但字裡行間一滑溜就成為議論：

這原本只是

揚在妳髮簪之外的

一絲意外

卻像人們慣於誇張的

沒頭沒尾卻有點感傷的
素描

從不知起始的地方
我曾很在乎地走過
只是很在乎地走過
因為也想為人間留些什麼

(《戰事》〈風〉48)

　　大體說來，如果議論的詩行有些獨特的觀點或是哲學深邃的意境，讀者會因為對觀點的驚奇，而暫時忽略其議論的本質，這時詩作仍然有值得注目的美學內涵。林盛彬以上的詩行，第一節非常隱約動人，前面三行：「這原本只是/揚在妳髮簪之外的/一絲意外」結合了人生的細緻與巧思。可惜第二節類似議論性的文字（尤其是最後一行）傷害了原有可能的氣氛。

　　假如再以議論處理現實，詩行就和七〇年代的詩作趨近異曲同聲了。林盛彬的詩行：「這世界，其實像條臭水溝/引起太多的蚊蠅災禍/所以，我也在這一段小小的地球表面/佈滿了頗具殺傷力的『滴滴剔』」（《家譜》〈心聲〉），以意象的諷刺議論現實。不過，嚴格說來，這些詩行比七〇年代訴諸情緒哭喊的文字，跨越一大步，讀者仍有一些回味的餘地。

　　再舉一例說明議論可能造成的傷害。張國治的詩作成績大抵不錯，詩心大都落實於現實人間。《憂鬱的極限》裡的〈大造無私記〉

是他的力作。其中第一節營造出相當細緻的意象:

──────天地不仁,以萬物為芻狗

那是一處瀕臨青山的河谷
廢電纜寶特瓶起重機挖土機堆沙
起造新世紀景觀
廢輪胎廣告霓虹燈管一些支架殘骸
遺棄鋤頭鐮刀,在漂浮的濃煙中

但是同一本詩集裡的〈我們的鄰居〉,由於詩中人擅加議論,語言的回味空間大打折扣:「無人能狂飲人聲喧沸的下午茶/聲浪席捲/我們的鄰居/為人民服務的聲音/逐漸被淹沒/財團介入選舉最初的承諾/人性的櫺面/失職而不以為恥/他們開始囤積政治能源/不易消化的野心」(126)。通常議論是為了讓現實的提升有明智的切入點,但明顯的議論很少有睿智的哲思,通常流於過度的言說與感懷。

朵或的《單身日記》是他從早期抒情的軟調書寫轉趨現實譏諷,他將上班族的「弓背彎腰」巧妙地比喻成迴紋針,但在第二節裡卻以感嘆式的明言將原來比喻的韻味銷毀:「是誰將它折成這等模樣/迴紋針不會感到委屈嗎?」。楊平也是從早期純情的山水抒情詩集《空山靈雨》,到最近能面對人生的《處境》,成長的足跡與方向非常可喜。可惜議論式的現實情境幾乎隨處可見:「我們抓緊住現行的條款、櫥窗裡的麵包、銀行裡的存款!/我們祇為自己而活!今天而活!空氣而活!只因存在而漠然存在!⋯⋯朝九晚五

的人生多單調、冷酷、恐怖！/我們是自己的主宰與奴隸」（92）。這樣的寫法和李昌憲如下的詩行：「一九九九年也許/我歸回不得/只能夢中追憶/曾經美麗的台灣/嚴重的大污染/嚴重的大災難/已成廢墟之島」（《生態集》〈返台觀感〉）的風格，已經是典型過去七〇年代書寫為社會政治情境陳情感嘆的延續。[2]

　　事實上，即使撇開台灣政治或是社會現實的題旨，很多詩人經常傾向說明性的感嘆或是議論。隱地詩裡的議論通常不在一些具體的詩行，而是整首詩的敘述語調，他的詩本來可以讓讀者作類似想像的空隙的遐想，可惜議論式的語調卻自己填滿了這些空隙。[3]渡也早期的詩集如《憤怒的葡萄》有一些關懷現實且令人回味的詩作，在字裡行間發出充滿人文精神的心聲，但是近期的詩作卻漸漸偏好議論，如他最近的詩集《流浪玫瑰》裡的〈歸根〉有如下的詩行：「老家親人對我十分陌生/而對我的鈔票/熱情擁抱/那裡，人的確很多/而所有的情加起來/比台灣輕」（《流浪玫瑰》 123）。返家歸根的書寫可能造成的多方面的感受，以及複雜的人生的哲思，但經由感慨後變成單一化的諷刺，引文的最後三行尤其如此，非常可惜。

　　某方面說，議論也沾染一些目的論的痕跡。差別在於：目的論的寫作，是對讀者直接的訴求，而議論表象雖然有「他」作為聆聽者，真正的聽者是「我」自己。議論在抒解心中所感受的鬱結，正如張國治的《憂鬱的極限》，但是詩人並不是要讀者代為解開這些僵結；因此整體說來，比較沒有目的論的書寫可能造成的煽情。[4]

——現實與想像的立足點——

現實需要想像，想像需要經由隱約而具有生命力的語言，而引起閱讀的沈思。現實詩的美學避開吶喊與想像遊戲的二元對立。現實不能脫離想像，想像立足於現實，兩者的辯證持衡，建構了詩的美學空間。一般對於詩的吶喊與目的論的寫作比較容易檢視，但是對於想像的遊戲，很多批評家卻因爲對於「所謂前衛」的縱容，而產生過度的評價，情形和對五、六○年代的「超現實詩」的評論相仿。陳黎的某些詩有相當的美學內涵，但是引起批評家注意討論卻是那些想像遊戲的詩作。反諷的是，大部分一流的詩人就是想避免這樣的寫法，來展現更具挑戰性的創作。很多批評家編纂詩選集時，經常採取二元對立的方式。選擇一些「鄉土詩」當代表，雖然這些詩作缺乏想像；也選擇一些「有前衛傾向」的詩做另一個極端的代表，因爲這些詩有「超凡的」（其實是失控的）想像；而大都忽視在兩者之間，以現實爲立足點而又能細緻觸動人生的想像更可貴。試以陳黎與謝昭華有關貓的兩首詩作比較。陳黎的詩如下：

它掉了一根螺絲在我的體內
是以每夜當它在鏡前重組它慾望的零件時
我聽見一根螺絲在我體內隱隱歌唱

它創造各種和聲，嵌合並且鎖緊
每一片光與陰影，螺絲孔與螺絲

それ

它讚嘆，它驚叫
爲每一次無縫的接合

(《貓對鏡》〈貓對鏡II〉)

以下則是謝昭華的詩：

空寂黝長的巷弄裡
我憂鬱的影子走在都市
心臟的痛處
血管們翻騰著飢饞血液
在角落裡翻尋資本主義的殘餘
只有黑色的聖經與鮮黃褻衣
尷尬地對峙
繞過公園中軍人的雕像
呵呵，我並非男性沙文主義的貓
只是都市中即將滅絕的
瘖啞哲學家
斯多噶派的，且素食
是否被稱爲貓並不重要
且搖擺優雅的長尾，思考著
應否禁慾

(《伏案精靈》〈貓的獨白〉)

　　有關「貓」的想像，陳黎的立足點是將A轉化成B，這是一般詩作經常的寫法，如美國詩人桑德堡（Carl Sandburg）將晨霧比喻成貓：「霧以貓的小腳/來了//它蹲坐著/審視/港口與城市/然後往前移動」（〈霧〉）。[5]但是這種寫法詩人要非常謹慎，否則詩很容易變成猜謎遊戲。關鍵在於A和B的屬性關係在真實世界是否真切巧妙的彼此契合。桑德堡的詩行趣味以「霧以貓的小腳/來了」做基礎。詩行根據這個基礎開展。因此，若是詩一開始的想像或是隱喻無法落實，以下詩行就失去說服力。所有的四隻腳的動物，大概以貓科動物中體型最小的貓，走路最輕巧無聲。霧的來去有影無聲，正是貓的屬性，整首詩的開展因此非常真切動人。

　　同樣，陳黎的詩也以第一行的「它掉了一根螺絲在我的體內」為基礎，但「螺絲」這樣的機件和肉身的貓的必然性相當薄弱。當然我們可以將「螺絲」視為貓身上重要「成分」的隱喻，但如此的寫作就變成A轉化成B，而B再轉化成C。隱喻的雙重曲折雖然使一些批評家驚豔，但八○年代以後一流的詩人卻避免如此的書寫，因為這又是重複甚至是「複製」五、六○年代的寫法。而「重複」或是「複製」既定的寫法事實上是想像力不足。事實上，雙重曲折的隱喻會呈現兩個極端的現象，它可能是刻意延伸想像的極限，也可能是想像力缺失的掩飾。放縱想像，有時反而意味缺乏說服力的想像。[6]

　　我們傾向將隱喻仰望成想像神秘的化身。但美國詩人麥克理希如是說：「讓隱喻顯現力度的，並非像一些詩人所暗示的，是其中潛藏的神秘功效。真正讓隱喻展現力道的是意象的牽連，在牽連中構築隱喻。」（MacLeish 81）換句話說，意象的牽連是主動，帶出

隱喻,而非以「創造出」的隱喻,去強制意象的牽連。這樣很可能產生「曲折的隱喻」。這是隱喻的自然與否的關鍵。反諷的是,不自然的隱喻經常被一些批評家尊崇爲超凡的想像。

除外,寫詩的人生態度使同樣是「曲折的隱喻」的運用,卻造成遊戲詩人與嚴肅詩人極重要的差別。五、六〇年代,同樣都有一些「曲折隱喻」的詩作,洛夫、羅門與管管、碧果的差距,除了「詩想」的渾厚與否外,主要在於寫詩是否認眞看待人生。讀者很難要求管管或是碧果有類似〈石室之死亡〉(洛夫的長詩)或是〈第九日的底流〉(羅門的長詩)的創作。許多遊戲之作,很可能出自於詩人無能爲力將詩作的想像落實於人生。八〇年代,沒有全然遊戲與非遊戲的詩人,但是「遊戲詩」與「嚴肅詩」的差別也在此。[7]

詩的創作正如李查哈維(Richard Harvey)所說的:「文本的隱喻邀請我們審視語言的限制,因爲人是既定語言結構的行爲者,也是行使文化與話語的動力」。(Harvey 141)詩的語言是不能以常理邏輯規劃的邏輯,因此它展現了創造力,但詩人是文化的動力,因此詩作又有豐富的人生意涵。也就是在這樣的辯證基礎下,「文字(word)與世界(world)才會進步」。(同上 164)

以寫詩的人生態度檢視謝昭華如上的詩行,更能顯現詩作的意義。和陳黎的詩行相比較,謝昭華的詩展現相當不同的面向。他的思維落實於人間與現實。由於想像必經由現實的檢驗,它展現了更大的力度,也挑戰了更大的困難度。從「我憂鬱的影子走在都市/心臟的痛處」到「在角落裡翻尋資本主義的殘餘/只有黑色的聖經與鮮黃褻衣/尷尬地對峙」,意象落實於人生,因而有相當大的說服

力。貓（顯然是一隻流浪貓）必須在角落尋找餬口的填充物，尋找的過程中，展現了都市文明的痛處。貓所發現的不是「黑色的聖經」（表面的精神領域），就是「鮮黃褻衣」（包裹肉體的「文物」），而兩者「尷尬地對峙」。至於經過「公園中軍人的雕像」，想到自己並非「男性沙文主義者」，以及結尾的「搖擺優雅的長尾，思考著/應否禁慾」則將想像結合了幽默。公園中軍人的雕像，點出了八〇年代，台灣這個時空軍人所佔的份量，軍人是被雕塑仰望的對象。詩中的貓說自己不是「男性沙文主義」反映了女性主義時代的氛圍。而想到女性，自己不免「搖擺優雅的長尾」，一副紳士的模樣。至於想到「應否禁慾」，有多層面的幽默與反諷。一方面，女性主義的時代，女子不容侵犯。另一方面，這樣的女子能引起自己的性慾嗎？倒不如考慮禁慾。短短一首詩，藉由貓的觀點，刺進現代都市文明病的心臟地帶。

　　女性詩人如馮青與利玉芳也各有描寫貓的詩。馮青的詩行：「縱然輕身一躍/也不過是層頹瓦/哀傷的貓影/遂靜靜軋輾過/女人微亮的夢境及盈淚的髮絲」（《天河的水聲》〈貓〉）以及利玉芳的詩行：「原以為貓的哀鳴只是為了飢餓/但我目睹牠在寒冬遍佈魚屍的堤岸/不屑走過/然後拋給冷漠的曠野/一聲鳴叫/發現那是我隱藏已久的聲音」（《活的滋味》〈貓〉）都能將想像力有力地根植於真實世界。前者藉著空間的並置，貓在屋頂，女人在屋裡床上的夢境，而將生命的過程淒迷地結合。女人和貓某方面性情的相似強化了這種聯想。也就是如此的相似甚至是認同，利玉芳的詩行才從貓叫「發現那是我隱藏已久的聲音」。

　　但是詩要和現實辯證，並不表示詩要複製現實。詩不只是對現

實的反映,而是積極的反應。在反應的基礎上,詩可能不是「模擬」,而是「幻想」。在凱梭林休姆(Kathryn Hume)《幻想與模擬:對西方文學的現實反應》(*Fantasy & Mimesis: Responses to Reality in Western Literature*)一書中,文學對現實的反應有三種,增加、減少、對比。增加使創造的現實比真正的現實充實。增加被壓抑的素材以及對比的觀點,「是模擬文學的主要技巧。幻想更提供兩種技巧:一種是魔幻策略,另一種是模擬的層次增加了神秘與隱喻的向度。」(Hume 86)反之,減少則是一種類似解構學的塗消(erasure),有意切斷常理邏輯裡因果的關聯性(同上91)。讓既有的體系與思維模式鬆動,幾乎是當代文學與哲學的主要命題。這似乎賦予所有文學「無政府狀態」的合法性。但在這個命題之下,美學的憑藉並非秩序的全然崩解。即使德希達也並非全然的虛無主義者。[8]評論者更要能在表象純然「幻想」的詩作中,檢驗詩作層次的高低。

比起上述的〈貓對鏡〉,陳黎的〈一首因愛睏在輸入時按錯鍵的情詩〉,文字的「幻想」有其嚴肅面。本詩共分三節,第一節的開始是這樣的:「親礙的,我發誓對妳終貞/我想念我們一起肚過的那些夜碗」。「親愛的」變成「親礙的」藉由聲音的相同諷刺愛的障礙。同樣,所謂的「忠貞」是「終貞」,讓對方的貞潔終止。想像中或是回憶中彼此「度過的夜晚」,原來是「肚過的夜碗」,以肚子在晚上吞下的食物作標記,是形而下的所謂愛情。第二節的開始「侵愛的,我對你的愛永遠不便/任肉水三千,我只取一嫖飲」以及第三節唯一的一行:「我們的愛是神剩的」,也都是藉由同音異字,完成對愛情一體多面的譏諷。本詩所以成功在於:文字的

「幻想」以「模擬」現實為依據所做的「對比」式反應。藉由詩行，顯現了所謂愛情的「實質」，在反襯的思維裡凸顯一種一般愛人很難（也不願意）體認的真實。若是沒有現實的依據，純然的「幻想」很難有「詩想」的縱深。

文學理論家麥克法藍（Thomas McFarland）在討論藝術的存有與現實時，曾經區隔了「模擬」（mimetic）與「虛模擬」（meontic）兩種藝術。前者是模仿「在那裡的一切」，後者是模仿「不在那裡的一切」。但他說：「最偉大的「虛模擬」藝術，不是放棄這個世界的形式，而到天外去尋求。它應該是從這些既有的形式出發，再指向現世的存有。」（McFarland 301-302）。麥克法藍認為超現實主義潛在的弱點，就是未能將「超越」（transcendent）落實於「真實」（real），而將「這個世界的現實放棄」。

《韓非子》裡有一個故事：「客有為齊王畫者。齊王問曰：畫孰最難者？曰：犬馬最難。孰最易者？曰：鬼魅最易。夫所知也。旦暮罄于前，不可類之，故難。鬼魅無形者，不罄于前，故易之也。」[9]就是說，犬馬天天可見，誰都熟悉，要畫好很難；鬼魅誰都沒見過，怎麼畫都行，沒人指責你畫得不像，不必考慮形神兼備，這就容易多了。音樂家認為最熟悉的曲子難彈，也是這個道理。有關現實的詩創作更是如此。關鍵在於：現實的景象或是意象，大都暴顯在讀者眼光的審視下，而純然的「超現實」，純然的「幻想」，作者隨意為之，讀者也無以評斷其「想像」的落實點。魔幻電影如《哈利波特》（*Harry Potter*）容易拍，藝術成就也很有限，原因也在此。

——現實詩美學——

八○年代即使前一輩的詩人也能偶爾看到現有的時空和環境。從遠望海峽對岸到近景環視當然也是心態上的調適。台灣此時此地畢竟是生活俯仰其間的空間。余光中八○年代的詩作大都以思鄉為主，但偶爾也有極少數的詩行進入他的詩作。辛鬱有一些詩行著眼現實景象，街道在他的詩作裡所呈現的是：「長長的車陣/車陣之外是密密的人群/人群之外是慾望蛇行/之上是飄飄雲煙」(《因海之死》〈台北速寫〉)。詩行從周遭實際的景象「車陣」到「飄飄雲煙」，都市人生的場景似乎在詩中人的觀照下，轉眼間可能繁華將盡，轉眼成雲煙，文字中有點蒼涼感。

張默在《落葉滿階》裡有六首「城市風情」，其中的第五首是〈地下道〉：「要不，就是空蕩蕩的寂無一人/要不，就是黑壓壓的排山倒海/要不，就是一二洋小子在彈手風琴/要不，就是跛足瞎眼的年輕人在賣口香糖/偏偏我是一個無所事事的過客/冷眼靠在轉角的半堵牆上/以手丈量那一粒粒/急遽逃遁的十分倉皇的影子」(116-117)。詩裡顯現城市之一角——地下道——的眾生相。詩裡最重要的意涵在於「我」的觀照。「我」「無所事事」，「冷眼」丈量其他路人急於逃遁的影子。行人之所以要逃遁是現代人對地下道一種集體感覺。帶有小小的恐懼，小小的倉皇。因為恐懼，因而對洋人的演奏，無以聆聽。因為倉皇，對盲人或是跛足者漠視。「我」看到都市人情的冷漠，人與人的缺乏安全感。

羅門是前行代作家中，少數能將所觀察的生活空間持續入詩的

詩人。如下的詩行可見一斑：

> 當一大群都市人
> 每天睜開重複的眼睛
> 在冰箱裡看冰山冰水
> 在院子裡看假山假水
> 在水族館裡看海
> 在車水馬龍的街上看河
> 在排氣管與煙囪裡看雲
> 在百貨公司的櫥窗裡看花
> 在菜市場的雞籠裡看鳥

（《有一條永遠的路》〈印章與腳印〉）

　　雖然這首詩的思維有點機械性的重複，詩行中充滿譏諷的意象，概括了都市生活遠離人生真實面的種種。「在排氣管與煙囪裡看雲/在百貨公司的櫥窗裡看花/在菜市場的雞籠裡看鳥」非常真確地抓住了現代都市人令人啼笑皆非的現象。至於「在車水馬龍的街上看河」，也許羅門寫詩時並不一定有街道淹水的視野，放到現在的時空，又增加了另一層的反諷。羅門和洛夫是最能展現現代都市讓人哭笑兩難的前行代詩人。

　　但是真正最能反映當代而又展現思維縱深的是四、五〇年代以後出生的詩人。在繽紛的風格上也展現了豐富的「現實美學」。書寫上，並不是強調一個迥然不同的書寫，而是這樣的寫法，能普遍與現實的意象結合，使既有的風格或是「修辭」，[10]展現一種美學

的深度。汪啓疆、尹玲、李敏勇、蘇紹連、馮青、簡政珍、杜十三、白靈、渡也、陳黎、向陽、侯吉諒、孫維民、陳克華、林燿德、許悔之、唐捐等人在現實喧囂的聲浪裡以沈靜的詩行作為詩人與時空的辯證。[11]

比喻的風景

　　比喻幾乎是人類自有文學就有的修辭傾向。所以八〇年代再度提出，並不是以一種開創性的姿態步入詩壇。因為人生足跡的迴響，現實深化了既有的文學修辭。介於前行代與新生代（1949年以後出生）的張健寫了不少短詩，其中不乏佳作，如將明信片比喻成：「比伊的小手帕還小一半/比天空還大//說些什麼呀/風和雲都會偷看」（《世紀的長巷》〈明信片〉）。「比手帕小一半」是寫實，「比天空還大」是比喻，意指明信片雖小，雖然在旅程中匆匆數筆，卻暗藏情意的無限空間。由於行旅可能是不停的來去，伴隨著各地的風雲，因此「風和雲都會偷看」。張健同一本詩集的另一首〈日記〉是如此的比喻：「陪伴我三十七年的/一個濃濃的影子/什麼都會說/只不會說再見」。日記是陪伴自己大半生的影子，什麼都向它傾訴，所以「什麼都會說」，但是不會說再見，因為一旦說再見，人生就終了，不可能有「再見」的文字。日記是時間的投影，而時間是詩人亙古的命題。

　　羅智成的詩行：「鐘擺是時間的口傳歷史/所有鐘擺都因襲著一種古老陳舊的腔調」。（《黑色鑲金》第85首）鐘擺的動作幾乎等同時間，這是一個「最基礎」的比喻。它以擺動和發出音響「口傳歷史」，這幾乎已經是「陳舊的腔調」，正如比喻古老的聲音。時間

是文學極古老的思維，並不一定和當代時空有關。但這個詩行正說明了比喻的屬性。孫維民的〈春〉將春天比喻成屍骸從墓園中回來，也是類似的傳承。「像屍骸掙脫死亡的糾纏/穿破蟲霉的棺木，黑暗的/土石，硬冷的地表/在無人探問的墓園裏//她回來了」（《異形》35）。環視周遭的生活環境，侯吉諒對「郵筒」的比喻是：「這城市，你是我最近最近的相思。」（《星戰紀念》102），一語道盡沒有電子郵件時代情人對郵筒的心情。郵筒就是上述張健「明信片」最直接的接受者，由它傳遞各種相思。

對現實的觀想，使詩的比喻展現另一種層次。黃玠源的〈思想除濕〉針對現實有如下的書寫：

我們的腦袋一如紙杯

灌滿城市速食的可樂冰水

以二十五個銅板

滋養情緒的泡泡

臉頰因而滲出涔涔汗水

沿口角流下，無法擦拭

空氣濃濁而濕度已枝蔓了啊

整個整個城市

如水銀的上升，空靈的淤淺

在心靈的入口，勢必

安置一具強力的除濕器

日以繼夜地運轉

用力地排泄

關於容易酸痛關節的濕氣
關於容易封凍脈博的冰水

（《不安》〈思想除濕〉108）

「我們的腦袋一如紙杯／灌滿城市速食的可樂冰水」是一個一針見血的意象。現代人以「可樂冰水」滋潤思維，也只有這樣的冷飲，才覺得「可樂」，腦袋的空洞和脆弱也正如裝「可樂」的紙杯。這當然是「速食」文化薰陶的結果。以二十五元買「速食麵」，滋養情緒的「泡泡」。情緒有如泡泡，因為速食麵裡加了甚多的人工佐料，腐蝕人的身心。另一方面，情緒飄忽的來去起落，有無的消長，有如泡沫。泡泡事實上也呼應可樂冰水裡的泡沫。由於**裝納**可樂的紙杯比喻人的腦袋，人的思維因而也泡沫化。進一步思維可樂冰水在人體內的傷害狀況。撇開其中的化學成分不說，可樂冰水是濕氣和低溫的結合。濕氣滋養細菌，冰溫凍結身體的組織與人心。所以我們「心靈的入口，勢必／安置一具強力的除濕器」。這些詩行避開情緒的傾洩，透過知性的「中性」思維，而延生悠遠的現實觀照。比喻的運用，也因而趨近哲學的生命感受。假如腦袋如紙杯，只是「渴求」可樂，這樣的人生一定「不可樂」。假如上述羅門的〈印章與腳印〉是都市眾生相的派納拉瑪（panorama）攝影，這裡黃玠源的詩則是藉由一個意象比喻人生的現象，然後「有機」的結構進展，成為詩的「映象敘述」。

意象的毗鄰

比喻或是隱喻是讓物與物牽連，詩人以想像讓本來無干無涉的
兩個客體，產生關係。八○年代以後的詩作，想像力有時不是在於
比喻的產生，而是在於物象的銜接。銜接的關鍵不是彼此潛在的隱
喻，而是類似電影的映象敘述。由於毗鄰，彼此產生語意的牽連而
類似比喻。換句話說，比喻的效果是詩行並置的「果」，而非
「因」。

八○年代之後，由於詩人越能從激盪的情緒抽身，並且在一個
適當的位置，自我審視，詩中的「題旨」越能趨近於隱密，詩的言
談也因而越趨近於淡薄甚至消失。這種隱密和五、六○年代「超現
實」迂迴的隱喻不同，因為詩的語言不是在扭曲中隱藏隱喻，詩行
仍然是「正常」的文字，而文字所勾勒的是個明顯的圖象，試以陳
家帶的〈果實將被用來取代落日〉為例：

在黃昏，全城的巴士窗口
塞滿不可知的頭顱，
相對的，斜掛的落日太過龐大，
而又無能予以黃金分割，
於是大家在晚風中
談論葉門政變，
談論西班牙畫展，
談論第三類接觸，
然後空虛莫名，然後

隨著夜色一起陷落：頭顱們

突然想到晚餐桌上的果實

或許可以取代落日來拯救人類。

（《城市的靈魂》58-59）

詩裡以物象的圓形作爲接觸的基點，也可以說是由於圓形的接觸促成詩的想像。黃昏人們下班下課要回家，頭顱塞滿巴士的窗口。而窗外的高遠處懸掛著另一個巨大的頭顱——太陽。窗子的框架將人們的頭顱「黃金分割」，但太陽太龐大，可能跨越好幾個框架，無以分割。晚風中，人們所談論的題旨並不是重點，重點是以穿越時空的題材打發時間，從政變到畫展到和外星人第三類接觸。既然言語只是消耗時間，言談也耗損一天所殘餘的精神。言語之後，「空虛莫名」隨著太陽「陷落」。人的頭顱接著想到晚餐，想到餐桌上的水果。因爲同樣是圓形，所以取代太陽「拯救人類」。太陽帶走白日的時光，人勢必墜入黑暗，但水果由於形狀的相似，似乎可以權充帶來白日光明的太陽的假象。本詩藉由黃昏的巴士上的景致，暗示都市生活中白日將去，精神幾近耗盡的生活狀態，一種幾近虛無的狀態。

假如上述陳家帶太陽和頭顱的意象是空間的並置，下面王廣仁的〈台北秋景〉類似的坐公車印象，是由空間觸發想像與記憶而促成不同時間的並置：「等候公車時突然想到/童年時聽過的這則故事：//即將沈溺的一隻黑螞蟻/急急攀上（並緊緊抓住）/偶然地半片殘葉的經過/雖然，不知漂泊會不會終止」（《孤寂》210）。由於時

間的接續，從當下等公車轉接童年所聽的故事，沈溺的黑螞蟻是等公車的人的隱喻。兩者分別在路上以及水上漂泊。

有些詩人以並置構築詩作，但並置卻似乎不著痕跡，不夠細心的讀者可能匆匆讀過，未加注意，如羅任玲〈今春無事〉裡的詩行：「晚來有風。/鴿兒們日日辛勤下蛋，/只是羽澤稍嫌蒼白。/你採訪天安門，/可有消息？」（《密碼》36）。鴿子的描述和天安門自然並置，讀者可能忽視到其中反差動力。鴿子和平的屬性帶來天安門的聯想，因為那裡一度散發出血腥。

方明的詩作大都有古典的抒情，[12]但如下描寫的公園景致，巧妙而似乎漫不經心地帶出三種人的並置——流浪漢、遊客以及警察：「流浪漢被樹蔭下的長凳/或暖和的草地留住/一如遊客被滋生的美/驚愕/穿梭的警察細心窺察群像/異樣的眼神/深怕突來一幅樓倒壁傾/火柱沖天活畫/（炎夏是恐怖份子繁殖的季節）」（《生命是悲歡相連的鐵軌》14），成為一個社會濃縮的集錦。流浪漢經常是警察注意的焦點，而遊客的異國臉孔也可能是恐怖活動起疑的對象。詩行裡流浪漢在樹蔭裡享受的暖和以及遊客心中滋生的美感，和警察「異樣的眼神」並置對比，產生極具趣味性的反諷。

觀點的轉移

有時候，現實的觀照從另一個人稱或是客體出發，形成迥異於人常理的觀點。苦苓有關現實的詩一向是清楚的道白，很少有遐想的空間，但如下的觀點轉移，跳出他慣常的思維模式。他描寫戰後的情景：「最有權威的班長/唉，醉死在水溝旁」（《每一句不滿都是愛》46）。觀點的替代，正如洗去蒙上塵埃的既有看法，能更逼

眞地凸顯事物的本貌。張香華的〈街頭〉，主客對調後，呈現這樣的景觀：「走向比我們更流浪/更無歸宿的心靈」（《愛荷華詩抄》179）。詩行中的「我們」指的是街頭。一般的思維是人的心靈促成他走向街頭，這裡是街頭體諒人的心意，「主動」找尋需要的心靈。另外她的〈一張吸墨紙〉是如此結尾：「我是一張吸墨紙/輕輕按捺在你寫過字的/紙上，把你遺留下的餘漬/吸乾」（同上 131-132）。「吸乾餘漬」似乎是寫作的人所做的動作，但透過吸墨紙的口吻，這樣的動作好像讓寫作者有點小小的悵然若失。所謂餘漬，畢竟是心血透過筆墨所留下來遺跡，水跡消失，似乎也意味某種東西的消失。這些都是透過觀點的轉移所造成的趣味。

紀小樣的文字大抵在現實的觀照上，保有相當的詩質。少數在他的《天空之海》的詩作由於短缺了一些美學距離，而有點意象議論的痕跡。但整體詩作仍然成績可觀，他的《實驗樂團》尤其如此。試以其中一首〈鷹架〉的第一節爲例：

> 我的老婆掛在我的肩膀上哭泣；
> 她是一朵不太會平衡的雲，總愛
> 沾濕我生鏽的勳章。而我站著——
> 就這麼理直氣壯地站著
> 站成忙碌人世的閱兵台
> 在高高的空中，省思著
> 文明粗淺的架構

（20）

　　這是以「鷹架」作爲「詩中人」，來反諷文明與鷹架的「粗淺架構」。這個鷹架顯然高聳入雲。雲是它的老婆，因爲兩者經常相傍依。詩以雲的濕氣（哭泣）會讓它的勳章生鏽，襯顯它的自滿與高姿態。它帶著勳章，「理直氣壯地站著」，「在高高的空中」，有如「閱兵台」。但這個詩節至少有兩層反諷。一是：以鷹架高聳入雲，諷刺現實人生裡的虛浮，我們隨時以最高或是最大的表象來顯現我們的心虛。二是：在如此的高度上，可以往下看到人世間甚多「粗淺的架構」，但是反諷的是「鷹架」本身就是建築物完成前粗淺的架構。因此，這個詩節的反諷效果建立在雙重的人稱轉移。第一層是以鷹架的觀點取代人習以爲常的觀點。但詩節的結尾，「省思著/文明粗淺的架構」時，又從鷹架的觀點轉移到另一個觀點來暴顯鷹架本身的盲點。這是詩預留給讀者的觀點。

　　李魁賢的詩大致平實，雖然沒有令人驚豔的詩藝與想像力，七、八〇年代他大抵能以文字收斂眼淚與口號。[13]他在八〇年代有一首〈建築大樓的吊桿〉也是以觀點的移轉構築詩的情境。紀小樣的觀點是建築大樓未完成的鷹架，李魁賢則是建築大樓的吊桿。整首詩如下：「獨一叱吒於四邊的風聲/昂首探天空//天空回給他陰沈的/臉色//俯視熙攘的接到捨棄那/一一亮起來的紅紅綠綠的人性//以昂然的姿勢掩飾/內心的虛空/忍著，忍著/嘩然的夜色卻/一瞬間/隨著風聲/包圍了四周」（《李魁賢詩選》70-71）。和上述紀小樣的詩行一樣，都以自身的「高」反襯內心的「虛」。由於觀點的轉移，俯視看到底下「紅紅綠綠」經常翻轉的人性模式而增加了說服力。

「發現」與「發明」

　　以上隱喻著重「發明」，意象的並置與觀點的轉移促成新的「發現」。隱喻與轉喻（或是換喻）都是結合「發明」與「發現」。詩學家安亭（David Antin）在論述到美國七〇年代的詩時說：「詩是語言的藝術」，「不是說一件事而意味另一件事」，而是體認到「現象界的現實是詩人『發現』與『建構』而成」。（Antin 132-133）換句話說，詩行的產生不一定要經由隱喻，而是詩人意識的流動狀態，「發現」了物象在流轉中碰撞的火花。意象是「發現」與「建構」的結果。轉喻的關鍵在於物象接觸的臨界點，兩者觸動因緣的介面。地球上萬物都在動態中接觸，物與物的介面隨時在改變，敏銳的詩人也因而會捕捉到無數的「發現」。[14]詩人會注意到有些界面的趣味性與引發人生深省的意義，以「慧眼」關照到這層介面的意涵，將其入詩。因此，意象的產生是比較接近現實人生的投影，而非純粹的空想與「創造」。

　　轉喻與隱喻多少有點像當年電影新寫實主義與形式主義的辯證。「新寫實」以影像「發現」被人忽視的人生；以「形式」為著眼點的電影，則在影幕的框架裡「創造」映象的趣味。前者，抓住人與人之間微小的心靈波動，在極其自然的情景中，散發美學與人性的光芒。「發現」因而是一種積極的「創造」，而這個「創造」以人世間的可能性為基礎。事實上，電影由於映象和真實人生極為貼近，「寫實」本身就有相當的說服力，以「發現」所構築的影像因而也比較沒有人工刻意雕鑿的痕跡。反諷的是，由於處理自然，「發現」的成分大於「發明」，因而也經常被一些以理論掛帥的批評

家忽視其中的創意。在電影的攝製上，鏡頭蓄意的搖擺、光影色彩有意的反差對比、敘事結構刻意的拼貼組合等，都比較能引起那些以作品印證理論的批評家的注意。其實，某方面來說，不論詩作或是電影，動人的「發現」比天馬行空、不以現實爲立足點的「發明」要更困難多了。這些批評家大都無法體會到：表面看不出明顯的技巧才是最大的技巧。

另一方面，能「發現」他人所不能見的，實際上就是極大的「發明」。假如，並置所帶來的美學與創意部分歸之於偶發因素，在縝密的思維觀照下，「偶發」原來可能是一個精心的「佈局」，經常被一心一意尋找理論的批評家所忽視。陳育虹的詩〈很難在台北〉用的幾乎都是我們日常所見的意象：「很難婉拒街坊/喊殺叫賣或垃圾車免費演唱/很難閃躲煎魚及//第四台腥氣/很難安撫霓虹燈下受驚的鳥/很難不嘗鐵窗滋味//不碰壁/很難清理或/拯救一箱子舊事如一窩螞蟻」（《河流進你深層靜脈》198-199）。這是詩的二、三、四節，全部是我們熟悉的生活景象。「發現」這樣平常的現象怎能算是「發明」？首先，意象和意象的銜接就是創意。由煎魚的魚腥連接到第四台節目裡內容的腥味。其次，語言的一語雙關，如表象家家裝鐵窗，因而我們也嘗到監獄鐵窗的滋味，這是台灣都市文明極大的反諷。再其次，表象的「看見」和人生意涵「看穿」自然結合，如「舊事如一窩螞蟻」，心事如螞蟻的騷動，但如此的比喻卻是眞實的景象，牆角眞有一窩螞蟻。

因此，在意象「發現」上，有不同的美學層次。試以下列三個詩例進一步說明。羅青的「錄影詩學」是將「筆」視爲「攝影機」的宣言，如下的詩行是文字的「攝影」：「鏡頭從/閃爍的路燈移

向/一顆閃爍的星/拉近——來一個特寫/原來是一架飛機的尾燈/尾燈下，緩緩浮現出萬家燈火大小屋頂」（《錄影詩學》18）。詩的重點不在於刻畫人生，而在於藉由人對各種燈的視覺或是錯覺，展現視野變化的趣味。

侯吉諒的詩〈車臣之戰〉是藉由觀看電視，由螢光幕帶出視野，因此詩行也如攝影鏡頭：「一名士兵奔過槍聲和建築物/提著急救箱和全世界的心跳/快速接近受傷倒地的伙伴/鏡頭急速拉近，他蹲下/局部放大的眼神/有一種接近冷漠的悲傷/如黏滯眉睫的雪花」（《交響詩》150-151）。筆與鏡頭除了表象的戰爭場景外，還帶出人生無奈的表情——士兵的眼神，詩行的敘述非常動人。但是這個動人的效果，主要來自於雪花的比喻。換句話說，比喻的「發明」鋪陳了「發現」的效果。

但是陳建宇下面有關現實的文字，視覺觀點的移動是純然的「發現」，沒有比喻性的「發明」。我們如何在以下的文字「發現」其中豐富的人生意涵？

博愛座旁邊那孕婦一對水腫的腿
袖子裙襬還拉著三隻骯髒的小手
博愛座旁邊豎著一根扁擔兩簍筐
他髮蒼蒼視茫茫嘴溢出檳榔的血
博愛座旁邊那枚小臉蛋抵緊書包
掙扎蹲下後來跪著為頭暈而彈淚

（《陳建宇詩集》〈公車所見〉77）

　　和上述陳家帶的詩作一樣，這也是公車上的取景。這些詩行也是像羅青的詩作一樣，以文字的鏡頭攝取圖象，不必附上文字的說明。孕婦水腫的腿、「袖子裙襬還拉著三隻骯髒的小手」，帶著扁擔與簍筐的老人，以及背著重書包頭暈蹲下來的小孩是鏡頭裡的人物。表面上這只是一幅理所當然的人間構圖，是人生的縮影。即使有文字，也不太能說什麼。但是由於這些人物都和「博愛座」並置，隱約的意涵就非常豐碩，盡在不言中。促成這種效果的是詩行中缺席的人物，也就是目前「博愛座」佔據者。詩行留下一些空白，讓讀者想像一些可能性。假如「博愛座」上是一個健康年輕人，以上的詩行顯現一種對現實人生隱約的嘲諷。面對身體羸弱的老幼婦孺，年輕人無動於衷；而「博愛座」本來就是要保留給這些「弱者」。假如「博愛座」上是一位更需要照顧的殘廢者，詩行變成另一種人生的映顯。這時詩的趣味，已不是嘲諷，是整體令人悲憫的人生——我們所看到可憐的人物，還有更淒涼不幸的人物。「博愛座」上人物在詩行中的缺席，使詩的詮釋變成多種可能性。值得注意的是：不論是嘲諷或是悲憫，都在「隱約」中呈顯，在美學的土地上立足。

　　上述的詩行幾乎是詩中人對公車內自然的「發現」，沒有人為的刻意安排。事實上，這樣的情景一般人都可以「發現」，但那種「發現」是心靈小小的觸動，瞬間即逝。文字化成詩將這種「發現」提升成詩想的銘記。抓住人生這樣的場景，是詩眼靈光看到思維縱深的契機，是一種隨機的創見。詩行中故意隱去「博愛座」上的人物，而造成懸疑以及反諷更是極大的「發明」，這是詩人極精密的佈局。

　　但可惜的是，這只是〈公車所見〉的第一節。缺席的博愛座上的乘客，在第三節明白的出現：「博愛座上面，一個龐克頭紅夾克/蹺二郎腿斜眼打量車掌小姐/前酥胸後圓臀/拚命意淫/的傢伙」（77-78）。詩的走向已經朝故事的敘述而對現實議論演進。果然詩的結尾是「啊！我看見一隻火紅的肘臂/撞及車掌水藍的胸部」（79），原來在第一節讓「博愛座」的乘客缺席的藝術經營幾乎全然崩毀。本詩證明：1.由「看見」讓讀者想像「看穿」的美學；2.將「看穿」說明後，美學的崩解。

　　假如「看見」與「看穿」巧妙結合，「發明」會落實於「發現」。「發現」不只是被動的報導既有的景象，而是引發潛藏意義的「發明」。這些「意義」且不是負荷固定意義的「象徵」，因為所謂意義大都是經由意象與意象之間的並置、撞擊而產生。「發現」與「發明」互為因果，帶動「意義」的磁場。「看見」是一切呈現現實的基礎。沒有視覺上的說服力，「超現實」的想像與「發明」，對寫詩人來說，是完全不必經過檢驗的「遊戲」，未免太容易了。另一方面，若是辛苦經營的「發現」與「發明」被故事化的敘述將其回味的空間輕易耗損，詩的美學領域將留下無比的遺憾。總之，詩人以現實來自我約束，以想像和現實辯證，都要將美學意識存念於心。

註釋

1 這並不是說所有的詩評家都應該會創作,但是詩評家若有「擬似的創作行為」(vicarious creative writing),他就更可能感受文字成形的過程,而能更進一步體會「文字藝術」的奧秘以及對詩作的「創意」有較正確的拿捏。經常,一些台灣批評家所謂的「前衛」,對大多數的詩人來說,是比較容易的書寫;是不為也,非不能也。進一步說,批評家不一定是書寫的詩人,但應該是「閱讀」的詩人。

2 有關台灣反應社會現實的「政治詩」,請參閱如下的論述:
游喚〈八○年代台灣政治詩調查報告〉(《當代台灣政治文學論》,時報文化,1994年)說,八○年代的《陽光小集》、《台灣文藝》、《春風》等文學雜誌,是作家以「政治詩」在台灣文場的抗議手段。訴求政治民主,遂成為泛政治思辨的政治文化課題。由是而觀,此類的台灣政治詩,明顯是政治立場取向,也是系統外的控訴。孟樊〈當代台灣政治詩學〉感嘆著,台灣的政治詩,絕大多數都是因政治而存在,幾乎要和寫實主義畫上等號,淪於意識形態的吶喊口號,以致於忽略了藝術的自主性。

3 隱地大部分的詩都是這樣的寫法。信手翻閱,隱地的《法式裸睡》連續三首詩〈流雲〉、〈影子的糾纏〉、〈百鄉餐廳〉詩行中有些空隙中的哲思。但每一首的結尾,都將這些思維議論說明。這三首的結尾分別是:「我的青春永遠不會老」(87),「即使我們重疊/我的心仍另有所屬」(89),以及「有一天,他老到只能躺在病床上/想獨自上街吃一頓飯/只能是一個夢想」(93)。

4 人生的感慨不一定是政治的陳情吶喊。但是感慨的「目的」對詩的傷害,可以在下面各詩人不同的詩行進一步證實:(1)同樣是離別的詩想,旅人〈河戀〉的結尾:「你我就此分手/河啊等我再來時/願是同一國度的人」(《一日之旅》61);〈港邊惜別〉的結尾:「臉呀/被漸去漸遠的船/拉成信

紙/寫上密密麻麻的雨點」(同上 54);(2)林外的〈愛情(三)〉:「不要說我欺負你是你不願意欺騙我了/你要離婚 那是真的/因為你日漸感到痛苦」(《戒指》79);他的〈風景〉:「山把河擠得彎彎曲曲而昂然自得/河水倒映著山峰而禁不住微笑」(同上 78)。旅人以及林外的第二個詩句都遠遠超過第一例的言說議論。

5 奚密為陳黎的《貓對鏡》寫序時也引用了桑德堡這首詩,原文是"Fog":"The fog comes/on little cat feet.//it sits looking/over harbor and city/on silent haunches/and then moves on."

6 本文純粹以美學立場論述詩的想像力,而有所高下之分。若不比較,在陳黎整體的詩作中,這首詩算是一首比較不錯的詩。

7 語言在解結構與後現代觀念裡的嬉戲成分有相當大的正面意義。它使現代主義的「控制」鬆動,因而更能表現詩不受理念與目的論規範的「氣質」。在「鬆緊」的調變下,進一步開拓詩的美學空間。但這些甚具意義的「嬉戲」卻在一些詩作裡純然成為一種「遊戲」。本書將專章討論「嬉戲」的美學。

8 德希達常被詮釋成虛無主義者,但他接受侯德彬(Jean-Louis Houdebine)與史卡皮塔(Guy Scarpetta)的訪問的一段話可供參考:「看來我已經說過「非存在」(nonpresence),事實上,〔這個字的〕重點不是被否定的存在(negated presence),而是在存在與不存在的對立中,所延生的東西」。(*Positions* 95)
越來越多的解構學者體認到解構學並非是虛無主義的同義詞,如貝克(Baker)說:「德希達堅持解構不是『負神學』或是負本體論。」(111)另一位解構學者傑溫(Jayne)也說:在德希達的解構活動中,「暫時會有離心力的自由,但向心力的需求終究一定會發生。」(204)本書將在以後章節進一步論述有關德希達與解結構的論點。

9 這是大陸詩論家宋瑜(余禺)在第七屆國際詩人筆會「詩論家對話中」所

舉的例子，在此致謝。

10 這裡的修辭不是純粹技巧性的問題，而是詩學觀點的問題。

11 由於大部分這些詩人，在本章或是其他章節將有詩例作進一步論述，本章
　　以下的討論將儘量延伸到其他的詩人，使論述能更精細配合詩現實美學的
　　命題。

　　又：簡政珍八、九成的詩作都從現實出發，但因爲是本書的作者，似乎不
　　宜自引詩例討論。批評家有關其作品的論述簡述如下：其詩作根植於現實
　　的時空，現實經由意象思維，而展現人生哲思的厚度（請參閱費勇、熊國
　　華、陳建民、鄭明娳、游喚、黎山嶢等人的評論）。

12 方明當年和羅智成等人共組台大現代詩社。當年的詩作有〈花間集〉及
　　〈故國神遊，多情應笑我〉，之後離開詩壇數十年，2003年以《生命是悲歡
　　相連的鐵軌》詩集復出，但仍有濃厚古典抒情的傾向。

13 反諷的是，這指的是李魁賢在八○年代中期以前的詩風，九○年代之後，
　　他的政治意識型態時常左右詩作，詩也時常變成口號的吶喊，如他的詩集
　　《黃昏的意象》的第二部「社會寫實」，幾乎全像政論文章，信手拈來：
　　「侈談言論自由的人／不容別人有不同思考的置疑／大言炎炎民主的武夫／宣揚
　　選票抵擋不住沒長眼睛的子彈／高舉反暴力戰旗的莽將／到處作勢以拳頭相
　　向」（98）；「氣候大變／絡繹不絕於看守所途上的／變成顯赫的國會議員和
　　候選人／探望因出賣台灣土地致富／而大肆揮霍金錢大亨／因反抗經濟體制／而
　　意外落網的巨賈／秋涼矣」（93）等等。

14 有關碰觸的介面，本書將在第七章〈意象與「意義」的流動性〉裡延伸討
　　論。本章的課題試以現實的要素當介面。

第二部

後現代風景

5 前言——後現代的雙重視野

——後現代主義發展的流程——

　　台灣到了八〇年代之後,詩理論的撰寫經常以「後現代」作為論述焦點。其實在西方,第二次世界大戰結束後不久,在文化與文學的發展上,「後現代」已經變成醒目的論述。由於這純然是西方來的產物,討論台灣的後現代詩,不論是「後現代」,或是將「後現代」轉植成為烘托意識型態的「後殖民」論述,必然要以西方的發展作為瞭解的基礎。[1]

　　六〇年代,「後現代主義」的詞彙開始問世。剛開始,由於個人的定義迥異,思維的方向南轅北轍,很難調理出一個共通性的定義,不過葛拉夫(Gerald Graff)大略整理出六〇年代後現代主義的兩種相反的現象。一是「啓示式的絕望」(apocalyptic despair),另一種是「視覺上的慶賀」(visionary celebration)。「後現代主義」一開始就讓世人以悲喜兩種對比的心情相看待。表面上七〇年代以及八〇年既不是絕望,也不是慶賀,但這兩種自相矛盾的特性,卻轉移潛藏成為後來「後現代」論述的內在要素。由於潛在矛盾,「後現代主義」一直在對既有的現象、信條質疑,也對自我的質疑。質疑權威,質疑既有的真理、歷史觀,質疑性別的分野、種族

的差異等等。由於這段時間也是德希達解構學風起雲湧的時代，質疑與解構是天經地義的結合。因此，後現代論述也可以視為解構學的另一種樣貌。現今的後現代主義的精神就在於不斷的詰問，詰問現有的信條，讓信條存疑而成為非信條。但根據哈琦玟（Linda Hutcheon）的看法，當今的後現代主義已經比較沒有六〇年代的反對性以及理想性。一方面，後現代要對一些現象有所質疑，但某方面也和這個現象成為一種共謀（*The Politics of Postmodernism* 10）。這也許就是上述兩種矛盾現象的「再現」。

　　八〇年代中期麥克哈爾（Brian McHale）在他的《後現代小說》（*Postmodernist Fiction*）裡將現今主要的後現代主義概略整理如下：巴斯（John Barth）的後現代主義是文學的填補；紐曼（Charles Newman）的後現代主義是通貨膨脹的文學；李歐塔（Jean-François Lyotard）的後現代主義是當代資訊掌控下的知識情境；哈山（Ihab Hassan）的後現代主義是人類精神統合的舞台；柯摩（Frank Kermode）建構的後現代主義是存在的建構。（McHale 4）

　　除此之外，還有詹明信（Fredric Jameson）後資本主義的文化邏輯；布西拉（Jean Baudrillard）的後現代主義裡，個人主義主體消失，以及「虛像」（simulacrum）對著被指涉物的屍體拍手稱慶；科若克與庫克（Arthur Kroker & David Cook）後現代主義裡呈現過度真實裡的陰暗面。當然還有麥克哈爾的後現代的「本體性」思維，以及哈琦玟「質疑與共謀」矛盾的後現代主義等等。

——後現代主義的雙重性——

　　這些思想家雖然重點迥異，但是都展現一種對既有體制的懷疑，以及以諧擬的態度反諷（詹明信除外，本文將在下面進一步說明）。也就是說，所諧擬的焦點不一，但諧擬的精神卻如一。因此，對於後現代主義的分析，重點不是被諧擬的對象，而是諧擬的精神。又由於後現代具有解結構的傾向，往外投射的批判與質疑，也可能使自己變成批判的投射對象。和解結構一樣，後現代思維具有自我的反思，因此也蘊涵了思維活動的雙重曲折。哈琦玟對於後現代主義的定義，一開始就說：「我刻意要說後現代主義是什麼的同時，也要必須說它不是什麼。也許這樣是很合適的狀況，因為後現代主義的現象截然矛盾」（Hutcheon, *The Politics of Postmodernism* 1）

　　所謂矛盾，正如哈琦玟所說，是面對傳統，後現代主義想顛覆與挑戰時，又設法灌注強化傳統。也許原先是想去掉既有的主控性，但是最後卻變成一種妥協的共謀。另一種矛盾是：後現代主義強調內在的自我反思時，也強調外在的歷史走向。因此，最後是一個妥協的立場。（同上 2）

　　批判與共謀的雙重性使後現代主義不是單方面一廂情願的「毀滅行為」。在內溯與外延中，所謂的「再現」變成另一個值得質疑的課題。查理羅素說：解除既有教義的立足點，是經由現有的意義系統與文化論述才能完成（Russell 183）。其實這樣的語言並不陌生。解構必須經由既有的結構。哈琦玟以小說與攝影討論再現的透

明度。她說這兩種藝術形式的發展歷史都仰賴寫實的再現，但到了現代主義的詮釋後，兩者都必須面臨記實文件與形式衝動的對立。哈琦玟接著說：

> 這種對立，我稱之爲後現代主義者的場域：記實的歷史真確性遇上形式主義者的自我反思及諧擬。在這樣的交會點上，再現的研究，不是模擬的鏡像顯現或是主觀的投射，而是探索敘述與意象，在現在與過去如何讓我們看到自己，如何讓我們建構自我的理念。

（*The Politics of Postmodernism* 7）

哈琦玟的觀點除了上面所引用的文字內涵外，還有兩點值得注意。一是後現代的諧擬是以「寫實」客體出發點，和羅素的觀點相呼應。表面上，後現代立意要打破既有的再現理論，實質上，自我反思以及諧擬都是以「記實的歷史真確性」爲出發點。二是再現的命題從模擬與主觀投射，轉成對自我存在的探問。

——後代主義與現代主義的關係——

上述的第二點和麥克哈爾的論點相傍依。麥克哈爾認爲現代主義是知識論的尋求（epistemological），而後現代主義則是本體論（ontological）的探問。前者所關心的是：「我如何詮釋這個我在其中的世界？」；「有什麼要知道的？」；「誰知道，如何知道？」；「知識如何傳遞？以什麼樣的可靠度傳遞？」「知識的極限是什麼？」等等。後者的問題是：「這是什麼世界？」；「在這

樣的世界裡能做什麼？」；「以自我的哪一部分去做？」；「世界是什麼？」；「是什麼樣的世界，如何構成？」等等。換句話說，現代主義雖然技巧隱約繁複，美學的展現在於知識性尋求，經由遮掩迂迴，甚至零散破碎，但答案最終得以浮現。而本體論則是在一個瞬息即變的世界裡，如何觀照自我，「如何看到自己，如何讓我們建構自我的理念」。基於此，知識論裡無法追索確認的未定性，可能變成本體論的多樣性或是不穩定性（McHale 11）。這是現代主義與後現代主義的接續點。

麥克哈爾的觀點，進一步觀察，可如此看待：以現代主義觀照，是知識上的未定狀態，以後現代主義的眼光看待，是本體上的多樣或是不穩定狀態。一念之間的飄移，可以是現代也可能是後現代的思維。事實上，後現代與現代是斷裂還是接續一直存在永遠的論爭。以後現代接續現代的觀點看待，沒有現代主義藝術裡的自我指涉、反諷、朦朧性、弔詭、語言的探索，對寫實主義再現觀點的挑戰，就沒有後現代主義的可能性。以斷裂的觀點來說，後現代小說駁斥現代主義的藝術自主性、個人性表現，刻意將藝術與大眾文化區分等等（Huyssen 53-4）。

詹明信強調後現代是現代的斷裂與反制。反制的重點有兩種。一種是反制現代主義所確立的形式以及當時所掌控的準則經典，要將現代主義的大師如龐德、艾略特、喬艾思、普魯斯特等人視為「敵人」，而這些「敵人」「已死、已令人窒息、已成經典，要將這些具體化的紀念碑摧毀才能創新」(Jameson, "Postmodernism and Consumer Society" 14)。另一種反制是將高度文化與大眾文化的分界線去除。

　　詹明信將現代主義視爲打倒對象的後現代論述，與其馬克斯的社會理論有所呼應。一般的後現代論述都比較注意到現代與後現代「異中有同」的互植狀態。李歐塔不僅體認到兩者的接續，甚至認爲先有後現代才有現代。他對現代與後現代的區別關鍵在於：如何展現康德的「崇高」。根據康德以及後來的發展，「崇高」已不可得。但現代主義仍然嘗試展現這些「無法展現的」（unpresentable）一切。後現代主義則將「無法展現的」轉移至展現的動作本身。前者對「不能展現的」一切有思鄉式的緬懷，後者則沒有這一層鄉愁。前者難以忘懷已經不可得的符旨，後者則將焦點轉移至移動的符徵。

　　哈山（Ihab Hassan）在列出現代與後現代的對比對照表時，也說明兩者的交相滲透。他列舉後現代主義的十個問題，其中有幾點和現代主義有關。第四點：「現代主義與後現代主義並不能以鐵幕或是中國長城加以區隔；因爲歷史是文字一再刮去又一再重寫的羊皮紙，而文化是過去、現在、未來的穿透。我們同時可能是維多利亞、現代以及後現代」（*The Postmodern Turn* 88）。第五點：因此，所謂時代或是思想分期「必須觀照到同時是持續與非持續」（同上）。第六點，因此，所謂時代的分期也是「順時與並時的建構」（同上）。

——後現代精神概述——

　　綜合上述重要的後現代論述，我們可以概括地整理如下：

1. 後現代主義重要的精神是雙重視野。哈琦玫提出對客體或是體制的批判的同時，也與這些體制共謀。後現代論述是一面批判，一面自我反思；有時批判的箭頭也會反轉朝向自我。哈山的順時與並時、持續與非持續的「時期」觀，也連帶強調同與異、統一與斷裂、牽連與反叛的雙重特性。

2. 有些後現代理論家強調後現代與政治的關係。詹明信的馬克斯後現代主義是明顯的例子。由於他對政治的指涉變成強勢論述，有的批評家（如 Warren Montag）認爲這是詹明信試圖將後現代主義「大一統」（totalizing）（Montag 94-102）。哈琦玫也強調後現代與政治的關係。但她的政治指涉總和內在的自省辯證，而呈現她的雙重視野。

3. 美學上，雙重視野所展現的是諧擬的功能。一方面模仿，一方面揶揄。[2]

4. 諧擬基於現實與客體的存在，也就是外在紀實的文件與內在形式自覺的拉扯。

5. 高度文化與大眾文化的區隔漸趨模糊。但是某些後現代思想家，如李歐塔、弗爾克（Falck）等人在體認到文化的大眾化時，散發出「不得不接受這樣的文化，又感嘆有這樣的文化」的弦外之音。因此，對這點的論述也是雙重意涵，承認與批判並存的敘述語調。

6. 讓所謂確定的變成不確定，而促成未定性的美學空間。朦朧性、多重性、隨意性、嬉戲性、反叛性、斷裂性、解構性的構成後現代主義的主要意涵。但所謂未定性並不是等同虛無主義。這和上述的雙重視野有關。

7.因此，弔詭的是，在現象學與解構的互動中，表象現象的存有與本體被德希達視為解構的對象，[3]但在現代主義與後現代主義的發展中，現象的思維與解結構分佔後現代主義不同的焦點。上述的哈琦玟以及麥克哈爾都在後現代的論述裡強調在時空中對自我的探問。麥克哈爾在他的《後現代小說》裡以現象學哲學家英嘉敦（Ingarden）所提出的「不定性」為例。史帕諾斯（W. V. Spanos）的後現代論述是以海德格存有的時間性反制現代主義的空間性。波維（Paul A. Bové）的「毀滅性詩學」（Destructive Poetics）是以後期海德格的哲學為基礎，呈現後現代的構圖。哈山引用以哲（Wolfgang Iser）的現象學空隙做後現代論述的參考。他本人則以未定性與內在性（immanence）構成他的後現代雙重視野。所謂「內在性」是指：「心靈以象徵概述自我，漸漸對自然的干預，而逐次變成自我的情境」（Hassan, *The Postmodern Turn* 93）。哈山的「心靈自我」事實上是意識與語言綜合的化身，在播撒、消散、相互嬉戲、相互依存中存在，類似一個有解構傾向的現象學。

8.換句話說，在後現代的時空裡，自我反思與自我探問，將後現代雙重視野帶進較高的哲學層次。在這樣的層次上，後現代的精神呈現結構中的解構，解構中的建構；在表象無意義中顯現意義。一方面，存有日趨罔無，另一方面，在日趨消散的存有中書寫存有。

9.從另一個角度看待，雙重視野也可以是廣義的多重視野。意義的展現，除了正反可能相反的辯證外，還有可能是多方面

的指向，也就是意義多重的可能性。

——台灣的後現代詩論述——

後現代理論重要的雙重性或是雙重視野，經常在台灣的後現代詩論述中遺失。從一九八六年羅青發表的〈七〇年代新詩與後現代主義的關係〉以及〈詩與後工業社會：「後現代狀況」出現了〉開始，經由張漢良於一九八八年在爾雅出版《七十六年詩選》的提倡，廖咸浩在一九九六年及一九九八年分別發表的〈離散與聚焦之間——八〇年代後現代詩與本土詩〉與〈悲喜未若世紀末——九〇年代的台灣後現代詩〉的論述，以及蔡源煌和鍾明德的論說，再到孟樊一連串有關後現代的著述，大致所呈顯的是單方面的平面觀察，很少能凸顯到後現代雙重視野的豐富性。[4]

這些批評家在引介外國的理論時，有時會有「不經心」的誤讀。如張漢良引介李歐塔時，誤以為後者的後現代理論強調要盡其想像，呈現「無法展現」的一切。其實，正如上述，在李歐塔的原文裡，這樣的論點反而是「現代主義」的特色，原文的後現代主義不是要呈現「無法展現的一切」，而是將焦點轉至「呈現」的動作本身。

其次，論述後現代主義的特色，經常以文字的外表當作後現代主義的座標，以列舉式的信條作為後現代主義的旗幟。以詩的表象形式編製論述的框架。陳光興評論羅青的《什麼是後現代主義》的〈台灣地區後現代狀況〉一章時說：「羅青再度炒作對號入座的伎倆，這次以簡化的科技決定論為主導，發明新的五點指標，然後再

次引現象就位。『台灣版』粗略的炒作方式至此已狂飆到極點。」
(《自立早報》1990年2月23日)

「台灣版的」的「後現代主義」之所以「粗糙」，在於批評家大都用最簡略的方式，以「外表像後現代」、「以對號入座的方式」做論述的基礎，很少費心在「傳統詩行」裡閱讀出深具堂奧的後現代精神。孟樊對於「後現代」的探究專注著力，著述有成，爲台灣現代詩的後現代情境留下重要記錄。但仔細閱讀其論述，在感受到他以詩作驗證各種特色的「標籤」後，讀者總覺得另有期待。孟樊的《台灣後現代詩的理論與實踐》一書中以德希達、巴特、克莉絲緹娃、巴赫汀等思想家的論述爲基礎，而列舉了台灣後現代主義詩的七個特徵：

1. 文類界限的泯滅
2. 後設語言的嵌入
3. 博議的拼貼與整合
4. 意符的遊戲
5. 事件的即興演出
6. 圖象詩與字體的形式實驗
7. 諧擬的大量引用[5]

大體上，孟樊如此的分類，的確能呈現後現代的一些思維。但是當他實際以詩爲例討論時，由於後現代的雙重性並非存念在心，有時有關「意義」的論述傾向被簡化成「沒有意義」。奚密〈後現代的迷障〉一文對孟樊的著作如此批評：

筆者以為〈孟〉文《台灣後現代詩的理論與實際》代表了對德希達解構理論最大，但很遺憾的，也是最普遍的誤讀和誤用。德希達從未否認『意義』的存在和必要。他強調的是意義的產生永遠是一複雜多面、不可界限的意符運作於上下文的結果。意義的不可歸納和界定並不意味著意義的消失。（221）

奚密所要指出的是，在孟樊的論述下，德希達的解構理念被簡化成「沒有意義」，主要的關鍵可能在於，文字的嬉戲被等同於無關緊要的遊戲。事實上，play或是playfulness有「自由放鬆」的意涵。這個意涵最主要的意義在於，它是「新批評」時代要求文字「嚴謹」、「嚴肅」的反向運作。但是放鬆並不是隨意的遊戲。反過來說，反對語言只是文字遊戲，並不意味藝術就是佈滿道德教訓的爪痕。當然，一個詩人在「文字遊戲」的風潮下，為了配合風向，寫出來的可能是純然「沒有意義」。

福斯特（Hal Foster）所編選的《反美學──後現代文化論述》（*The Anti-Aesthetic: Essays on Postmodern Culture*），立足點和詹明信相同，重點是揚棄現代主義。但是當他定義後現代主義是反美學時卻說：「『反美學』不是現代虛無主義的符號──這樣踰越法則反而肯定法則──反美學是一種批判，摧毀再現的次序，以便重新銘記再現。」（*Anti-Aesthetic* xv）福斯特說所有選集裡的「批評家都理所當然認為，我們從未自絕於再現之外」（同上）。[6]值得注意的是，佛斯特要拋棄一切，為的是「重新銘記再現」，以一種新的再現取代所有一切既有的再現。後現代主義所專注的是解構既有的意義，但既然「再現」之念縈繞於意識，「重新銘記再現」絕非全

然沒有意義。細觀之,福斯特的論述又是一種雙重視野。有關意義的論述,後現代主義是一種「置之死地而後生」的策略,而部分台灣後現代詩的論述是「置之死地永遠死」的宣判。

更何況,伴隨「現代主義」的意義並沒有死,因為現代主義還活著。福斯特一直想以時代分期劃分出現代與後現代的界線,再由此判定前者的死期。但他也知道,在大多數人的心中,現代主義「時代已過」,但「理念續存」。他引述狄曼(Paul de Man)說,任何時代都有一個「現代」的瞬間,這個瞬間不是「時期」的範疇,而是理念的類別。福斯特也轉述哈伯瑪斯(Jurgen Habermas)說:「沒錯,這個字〔後現代主義〕已經喪失『固定的歷史指涉』,但其意識型態並沒有〔喪失〕」。(同上 x)[7]以台灣的社會文化現象,甚多的論者認為:還沒有真正走過現代,怎麼後現代?事實上,由於現代與後現代的疊合狀態,文化與文學也顯現雙重視野。

但後現代本身,即使沒有現代主義的滲透,也不盡然欠缺其嚴肅性。奚密對孟樊的批評立論的基礎在此。這也是嬉戲與遊戲之別。嬉戲可能是遮掩後現代主義嚴肅性的面具。表現的諧擬潛在有其嚴肅的人生命題。美國詩人艾許伯瑞的長詩〈凸鏡自畫像〉("Self-Portrait of a Convex-Mirror"),語調諧擬,意象與意象之間嬉戲奔飛串連,但這首「後現代詩」可能是當代最嚴肅的詩作,因為詩中以極深厚複雜的思維觀照「歷史」、「人生」、「模擬」、「書寫」、「意象流動中的時空」、「時空飄忽中的自我」等等。[8]

紐曼說:任何一個作家,在開始寫一本書的那一瞬間,都具有關鍵性的價值(Newman 83)。那是一個嚴肅的瞬間,不能以遊戲打發。弗爾克甚至說,在一個宗教欠缺說服力的時代,真正的後現

代主義使詩的功能類似宗教，雖然其中不乏嬉戲的語音（Falck 169）。

假如體會到後現代詩潛在的多重語音與雙重視野，批評家不會只是在單一化的標籤下做浮面的論述。純然在文字的圖象性、跨界的書寫上，以標籤找產品對號入座。也不會把符徵、拼貼視爲純然的遊戲，把後現代的「事件」視爲純然的即興演出。[9]當然，當詩人因爲批評家提出這樣的標籤，而跟隨標籤的「指示」做遊戲，詩的書寫勢必沒有意義。反過來說，詩人必須刻意寫成沒有意義的作品，也才會進入「看不出意義的」批評家的「後現代論述」，而變成「後現代詩作」。因此，詩人和批評家可以理直氣壯地說：「後現代詩沒有意義。」這是詩人與批評家天衣無縫的默契。

有些詩「違規」，在形式的遊戲中暗藏「意義」。但更進一步說，若是詩作只是文字形式上的戲耍，即使有一些「意義」，這樣的作品並沒有觸及複雜的雙重視野，因而也還未踏進後現代的堂奧。

總之，當我們體會到後現代的雙重視野時，所有的符徵以及文字事件就不是純然的偶發的事件，或是沒有輕重的遊戲。在一個自我瀕臨消散的時代，如何在文字裡的空隙與斷層裡看到播散的自我，也就很可能在嬉戲中感受到嚴肅，在表現的無意義中體現意義。

——台灣當代詩論述的新視野——

基於上述幾個觀察，本書的後現代論述將有迥然不同的視野。

但有幾點需要澄清說明：

首先，雙重視野的提出，並不意味其他的標籤必然是錯誤。只是色情詩、政治詩本身並不一定就是後現代詩。由雙重視野看待色情或是政治詩，詩展現了諧擬，也使詩在肯定與否定中拉扯，在結構與解構中辯證，而使詩富於縱深，也因而富於後現代精神。題材本身不足以說明是後現代，需要與「後現代精神」結合，才能展現後現代性。

其次，目前後現代詩的討論，大都把焦點集中在醒目的外表形式。這些詩毫無疑問也是「後現代主義」的一部分。但是假如以這樣的詩作當作論述重點甚至是終極目標，而假如批評家又理所當然認為後現代詩沒有意義，這時批評家所謂的批評充其量只是拿一支教學桿子，指著這些詩，告訴讀者說：「看，這就是後現代詩」。無意義可談，無思想深度可探討。若是如此，讀者終究要問：「批評家所為何事？」事實上，若要引介後現代理論，而又認定後現代詩沒有意義，批評家所作所為，就是做「批評」的自我解構。也許，批評家如此的作為，可謂「現身說法」，說明後現代雙重視野的精神──引介與消解自己的評論活動。

再其次，以美學的層次論述，純然玩弄外表形式的詩作，即使有討論的動因，能經得起討論的層面也非常有限。這些「詩」的詮釋給讀者留下來的印象是：後現代詩也不過是形式的小花招而已。林燿德、陳克華、夏宇、陳黎最常被當做後現代理論論述的詩，也幾乎是他們詩作中最單薄的作品。其實，他們也有一些具有較高層次的後現代作品，但大都被這些後現代批評家忽視，因為這些作品「躲在」傳統詩行裡，沒有明顯耍弄的形式。

　　以上陳光興所說的後現代「『台灣版』粗略的炒作方式」，和以「形式耍弄」的詩作爲論述焦點有關。後現代是一種解構論述，而解構學的肇始者德希達，在幾近論證「空無指涉」與「掏空的再現」時，展現了深邃的哲學內涵。解構學的論述本身就是精緻豐碩的文本。解構學的說服力在於論述的語言之旅中的風光，而不是目前已經眾所周知的結論。爲了論證一個有關於幾近「一無所有」的結論，德希達在過程中展現了深厚而幾乎「無所不包」的哲學景致。台灣後現代詩論會「粗糙」，主要是缺乏論證過程中的哲學厚度，而只是擷取簡化的結論做爲標籤，然後在實際批評時，再找詩作對號入座。

　　台灣現代詩論述喜歡引用美國語言學派（Ｌ＝Ａ＝Ｎ＝Ｇ＝Ｕ＝Ａ＝Ｇ＝Ｅ）作爲將語言簡化成遊戲的佐證。但語言學派的中堅人物伯恩斯坦（Charles Bernstein）卻有這樣複雜的雙重視野：「以多重態度面對現存社會的真實與虛假時，並非全然的否定或是全然的肯定。這就是爲什麼強調/拒絕二元對立的狹意性反諷，不足以容納喜劇、悲情、客觀模式的揉雜」（Bernstein 243）。而這樣的視野的心靈底層有極「嚴肅」的美學觀：「假如沒有說服力，假如只是自我辯解或是自我鞭打或只是美學的裝飾，而沒有促成互動、溝通、（對自己或是他人的）激發的話，我的藝術將只是空洞的文字」（同上 240）。除了創作本體的嚴肅性外，伯恩斯坦和上述德希達的論述一樣，即使在詩作上將「語言」逼近扭曲變形，伴隨著創作的詩觀，仍然流露出豐富的哲學辯證。如此的詩學，假如引介的批評家只是簽收一個簡單的結論或是外表形式的「模擬」，所謂詩論勢必又很難避免「粗糙」的貼標籤活動。

　　因此，避免論述文字遊戲的詩作，是批評家存有的自救。假如能在「傳統詩行」看到更高層次的後現代詩（以上所提的艾許伯瑞的〈凸鏡自畫像〉就是最好的例子），才能真正踏入後現代詩美學的堂奧，也能體現到批評家更富於內涵的自我。假如批評家從「外表形式」中轉移焦點，他們會發現除了林燿德、陳黎、夏宇的詩作之外，其他一些詩人有更豐富的詩作，在更高點發出後現代美學的光芒。本書以後各章節將以不同層次的各類作品，循序漸進，為後現代詩美學展望新的航程。

　　以下各章節並非全然是「後現代詩」的論述。而是在後現代氛圍裡，省思當代詩如何調適腳步，如何在既有的基礎上（不論是傳統比較強調固定意義的詩作，或是在外表形式戲耍的作品），在美學的軌跡上再跨出一步。結構與空隙的調變、空隙與縫隙的牽連、意義的浮動、意象的流動性、諧擬、意象的嬉戲空間、意象不相稱的銜接、苦澀的笑聲、「既是亦不是」的辯證，都是在審視詩在後現代情境下所顯現的當代性。這些名目並非標籤，而是在已然熟悉的觀念或是新思維所體驗的觀察中，再延拓出雙重視野，甚至是多重面向的可能性。

　　在討論上述各個子題時，所選的詩例，並不表示該詩人寫的都是同一類風格的作品。一個詩人無不想打破自我的極限。作品的多樣性是詩人在詩路上嘗試留下的印痕。因此，當詩例和作者在某一個焦點呈現時，詩美學的考慮大於個別詩人的考慮。仔細加以區隔，這可能意味：1.若是論述中特別提到該詩人此項的特色，則這個詩例代表了時代性的後現代精神外，也是個人風格的具體而微。但是這樣的例子畢竟不多；[10] 2.大部分的狀況是，有些好詩人在後

現代的氛圍下，會在詩作中有意無意進入後現代的「詩想」。即使有些「傳統古典抒情」詩人，也可能在作品裡散發極豐富的當代性。以不同詩人不同的詩作為例（而非某詩人的專屬品），是用以說明後現代詩美學的繽紛雜沓。這些當代性或是後現代性「隱藏」在極傳統的詩行裡，批評家或是讀者要有銳利的閱讀能力，才能感受其中的妙處，以及體現後現代精神真正的堂奧。

最後，在後現代時代，並不一定所有詩人都一定要寫「有後現代詩氣氛」的詩。一些表象「無技巧而動人」的詩，仍然繼續書寫美學的新章，因為表象沒有技巧的技巧是極高的技巧，由於這些作品沒有「意識型態」或是「理論框架」的標籤可貼，有些批評家從來就視而不見。這些詩作為當代詩在時間裡所劃下的極深的刻痕，是人們心中難以磨滅的烙記。不因某個理論的風起，不因某個理論的雷電而閃失。

註釋

1 由於論述根植於西方的思潮，台灣在轉述之間不時因為立足點不同，而有不同的取捨與爭辯，如：「後殖民」論述，是陳芳明一以貫之所採用的文學立場。他在《後殖民台灣：文學史論及其周邊》〈戰後台灣文學史的一個解釋〉中質疑，羅青、孟樊、廖咸浩等人所宣稱的──八〇年代的「後現代」思維已在台灣扎根。他強調以「後殖民」論述來回顧並重新評價台灣文學。

廖炳惠〈台灣：後現代或後殖民〉一文，對陳芳明的論點則持保留的意見：1945年之後，並未真正進入「後殖民」；1987年後，也未能立刻達成「後殖民」。因此，「後現代」成為一種替換的思維方式，去想像、開展多元化的社會脈絡。當前，有些學者提出的「抗衡現代性」與「多重現代情景」都提供參考架構，讓我們重新反省台灣的「現代」、「後現代」及「後殖民」經驗。本文所觀照的是後現代思維和台灣詩美學的關係。

2 詹明信以仿造（pastiche）取代諧擬，因為他認為諧擬仍然是對一個已經不存在的高度文化鄉愁。

3 請參考德希達的《言語與現象》（*Speech and Phenomenon and Other Essays on Husserl's Theory of Signs*）。

4 請參見蔡源煌的《從浪漫主義到後現代主義》、鍾明德的《在後現代主義的雜音中》、羅青的《什麼是後現代主義》以及孟樊的《台灣後現代詩的理論與實際》。

5 另外廖咸浩與陳義芝也有類似的分類。前者在〈悲喜未若世紀末〉的分類是：(1)文字物質性的深掘；(2)日常感動常在無心處；(3)政治議題與文本交歡；(4)情慾的歡慶、無奈與顛狂；(5)網路文化與想像未來（36-50）。後者的分類是：(1)不再追求個人主義風格的創新，反而將仿造（pastiche）作為一種寫作策略；(2)以不連續的文字符號建構出有別於傳統、不具意指（sig-

nified）的語言系統；(3)創作的精神不在於抒發情感，而在於表現媒介本身，不在於呈現眞實事物，而在完成一種廣告式的幻象；(4)表現方法不依賴時間邏輯，而靠並時性空間關係的突出，景物與景物間、事件與事件間，因互不相屬而留下更多聯想的空間；(5)要求讀者參與創作遊戲，讀者可以在作者有意缺漏的地方塡入不同的意符而產生不同的意指（陳義芝385）。除了彼此的相似點外，廖咸浩還凸顯了情慾、政治、未來的取向。同樣是標籤，他的第2點「日常感動常在無心處」是少數後現代論述較細緻的觀察。

6 選集的批評家是Jurgen Habermas、Roslind Krauss、Douglas Crimp、Craig Owens、Gregory L. Ulmer、Fredric Jameson、Jean Baudrillard，以及Edward W. Said。福斯特的看法是：現代主義的「否定」反而意味「存現」（presence）的夢幻。因此，即使阿德諾（Theodor Adorno）的顚覆性美學也應該加以棄置，因爲那是一種「否定承諾」（*Anti-Aesthetic* xv-xvi）。

7 福斯特編本書的用意，主要還是想將現代主義定義成時代而不是理念的範疇。所以他說：現代主義「有歷史的極限。本書這些文章的用意就是追尋這個極限」（*Anti-Aesthetic* x）。但是反諷的是，在本書的個別文章的論述裡，已經顯現現代主義的陰魂不散。以其中阿爾默（Gregory L. Ulmer）的〈後批評的客體〉（"The Object of Post-Criticism"）爲例，阿爾默說：「『後批評』（後現代、後結構）確切是由現代主義藝術的方法所構成」（*Anti-Aesthetic* 83）。阿爾默以「拼貼」作爲後（現代）批評的圖騰，但所舉的例子，在繪畫上是畢卡索，在攝影上是哈特菲（John Heartfield）一張〈希特勒式敬禮的意涵〉（"The Meaning of the Hilterian Salute"），兩者都是現代主義時空下的產物。後者顯示一張希特勒舉手做註冊商標式的敬禮，下面有一段文字是希特勒說的話：「我有好幾百萬的支持」，手掌上方有一個大肚子的無名人士正遞給他一疊鈔票。阿爾默引用了哈特菲的原文後，評述道：「希特勒的言語和他的影像在重組中對自己反將一軍，對德國資本主

義與納粹黨的勾結給予一擊」（同上 85）。阿爾默的文字充分顯示後現代論述不僅是現代主義的延伸，而且對論述的客體都賦予意涵或是意義以及指涉。

8 請參見Chien Cheng-Chen（簡政珍）的 "The Double-Turn Images in Ashbery's 'Self-Portrait of a Convex-Mirror'"。

9 有關「即興演出」，本書將在第八章〈詩的嬉戲空間〉進一步論述。

10 正如上述，本書所著重的不是外表明顯的所謂「後現代形式」，而是潛在的後現代精神。若是前者，坊間幾乎所有的後現代論述都已經爲某些特定詩人做好標籤，這些詩人也正如陳光興所說的，早已對號入座。

6 結構與空隙

——結構的辯證——

詩可能是最難以規範的文類。關鍵在於詩大體上是意象思維，而意象本來就不是常理邏輯可以「管教」。這並不是說，詩可以隨意爲之，可以無所不爲。

詩常在規範下「適度」的逸軌，敞開了人的視野，讓閱讀充滿了驚喜。但最大的驚喜，不是詩對既有體系的全然瓦解，而是在體系的拉扯下，和體系做揶揄的對話。沒有現有的規範，詩反而無法顯現創意。這是詩和既有體系的辯證關係。

預設的結構

若是以現有的體系試圖規劃詩的疆域，這是以預設結構來統籌詩的生存空間。而所謂預設結構也可能是散文的結構，以散文的思維來干擾詩的想像。正如本書前面各章所述，想像仍然要有「逼真」的說服力，但「逼真」的展現不是散文式的推演，也非散文邏輯的印證。以結構的「完整性」與「必然性」來檢驗詩作，從好的方面看待，可以剝下某些詩作造作的面具，但也可能阻礙了詩想應有的呼吸。詩是一團活水，有波痕，也有漣漪。散文邏輯所規範的書

寫,可能是溫馴恭謹、水波不興。顏元叔七〇年代對洛夫詩作的評斷方式,頗有建設性,但對某些意象的詮釋,也留下一些傷痕。[1]

圖象與結構

但是刻意跨越散文藩籬的詩作,有時反而陷入另一種藩籬的圍困。如標榜後現代、女性主義、後殖民論述等各種主義的書寫,導致各種書寫的框架。圖象詩的寫作也是如此。表面上,以文字「模擬」圖象似乎有所創見,但嚴格說來,圖象所呈顯的「意義」比之文字可能觸及的意義,明顯地稀疏單薄。但這些詩,很容易和某種主義如「後現代」攀結,有些批評家也最方便地將其放在評論的探照燈下。五、六〇年代林亨泰的一些圖象詩,以及八〇年代後的夏宇、陳黎、林燿德等人為主義或是理論生產的圖象詩,經常成為評論的焦點,但和這些詩人的其他「正常」的詩作相較,有時雖然略有趣味,這些詩大都只能一笑置之。陳黎的〈戰爭交響曲〉(《島嶼邊緣》112-114)如此,林燿德的〈金字塔〉(《都市終端機》248-249)、〈夢之甍〉(《都市之甍》179-181)裡的圖象也是如此。

非圖象的圖象詩

事實上,在七〇年代,對於詩壇所流行的圖象詩,有些評論家就已經作了深沈的觀察。袁鶴翔先生在《中外文學》裡說道:

西方語言缺乏圖形性,故西詩必須從字距結構安排與意象字的結合來造成形、聲、意的綜合效果……。相反地,中國文字本來就具有圖形性,形、聲、意俱在文字之中,故不須依賴形式上「故意」

的安排來達到預期的效果。……刻意在形式上追求西化的詩句，產
而常有東施效顰的惡果。[2]

（袁鶴翔 67-68）

張漢良的〈論台灣的具體詩〉是七〇年代有關圖象詩的重要論
述。他認為當時的具體詩（圖象詩）雖有少數可取之處，大多數的
詩都是「陳腐的圖形安排」。張漢良轉述上述袁鶴翔的立論後舉出
王潤華「象外象」的七首詩作為圖象詩的「典範」。正如張漢良所
說，王潤華的這幾首詩「是作者的『說文解字』」，利用中文本身的
象形以及文字的組合，展現了形與意深沈的人生觀照。試以第二首
的〈武〉為例：

我的鞋子
踏著你昔日的足跡尋找
你底威武——
荷戟行至
國史館前
當我抬頭
你卻只剩下一支足
　　　一把戈
懸掛於精武門上

正如張漢良所說，這首詩融合了「武」字的兩種意義：「止戈
為武」與「履帝武敏歆」裡「循跡」的含意。詩中，武者尋跡所效

法的另一個武者的威武，拿著兵器追隨。卻發現詩中的「你」只剩下一支足、一把戈，被國史館收藏，在館前的精武門展示。武者的被解體，是武者的悲劇，但這正是武者本來的宿命，因為武者止戈，一方面武者讓彼此不動干戈，另一方面只有自己封劍不武才能成武。但一旦沒有殺伐戰事，武者何用？只能以殘存的肢體作紀念性的展示。詩中「一支足」與「一把戈」並排，把「武」字的兩種含意並列，也意味尋跡武者行徑後，以換喻後的殘缺，作為人生悲涼的結局。[3]

　　整首詩將文字的造形，推展成人生悲劇的書寫，智巧應和深度，是一首內容與形式皆屬上乘的「圖象詩」。整首詩的美學效果以中國文字的象形結構為基礎。張漢良說：「這種視文字本身為對象（object），而非後設（meta-）的語言系統，正是具體詩最充分的理論系統，這也唯有象形的中國文字才能做到。」（張漢良 82）

　　也許王潤華的「說文解字」，給其他詩人帶來靈感，也許後來的詩作在美學的空間裡聽到回響。路痕在九〇年代也寫了一些類似的詩作，展現了詩心的機巧與深度。試以一首主題和「武」及「戰」有關的〈忍〉為例：

　　不能忍的時候
　　把心拿掉

　　留下一場無人的
　　戰爭

（《路痕》24）

短短幾行，利用「忍」字上下的組合，延伸出人世奇謬的風景。人不能忍的時候，大都是怒火中燒，無心為他人著想（「把心拿掉」），而引發一場戰爭。但是既然戰士已經有身無心，能算是完整的人嗎？所以這是「一場無人的戰爭」。同樣著眼戰爭「武事」，王潤華的〈武〉以及這首詩和一些以表象排列成「戰爭」的圖象詩相比，如陳黎的〈戰爭交響曲〉，展現了迴然不同的美學深度。

圖象詩的自省

路痕的另外一首詩〈拆字〉更「具體」以字的拆解，說明中國文字「圖象」的奧秘：「『猜』這個字/是一條年輕的狗？/或是發情的狗？/（還是青年牽著狗？）/如果你問婚姻/可能犯『桃花』/如果你問事業/可能會夾著尾巴/如果/你相信拆字/我就笑你/傻瓜」（《路痕》129）。詩裡藉著「青」與「犬」所組合的「猜」字，作詩的嬉戲式的結構進展。從「猜」字是否「是一條年輕的狗」開始，提出一連串玩笑式的問題。最後以「如果/你相信拆字/我就笑你傻瓜」作結束。「拆字」只是部首筆畫的組合，若是以此來預言人的命運，一切可能太過認真，反而造成生命的誤謬。詩從文字到人生，再對字的「著像」輕輕地嘲諷，是中文獨特的文字結構促成對圖象的逆向思考。

八、九〇年代由於「後現代」疾風勁草，風尚所及，大部分的詩人很難對這個主義免疫。其實，詩人有當代意識是寫作源源不絕的能量。但是在此地的時空，大多數的創作家或是批評家所謂的「後現代」，大都停留在「表象」的形似，而非其中深沈的內涵。江文瑜也寫了一些「形似」的圖象詩如〈金針〉（《阿媽的料理》

35）、〈螞蟻上樹〉（《阿媽的料理》36）。但在二〇〇一年學院詩人群選集《千年之門》發表了一首〈屋裡的圖象詩〉，可以算是繼王潤華、路痕之後，進一步對圖象詩的反思。整首詩如下：

> 如果寫一首地震圖象詩
> 題目訂為「道路」
> 畫面上只看見「首」和「足」
> 「道」砍去了部首
> 「路」遺失了偏旁
> 再以電腦排版將「首」和「足」散滿視窗
> 自我麻醉讀者可以想像浩劫後截斷的道路
> 只剩下殘破肢體
>
> 未來的詩集增多一首詩
> 詩壇累積一首圖象詩
> 佔據副刊一角
> 大眾和以前一樣不讀詩
> 災民仍露宿在帳棚下
> 我依舊躲在屋裡

這一首藉由非圖象的安排導引出圖象的可能性。在這裡，圖象的關鍵事實上是文字的延伸。「道」、「路」由「首」、「足」的部首與偏旁所構成。以「道、路」與「首、足」的文字關係為基礎，再和詩的第一節結尾的意象映照：「可以想像浩劫後截斷的道路/只剩下殘破的肢體」。文字的拆解原來是暗喻地震中道路的肝腸寸

斷以及人體的肢解。這首模擬的圖象詩原來在語文的知識裡延伸出人生痛苦的場景。這是詩「存在」之所在。

這首詩最重要的「詩性」，是詩中人自我揶揄的語調。引導「截斷的道路」與「殘破的肢體」兩個意象的是這樣的詩行：「再以電腦排版將「首」和「足」散滿視窗/自我麻醉」。一方面，首足散滿視窗意味：環視窗戶（視窗）周遭，無處不是斷肢殘臂。但是進一步看，這些悲慘的景象只是電腦視窗的構圖。另一方面，「再以電腦排版將「首」和「足」散滿視窗/自我麻醉」也是詩中人的自我調侃。電腦的構圖畢竟不是真實的世界。這些圖象也許只是自我安慰自己在關懷人生，說穿了，卻是一種「自我麻醉」的假象。因為，悽慘的圖象畢竟只是電腦構圖，看久了不免「麻醉」沒有感覺。

第二節的敘述以這個嘲諷的基調繼續開展。「未來的詩集增多一首詩/詩壇累積一首圖象詩/佔據副刊一角」，似乎暗示創作是以他人的苦痛作為代價。對悲慘生命的投入卻是個人「又一首」作品的完成、一張郵局來的稿費匯票以及整個文學史裡累積的紀錄。詩中人此時似乎分成另一個自我，來審視反諷寫詩的自我。更反諷的是：大眾仍然不讀詩，「我」仍然膽怯地躲在屋裡，害怕另一個地震。

整首詩以對圖象的思考，造成詩結構的推演；以詩人藉由圖象的自諷，深化詩想。

「有形空白」的結構

和「圖象」一樣，「有形的空白」也是「後現代」許多詩人所

要自我展示的標籤。表面上，這些詩可以檢驗詩結構的可塑性。但機械化的模擬反而導致「形而下」的詩作。中青代詩人如陳黎、焦桐、向陽、林燿德、陳克華等都有不少的「形式實驗」之作。向陽的〈一首被撕裂的詩〉：「□帶上床了/□□的聲音/□□的眼睛/□□尚未到來」，在詩行中留下的空白讓「上床」以及「到來」的主體存疑。「聲音」與「眼睛」的主體也在空白未知。

陳黎的〈為兩台電風扇的輪旋曲〉：「你說，不能再忍受了/這沒有愛的，痛苦人生/我不知道如何再現，變化/你那微言深意的主題/如果電風扇甲把它翻成/□□□□□□，□□/□□□□□□□□□/電風扇一吹出□□，□□/□□□□□□□□□□□□/這沉默以對的是否就是/人生？曲子的主題你知道/不是你我獨創的」（《貓對鏡》55-56），所留下的空白不只是詞而已，可能是整個動作，要讀者積極的參與完成。詩中留白的位置，是電話翻轉可能帶來變異倒置，意味情愛過程中的詭譎以及可能的峰谷交錯。讀者的介入增加詩人自我意識之外的可能性，因此當空格填滿時，已經是半個作者。

「填空格」流風所及，讓有些書寫「標準格局」的詩人，偶爾也有類似之作，葉紅的〈嬉戲──愛的練習曲〉就是個典型的例子：「我拖著嬉嬉哈哈的愛/愛推著吵吵鬧鬧的你/當我字抓到愛字/是□□/當愛字抓到你字/是□□/撞成一堆就讀做：/愛□，或我□你」（《藏明之歌》70-71）。這首詩的留白處，非常清楚，該填的字也是固定答案，和陳黎的詩行不同。（答案分別是：「我愛」、「愛你」、「我」、「你」、「愛」）。留白處暗示不論你我，愛得難以啟齒。但整體說來，意義不大。葉紅其他的詩作大都比這首優秀。機械性形式上的模擬並不一定能進入「後現代」的堂奧。

——空隙中的美學——

無形的空隙

　　相對於「有形的空格」，「無形的空隙」是詩「形而上」的精神領域。所有的詩都留下語言的空隙，即使目的論的寫作也會留下些許空隙，讓讀者回味。五、六〇年代的超現實詩作「有意地」以「曲折的隱喻」構築空隙。八〇年代以後優秀詩作裡的空隙則兼容自然感與語言的豐富性。

　　假如在「空格」裡，詩人要求讀者做有形的填寫，無形的空隙則是激發讀者的潛在力。讀者不能改變既有的文本，但文本經由讀者「具體化」活動，卻敞開廣泛的美學空間。有關空隙的美學，文學思想家以哲在《隱藏讀者》（*The Implied Reader*）的觀點極富參考價值。

　　以哲認為文本中「未書寫的部分」才是最重要的文本。但所謂「未書寫」是由「已書寫」透露玄機。讀者要從「已書寫」看出「未書寫」的部分，而這一部分的展現就是美學最豐富的空間。由於這一部分是讀者的「發現」，讀者變成文本「具體化」的實際參與者。但假如文本的堂奧來自讀者，美學與詩作何干？表面上，如此的閱讀的確把美學視為讀者的專利，因為以哲說讀者所考慮的是美學問題，作家所考慮的是藝術性的問題。但是兩者互為因果。藝術性的深度強化美學的層次，美學探索的縱深凸顯作品藝術性的內涵。沒有豐富內涵的作品決不可能有豐碩的閱讀。

　　一首豐富的詩，讀者的詩路之旅絕非風平浪靜，平順無奇。讀者會面對層層疊起的障礙，讀者需要將語意的「空隙」填補才能繼續他的閱讀之旅。詩行中語意岩石的克服，而能讓閱讀之流繼續向前奔湧，也就是以哲空隙美學的呈現的關鍵。讀者填補空隙使讀者類似一個創作者，雖然原有詩行沒有任何外表的改變。在這樣的理念下，詩行的趣味與「藝術層面」在於其中可能潛藏的空隙。但好的詩作又能讓這些空隙纖細豐富而不是刻意為之。

　　朵思是八〇年代之後無論創作的質與量都值得重視的女詩人。試以她的〈生活〉中的詩行為例：「一路跋涉在黑白相間的琴鍵上面／伴奏的星光，使青絲漂成白髮」（《飛翔咖啡屋》8）「一路跋涉」和「黑白琴鍵」銜接之間，有語意上的空隙。讀者勢必要感受到演奏生涯是山水跋涉的人生之旅，才能滿足其中的空隙。也就是琴音詠嘆人生、帶走人生，伴奏的星光也「使青絲漂成白髮」。星光和白髮的並置，也顯現了自然如一，而詩中人的人生已時不我予。

　　空隙檢驗讀者的想像力以及對文字的敏感度。朵思如上的詩行，一般的讀者大都能將其語意的間隙填補。只有將空隙填注完滿，讀者才能感受到整首詩的結構。換句話說，無形的空隙是結構的重要部分。一個無法填補空隙的讀者，也無法感受到詩作「形而上」的結構。陳克華詩作豐碩，但相較於九〇年代有關性器官及「肛交」粗俚的書寫，以及近年來質地虛柔的抒情作品，他八〇年代的《星球紀事》堪稱是他的頂尖之作，整本詩集富於韻致的空隙。試舉他的一首〈中耳炎的病因探討〉為例：

　　每晚我關上心房的一千扇窗子

將詩的蚊蚋隔絕在外
一如縫合一千張嘴
讓聲音飽漲
寂寞的病菌滋生

終於溢出雙耳，是經年膿腫的
中耳發炎而已。

（《星球紀事》122）

　　一般讀者匆匆讀這首詩，只覺得是一首有關中耳炎的敘述而已。詩的趣味在哪裡呢？本詩的「詩味」在於意象環鍊的銜接造成空隙的填補，而空隙的填補後，完成詩的敘述結構。整首詩可以說是以「聲音」為主要意象，由意象引發敘述。

　　首先，詩的蚊蚋會「嗡嗡」作響，被隔絕在外，如嘴巴的縫合，不能出聲。但刻意禁止的無聲實際上讓聲音積壓飽漲。病菌會「寂寞」，因為無聲，因為不能呻吟。病菌顯現於雙耳，是因為耳朵和聲音有關。耳朵已經膿腫發炎，是累積的沈默病毒之所致。這是第一層次的空隙以及空隙的完成。

　　第二層次所顯現的空隙是這首詩意義之所在。心房有一千扇窗，有如一千張嘴，暗示詩人的敏感度。詩人能吸納外在眾多的音聲（猶如觀世音菩薩？），而卻將自我與外在隔絕。去除詩的聲音，也正如對詩人內在自我的呼喚裝聾作啞。

　　這樣刻意壓制的聲音，並不表示聲音永遠歸於靜寂。它會溢滿

腫脹，成為病菌，讓自我不再有能力聽到外在的音聲。先前「不願」聽聞，患了中耳炎後變成當前的「不能」。以聲音的弦外之音誘引讀者對空隙的介入，也引發出詩隱藏的意涵。

解構的縫隙

以上陳克華的〈中耳炎的病因探討〉的空隙雖然大致已經填滿，詩中的前兩行：「每晚我關上心房的一千扇窗子/將詩的蚊蚋隔絕在外」仍然留下一些待解的語言間隙。詩人為何要將詩的蚊蚋隔絕在外？詩的蚊蚋究何所指？詩人排除有關詩的一切是否是一種矛盾？詩的蚊蚋是在滋養詩還是干擾詩？其中語言的空隙可能是內在的歧義（disjuncture），可視之為解構的縫隙。

以哲讓讀者在空隙裡發現語意的寶藏，而促成結構的銜接進展。解構的空隙則是讓讀者感受到文字間意象間語意的斷層。德希達認為語言本身是縫隙的組成。語言甚至傾向自我消解。文字對既定方向意義的投射必然身陷縫隙。在解構學的眼光中，意象本身就佈滿縫隙。羅斯伯（Loseberg）說：詩的語言「在意象的縫隙中，陳述本身與自然世界的隔離」（109）；「知識依賴與之伴隨的錯誤」（同上）。羅斯伯進一步探討以現象學為基礎而朝解構學發展的著名學者狄曼。他說狄曼早期的現象學的思維是：「意識藉由詩語言獲得一個矛盾位置而造就其獨特的地位」，狄曼由此走上「一個負面道路，以暴顯出本質連結的錯誤」的解構之旅（同上115）。

以狄曼為例，主要在於說明現象的存在總存在著存在的縫隙。以哲的空隙事實上是以現象學為立足點。以上所轉述的「隱藏讀者」，其最重要的最後一章，定名為「閱讀的過程」（The Reading

Process），副標題「現象學的門徑」（A Phenomenological Approach）。假如以哲的空隙是讓讀者探索出詩中的語意隱藏的存有，德希達以及後期的狄曼是在語言裡發現語意夾雜的裂縫。上述陳克華的詩句所引發的兩個問題，正是語言內在縫隙裡的春秋。詩人要將「詩的蚊蚋」隔絕在窗外，是詩人對有關詩的一切，欲拒還迎，欲迎還拒。現實人生裡，當詩的動因嗡嗡作響，詩人可能在某種瞬間想拒絕寫詩。可是一旦詩被拒絕，詩人何以為詩人？另一方面，「詩的蚊蚋」也暗藏對詩提出另一個面向。詩所貢獻給人生，都是精神的提升？答案既是也非。詩可能是蚊蚋，既吸血又傳病毒。

反過來說，語言中的裂縫也造就了詩的可能性。因此，縫隙也可能是結構的一部分。符號學者李法帖爾（Michael Riffaterre）對於「風格語境」（stylistic context）有這樣的看法：

> 風格語境是語言的模式突然被無法預測的元素中斷，這些干預所形成的對比，是風格上的刺激。裂縫絕對不能詮釋成為關係斷裂的準則。對比風格上的價值在於讓兩個衝突的要素建立關係，假如在接續中沒有連結，就無法產生效果。換句話說，風格上的對比，正如其他語言上的有用的對立，創造了結構。

（Riffaterre, "Stylistic Context" 171）

李法帖爾雖然有後期符號學的思維，其縫隙的觀念畢竟更趨近以哲，而非德希達。但是這段引文裡「無法預測的」（unpredictable）的理念已經有解結構的影子。事實上，假如他的「裂縫」可以填

補，裂縫就成爲以哲的空隙。假如不能填補，就成爲德希達的縫隙。上述的引文意味裂縫可以創造結構，故趨近以哲，但「無法預測的」因素，也意味結構可能無法預測。「風格語境」的意義，並不全然是結構的產生，而是結構在「有」「無」交融中的可能性。若是有，所謂意義已非固定化的意義；若是無，也非意義全然崩解的虛無主義。

假如以結構與解結構揉雜的後現代情境審視現代詩，八〇年代後的詩壇有豐碩複雜的景致。即使所謂的「古典抒情詩」也不盡然「傳統單純」。詩人深沈地活在語言中，不論詩的題旨多麼「抒情」、多麼「古典」，詩語言有意無意之間也可能暴顯縫隙。劉洪順的《古相思曲》的詩，顧名思義，大都從詩行發出「古典抒情」的韻味，但偶爾詩作向「現代」或是「後現代」傾斜，縫隙在語意間於焉而生。試以他的〈曬衣〉爲例：

> 美與醜的軀體
> 把你們靈魂不要的
> 汗水，統統留給我
>
> 誰在泡沫中期待我的
> 變形、新生——
> 　搥　打
> 　　搥　打
>
> 痛了一夜

還未飛去

(《古相思曲》35)

　　第一節收集汗水的是穿在身上的衣服。不論軀體的美醜，所有的汗水都由衣服吸收。但所謂「汗水」是軀體釋出「靈魂不要的」東西。從句型上，汗水和靈魂相對立，但汗水實際上來自軀體。所以假如因為標榜靈魂而棄絕汗水，軀體是否也因為是「非靈魂」而應該捨棄呢？

　　第二節表面上是將髒臭的衣服搥打，以求新生。但是新生的環境是在「泡沫中」。泡沫指涉的是肥皂泡沫。但實際物質的「肥皂泡沫」和文字本身的「泡沫」存在著語意的縫隙。這一節在說明再生的可能也暗示不可能。

　　第三節「痛了一夜/還未飛去」。痛是因為衣物被搥打，被搥打是因為希望去除汗臭而再生。「飛去」可能是「再生」的動作。因此，「還未飛去」是否意味還未再生？另一方面，被搥痛後，「還未飛去」是否意味仍然繼續願意忍受未來的搥打？再一方面，如果衣服乾了飛去，沒有了主人，可能在曠野甚至是水溝裡降落，喪失主人的衣服，可能很快變成破布，怎能說是再生或是新生？

　　假如上一節的「無形的空隙」被填補的語意是一種完成，是個句點，這裡解構的縫隙裡經由探討後，是層層疊疊的問號。假如句點是結構的完成，問號是否意味沒有結構？解構是暴顯結構的縫隙，但並不意味所有結構的崩解。以上三個詩節的循序進展，很有層次。個別意象的縫隙仍然在這個大結構裡存在。解構學非虛無主

義的道理也在此。[4]事實上，解構的縫隙消解了我們習以為常的「正負」二分法。羅斯伯對狄曼的思維如此結語：「真理處理過程中必須有模擬，正如文法與修辭之間的關係，狄曼的文學語言以更大的完整度存在，這裡所謂的完整度既非正面的邏輯和文法，也非文學修辭的負面真理所能涵蓋。」[5]（Loseberg 116）

空隙的戲劇性結構

空隙或是縫隙表面上是結構的終止，實際上反而是語意的填充後造成結構的延續。空隙可能是字裡行間戲劇性的變化。八〇年代以後中青代詩人的作品裡，意象比前行代濃密。這是詩藝進展的現象，非常可喜。同樣詩人作品雖然詩行濃密，但有時讀來卻是意象機械化的排比，缺乏生趣，有的卻峰迴路轉，令人驚喜，關鍵在於戲劇性的有無。吳長耀、田運良、張國治等人的作品，一般說來，讀者所盼望的就是語言空隙中的戲劇性。以田運良的兩首詩為例：

第一首：〈大聲朗讀自己最後的羅曼蒂克〉：「但，我終於將不再為純潔的詩寫詩/我也終將寬恕一切羅曼蒂克/好比原諒錯愛般在臨時搭建的詩稿裡/整理回憶和往事……/然後一一遺忘。至於還未朗讀完的情意，就/留給將來吧」（《為印象王國而寫的筆記71》）

第二首：〈請挪開妳踩在我思考上的美麗〉

妳懸虛的嫵媚
一腳隨意踩在我未設防的封建意識上
半壁江山遂毀於紅粉驚豔。

假使妳已經心滿意足而想離開的話

請記得帶走足印；

和我的傷景、殘跡。

（《爲印象王國而寫的筆記》82）

　　第一首個別詩行都有新鮮的意象或是文字，如第一行的「不再
爲純潔的詩寫詩」，第二行的「寬恕一切羅曼蒂克」，第三行：「臨
時搭建的詩稿裡」。但整首詩的行進似乎是無波無痕，最後在可結
束可不結束中結束。整首詩似乎欠缺一些戲劇性，因而讀者可能留
在對文字的觀望，而較難主動投入詩中的人生之旅。

　　但第二首詩迥然不同。「妳的嫵媚」踩在詩中人未設防的封建
意識上，「半壁江山遂毀於紅粉驚豔」。「封建意識」將讀者帶入
自古以來帝王毀於江山美人的層層記憶。江山已毀，美人滿意地離
開，但詩中請對方帶走那些可能觸景生情的記憶痕跡。「足印」呼
應第二行的「踩」，事實上，「殘跡」也是被踩過的鑿痕。

　　整首詩比第一首富於有機的動態。詩行與詩行之間的敘述連接
成類似有具體的事件，但最主要是意象所形成的互動環鍊。語意間
的空隙如「未設防的」造成漫不經心的江山被毀，「驚豔」呼應
「嫵媚」，「驚豔」是女子的豔麗造成的驚惶失措，毫無抵抗力。經
由空隙語意的填補，推動事件敘述的連貫性。

　　在結構上，第二首共六行，每三行一個轉折。前三行到江山被
毀達到最高潮，緊接的三行從高峰往下滑落，最後以足印與殘跡作
爲無奈的結束。讀者在第三與第四行間感受到其中轉折的空隙，才

能真確地體會詩的戲劇性韻味。

　　假如文學是哲學的戲劇化，戲劇性也成爲詩書寫的必要。台灣現代詩多年來在語言上有兩種絕然的不同型態。一種以文字的稠密度取勝，一種是文字平白無奇，但呈現戲劇性的發展。在《笠》詩刊發表的比較好的詩大都屬於後者。但事實上，即使文字豐富細緻，詩的結構仍然需要戲劇性。以上述田運良的第二首詩來說，所展現的戲劇性並不是極具強度，但是和第一首相比，美學效果已經別有雲天。

　　戲劇性所顯現的美學效應可從孫維民如下的詩進一步印證。一般說來，孫維民的詩也不擅長戲劇性，但下列這首詩兩節間留白所產生的空隙，讓人生呈現兩種戲劇性的對應與對比，類似兩個鏡頭裡並時存在的人生。第一節裡的暗示性愛的「雲雨」所呈顯的天色，在第二節裡由「天色的隱喻」裡呼應後，拉開人生舞台的兩種景致，兩節之間的留白空隙劃開了楚河漢界：

傍晚

同居的男女已經回到八樓租屋
打開便當。雨雲準時靠攏移近
巷口又堆滿一天的垃圾了：
床墊，花束，保險套，果皮

其實不遠的嘉南平原，這時
一列火車通過天色的隱喻離去

乘客身旁的空位坐了全部的行李

服務生推著餐車，聲音呆板

（《異形》111）

空隙中的「禪」

　　以另一個眼光看待，空隙可能是詩中隱藏著禪意，因為那是一種沈默無語但充滿玄機的狀態。洛夫出了一本「禪詩」，周夢蝶的詩被許多批評家稱為富於禪意。[6]禪意不假言說，洛夫和周夢蝶大部分的詩作是「說禪」而非禪。周夢蝶的詩尤其如此。隨意翻閱他三本詩集的三首詩為例：《還魂草》中〈圓鏡〉的結尾：「千山外，一輪斜月孤明/誰是相識而猶未誕生的那再來的人呢？」（120）；《十三朵白菊花》中〈鳥道〉的結尾：「識得最近的路最短也最長而最遠的路最長也最短/樹樹秋色，所有有限的/都成為無限了」（133）；《約會》中的〈竹枕〉的結尾：「再拜竹枕你/再拜松田聖子你。知否？/是你，是你使我不修而脫胎換骨的！橫身以百千萬偈/歇即菩提。誰道枯木未解說法？」（65）。第一首人看到、感受到明月常在，而人卻陷入輪迴，誰是如今相識而來世將再相遇的人呢？這是「說明式」的感受。第二首是「說明」有限與無限的辯證；第三首更是「說明」竹枕枯木也解佛法之大道。如此的明言何來禪機？

　　真正有禪機的是語言中的空隙，如周夢蝶〈荊棘花〉的開頭：「本來該開在耶穌的頭上的/卻開在這裡」（《十三朵白菊花》80）；而這樣的空隙正是好詩的特質。換句話說，禪不離生活，大部分穿

透入人生又有語言的空隙的詩作，大都有禪意。周夢蝶的詩是放在傳統典型禪詩的情境裡，遠離人生，而擁抱山水的抒情。是因爲山水的選擇，給讀者與批評家類似典型禪境的假象，事實上，他的語言平白直敘如散文，甚少在空隙裡留下回味的「禪意」。〈荆棘花〉開頭的詩行在他的詩中是少數的例外，正如荆棘開在人的頭上是鳳毛麟角。[7]

洛夫的「禪詩」也有「說」的痕跡，如「牆上一根釘子有什麼可怕/可怕的是那/釘進去而且生鏽的一半」（《洛夫禪詩》131）。這是用意象說禪；與其說是禪，不如說是語言的機智。但是這些意象還是比周夢蝶的詩要富於「禪意」，因爲語言留下空隙，因爲這是生活中的禪機，而不是迴避人生歸隱山林。[8]

趙衛民有一首詩〈時間許下諾言〉，最後一節有這樣的詩行：「如果不懂靜寂的力量，話語是已枯乾的澀果，/時間將不會產生香氣」（《猛虎和玫瑰》143）。不懂靜寂，語言已枯乾，這幾乎是海德格「沈默是眞言」的迴響。眞言會被說教的言語掏空。禪意盡在沈默中，在語言的空隙中存在，不是山水場景的陳列加上「說禪」。沈默不是無話可說，而是語言的飽滿狀態；它不議論，不「演說禪機」。尹凡寫了一些眞正有禪意的禪詩，[9]其中的〈靜坐〉的結尾是：「寂靜是無有根據的/聲音/才會聽見/一說即不中」（《吹皺一池海市蜃樓》140-141）。

事實上，現代詩的禪機，經常不在標籤的「禪詩」裡。有些看來「漫不經心」的詩行空隙裡就佈滿禪機，[10]如年輕詩人李皇誼的這首〈獨酌〉：

清池無波
一隻青蛙，撲通
穿透了自己

掉落的棋子
遍尋不著

（《舊巷》107）

空隙的密度

　　詩質的稠密度造成空隙的密度。但是一首詩的美學空間，似乎有潛在適度的空隙密度，過多會造成填塞而有「做詩」的痕跡，過少則詩質稀鬆，幾近散文。當代年輕輩的詩人（如誕生於七○年代）在接受既有的詩傳承中，風格的求變，以及在網路上的實驗，有時會無形中讓詩產生過稠的密度。語言與意象會比較曲折，但和五、六○年代有些超現實詩不一樣的是，這樣的曲折是豐富的想像，而非想像欠缺的遮掩。楊佳嫻如下的意象似乎有超現實的想像：「微笑，像一尾受傷的蛇／只有自己才能聽見，自己在身體裡／扣下扳機」（《屏息的文明》45）。但是如下的詩行則是濃密的空隙：「我們且在盯視螢幕而怔忡的夜晚／錄製老靈魂咬著指甲，搜索身體每一個房間／來來回回的腳步。難以成眠，難以放棄／掌中握著華髮早生／江水浸蝕臟腑的皺紋／有多久了轉頭不去看所有的數字／時間的鞭尾打熄我們取暖的燈，煙煤紛飛／會窒息正在春天的諾曼第登陸的／一萬首年少的歌」（同上 41）。意象層疊曲折進行。這些意象都可以從

人生找到傍依的感受，只是比一般的詩行濃密。以「老靈魂咬著指甲」、「江水浸蝕臟腑的皺紋」這兩個意象為例。人的無奈空虛所以咬著指甲，表象身體的動作，實際上是靈魂狀態使然。江水引發情感波動，臟腑回應產生肌肉的皺紋，正如水之波痕。這些詩行一個濃密的意象緊接另一個濃密的意象，濃密本身也部分來自隱喻的傾向，如「時間的鞭尾」、「諾曼第登陸/的一萬首年少的歌」。這些意象濃密的組合是想像力的發揮，但似乎也會讓讀者感受到這是「寫出來」、「做出來」的情境，也因而反諷地造成偏離人生的嚴肅感。讀者可能讚賞詩行的想像力，但讀者也可能會覺得在閱讀一首「書寫」的人生，有別於真實的人生。[11]

　　但是《屏息的文明》也有不少意象較鬆緩的詩作。〈傾耳〉、〈屏息的文明〉、〈在北京致詩人某〉等都是。〈傾耳〉裡的詩行：「細數整個森林的年歲/忽然，我們也跟著老去了/在相沿成習的典籍中/變成不再被翻閱的底頁」（同上75）。〈在北京致詩人某〉裡的詩行：「幾百年了/這雪落了這麼久/卻連一片殷紅的屋瓦都沒有蓋住/我觸摸樹葉，想像遙遠島嶼/總是夾層在綠意間的陽光/呼吸之際，霜花就融去/手指端是沒有脈搏的寒冷」（同上87）。[12]這些詩行和鯨向海〈通緝犯〉一詩的結尾：「不可能更好了/一點點出名的感傷/到處都是時間的糾察隊」（《通緝犯》188）一樣，詩句與意象並不爭奇奪豔，但卻比較貼近人生，比較能引起生命深處的共鳴。詩的存在在於其間的空隙，但有意的大量製造空隙，卻不一定提升詩質。詩質的體驗並不全然等於空隙的填滿。意象的濃淡之間如何調適，是美學存在的空隙。[13]

──詩存在的空隙──

　　詩以空隙確認自身的存有。沒有空隙，也沒有詩，即使這個空隙是語言的縫隙。詩有空隙是因為詩不是制式的語言。詩在夾縫中求生存，在政治文宣、在官場噴灑的口沫的空隙中書寫存有。詩並不逃離現實，但不是複製既有的現實，而是填補被制式體制遮掩的現實。現實體制下表現的現實，實際上是現實的匱缺（Lyotard 77）。詩不一定要像阿德諾在他的《美學理論》（*Aesthetic Theory*）裡所說的那樣：「對現存社會的反制就是真理」（Adorno 279），詩的存在的確是現實社會所聽到的「雜音」，因為詩不是散文邏輯的推演，也非目的論的工具。雖然詩人立志以書寫平衡現實的殘缺，詩人自知一旦詩經由吶喊，詩即消解自身的存有。筆尖不是刀尖，詩不是街頭流竄的文宣。對於社會的反制，詩的語言是一種沈默，由於沈默，詩中充滿空隙。

　　因此，語言是詩人專注的對象。反諷的是，語言的關注時常被世人視為遠離現實。其實詩的語言，正如上述，是現實的文本化，是補足既有的現實。詩學家華卓普（Rosemarie Waldrop）說：「當我說詩是對語言的探索，這並不意味詩從社會退縮，因為語言是社會共享的結構，而社會的『他者』是詩」（54）。這一段話導出兩種層次。1.語言是社會所共享，專注於語言也間接專注於社會；2.詩的語言是「他者」，除了一般「共享的」語言，還有另一個層次，詩的空隙就在這一個層次。事實上，也就是因為空隙的存在，語言與社會才有源源不絕的生命力。十九世紀美國的詩人哲學家愛默生

（Emerson）說：人的腐化所顯現的是語言的腐化。詩語言能賦予社會的活力，在於詩不是被動或是複製式的模擬，不只是反映，還有反應。反應的是注入現實裡的活水。華卓普說：「我的關鍵字是探索與維繫：探索森林不是爲了可以販賣木材，而是瞭解世界讓世界保持生命力。」（46）詩、社會、現實保持生命力的關鍵在於人對於語言空隙的興趣與專注。

　　空隙蘊涵寶藏，語言的空隙編織文本與人生的結構。詩與詩人的存在也仰賴這樣的空隙來延續存有。是什麼樣的「人生構圖」，須文蔚以如下的詩行描寫人生：「我要如何從連環圖畫書的空隙中／尋求你隱藏的眞意？」（《旅次》〈連環圖畫書〉）連環圖畫從來不是眞實的寫影，部分是人生的幻覺，夾雜部分稚幼的塗寫。在這種似眞似幻的圖象中，空隙又再進一步撤離眞實。這時我怎能在其中「尋求你隱藏的眞意？」詩人爲何不直接將其散文化，不提供任何語言的空隙，而成爲：「人生佈滿眞實的幻影，人與人之間已經沒有眞意」？後者的處理，使詩從第二層次，又掉回第一層次。詩變成訊息或是目的代言人。第二層和第一層之間在於空隙、美學的有無。而美學正是生命力的展現。假如語言墜入第一層次，詩已經消失，也沒有了詩人。

　　如此看待，我們可以進一步瞭解爲何須文蔚以如下的詩行描寫死亡：

凌遲

死亡正以進行式的速度

慢慢迎向生命
和婚禮一樣
在撕裂與痛苦之後
充分地完成
愛

（《旅次》56）

　　第一行「死亡以進行式的速度」，「進行式」是持續在任何當
下逼近，但是逼近生命的姿容卻被描寫成「慢慢迎向」。「進行式」
是持續逼來，難以躲避的態勢，「慢慢」又讓生命無形中已經陷入
必然的黑暗，因爲這是「凌遲」。但一個悲劇性的動作，用的卻是
喜劇的措辭「迎向」，這當然是「死亡」的觀點。「迎向」喜劇的
語調爲下一行「婚禮」作準備，而達到「死亡」被比喻成「婚禮」
震撼性的高潮。但是「婚禮」的喜劇卻是馬上氣氛倒轉，緊接著
「撕裂與痛苦」。純粹就文意似乎是有意的對比，印照人生，卻是一
幅新婚之夜的景象——新娘肉體被突破的狀態。有了這樣的痛苦，
才能「完成/愛」。整首詩將各個相對的理念與感覺自然地相互滲
透。但彼此滲透後，異中有同，同中有異。「死」經由「痛苦」和
「愛」結合，但結合後，「死亡」是生命的結束，而「愛」是另一
個生命的開始。再者，同與異的抉擇很難定奪。參照常理，沒有人
願意祈求死亡的快速來臨，但慢慢的死亡是更大的痛苦，因爲這是
一種凌遲。

　　另外，本詩所留下最大的空隙是：死既然以愛作比喻，我們要

問：上蒼讓我們死為何是一種愛？這是否暗示：我們並沒有意識到生命是一種持續的痛苦；是否也意味人生大都是「恨」的累積，只有死才能將其消解，因而死是一種愛？這些感受是詩對讀者所引發的聯想，但是它保存一種不被填滿封閉的空隙。

鴻鴻有一首詩〈錯誤的飲食程序〉間有一段這樣的詩行：「過早地吃下了/早出晚歸的頻率/和一次完美的婚禮」（《在旅行中回憶上一次的旅行》47），將吞噬的飲食和完美的婚姻相對應，情形有點像上面死亡與愛的對應，給讀者帶來強烈的新奇感。但細看之，兩者略有不同。在鴻鴻的詩行裡，婚姻與食物一樣，過早成婚或是過早下肚，兩者都必然「迅速地腐爛/放出毒氣」（同上 48），兩者幾乎是彼此全然對應的隱喻。但是在須文蔚的詩行裡，愛與死除了對應的相似外，其中存留著複雜歧異的縫隙。

須文蔚詩裡愛與死的同異交揉是讀者閱讀後可能的理念歸納，但理念歸納本身並不是詩，否則整首詩可以散文化成：「人生痛苦與快樂，死亡與結婚，本質上是相同的，都是一種凌遲。」差別在於，詩中同異或是異同之間演變的步幅與韻律，是詩美學的焦點。抽掉這些「韻律」所顯現的戲劇化過程，詩的語言立即從第二層次墜入第一層。任何對詩的詮釋，若是只是在抽析其中簡化後的主題、意念、感覺，而忽視其中文字與文字、意象與意象之間、在演變過程所呈顯的韻致，都是停留在語言的第一層次。如此的閱讀，也忽視了「過程中的韻致」是詩中主要的空隙。沒有這些空隙，也沒有這首詩。

詩不能被簡化成理念。意象也不是物象的複製，因為它存在於詩行的戲劇性空間裡。華卓普引用著名的藍鳩（Langer）的一句

話：「讓我們感到有趣的象徵也是我們觀照的對象，讓我們注意力轉移」。華卓普繼續說：「它〔象徵〕讓我們從既有的指涉中轉移，從既有的象徵中轉移。詩正是如此，讓我們將文字視為專注的對象，成為富於肉感的軀體，使詩不只是交易的籌碼」（Waldrop 59）。[14]雅克慎（Jakobson）說：詩學的功能使得文字「可以觸摸」（"Closing Statements: Linguistics and Poetics" 356）

詩淪為「交易的籌碼」是因為詩常被引用來表示使用者的文化身分。但「引用」經常是抽析出其中被簡化的主題。文字是可以觸摸到生命的「軀體」，不是意念的代用品。詩的閱讀也不是還原成文字指涉的象徵，文字或是意象在詩中已經是個生命體。將語言簡約成意念化、指涉化，也是在扼殺詩的空隙，詩的存有空間。

在詩的天地裡，因而是意象與理念的分野，是意象與物象的釐清，是概念化的現實與詩語言中的現實的辯證。在此，有兩點值得注意。一方面，詩內在的文字或是意象不能單獨抽析出，而將其視為外在現實與理念的等同物。另一方面，詩的文字不能被意念化喪失詩的生命，但是詩的生命又有現實的參照點；正如上述，對文字的關注，並非遠離現實。詩的生存空隙就是這兩種思維辯證交融的空間。試以馮青的〈經驗轉譯密碼者的困擾〉進一步說明：

昨天我的殘夢被池塘挖走了
留下坑坑洞洞的斗室在地球儀上
今天的雨卻從蓮子心裏立起來
我的噴泉像是整座宇宙的幕落
若干年後

阿P和我

在跑不動的高速公路上相遇 但互不相識

我們的脈動很微弱

沒有心──跳

（《快樂或不快樂的魚》 126）

　　池塘怎麼挖走殘夢？坑洞的斗室留在地球儀上是什麼樣的狀況？這些意象都不是外在現實裡的物象真實的寫影，因此意象的詮釋不是將其還原成「指涉物」。但現實人生的瞭解卻有助於詩的瞭解。也許殘夢所依歸的是一個池塘光景，因此殘夢無著。由於「挖走」的動作，所以有「坑坑洞洞」的意象。真實的斗室並非佈滿坑洞，但是殘夢似乎「挖空」生存的空間。而地球上無不是這樣的空間。

　　地球儀的意象和真實世界裡的地球儀，有同有所不同。不同的是，只有意象才可能容納斗室，但是對這個意象的體會，需要有真實的地球儀作參考。

　　雨怎麼從「蓮子心裏」立起來？噴泉如此的大小怎麼可能是「整座宇宙的幕落」？同樣，這些意象的瞭解都是需要和真實事件產生思維的辯證。內在空隙的填滿也在於問題式的啟發。雨落蓮子，打在蓮蓬上，當雨絲不斷成為直線，是不是就是從「蓮子心立起來」？從「我的噴泉」水的噴灑中，似乎看到自己一生終局的幕落。這裡噴泉和雨水一樣，跟所牽連的客體，在視覺上都成倒置的關係。

　　泉水往上噴，布幕往下落。雨水往下落，卻在蓮子心站立。至於這一詩節的後半段，在跑不動的高速公路相遇，沒有心跳等意象，也是在虛實交叉印證的過程中，體現詩趣。也許是靈魂未來的忘年之約。沒有心跳，因為已經死亡。但是既然「無心」，彼此的相約還能說是情事嗎？無心何情？在語言的空隙裡含有縫隙。詩為何這樣寫是讀者詩之旅的動因。讀者在旅程中，是體會到「*詩不只是要表達經常的思考，而是要表達從未如此表達的一切*」（Waldrop 47）；但更重要的收穫是讀者藉由縫隙的填補、意義的完成，而看到自己思維與想像力。這是對自我的驚覺，也是以哲所說的：藉由文本的閱讀，讀者閱讀到真正的自己。（*The Implied Reader* 294）詩藝所提供給讀者的閱讀美學是，一方面讀者可以從所謂「表達從未表達」的詩境中感受詩的趣味；另一方面，讀者在文本的映照下看到被遮掩的本真。

　　假如詩的藝術展現可以解釋成廣義的美學，詩美學的成就也在於充實讀者的閱讀美學。不論空隙或是縫隙，都是詩美學依存的空間。以空隙反觀結構，空隙是詩的主要結構。書寫空隙是詩人的存在結構。因此，詩人在詩行裡寫下空隙。

註釋

1 請參閱本書第一章〈導論——台灣現代詩美學的發展〉有關結構的論述。

2 張漢良的〈論台灣具體詩〉也引用了這段文字。

3 根據大陸何九盈的說法，對中文的瞭解與誤解，經常受外在環境如意識型態或是政治意圖等影響。「武」被認為是「止戈」，是春秋時期楚莊王為了顯示武德所顯示的看法，也是《說文解字》的「正解」，後來甲骨文出土，「武」字的意涵變成：「止乃四之日，舉趾之趾，足也，行動之意。」蔡淑玲教授在2003年10月25日中興大學發表的論文〈文學批評的現代性——從克莉絲蒂娃與中國語文的關聯談起〉也引用何九盈的這個論點。

4 請參見本書〈詩化的現實——八〇年代以來詩的現實美學〉一章有關解結構的註。

5 文法與修辭是狄曼在〈符號學與修辭〉（"Semiology and Rhetoric"）裡討論的重點，本書將另章探討。

6 如：蕭蕭〈佛家美學特質與周夢蝶詩作的體悟〉（《彰化師大第五屆現代詩學研討會論文集》）提及，現代詩時代「以禪喻詩」是傳承著，唐、宋以來「以詩明禪」、「以禪入詩」的歷史背景。且以「無念、無相、無住」為其「以禪入詩」的美學實踐。

葉嘉瑩在為周夢蝶《還魂草》寫的〈序〉裡說，他的詩作一直閃爍著禪理與哲思。曾進豐於《周夢蝶世紀詩選‧導論》以及《聽取如雷之靜寂——想見詩人周夢蝶》中分析詩人，引用佛典禪意以造成禪境，描摹禪境而流露禪趣。蕭蕭則歸納出，周夢蝶禪詩美學的體悟有三：引佛語而寄佛理、苦世情而悟世理、窺禪機而見禪理。

事實上，批評家在此是將周夢蝶詩的內容看成禪機，而忽視了詩行中語言對禪的說明，已經失去禪機。

7 周夢蝶有極少數有關人間的詩作。面對人間，如何詩化現實是對詩人極大

的考驗。大部分詩人不是議論，就是將詩散文化，沒有語言的空隙，更沒有所謂禪機，如他的〈除夜衡陽路雨中候車久不至〉裡，這樣的詩行隨處可見：「然後，由小南門左轉直奔衡陽路/衡陽路。爲各式各樣行人的腳而活/使命感極重的——今夜，卻是爲誰？」（《十三朵白菊花》155-156）；「說真的！我並不怎麼急著要回去/反正回去與不回去都一樣/反正人在那裡家就在那裡/此外的一切/一切的一切一切的一切的一切/都顯得很遠很遠——」（159）

8 一般人習慣將佛經與禪悅的清明狀態，用遠離人間的山水呈現。因此，所謂禪詩經常就是山水詩加上一些禪理說教。事實上，稍有念佛禪修的人都體會到：山水是個比喻，而不是變成逃避人生的目標。佛法要求出離心，出離是不戀眷「我的這一生/身」。但出離之前，是對人生的關懷與捲入。「開悟」必須基於「慈悲」，慈悲的對象是眾生，因而絕對是入世的。打坐能禪定令人欽佩，但最高的禪定在生活中分分秒秒的當下。最高的修行者，不是獨自歸隱山林，而是出家後，以普渡眾生爲志。相關的討論，請參閱本書〈詩既「是」也「不是」〉一章。

9 請以尹凡這首〈有情〉和周夢蝶大部分的「禪詩」對照閱讀：「一切有情人歡喜在如此熟悉的小徑/邁輕步徜徉碎石路面，卻在/襟袖交會處，遮阻一雙蜂蝶/不覺花海變桑田」（《吹皺一池海市蜃樓》138）。這首詩還是有隱含「說」的感覺，但隱約多了，至少不是議論。

10 其他有關禪詩的創作與討論，潘麗珠《現代詩學》〈中國「禪」的美學思維對現代詩的影響——以1928年出生的五位詩人作品爲例〉一文，以余光中、洛夫、蓉子、羅門、向明詩作爲例，認爲他們所表現的禪意有三：靈動超詣的無我之境、孤寂而自在的生命覺、遠近俱泯的時空觀。但詩中有禪意，幾乎是大部分現代詩人共有的現象，關鍵在於「空隙」。至於女詩人敻虹的《觀音菩薩摩訶薩》、《向寧靜的心河出航》則是嘗試著佛教現代詩的創作，其〈觀音菩薩摩訶薩〉的三百餘行長詩，即是根據《法華經·

普門品》詩偈,改寫而成。另外,陳克華也有〈新詩心經〉長詩。他在《新詩心經》〈序〉裡說,詩行是詩人在唸誦或抄寫《心經》時,自然由心頭浮現的。夐虹與陳克華的詩作是有關佛教的詩,而非禪詩。

11 當然,所有「書寫的人生」都是有別於眞實人生。但同樣在書寫領域裡,還是有眞實人生「觸動感」的差距。以上楊佳嫻的意象比較傾向「發明」,有別於抓住人生細緻處的「發現」。請參閱並比較她和陳育虹在本書第四章裡所引用的意象。

12 其實,楊佳嫻這兩段詩行,和她上一段自己的意象相比較爲鬆弛,但比起很多詩人的意象已經濃密多了。

13 過度濃密的文字以及適度的空隙可以從另一位七〇年代誕生的高世澤的兩種詩作爲例,前者的詩質反而不如後者:「懷中溫一壺酒在港口搜索果敢出海搏鬥的硬漢/遞一壺酒彼此讚頌比魚訊期多七倍的豪情/而自己第一船的煙仔魚溫飽村南無依七口/一船苦候半旬的龍蝦治癒北村土伯突發的心疾/……/兄弟們堂皇的洋房如一枚街上急走的金幣//滾燙的熱汗在額頭上耕赤道的雨季」(《捷運的出口是海洋》〈一個老人之死〉117);「因誤食一頓過量的昨日/未及以左腦細胞消化/右腦細胞排泄/只好一路從迷惘的黑眼睛/開始嘔吐過酸的思想」(《捷運的出口是海洋》〈失眠〉135)。

14 藍鳩這裡引文的出處是她的《哲學新調》(*Philosophy in a New Key*),頁61。

7 意象與「意義」的流動性

——從象徵到符號——

現代文學一個極重要的特色是，體現存在的流動性。十九世紀以往所建立的觀點與理念在當時的時空，都有相當的穩定性。但時屆二十世紀，人生常是片段瞬間的組合，所謂常理瞬息即變。唯一不變的是變與意義的流動。

文學的展現也如此。敘述不再因循順時的次序，視覺或是心靈思維的情境是在意識裡並時乍現。敘述的接續狀態是片段空間性的組合。文學不是順時所接續的不同空間，而是在一個凝止的瞬間裡展現不同的空間。法郎克（Joseph Frank）在〈現代文學的空間形式〉（"Spatial Form in Modern Literature"）裡延續龐德（Ezra Pound）有關意象的討論後說：「意象不是圖象的再現，而是將不同觀念、感情統一成為一個複雜的綜合體，在某一個瞬間，以空間的型態出現。」（Frank 85）意象是「複雜的綜合體」，因為它不是原原本本客體的再現；它也不是單一觀念或是情感的化身，而是經由意識調變後的混和狀態。

法郎克的「空間形式」沒有用到當代語言學的術語「並時性」（synchronic）這樣的字眼，但無疑已經和這個字的理念暗暗應合。

「並時」與「順時」在語言學與符號學者雅克慎（Roman Jakobson）的論述裡，是用來說明「隱喻」與「轉喻」的功能。隱喻在於同一地位的空間裡的選擇與置換，轉喻在於接續與組合，可能是時間性的接續也可能是空間性的比鄰。隱喻和轉喻都被視為符號。由於隱喻和轉喻在語言的雙軸中互動，符號的「意義」也持續在浮動變化。從象徵到符號，是現、當代文學裡最富「意義」的轉變。

──從符徵到符旨──

符號有別於象徵，在於後者所蘊涵的意義較固定，而前者是處於浮動狀態。假如以符旨用來描述被指涉的意義，象徵有穩當的符旨，而符號的符旨卻經常飄移。因此，若是要與象徵有所區隔，符號的重點應該從符旨轉移至符徵。現、當代文學所展現的不是意象或是敘述意何所指，而是意象及敘述如何產生。產生的過程在於符徵的發現與營造。換句話說，文學的趣味不只是挖掘作者所掩埋的意涵，而是發現符徵產生時五彩繽紛的過程。美學所關注的「效果」有時甚至比解析文本的「含意」更重要。由於符徵佈滿峰谷，詮釋是動態之旅。以旅程作比喻，閱讀美學強調的是旅行的過程，而非只是尋求符旨的終點。

符徵──浮動、流動的意象

正如閱讀的行旅，八〇年代後，很多現代詩的意象也在流動、浮動中。所謂流動，有兩個意涵。一是意象脫離詩人試圖將其作為理念的註腳的掌控。二是脫離詩人的掌控後，呈浮動狀態，以自由

運動的姿態，和其他的意象產生富於變化的組合。

第一個意涵進一步從類似美國詩人史帝文生（Wallace Stevens）以及威廉士（William Carlos Williams）「物象而非觀念」，再往前跨越一步。史帝文生的名言：「不是有關物的理念，而是物本身」（not ideas about the thing, but the thing itself）以及威廉士的信念：「不是理念而是在物中」（no ideas but in things），在現代主義的時空裡為意象找到突破理念束縛的喘氣空間。詩在二十世紀能大放異彩，和這樣意象觀很有關係。詩人以意象呈顯物的焦點，而非說理，因而詩更有回味的韻致。但嚴格說來，不論史帝文生或是威廉士，理念雖不明言，意象和理念仍然陳倉暗渡。

當代詩或是台灣八○年代以後的詩，意象跨出理念的框架後，進一步以其自己的風姿，在浮動中和其他的物象產生奇詭的連理。物象漂浮中碰觸其他的物象，意象流動中誘引其他的意象。這就是浮動的第二個意涵。美國著名的詩人艾許伯瑞（John Ashbery）的詩，就是以其流動性的意象擴張詩的版圖。學者波勒夫（Perloff）說，「正如艾許伯瑞之所見，由於具體或是醒目的意象……放在彼此流動的關係上，意象顯現的狀態有如『生活現象』。」（Perloff 36-37）以「生活現象」比喻物象的流動性意味人生的情景也在不穩定的流動中。人和人短暫相處，人和物以及空間的短暫機緣，無不持續的流動變異。人在不同碰觸的瞬間造就因緣，但這些因緣也只是這個瞬間的存在。艾許伯瑞以意象的流動性，呈現出詩路中可能瞬間進出的各種因緣。

在這樣的思維下，詩人寫詩不是操控意象，而是賦予意象的流動性。正如波勒夫所述，「艾許伯瑞暗示，詩人必須情願放掉繩

子，不能全部放掉，至少也要放鬆些，讓他發明的『風箏』有機會自由的浮動」。（Perloff 37）艾許伯瑞「後現代」的「風箏」和新批評時代布魯克斯「風箏」以及「風箏尾巴」的比喻大異其趣。後者強調兩種相反力的拉扯所產生詩的張力，前者則說明詩的生命力在於意象放鬆浮動的自由狀態。[1]

　　馮青有一首〈後現代〉，以後設的書寫檢視意象的流動性組合：

這是偉大的意符，當一隻老鼠怯怯的通過自滿空洞混雜的隊伍，敦煌的壁畫外加新女性主義者的額頭，在弦樂器冷冷的觸撫下，午夜發臭的海藻與我們意義不明的肩胛製成旗幟，在沒有名稱幻想陰影留下的祈禱室內通行，一片牆的空白，悄悄走入眼瞳。

（《雪原奔火》 184）

　　整首詩充滿了意象自由的接續與比鄰。引文是詩的第一段，已足以說明這種意象的流動性連理。首先，「這是偉大的意符」，因為正如上述，當代意象以符號的功能來說，重要性是意符或是符徵，而非意旨或是符旨。而意符是流動的：一隻老鼠通過混雜的隊伍，和「敦煌的壁畫」以及「新女性主義的額頭」並置；冷冷觸摸下的弦樂，和發臭的海藻和我們的肩胛製成旗幟接續。在祈禱室內，一切沒有名稱、沒有陰影、映入瞳孔的是空白的牆。

　　各組意象事實上也和其他組合的意象產生另一種流動性的因緣。所謂流動性在此變成一種不必說明「為什麼」，而「就是這樣」的存在。因此，意象與意象之間的空隙，[2]重點不是意義的填補，

而是意象組合的新鮮構圖。

　　事實上，由於重點是意象的碰觸，詩的行進也打破語法應有的章法。「當一隻老鼠」這個「子句」的行動只是殘缺的句法，因為緊跟其後的壁畫與女性主義只是「名詞」意象，而非完整的「主句」。沒有語法的牽絆，意象更能自由地浮動。中文本身的語法本來就不很嚴謹，這和中文文字的意象性有關，但本詩中第一組意象對文法的跨越似乎有複雜的意涵。意象的流動自主性似乎襯顯出詩中人觀照時當下的臨即感，因而意象的捕捉突破語法的藩籬。批評家柯比（Kerby）說：「在這方面說來，詩的言談很像佛洛依德對非意識的論述，經由錯置與凝縮，不必順從語意與文法確定性的詮釋。」（Kerby 85）

　　值得注意的是：馮青這首詩雖然體現了所謂「後現代」的意象風景，但詩中人與敘述語調卻是對這種「風景」的「後設」思維。因此，詩中意象接鄰的是否合理或是純然的突兀，可以說是一種「引用」的書寫，書寫的合理性全部由讀者自己作判斷。詩中人只是透露出「後設」的語調，點出「偉大的意符」所能招致的背書或是質疑，在敘述的語氣裡留下空隙。本詩因此和甚多純然套用後現代寫作公式的作品，迥然不同。

　　在須文蔚的一首〈複合之疑惑〉中，意象自在地互結因緣有一些變奏。這首詩的第一節重點是「聆聽古希臘音樂有感」：

歡樂像是一盒打翻了的大頭針
冰雹般灑在玻璃桌面上
隨即在亞熱帶的仲夏午後融化

蒙面的僧侶揚起鐃鈸緩步攀爬過辭典消失在心經之後
遠方傳來的鼓聲朗誦著詩人自撰的墓誌銘，其實
哀嘆的不是行將就木的身軀而是早夭的幼子
簫聲以長年支氣管炎的沙啞為證

（《旅次》202）

　　以上的意象是詩中人從Harmonia Mundi錄製的音樂中感受到的「印象」。第一聲驚爆的音響有如大頭針打翻、掉落、撞擊。但這樣以如此聲響用來描述「歡樂」的意象還未完結，詩中人的意識又將其延伸成「冰電般灑在玻璃桌面上」。但延伸後又引發另一個延伸：「隨即在亞熱帶的仲夏午後融化」。大頭針所比喻的歡樂，經由冷熱地域的穿插，意象的流動性帶來空間的串連。

　　接著僧侶敲響的鐃鈸，聲音爬過書架上的辭典，然後消失於《心經》之後。假如以上詩行的意象和馮青一樣，重點在於浮動後的銜接，這裡又加上了意象的第三類接觸，因緣之間原來也有隱喻式的基礎。宗教在時空中蔓延開來的氛圍，使希臘的僧侶，透過樂音找到《心經》。接著的兩行裡鼓聲伴隨著詩人朗誦的墓誌銘，以及早夭的幼子，可能是詩中人意識的想像。下一行的簫聲，和支氣管炎也是如此。

　　同樣是流動性的意象，和馮青上述的詩行不同的是，這裡意象自由的穿梭，是詩中人意識與想像自由的時空之旅。意識的自由導引出意象的自由以及符徵的自由。由於意識適度的放鬆，正如上述艾許伯瑞所暗示的，意象在浮動中，去找尋其他的意象。但是也由

於是意識的作用，詩行間的空隙更可能有「意義」。

　　馮青和須文蔚上述所引介的意象，算是比較極端的例子。如此的寫法並非兩人詩作的常態，更非一般寫作的「通相」。但藉由「浮動符徵」的理念，回頭檢視比較常態的書寫，會發現詩美學的另一方天地。

意象的牽連

　　首先，意象的浮動導引意象的牽連與詩的結構。試以羅英〈雲的捕手〉的最後一節為例：

> 不時也會
> 耳鳴且默數著年歲的
> 鐵軌
> 不時地在途中
> 流些眼淚
> 將哭聲
> 自煙囪放走
> 成為鴿子
> 成為秋後之雲的
> 捕手
>
> （《雲的捕手》4）

　　詩的情境是詩中人在火車中的心緒流動。前半段「耳鳴」、「年歲的鐵軌」以及在途中流淚，都是火車現場實景所引發的回憶

與想像。但接著後半段,「將哭聲/自煙囪放走/成爲鴿子/成爲秋後之雲的/捕手」,四個意象的銜接則是意識的流動狀態。從聲音經由煙囪到鴿子到雲的捕手,是視覺上的流程加上心眼的投射。火車的煙囪吐出煙,夾雜著氣笛的鳴叫,也夾雜了詩中人的吟泣。看出窗外,鴿子的翱翔可能就是哭聲的化身,正在捕捉秋後的雲。[3]整節意象的銜接呈現自然的流動性。這些詩行有點五、六〇年代超現實的詩風,但展現了較大的自然度。羅英的詩經常以這種流動性的意象導引敘述。她的另外一首詩〈機場〉也是如此:「機場/平躺在大都市的/門前/從它胸前的/大喇叭內/道別的聲音/成群地/飛起來/偶爾撞及/火葬場踽踽飄散的/煙/便繪成一張張/遠方/徬徨的/臉」(《雲的捕手》46-47)。

從符徵再界定符旨

雖然是同樣的文字,詩的語言和常理邏輯的語言有別。主要的差別在於:後者文字緊扣住「字典的意義」(denotation),而詩則是前者向各方面輻射成爲「多重意義」(connotation)。因此,詩本身就已經是對一般意義的再定義。詩之是否有「韻味」,也在於這層有說服力「再定義」面向。

假如符徵浮動,符徵勢必也會再界定符旨,使符旨有別於象徵。柯比在上述的論述進一步提到:「意義的產生在於符徵當下的現存(presence)以及符徵的不定性(iterability)。」(Kerby 13)「符徵當下的現存」強調符徵存在當下的這一瞬間,因爲下一瞬間極可能改變。如此的「善變」造成詩意象的「存在」意義。意義的捕捉因而不是追溯一個穩定的符旨,而是珍視符徵瞬間的風姿。柯

比說：我們要追求的是「實際的（pragmatic）而非再現論的眞理」（同上 13），所謂「實際」，就是掌握意符「實際」變化流動的當下。柯比的言說是典型德希達解構學對被指涉物能「當下存現」的質疑。羅蘭巴特以文本取代作品，也是類似的思維。文本有叛逆顚覆的特質，它所呈現的不是直接指涉的意義，而是意義的延伸。意義得以延伸，是因爲符徵的流動性。詩的意象是最能使符徵浮動的文體。

　　符徵既然浮動，符旨如何被重新界定？試以尹玲的〈播種〉爲例：

他們在巴黎市中心播種
一粒死亡
迅速開在聖米榭地鐵
人們在巨響中跪下靜躺
墜入來不及理解的睡眠裡
玫瑰一般的血
慢慢淌聖母院面前
鑄成另一個折斷雙翼的
十字架

（《一隻白鴿飛過》32-33）

　　這是巴黎被轟炸時，詩所專注的幾個意象。「播種」是祈求新的生命。但是播種的卻是「死亡」。玫瑰與血的顏色極相似，我們已經習以爲常「玫瑰一般的血」這樣的書寫。細究之，玫瑰一般所

指涉的符旨，是「愛」，也是「生」的映照。但和它接續的「血」是「傷」、是「死」。最明顯的是最後四行的意象。聖母院前的十字架，由血鑄成，而且斷了雙翼。「折斷雙翼的十字架」意何所指？答案就在於「十字架」傳統符旨的再定義。它可能變成一個柱狀的墓碑。值得注意的是，在現實世界裡，十字架也經常伴隨墓碑，但它本身畢竟不是墓碑。另外，聖母院的意象在此也有意義的轉移。它是人和神交會點，是人精神的殿堂。聖母是「愛」的化身，但此時卻是人們「跪下」禱告的枉然，禱告的結果仍然是死亡。

以上「愛」與「死」、「生」與「死」的對應和反諷或是弔詭相似。有點不同的是：弔詭展現人生複雜的情境，而這裡卻從這樣的情境裡反思，進而對人生原有的常理質疑。由於詩節開始的「播種」與「死」、「愛」與「死」的矛盾作鋪陳，而進一步導致聖母院與十字架的再定義。

朵思的〈肢體語言〉的部分詩行展現了意象開展後，人生所蘊涵的可能性：「消除語言重量/世界便從腳底開始歌唱/從指尖飛翔/從毛細孔張合的空間創造新義//……//聲帶絕緣/眼睛、眉毛、唇角/左肢、右肢/都是密碼。（《飛翔咖啡屋》142）語言不再有負擔，腳底的世界不再有重量，因而能歌唱。語言能從指尖、毛細孔細微的感觸，「創造新意」。所有聲音沈靜，「眉毛、唇角/左肢、右肢」的感受都成為語言的密碼。所有詩行中肢體的意象，都跨越出原來只是「肉體」的界定，而進入精神語言的層次。在此，符旨的再定義展現了原來就存在卻一再被忽視的真實。文學與人生的體驗，一般說來，大都仰賴學理化的知識，人生的細緻處卻仰賴身體投入的「感知」。美國著名的創作家、思想家宋太格在論及套用理論（主要

是馬克斯與佛洛依德的理論）的荒謬後說：我們不要理論化的藝術，我們要「肉感」的藝術，（Sontag 660）道理在此。

意象的反思

意義的再定義是意象對人生的反思。人在反思中也看到另一個被忽視的自己。孟樊在〈窗的聯想〉裡有這樣的意象：「我從你的眼睛裡看到我的眼睛在看你的眼睛／裡面有一條紅尾巴的蛇匍匐著正在通過一道又深又長的隧洞」（《S.L.和寶藍色筆記》142）。從眼睛彼此一再反射所映照的影像裡，看到另一個自我。這個自我是一條蛇，正在穿過深長的隧道。蛇暗示自己不可告人的心機，深長的隧道是心裡幽暗漫長的意圖。從瞳孔的映照，看到自己的這一面，也意味所謂深長的意圖，實際上，已經在別人的觀照下。但這個意象也暗藏另一種可能性，由於是彼此相互映照，蛇事實上都出現於雙方的眼睛，彼此都看到自己和對方心中的一條蛇。詩的意象在反思中有隱約的反諷。

柯比在上述的論述裡說：「今天的『我』不一定是明天的『我』。」（Kerby 34）這幾乎是我們都知道的老生常談。文字的熟悉感經常讓我們忽視它的意涵。但是我們會在某一個瞬間驚覺，看到已經改變的自己，雖然時間上只是今天與明天的差距。詩人所看到的世界，以及讀詩的體驗，最能觸發這一層次的「感知」。人也在一再的感知裡調適自己。柯比說：「借用克麗絲緹娃（Kristeva）的話說，詩的言說（尤其是抒情詩）是『主體形成的過程』，一個在尋找自我或是在為自己找尋輪廓的過程。」（同上85）

——詩的意象邏輯——

詩的邏輯不是常理的邏輯，已經幾乎是個公理。仔細思維，這是因爲意象的「意象性」所造成的差別；而所謂的意象性，就在於其常理逸軌、符徵流動的特性。意象在浮動中，也產生了詩獨特的邏輯。人生在這樣的邏輯有獨特的因果；而在呈現這樣的因果時，又讓人看到眞實但常被忽視的人生。詩的邏輯因而是跨越常理邏輯而觸及另一種眞實的邏輯。

因果

從尹玲的〈北京一隻蝴蝶〉，我們看到一個神秘的因果：

北京一隻蝴蝶

薄翼如紗

捎起紐約一陣莫名的暴風雨

五角大廈某個偶然手勢

燒紅整片南越的青色天空

（《一隻白鴿飛過》 45）

詩中北京、紐約所發生可以說都是獨立事件。詩似乎在一個截然的高度，俯視這個世界，而看到其中的因果。一隻薄翼如紗的蝴蝶在北京的同時，紐約有一場暴風雨。詩以「捎起」帶動兩個事件。北京和紐約各在地球的兩面，一邊風雨，一邊微風拂面是自然

現象。但「捎起」的動作，似乎在喚起萬象的因緣和合，並非截然的獨立。也許在東方，當一隻蝴蝶展翼飛翔的時候，人事已在醞釀一些西方即將感受到的風暴。至於五角大廈的手勢，「燃紅整片南越的青色天空」，在越戰的時代，因果的關係幾近是現實的複製。所謂手勢是決策者權威的姿容，舉手投足間，是另一個國家的生靈塗炭。現實所展現的是兩地分別事件，詩的意象指出其中的因果，一個我們經常忽視的因果。在這樣的因果中，意象也扮演著符徵的角色，在遊動中，將東西兩方接續，而成因果關係。

無知的美感

尹玲的詩作不多，但詩所展現的視野，跳脫出「女性閨秀」的框架。她的另一首〈讀看不見的明天──重構另類六○年代〉讓我們看到六○年代越戰時越南的景致，也讓我們看到一個「無知的」詩中人所顯現的自諷。

> 市街中心一團火焰熊熊綻放
> 完成某一和尚的舍利子
> 起始我們或許流淚
> 不知一副黑炭學人打坐
> 與生命能有何種必然關係
> 末了仍啜著濃澀的咖啡

（《一隻白鴿飛過》76-77）

成道的修持者火化後得舍利子。自焚的燃燒也可以有舍利子的

道果嗎？這是符旨經由意象第一次的移轉。燃燒中的和尚在詩中人看來是「黑炭學人打坐」。一個生死交關的狀態被詮釋成學人打坐，是詩中人「故裝迷糊」的自諷，藉由這個自諷，諷喻眾多世人的無知。這是意象第二次的偏航。雖然是問題的形式，詩中人的「明知故問」為世上一般的價值觀下了結論：和尚（黑炭學人）的打坐（自焚），在他人眼光中和生命沒有必然關係，因為如此的心理辯證後，大家繼續喝咖啡。詩中人將自己融進世俗的大眾是這個詩節成功的關鍵。出家人為眾生自焚，而「我」所代表的蒼生卻麻木沒感覺。這是自諷以及對所有大眾人物的「他諷」。「我」的變化是符旨再度的流轉。

以上所引的，柯比強調「我」的改變，因為我是一直在尋找主體的過程。人生漫漫，尋找雖經由春花水月，攬鏡自照，大都只覺得人事滄桑，容顏不再。至於「主體」的我大都在意識之外，即使已經今非昔比。詩的意象最能暴顯這一層的變異。尹玲這個詩節將「我」從詩人的真我隔離，產生詩的戲劇性，增加了感受的密度而免於濫情。所有詩作裡的人稱變化所帶來的效果是美學重要的課題，因為正如柯比所說：我們要關注的是「誰的問題，而不是什麼，因為誰的什麼會改變。」（Kerby 35）

神秘的應合

羅智成與楊牧[4]、鄭愁予、楊澤、張錯、余光中（部分的詩）、甚多女詩人的詩、以及眾多詩人早期的詩（如馮青的第一本詩集《天河的水聲》），以抒情的氣氛見長。這些詩對一般讀者的感覺有相當的感染力，也比較容易成為暢銷詩人。這些詩作事實上很多時

候是散文的書寫，但由於典雅豔麗的文辭裝扮，有古典詩的錯覺，因而更加強讀者「詩的氛圍」。這些詩和現實的對話有限，大都在抒情世界裡顧影自盼。由於是散文的書寫基調，符旨的意義比較穩定，意象符徵的浮動功能比較有限。但是偶爾也有令人訝異的意象風景。羅智成〈颱風（之一）〉的意象細緻地碰觸到人生神秘性的一面：

颱風來造訪
某人內心之中的舊識
當庭院中一棵不存在的果樹或
水壩上游十萬畝相思
被用力搖晃
綠色的汁液橫流於
擋風玻璃與多年以後某畫家
狂亂的畫風

（中略）

我開窗，逆風的視線
吃力追趕那片朝遠方裂去的天空

我的思想紋風不動
只有滿頭亂髮振筆疾書。

（《夢中書房》76）

　　院子裡「不存在的樹」以及水壩上游的「相思」，會變成多年後「某畫家/狂亂的畫風」，意象的流動似乎穿越時光隧道，連接兩種因緣。樹「不存在」因而暗示這是後世畫家的想像，相思樹寫成「相思」，意味樹的形象已經在想像中凝結成相思的意念。

　　假如上述的意象銜接是時間，樹變成擋風玻璃上流動的液汁，可能是時間也可能是空間上的接鄰。這些都是颱風造訪某人的心靈，所產生的一種可能，也就是詩書寫的可能，也是詩中人「滿頭亂髮振筆急書」的可能。原來畫家的想像，是詩中人的想像。由於真實或是想像的颱風，促成繪畫以及詩作的產生，藉由意象遊走所帶來神秘的結合。

歧義的美德？

　　意象的流動應合符徵的浮動，促成符旨的再定義，也必然促成意象的歧義。歧義展現意象的多重面向，甚至是意義的衝突與弔詭，這是詩意象獨特的邏輯。二十世紀的文學是歧義的時代。但是同樣是歧義，詩的美學有造作的歧義與自然的歧義之別。有意的作詩可以造就聳人聽聞的歧義，而吸引某些批評家關愛的眼神。自然的歧義則是在符徵浮動中顯現詩意象活潑性，歧義是珍視一種可能性，雖然冒了自我消解的可能。詩語言裡，歧義有其不容質疑的合法性；這意味兩個互相辯證的意涵：

　　1.歧義可能是一種美德。當符徵從象徵和符旨固定的意義中釋放，文學是探索意義的可能性，而非統編成大一統的意義，而產生歧義。意義最有意義的是刺激另一個意義的產生。符

徵的流動性促成這種可能。

2.一旦「歧義」合法化，很多詩人可能躲在歧義裡製造歧義。
躲在歧義裡，詩人可以遮掩多方面欠缺而不願暴顯的狀態。
他以玩文字遊戲，而造成超凡想像力的假象。他甚至以遊戲
來宣稱：所謂詩就是營造文字的迷宮。他更可以在任意的遊
戲中，宣稱詩全然沒有意義。

——「意義」的再定義——

因此，「意義」在二十世紀現代主義以及二十世紀八〇年代之
後，有迴異的意涵。現代主義的時代，意義已經零散，文本呈片段
的狀態，文意也勢必支離破碎。現代主義的作家，在破碎中，尋找
「潛在的」的統一感。尋找是一種鄉愁，因為現實的價值已經呈崩
解狀態。所謂「文本的片段」是意涵以及感受上的零散，是空間跳
躍的接續性敘述。[5]喬艾思的小說、以及龐德、艾略特早期的詩，
雖然呈現破碎零散狀態，但基本上都是展現「傳統文字」的外貌。

在台灣，由於現代主義「傳統文字」的外貌，對於後現代的論
述，就傾向於「非傳統文字」的外貌當著眼點。於是刻意的留白、
文字的扭曲、圖象與文字的交雜、拼貼等作為後現代的標籤。

其實，以「外貌」作著眼點，美國現代主義的康明思
（e.e.cummings）、台灣五、六〇年代的林亨泰的很多詩都不是傳統
的外貌。他們的詩作都是「現代主義」的產物，但是由於批評家以
「以貌取詩」，台灣的批評家試圖將他們的詩作納入後現代的版圖。

以另一個角度看待，假如「外貌」能跨越時代，滲入不同的版

211

圖，這也說明外貌本身不是區隔「主義」的標的。重要的是內涵，批評家要從語言裡檢視後現代的內涵，而非以「文字的外貌」來分配標籤。台灣後現代的論述一直墜入「外貌」的標籤分類以及版圖的劃分，一直難以進入「後現代」內涵的堂奧，原因在此。由於觀照的角度大都停留在「外表」看得見的模式。「傳統詩行」裡蘊藏的後現代的精髓，大都無以進入詩眼的視覺。一般說來，若是無法在字裡行間看出端倪，無法在語言的空隙裡聽到語意迴盪的語音，也就很難看到後現代高度迂迴的風景。這時批評家就會傾向以詩的外表形式作簡易的歸類，因而形成粗枝大葉的閱/誤讀。相對於「詩的外表形式」，以「詩的語言內涵」為專注焦點將是迥然不同的天地。如此的評論需要額外靈慧的心思、對人生的敏感度、以及對文本「精讀細品」（close reading）的能力。

但假如有些批評家說「精讀細品」是套用「新批評」策略的時候，我們也只有擲筆長嘆。若是閱讀的「精神」與閱讀「策略」都無法區隔時，批評家所展現的台灣現代詩將是什麼面貌？批評家是否知道：解結構最仰賴「精讀細品」的精神？沒有能力在「結構」裡精讀細品出語意的縫隙，就沒辦法細緻的「解構」。德希達的解構學能影響到整個時代的思潮，除了他本身的哲學素養外，主要是他在既有文本裡的「精讀細品」的說服力。狄曼、費希（Stanley E. Fish）也如是。

假如純粹以「外表」或是以詩論表面文字作依據，不深沈斟酌其中複雜的語調。批評家也會輕易的下如此的結論：後現代詩沒有意義。在後現代的時空裡，當「意義」一直粗糙地被宣佈成虛無時，我們對有關意義的討論至少要涵蓋以下幾個層面：

第二層意義

以「沒有意義」來概括後現代詩的理論根據，大都基於一般對解結構的浮面瞭解。以解結構探討詩，最重要的「精神」是語言的自我消解與語意的縫隙或是斷層。德希達說：語言會自我摧毀（deconstruct itself）。德希達說：解結構就是：「不是對什麼」的指涉。（*Speech and Phenomenon and Other Essays on Husserl's Theory of Signs 143*）

假如由此就認定解結構或是後現代的沒有意義，也可能再度停留於文字的「皮相」。德希達在他的《立場》（*Positions*）訪問錄裡，說明被詮釋成「虛無主義」的遺憾。「不是對什麼的指涉」，重要的意涵是：不要將符徵定義成對特定符旨的指涉。解構學不是對一個「實存」物或是理念的指涉，但卻無法禁止不斷的指涉行為。貝克在討論德希達時說：「在傳送者、接受者、指涉物可能的缺席下，符號仍然有意義，這種可能性首先使其變成符號，進而導致必要性的引用、移植、諧擬。」（Baker 111）在「傳送者、接受者、指涉物可能的缺席下，符號仍然有意義」的關鍵是：所謂意義不是在文本裡對指涉物的追尋，因為語意的進展有縫隙或是斷層。但這些縫隙或斷層卻指向高一層次的意義。也就是說：在第一層次裡的「沒有意義」，卻促成第二層次的「意義」。對解構文本的詮釋所要呈現的就是這第二層次的意義。

其次，「文字的自我消解」不是意義的消滅，而是意義的播散（dissemination）。所謂消解是，當詩透過文字朝某方向前進時，前進的路線經常斷裂，而造成多方向的「逸軌」或是「折返」。同

樣，假如這些「逸軌」和「折返」是文本所構築的第一個層面，這個表面的現象卻在第二層次的「虛擬」文本展現意義。和上述的縫隙一樣，「語言的自我消解」需要批評家或是讀者在原來腳踏地面的觀察中，提升到空中俯覽。目前在台灣的後現代與解結構的詩評家，幾乎都欠缺這種「高層俯覽」的閱讀能力，因此所謂的批評實際上還是「著象」的閱讀。詮釋只是告訴讀者：這首詩沒有意義，而看不到在較高層次上的意義。所以所謂的批評，只是列舉「這種沒有意義」的現象。

「沒有意義」的意義

在西方，有些批評家早就看出「沒有意義」的「意義」。我們的批評界總是缺乏如此閱讀的細緻感。羅斯伯在閱讀狄曼的解結構思維時說：「符號與意義的缺乏同時發生性，並不意味它沒有意義；事實上，非同時發生正暗示一個不與其同時的意義。」（Loseberg 111）「不與其同時」，意味有意義存在，是在延異的狀態。假如上面一段「高層俯覽」是空間的延異（延伸的差異），這裡「不與其同時」則是時間上延異（延遲的差異）。兩者都是面對解結構文本時，批評家與讀者應該詮釋的焦點。這是後現代詩的意義空間。

總之，意義的縫隙或是斷層意味意義的可能性。卡斯其（Rodolphe Gasche）在論述狄曼的解結構時，也連帶論及後者早期的現象學思維，他說：藉著建設性歧異狀態的足夠反映，狄曼似乎又恢復了本質的基礎。（Gasche 177-215）也就是說，狄曼後來解結構的哲思，還是滲透了現象學的影子，而現象學是最富於「意義」

的。雖然也許閱讀與詮釋不可能再以「本質」作爲著力點,「形而上」的意義卻是解結構文本裡的幽靈。批評家需要「慧眼」,才能看見這些幽靈。

以上的體認有兩種「意義」。一是假如解構學的縫隙能如此認知,意義在時空的延異上產生意義。 二是解結構在當代詩裡,只要詩人有相當的「當代感」,詩作有意無意都會展現「後現代」的景致。黃玠源的一首〈政變〉在外表上是極傳統的詩作,但如下的意象有「後現代」的視野,雖然也許作者並不自知:

一隻螞蟻搬了一隻蒼蠅的一塊糖
一隻白狗偷了一隻花貓的一個腥
嘴裡的一塊口香糖悄悄地變了色
不小心滑進肚子裡鬧起怪怪的感覺

(《不安》99)

現實裡「糖」是螞蟻還是蒼蠅的所有物?都不是,是人的殘餘。詩行裡「蒼蠅的」似乎界定了歸屬。眞正「歸屬」的原點,人,雖然不在現場,讀者能感知他的存在。但是假如「人」出現,他能宣稱「糖」是他的所有權嗎?他取之於商店,商店取之於經銷商,經銷商取之於糖農,糖農必須種植培養,而培養必須土地、天候、灌溉用水、肥料、農藥等配合。因此,所謂「歸屬」只是歸屬權不斷的轉移,而非有眞正的歸屬。這正如符徵的流動所產生的變異性,而非作爲符旨的「歸屬」有眞正的歸屬。

以上的意象詮釋,是借用「的」這個字的「歸屬」含意,說明

常理中「歸屬」定義的縫隙，也許和作者原來使用這個意象的動機無關。但這也說明了，符徵的流動性造成意義的延異。

第二行的「一隻白狗偷了一隻花貓的一個腥」，和上一行類似，但更佈滿意義的縫隙。「腥」這個字似乎指涉魚的腥味。同上，魚也不在現場。和上一行不同的是，這個缺席的主體「魚」因為被貓吃掉後已經全然消失。假如以上述「的」作為歸屬的論說，這裡的歸屬更加虛無飄渺。意義已經找不到意義的原點。但是「腥」以意義播撒的狀態留下類似解構學的「痕跡」（trace），從花貓過渡到白狗。「白狗染腥」當然有反諷的意義。

再進一步深思，狗如何從貓身上偷腥？這幾乎是語意的斷層。這是在文字構築的第一層面裡所面臨的意義斷層，但在上述時空延異的第二層次上觀照，「意義」不是為「如何」作答，而是赫然呼應「政變」的意涵。將狗的偷腥視為政變，當然是一般「政變」意義的解構。

這種偶發性的「後現代」詩作當然不能將黃玠源劃入「後現代詩人」的版圖，那是需要持續的書寫。但這說明了後現代意涵的流轉滲透，進入「傳統詩行」，而打破形式上或是外表上的標籤。

書寫與閱讀的意義（significance）

由上述的第二層意義可以進一步檢視書寫與閱讀的意義。看破沒有意義的人生，詩人為何還要書寫？當後現代的文本本身的意義稀釋斷層，一個不是玩弄文字遊戲的詩人，怎麼看待自己的寫作行為？假如詩人認定文字的自我消解，就意味所有書寫已經全然沒有意義，為什麼還有詩作的誕生？

顯然，以上的問題都將導致「書寫的本體論」，雖然在後現代情境裡，所謂的「本體」只是瞬間的感知，而非永恆的眞理。撇開現象學的思維不談，詩人只有在詩的書寫確認自己詩人的身分。假如作品的產生，無法呈顯或是烘托出詩人的存有，這些作品在詩人本人的認知裡已經幾近非詩。一個文本充滿縫隙，語言自我塗消的詩人，將詩的第一層意義「懸置」（suspension）[6]，而寄望於第二層次的意義。表面上，第一層次似乎沒有意義，但在書寫的過程中，由於語意的縫隙與斷層，詩人的自我錯落在破碎的意象敘述裡，這個「跌落敘述斷層」的自我，必然有一種被發覺、被體認的渴望。換句話說，正如柯比所說的，「就是經由敘述情節的各種樣式，正如我想顯現的，我們的生命，我們的自我獲得了意義。」（Kerby 4）文本的樣式越是意義的斷層，自我意義的焦慮感就越強烈。不論現象學傾向的詩人，或是解構學傾向的詩人，大都會體認到只有書寫才能寫下存有。語言是詩人存在的情境。

但另一方面，詩人也體認到「寫下的」並非是持恆不變的存有。縫隙使存有面臨較大的危機感，縫隙也使存有體認到存有是在「夾縫中求生存」。柯比說：「自我是社會與語言的建構、意義的鎖鍊，而非一成不變的存在。」（同上 34）詩人如此的感知，是跨越縫隙與陷阱後，所感受到的彌足珍貴的意義。

閱讀亦然。讀者在意義斷層的文本裡，所發現的意義也類似存在本體的自覺。意義飄忽，書寫與閱讀也可能在瞬間之後淪爲虛妄。文本的意義不可得，使「瞬間飄忽」的感受更有「意義」。

事實上，書寫或是閱讀沒有意義的論說，可能來自於「文意」（meaning）與「意義」（significance）的混淆。本文以上論述所指

的意義,大部分是文本的「文意」,「意義」的使用是因襲我們既有的翻譯,但如此的翻譯措辭很容易和真正的意義糾纏不清。若是將meaning翻譯成「文意」,立刻就能呈顯它所專注的是文本的意涵;而意義則是指讀者對閱讀行為的感受。以哲在他的《閱讀行為》(*The Act of Reading*)裡說,要進一步體認閱讀美學,需要對「文意」與「意義」的釐清:「文意是指涉的全體,蘊涵於文本的暗示,必須經由閱讀而得以聚合。意義是讀者將文意的吸收後,融入自己的存在」(151)。如此的認知,一個即使完全沒有「文意」的詩作,[7]讀者在閱讀時也可能感受到一種奇異的特殊經驗,而覺得有「意義」。

美國結合現象學與後現代思維的費希也認為:閱讀不是追問「這個句子是什麼意涵?」(What does the sentence mean?),而是「這個句子做了什麼?」(What does the sentence do?)。閱讀專注的不是靜態的文句,而是文句對讀者所引發的心靈活動:

不再是客體,不再是事情本身(thing-in-itself),而是事件,由讀者參與而在讀者身上發生的事件。也就是這個事件,這個〔事件的〕發生——是所有的一切,沒有任何言說可以描述,也沒有任何資訊會將其奪走——我要辯說的是:這就是字句的意義。

(*Reader-Response Criticism* 72)

換句話說,所謂意義不是文字靜態的「文意」,而是閱讀時文本讓讀者心靈所產生的「事件」。事件就是意義。以後現代詩來說,即使文字「似乎」沒有意思,但它引起讀者的專注,甚至牽動

後者的情感與思維,這時文本已經顯現了意涵與意義。

　　以如此的認知看待解構文本或是某些後現代詩作,「文意」的難以捕捉,卻使書寫與閱讀更富於「意義」。「文意」的隱蔽甚至消失並不等同於「意義」的虛無主義。這是「意義」的流動所顯現的意義。

　　綜合以上的討論,意義的「意義」如下:

1. 詩的意象不是指涉人生的固定意義,它可能是顯露意義的多重指涉。

2. 沒有人生指涉的意義,並不意味詩作沒有意涵。這些意涵在於顯現詩的效果與趣味。

3. 一般所說的沒有意義,指的是第一層次的文意,但在第二層次上觀照,卻另有意涵。

4. 即使面對沒有文意的詩作(非常不可能,只能說是文意的指向難以調理),並不意味閱讀就沒有意義。文本對讀者所做的一切,就是富於意義的閱讀事件。

5. 只有迎合鼓吹沒有意義的論述,創作時的「惡性拼貼」[8]才可能沒有意義。

註釋

1.有關布魯克斯「風箏與風箏尾巴」的意象,請參閱本書第三章〈詩與現實——早期現代詩的現實觀照〉的討論。

2.有關「空隙」的理念,請參閱本書〈結構與空隙〉一章。

3.同樣是「眼淚」,這裡的意象和七〇年代目的論的吶喊有天壤之別。請參閱本書第三章的討論。

4 不論是楊牧或是早期以葉珊為筆名的詩人,詩作有較大的思考空間,比較不適合這裡的抒情論述。請參閱本書第十一章〈似有似無的「技巧」〉。

5 請參見本書第六章〈結構與空隙〉。

6 嚴格說來,對詩人來說,文本的第一層仍有「意義」,只是難以言說,因而將其「懸置」。「懸置」在現象學裡是將眼前的理念先存而不論。

7 這實在不太可能,除非是為了迎合所謂「沒有意義」的理論的遊戲之作,請參閱以上以及本書第二部的〈前言——後現代的雙重視野〉。

8 這是鄭明娳教授在論述簡政珍詩作時,提及和後者相對比的一些詩風。請參閱她在《新世代詩人精選集》裡的〈簡政珍論〉。

8 詩的嬉戲空間

感謝「新批評」，西洋的文學研究到了二十世紀三〇年代，才算「眞正」成了專門學科。詩學研究也是如此。「新批評」樹立了詩學的門面，畫出了美學空間享有的領域。新批評的核心人物將讀者從「作者的身世研究」轉移到「作品的內文研究」。「新批評」引導讀者要對文本或是詩作「精讀細品」（close reading）。由於「精讀細品」，讀者發現了文字玄奧的天地，讀者也看到詩行之間與自己的想像。由於「精讀細品」，讀者體會到詩人在書寫上的精緻巧思；詩人對文字如何「字斟句酌」。「新批評」批評家心目中的理想詩作是「精緻文化」的表徵。

精緻是因爲字與字之間，行與行之間，乃至任何文字排列的先後順序，都是嚴謹思維下的產物。文字和詩人的思維緊密的結合，文字所展現的是經由嚴密思維下的人生。語言稠密、意義繁複、情境弔詭，暗示人生的複雜面向。詩的語言能成爲一個學科，也因爲詩的文字裡重疊了豐富龐雜的意涵。詩如此的研究可能使某些人在詩的大門前止步，因爲他無法跨越挑戰性的的門檻；但也可能因爲這樣的研究使讀者跨過門檻後，歷經處處驚豔的風景。新批評所呈現的詩作可能讓讀者最有所得，也最能讓讀者充滿挫折感。關鍵在於，新批評所關注的詩作，文字相當的緊密。這些詩作觸及了詩美學一個新的高度的同時，也可能讓詩欠缺了某種程度的幽默感。

事實上，文字的嚴肅性與缺乏幽默感並非是「精讀細品」的必然結果。對文字的關注並非就是板著臉的冬烘。對新批評的發展甚具影響力的龐德（Ezra Pound）就說過：狂喜的愉悅是無政府狀態下巨大的顛覆性力量（Waldrop 52）。龐德所處的時空當然不是後現代的典型視野。但他的言語似乎已經預言一個未來的文學版圖。他的言語展現了對狂喜的既愛又怕的複雜語調。狂喜是一種愉悅，也是一種顛覆，可能使文學或是詩墜入無政府狀態。事實上，時值後現代，我們發現詩正是這兩種矛盾張力的綜合體。

詩狂喜的特質賦予詩顛覆的潛力。狂喜是一種跳脫，跳脫出詩版圖的規劃。它也是一種顛覆，除了顛覆外在的框架與成規，也可能顛覆自己，因為語言傾向自我消解。它使詩在樹立文學的殿堂時，又傾向使詩的國度呈現類似的無政府狀態。

後現代的詩並不是無政府狀態。假如真是如此，詩人所顛覆的是自己。假如以後現代對照「新批評」所代表的現代，[1]詩從原來的「緊」漸漸趨向「鬆」，從「嚴肅看待人生」趨向「文字的嬉戲」。好似文字從繃緊的狀態中放鬆，而發現額外的音符。在「文字的嬉戲」下，詩後現代的精神展現了迥然不同的景致。

首先，文字的嬉戲使詩人能對現有的體制挪揄。假如現實的語言是現實咄咄逼人的符旨，詩人語言的嬉戲則類似浮動的符徵，以游擊的身姿調侃現實。布洛沙（Nicole Brossard）說：「我的『基本動機』就是惹麻煩，以書寫的文字嬉戲，實驗（嘗試瞭解寫作的過程）以及探索（搜尋）使我在語言上以及所擁有的價值上成為麻煩製造者。」（Brossard 77）假如意象是詩的身姿，詩常以舞蹈踰越現實文字的步幅。後現代的詩更以嘻笑凸顯現實的荒謬性。詩人

是麻煩製造者，因為他總在政治人物的言談裡看到縫隙與思維的斷層。幾乎很難有一首口號能成為「詩」；也幾乎不可能有一首歌功頌德的「詩」。因為一旦喊口號或是歌功頌德，所謂詩已經不是詩。語言的嬉戲朝反方面進行卻反而成就了詩，正如焦桐在〈詩人〉一詩裡所說：「本來我要寫政論/卻化裝成情詩/誠實而迂迴/像一陣狡猾的風」（《青春標本》72）。

嬉戲展延語言的可能性，它可以無止境的延伸，但是在某一階段都會有暫時的封口。詩論家安德魯斯（Andrews）說：「以嬉戲的語言作為行動暗示一種無止境的展延，一種本質上的開放。但是會在觀照、體認與感覺趨近穩定的狀況下在外形成封口。」（Andrews 29）。語言的展延暗示無限的可能，但語言也會在適當的位階上暫時穩定。後現代詩是可能性的開拓，但這並不意味語言的無政府狀態。事實上，是在詩表象的「無意義」或是「無政府狀態」中找出「階段性的封口」（批評家最有意義的挑戰）。「階段性的封口」意味：解構是無止境的展延，是文字墜入時間永續的潰散狀態，但在潰散之前，有一個凝止的瞬間，「意義」的輪廓驚鴻一瞥。[2]批評家在閱讀與詮釋時最需要抓住這一個瞬間。[3]

後現代詩的嬉戲有時是自我的揶揄；有時聲東擊西、避重就輕地自我反思，而反思也可能是迴光反照下故意扭曲的身影。能對自己開玩笑，意味對自己滿懷自信。揶揄自我中所引發他者的笑聲，所暴顯的是發笑的人的可笑。有時讓自己成為現實的笑料，是笑聲反轉的回音裡暴露現實的可笑。而當讀者看出真正可笑的對象時，他會感受到「嬉戲」的嚴肅感。但所謂的嚴肅，所呈顯的形式與效果與新批評的時代迥然不同。後現代是在看似不正經、不嚴肅的嬉

戲中暗藏一般批評家所看不到的嚴肅。

假如嬉戲暗藏另一層次的「嚴肅」，後現代詩所引發的笑聲事實上使詩趨向「悲喜交雜」。某方面說來，「文字的嬉戲」是非常「寫實」的書寫，因爲後現代的人生，有層層疊疊哭笑不得的場景。笑是因爲現實的荒謬，但詩人的笑又隱藏了內心無法完全釋懷的心境，面對現實的苦澀，但卻無法棄絕現實。笑是表象的出口，但笑聲中夾雜了苦澀的語調。因而所謂嬉戲可能是「苦澀的笑聲」。[4]

——有形的文字遊戲——

以上是後現代精神所顯現的藝術層面，但在台灣，所謂後現代詩幾乎都在文字或是圖象刻意的扭曲下，成爲「形而下」的遊戲。如此的詩作，也是一般批評家趨之若鶩的舉證對象。於是，夏宇、林燿德、陳黎等人的作品一直暴顯在論述的聚光燈下。夏宇的〈連連看〉耍弄了多少追求外表形式的批評家。[5]陳黎《島嶼邊緣》與《貓對鏡》裡的作品，也在台灣的批評界成爲必然的論述。試舉陳黎的一首〈三首尋找作曲家／演唱家的詩〉作爲「有形的文字遊戲」的代表：

1 星夜

營業中 ‧ ‧ ‧ ‧ ‧ ‧ ‧ ‧ ‧ ‧ ‧ ‧

. . . .
. . . .
. . . .

每一家天國的小鋼珠店…………

2 吹過平原的風

（噓——）；

（噓—　　—　　）　　　　；

〽

　　　　虛
　　　　　　　.

　　口
　　　　　，

　　　　（

　　　　　　乀

3 雪上足印

```
            ％
   ％       ％


   ％

              ·


            ·


         ·
```

（《島嶼邊緣》 118）

　　以上的文字與圖象，正像孟樊論述陳黎的另一首〈舉重課〉，只是賣弄「小聰明」（《台灣現代詩的理論與實際 258》），因此美學發展的探討空間，應該要珍惜地保留給更深沈的詩作。本詩以百分比的符號％作為兩隻腳印，以及黑點由大變小，呈現影子的消失，當然有「小聰明」的成分。這首詩給「以為文字的外表遊戲」就是後現代的批評家一個驚喜的例證，但大部分沈潛的詩人或是讀者可能一笑置之，因為所謂「小聰明」並不能等同於深沈。

——形而上的嬉戲——

有深度的後現代嬉戲不在於文字表象的形式。嬉戲是語言的內涵,在歪斜的身姿中踏出詩的身影,在嬉笑中暴顯難言是非的情境。詩展現如此層次的後現代性時,不必憑藉扭曲的詩行,因為這是形而上的嬉戲。

短句的嬉戲空間

嬉戲呈顯語言的幽默感,因而簡短的詩句很能抓住有趣的瞬間。強調短句創作的張健、蕭蕭、林建隆不時在詩心貢發的瞬間,展現詩的嬉戲性。林建隆的〈稻草〉:「秋涼了/何不連我/也一齊收割」(《生活俳句》37)以及〈籠中鳥〉:「瞧不起籠外的鳥/任怎麼的自由/也飛不出我的視線」(同上 62)會給讀者帶來淺淺的微笑。表面的嬉戲成分卻引發人生或是生命一層沈重感。表面上稻草人希望被收割,是另類的調皮觀點,卻讓讀者逼視稻草人日積月累的風吹日曬,已經疲憊了。表面上,籠中鳥「自負」瞧不起籠外鳥,是另一種調皮的書寫,卻反照自身圍囿於籠中的無知。由鳥看人,如果體驗鳥的一切,事實上也可能是人的一切,閱讀這個詩句的讀者,雖然看到文字的嬉戲卻很難笑出來。

劉小梅善於以短句表達自在的詩心,如「餅乾喜悅著/雖然僅僅活了數日//因為終能免費/旅遊一趟/人體」(《雕像》100)。餅乾喜悅當然和喜事有關。「僅僅活了數日」也暗諷人吃了再好吃的餅乾,也將在幾天內排泄掉。但詩以觀點的翻轉造成嬉戲。劉小梅想

像自己是雕像，也營造出嬉戲效果：「腹脹如鼓/何時方能如廁」，「百貨拍賣/心動卻不能行動」（同上 186）。雕像腹脹暗指偉人一般的姿容，「心動卻不能行動」暗諷人的購物習性。

路痕的詩作不是以短句為主，但在《單音六節》詩集裡有不少嬉戲的詩句，如他的〈鏡子〉：「祇有閉起眼睛/才能看到/不惹塵埃的/真相」。這個詩句的趣味在於「閉起眼睛」的主體既是人也是鏡子。人避免照鏡子，是因為想迴避招惹塵埃的心事，有哲學的深省。鏡子閉上眼，可以忽視鏡面上累積的塵埃。詩行有嬉戲的深度。路痕的另外一首〈刮鬍刀〉：「嘴巴終於從/狼狽的夜森林裡/殺出一條路來」，讓讀者有視覺上的驚喜。讀者可以看到黑鬍子被刮鬍刀剔掉後，展開兩片嘴唇。前者被比喻成黑森林，後者被比喻成一條路。兩個比喻使語言充滿喜感與趣味。同樣，他的〈紙尿布〉：「一張健康報告書/塗滿了孩子內裡的/山山水水」也賦予語言的嬉戲與生趣。

王廣仁的短詩〈語不驚人〉的嬉戲，正如題目所暗示：語不驚人死不休。事實上，這首詩趣味來自於內容是題目的翻轉：語在於驚人。他的詩行如下：「糞，蠅的滿漢全席/蛇，龍的難兄難弟/雞，鶴的三姑六婆/瘡，菌的東山再起」（《回聲》111）。這些詩行打破我們日常的慣性認知，是一種驚悚式的嬉戲。

詩的嬉戲空間

短句畢竟只是一個零散的詩心，還未能拓展成更富於縱深的詩想。短句可以在簡短的瞬間提供趣味性的閱讀，但一個詩人除了零散的意象外，還需要有意象展延的敘述能力。長詩的書寫因而是對

「重要」詩人的關鍵性檢驗。路痕的某些短詩也有類似短句的趣味，但更值得回味，如他的〈消化人生〉：

馬桶讓出一條通路給腸
腸讓出一串嘀咕給胃
胃讓出一袋辛酸給食道
食道讓出一窗明亮給咽喉
咽喉讓出一陣抽搐給口腔
口腔讓出一聲嘆息給唇
唇讓出一秒深吻給往事
往事讓出一灘淚給痛苦
痛苦讓出一把刀給仇恨
仇恨讓出一段記憶給人生
人生遂收集所有的辣苦甜酸
一併沖回馬桶

（《路痕》41）

整首詩將消化的過程與人生結合，藉由語言的嬉戲性，誘發讀者對常理中所謂的「精神」與「肉體」的體認。整首詩的敘述從反常理的方向處理。語言充滿了實景的趣味性。「馬桶讓出一條通路給腸」，「通路」指的是腸子像一條通路，也說明腸子因為排泄而有出口。「嘀咕」是腸氣，「辛酸」指胃液等等，是肉體。但「嘀咕」與「辛酸」也可指精神感受。之後，食道和「明亮」，咽喉和「抽搐」，口腔和「嘆息」，唇和「吻」，往事和「淚」，痛苦和

「刀」，仇恨和「記憶」，都呈肉體和精神上的對應。人生和「酸甜苦辣」是肉體和精神相伴隨的感受。詩追溯到「酸甜苦辣」後，「一併沖回馬桶」。人生的精神體驗，不論甜美或是苦澀，都由最形而下的馬桶總收。「酸甜苦辣」既是精神的感受，也是食物的各種味道，在詩的結尾殊途同歸。詩以嬉戲的文字將現實人生中所謂的「精神層面」再書寫。本詩最終給讀者的是人生凜然的驚覺，但在詩行的進行中，卻充滿了語言的嬉戲。

另外，由於詩是以終點倒溯再回到終點，因此，這不僅是意象的嬉戲，也是敘述結構的嬉戲。整首詩的語調兼夾知性的思考與抒情。語言的嬉戲並非刻意完全從既有語調中翻轉，也不是為了刻意凸顯不同。也就是因為異同之間並非明顯對比，嬉戲的重點不是文字上的標新立異。詩只是藉由嬉戲檢析出既存但隱約的可能性。傾向後現代「語言學派」的伯恩斯坦說：

　　詩的嬉戲並非使乾燥的高度反諷與潮濕的抒情表現呈現明晰的對比，而是相反地崩塌成一個朦朧曖昧不穩定的動人場域以及滑稽的嘲諷；這是一個多重面向的文本場域，先天就無法維持表面張力的均衡或是情感的乏味。在慢慢步入下一個可行的比喻之前，語言偽裝成不適切的碎片，穿透詞語隱晦扭曲所顯現的瞬間安定狀態；以其說是防衛，不如說是探索。

（Bernstein, "Comedy and the Poetical Form" 237）

伯恩斯坦這段話很值得深思。表面上，他有五十二種玩語言的遊戲。[6]但是此處卻將後現代語言的嬉戲落實於極豐富的辯證情

境，和純然的文字遊戲拉出美學的區隔。首先，詩的嬉戲不是反諷與抒情的二元對立，而是朦朧不穩定的場域，一個多重面向的文本，不是（如新批評）要保持表面的文字張力，也不是讓情感乏味。語言是碎片，穿透瞬間的表象的穩定，直到一個比喻的成形。一方面，詩的嬉戲是不穩定的多重面向，另一方面，詩有瞬間的穩定以及比喻的可能性。後者讓詩的存在意義在短暫飄忽的瞬間春光乍現。假如批評家忽視掉這個「朦朧曖昧不穩定」中的「裂縫」裡所隱藏的意涵，批評家就漏失了後現代精神的瑰寶。「不穩定」的裂縫裡有瞬間的「穩定」。後現代與解結構極重要的「理念」是：語言傾向自我消解與自我毀滅。這一句話也是一種語言，因此，批評家要在這一句話裡找出縫隙，發現「語言自我毀滅」的「理念」下縫隙裡的「存在」。

　　沈志方的詩作不多，目前只有一本詩集——《書房夜戲》。詩集裡有很多「中文系」的圖騰，以文字外貌定標籤的批評家極不可能以他作「後現代詩」的例子。但仔細閱讀他的詩作，讀者會發現其中偶爾確有後現代的思維。這種思維的展現，因為寫詩的人並沒有明顯的「後現代意識」，詩的展現不是要套理論因而更自然。以下〈書房夜戲〉的詩行裡有伯恩斯坦的回音：

所以囉
右腳一伸就擱在
案頭莊子齊物那一章上
徐徐噴煙與蚊子共享
長壽的滋味，閒看牆角蟑螂

逍遙於無何有之鄉

讓群書在架上倒立

（《書房夜戲》1-2）

　　詩題〈書房夜戲〉，顧名思義，有嬉戲的語調。詩故作輕鬆，
表面無事卻有事。以無事或是嬉戲的眼光看待，腳擱在莊子齊物，
對古典文學與哲學的戲謔，但「齊物」的啟發，使詩中人與蚊子公
平共享「長壽」煙的滋味。「長壽」事實上對蚊子來說，是瞬間的
存在，煙霧吞吐後，可能在人的掌中淌血。蟑螂在「無何有」之鄉
逍遙。逍遙來自於詩前面的莊子，「無何有」既是無，何來之有？
亦無亦有，非無非有。群書倒立，書的知識道理也倒立，因為這是
嬉戲的世界。表象這純然是戲耍無厘頭的詩行，詩的意義價值何
在？詩是幾近罔無的存在，道出詩中人將生命意義抽空的某一瞬
間。但這瞬間無意義的裂縫卻閃爍了詩的意義，因為這些「無意義」
是藉由個別詩行語意的呼應銜接而產生。存在的戲耍在詩結尾時再
度的戲耍成為二度的逆轉，前面的無意義也變得有意義：「『唉
喲！』我摀住積滿灰塵的心/劈面被窗口射來的/第一道曙光/射
中」。曙光出現，黑夜已去。心被曙光射中是讓心思回到新的一
天、回到周遭的現實。

　　以上文字的嬉戲中，語言既非不反諷，也非不抒情。文字戲
耍，因而重點不是文字張力的均衡，但也非乏味無感情。文字的嬉
戲穿透隱晦的語詞，存在空茫的縫隙，卻成為下一瞬間的「存
在」。

選擇沈志方的詩行在於說明：在後現代的氛圍中，很多詩人會觀照到語言的反思與自我消解，因此，一個「傳統詩人」也可能有後現代的寫作。另一方面，由於「後現代的理論」並非在詩人的意識裡有意的運作，詩作反而跳出理論的框架，而能更自然地碰觸到後現代的精髓。沈志方同一詩集的〈嫦娥與螞蟻〉也有類似的嬉戲文字：「嫦娥大約不知道/螞蟻的感受，每座城市因此/派遣十萬輛機械獸出城/咀嚼月球與月餅，照顧所有/飢餓的螞蟻：嚼嚼嚼/嚼嚼嚼，然後從地球高處/大家一齊剔牙，呸——/吐一夜煙火驚人的渣/我愛上了他們」。(《書房夜戲》142-143)

機智與幽默

嚴格說來，機智與幽默並不是八○年代之後的專利，七○年代之前也偶有機智幽默的詩句。但在八○年代之後提出，有兩點考慮。1.和八○年代以後的詩相比，較早期的現代詩比例上少很多；2.由於受現代詩當時語言力求緊湊的關係，即使幽默也負荷了高度的沈重感。洛夫是早期現代詩創作中富於機智的詩人，在《石室之死亡》裡就有不少類似如下的詩行：「你想以另一種睡姿去抗拒/女人解開髮辮時所造成的風暴」(第41首，頁48)。但和近期出版的《漂木》的詩行相比，後者顯然「鬆」多了，這當然多少是後現代氛圍的薰染。

一般說來，八○年代之後，中青代詩人的詩作和前行代詩人相比，意象比較豐富且自然，但是在同一個詩人的同一作品裡，造成詩是否突出的，很多時候在於其中是否有幽默感。如吳長耀的《山城傳奇》、張國治的《憂鬱的極限》、田運良的《爲印象王國而寫的

筆記》等詩集，詩作與詩作之間，作品的好壞有時呈現極大的差距。而較好的作品也通常就是語言有幽默感的詩作。但所謂幽默不是爲了遊戲而幽默，動人的幽默仍然是透過詩行和人生的情境相牽連。

試以中生代詩人白靈爲例。白靈在七〇年代爲了文學獎寫了像〈大黃河〉、〈黑洞〉那樣極度散文化的「長詩」，[7]其他短詩的創作，也是在「典型的『新民族風語言』」打轉，理念化與意識型態化的故土抒懷，語言很難有吐納幽默的氣息。[8]

八〇年代之後，尤其是近年來，白靈機智幽默的詩行一波波湧現，一反當年的詩風。當然後現代的「鬆」有助於詩人在舒緩的敘述語調裡展現機智與幽默。試以他的〈白髮記〉中部分的詩行爲例：

> 心術險詐，這種對手
>
> 白，幾近透明，純潔無辜
>
> 攀一根細繩
>
> 從我不經意的腦後
>
> 偷偷摸摸鑽入
>
> 黑髮十萬都抵擋不住
>
> （《沒有一朵雲需要國界》12）

詩中將白髮比喻成「純潔無辜」，當然是基於我們對於白色「純白無辜」的既定印象。這樣「無辜」的頭髮卻是中年人的眼中釘。既是眼中釘，必除之而後快，但十萬黑髮都擋不住。這個詩節

的趣味，主要在於讀者原先所面對的「白」的純潔無辜，是放在「心術險詐」後面，讀者剛開始有種錯覺：這是兩個對立的客體。但在下面的詩行，才發覺原來是一體的兩面。這是詩行所產生的懸疑感。「白」的動作，到了第三行的「攀了一根細繩」，第五行「偷偷摸摸鑽入」才描繪出「髮」的輪廓。這是詩行隨著時間性演進所產生的美感。閱讀的美學，是讀者在語言中一字一詞隨著時間進行的感受。「機智幽默」的文字，本身不一定是詩，這些文字要在時間先後的安排下，透過語言的環扣、意象的環鍊，彼此呼應連結，才造就「詩」。假如我們忽視掉這種循序漸進的過程，我們就無法真正感受這首詩。

白靈的〈口紅〉更進一步以整首詩展現詩的幽默趣味：

我們在屋子裡讀書

霧來了 窗都迷了路

我在玻璃上劃出

幾條水溶溶的小徑

並請你用鮮紅的嘴形

在路的開端

吻上一枚唇印

泡茶時 霧剛散

整片風景的上方

停著一顆

打哈欠的太陽

（《世紀詩選》35-36）

整首詩的第一節是鋪陳，幽默的效果在第二節顯現。讀者要將意象視覺化，才能體會其中的幽默。原來在第一節裡，玻璃都是霧氣，唯一的「風景」是用手指劃出來的「水溶溶的小徑」以及「你用鮮紅的嘴形/在路的開端」留下的「一枚唇印」。第二節霧氣已散，透明玻璃所顯現的室外的「風景」，和玻璃上所留下來的唇印（唇膏不是水氣，不會消散）。唇印和外面的風景疊合，看起來像一個火紅張著嘴巴打哈欠的太陽。玻璃上的唇印形似外面雨過天晴的太陽，因為以「紅」為基點。「打哈欠」既是嘴形，也是外面雨過後太陽「被逼著」露臉的懶洋洋的狀態。

以上白靈兩首詩展現「機智幽默」的兩種狀態。〈白髮記〉有人生的指涉，詩中人將時光流逝的苦澀遮掩，化成幽默的淺笑。後者所展現的重點，詩本身的趣味與效果超過人生意義的指涉。前者可能是現代主義時代的焦點，後者則是後現代氛圍下的美學偏移。前者比較著重「意義」，雖然意義的呈顯可能隱約零散；後者比較著重美感「效果」；但感受意象的效果，讀者更需要五官的感知。不論「效果」或是「意義」，感受一首詩的能力，在於讀者能將意象視覺化以及將意象彼此牽連，也就是將詩行與人生情境聯想的能力。

假如意義指涉是詩畫地自限的封口，幽默的嬉戲則讓這個封口保持開放。安德魯斯說：「面對書寫的差異，語言與言談的自主性不會面臨自我封閉的威脅。消解自主性的是『使用』。假如意念就是使用，我們將已經建立的意義重新安排，也就是將使用、自然

度、典範或是意識型態的權威重新編舞。」（Andrews 30）幽默是將既有的理念與意義「重新編舞」。編舞意味不是將既有的棄絕，而是在文字的嬉戲空間裡顯露另一種可能性。

八〇年代之後，前行代的詩人向明、洛夫、非馬、大荒、朵思等不時有幽默嬉戲的詩行。中青代的詩人，大都偶爾有一些機智幽默的詩作出現。陳克華、陳義芝、焦桐、顏艾琳、唐捐、陳大爲等不時讓詩進行幽默的嬉戲。但是純粹的幽默有時不免也流於「一笑置之」的結局。因而，這些詩人的作品也和其他的效果交揉，而成就更豐富的美學。諧擬與苦澀的笑聲值得注意在此。

諧擬

諧擬（parody）顧名思義是對傳統自柏拉圖以來的模擬（mimesis）的再書寫。它仍然是一種模擬，但卻是詼諧的語調。因爲語言的嬉戲所以詼諧，因爲詼諧，它不是譏諷，不是迎面撞擊的諷刺。它是一種調侃，調侃現實，調侃人生既定的意義，也可能調侃自己。因爲仍然是一種模擬，雖不是「再現」，但與模擬的客體虛中有實。因爲必須對客體有「真實」的參考，才能成就諧擬的美學效果，諧擬的再書寫必須以客體的逼真度爲基礎。諧擬表象是化解既有的現實與意義，諧擬的存在卻基於這些既有的意義。這正如解構必須攀附於既有的結構。

後現代的理論家幾乎把諧擬視爲後現代最重要的特色之一，是現代主義或是新批評時代「弔詭」的新面貌。（Hutcheon, *The Politics of Postmodernism* 8）諧擬在再書寫模擬的過程中，使模擬的客體以及模擬的動作本身富於反諷或是弔詭。

　　諧擬所展現的美學，通常喚起讀者會心的微笑，但和機智與幽默相比，它更能在語言的嬉戲中引發人生的玄思。對人生「常態」的諧擬因而也更有探索的空間。試以唐捐的〈冰箱〉為例：「死掉以後你上天堂，去當冰箱。因為上帝說你有夠冷。他們打開你，以為拿出水果，他們拿出你的心腸，愉快地啃食。以為放進啤酒，他們放進幾瓶超過保存期限的心事」（《意氣草》58）

　　這首詩是對「常理」的宗教觀以及人生觀作諧擬。常理的上天堂是靈魂享受天國之樂。但這裡，靈魂變成物質，變成冰箱，理由是「因為上帝說你有夠冷」。這裡基督教隱約參透了佛教的輪迴，在世時太冷酷、冷淡，死後，變成冰箱。諧擬有時會帶出嬉戲式的反諷。這個詩節的結尾，天國的人打開冰箱，「以為放進啤酒」，卻放進了「超過保存期限的心事」。第一層面的反諷：天國繼續喝酒。第二層次的反諷：他們在冰箱保存過期的心事。所謂天國，原來不是物化成冰箱，就是延續人間的酒香，或是滿懷煩惱之源且無法兌現的心事。這是什麼樣的天堂？

苦澀的笑聲

　　假如諧擬是將語言的嬉戲朝反諷的路上邁進，苦澀的笑聲則是讓人陷入悲喜兩難的情境。苦澀的笑聲可能是哭笑不得，也可能是在笑聲之後留下苦澀的尾音。它是語言嬉戲的縫隙，假如嬉戲傾向瓦解既有的現存，從這個縫隙我們卻窺伺展望到另一個存在。語調似乎戲耍，但那卻是令人正色凜然的嬉戲。映照當下的現實人生，哭笑不得是一種精準的「寫實」。陳黎的詩行：「路燈直立是前夫的紀念碑」（《廟前》60），馮青的詩行：「只作一次雲雨的神話交

媾及窺月的神話/就有了歷史的輕愁」(《快樂或不快樂的魚》61)，黃智溶的〈跛族〉的第一節：「你們預料/我將一跌不起/那倒未必/若說是不良於行/卻是事實」(《今夜妳莫要踏入我的夢境》136)，年輕詩人鯨向海的詩行：「死亡的意象相當煩人/麻煩你們了/在一旁執手鐐腳銬苦候的鬼差/每次上吊的姿勢擺好之後/又反悔了」(《通緝犯》187)，以及洛夫的詩行：「鎮暴水喉射完最後一次精/便此癱瘓/一如國會打瞌睡的頭」(《天使的涅槃》128)。這些詩行都是讓讀者在閱讀時，正要露出笑容，或是要笑出聲時，臉孔突然僵住凝止。現實純然可笑，但那卻是我們「日日的存在」，我們怎能對之發笑？

陳黎詩行裡，路燈是紀念碑，可能前夫死在路燈下。語言似乎反諷所謂路燈映照的是死亡的身影，而「前夫」似乎暗示詩中人已經改嫁，給讀者帶來淡淡的微笑。黃智溶的詩行以「不良於行」的一語雙關，造成詩趣，暗示跛族行動不便，但詩中人真正的問題是「行為不檢」。詩結尾他以義肢與枴杖踢、揍「那些/買不起的/同類」。對於這樣的跛族，我們是要同情，還是不齒？詩中人讓人覺得悲哀得可笑，這是詩所營造的苦澀的笑聲。鯨向海將傳統「就死」的悲慘情境，轉化成玩笑，對鬼差說對不住，因為上吊的姿勢一擺好又反悔。所以「死亡的意象相當煩人」，似乎永遠搞不定。一方面，如此的詩行將「死亡」的悲哀由揶揄的言語稀釋，但另一方面，揶揄的語調之後，讀者仍然不會忘記會促成自殺的悲苦動因。兩者的綜合就是苦澀的笑聲。

洛夫的意象是八○年代末、九○年代初街頭的示威場景和老國代的形象疊和。鎮暴水喉噴灑如射精，讓語言充滿嬉戲，但之後水

喉欲振乏力，如老態龍鍾的國代。以射精暗稱國代的精力，雖有喜感，但又讓讀者面對現實而悲從中來。我們國家和個人的命運就是由這一群在開會時打瞌睡的人決定。因此，在當下的時空，發出苦澀的笑聲的詩行，也必定展現最能與現實懷抱搓揉的詩心。有時不一定是針對外在現實，對自我人生的體認，也可能在笑聲裡品嚐到苦澀。

　　夏宇在台灣後現代的舞台裡，經常是燈光的投射點。原因無他，她寫了甚多文字遊戲的作品。這些都是一些最輕易就能找到的標籤，因而也成了批評家論述的焦點。其實這些作品，就像一些反映現實而沒有美學內涵的詩作一樣，當現實的問題不再，當時代走出「後現代」，這些作品也已經成為消耗品。其實，在夏宇的第一本詩集《備忘錄》裡有一些動人的詩句，佈滿苦澀的笑聲，如她的〈愚人的特有事業〉：「我只對妳的鼻子不放心/即使說謊/它也不會變長」（《備忘錄》 46），以及〈野餐〉裡的：「父親在刮鬍子/唇角已經發黑了/我不忍心提醒他/他已經死了」（同上 94）。前一詩句有童話的跡痕，經由再書寫，使原有的童趣加上一層冷肅。反過來說，擔心對方說謊，卻以童趣將這種擔心刻意表面的淡化，讓對方不意識到自己對對方的在意。

　　後一詩句更深沈，笑聲向苦澀傾斜。語言的嬉戲詭異，圓柔地將現實與「表象的超現實」揉雜。有超現實的表象是因為：若是父親已經死了，怎麼能刮鬍子？只能解釋是父親在刮鬍子中死去。但做為兒女的詩中人，覺得父親顯然在死前這麼在意自己的容顏，所以雖然在刮鬍子的過程中死去，也不忍心提醒他。詩裡的文字帶有人間情感的負荷與深沈，語調卻是有意的淡化，甚至是有點嬉戲，

閱讀時似乎有點似真似幻的恍惚，讓詩在悲喜交揉的韻致裡，在回味延緩的時刻裡，發揮凝聚苦澀。苦澀是在淡化的嬉戲中強化。

《備忘錄》裡還有少數極短詩具有「深度的喜感」，如〈甜蜜的復仇〉、〈一般見識〉。除了以上所引的詩作外，還有一些詩的開頭也有妙言妙語，如〈鞋〉：「昨日的日記就寫在那封給你的信上／關於落榜以後的事／並且問候你／腐敗的胃」（同上 3）。這些是夏宇早期詩作中最好的詩行。可惜，通常這樣的詩行只在一首詩的開頭驚鴻一瞥。接下去的敘述平淡如水，幾近散文，如〈鞋〉的結尾：「我夢見我還要走好遠好遠的路／我將比現在更憂鬱些／固執些／破舊些」（同上 5）；〈野餐〉中間部分：「他應該比我更懂，但是，比呼吸更微弱，彷彿／我聽見他說：『我懂，可是我怕。』」。[9]（同上 96）在《備忘錄》裡，夏宇在部分的詩作裡，以機智跨越了「苦澀的笑聲」的門檻，但由於敘述缺乏後續力，無法延伸至其中的堂奧。假如她能就此強弱的關鍵省思，將一首詩開頭濃厚的詩心與趣味擴大至整首詩，她將很可能為台灣現代詩劃下一些美學的刻痕。但是《備忘錄》引起「尋找標籤的」批評家注意的卻是，玩弄外表形式的〈歹徒甲〉、〈歹徒乙〉、〈連連看〉。批評家的焦點似乎影響了夏宇部分後來的詩作方向，文字的遊戲洶湧成浪。幸運的是，夏宇似乎也自覺到《備忘錄》裡敘述能力的不足，而力求進一步的跨越。於是當她於一九九九年出版「傳統詩集」《夏宇詩集——Salsa》時，先前「敘述延續力不足」的缺點有相當的改進。其中有些詩作想像的跳躍、詩行鬆緊的調變比較隨心應手。《備忘錄》裡份量最重一首詩〈上邪〉在此得到迴響，而且文字更流暢自如。這些詩也充滿了後現代精神，但大部分批評家在探討後現代時，仍

然以她的文字遊戲詩當焦點，其他這些富於語言的嬉戲而不玩表象文字遊戲的詩作卻相對性地受冷落。假如以文字遊戲當她的標籤，備受一些批評家青睞的夏宇是喜劇還是悲劇？[10]這個現象是後世閱讀台灣當代詩所感受的「苦澀的笑聲」。

詩的舞姿

夏宇早期的《備忘錄》詩作裡的散文化狀況，在文字嬉戲的課題下，值得進一步深思。以上本文的論述引用了安德魯斯所說的：當代或是後現代語言是對既有價值重新「編舞」，展現嬉戲的身姿。語言的嬉戲可能是范洛希（Paul Valery）「散文是走路，詩是舞蹈」的迴響。范洛希認為散文是走路，因為走路大都有目標。散文是實用性的語言，有其目的性，而詩是舞蹈，不是目的的展現。他說：和散文相比，

詩迥然不同。當然，它也是動作的系統，但動作的終點就是它本身，不朝任何地方去。假如它追逐一個客體，那是理想的客體，一種狀態，一種著迷，是花的幻影，一個人生的極端，一個微笑——一個從空盪的空間中臉孔所召喚的表情。

因此這不是有限運作的執行問題，而是藉由在特定點上不時的移動所創造、維持、提升的一種狀態。

（Valery 461-62）

語言的嬉戲和舞蹈一樣，不是向指涉的目標投射，「終點就是它本身」。表象嬉戲的無目的性富於後現代的特質。它所追逐的不

是終點，而是過程中一朵花的幻影，一個微笑，一種幾近出神的狀態。是「不時的移動」，因此不會重複，也因而有綿綿不絕的創造力。進一步說，舞蹈時，肢體的動作不像走路，有騰空飛躍的瞬間，有離開地面的刹那。它是足跡小小的逸軌。在離開路面的瞬間，它凝注於一種姿態。

這裡所說的舞蹈，不是舞台上編舞的動作，而是人在自我鬆弛的瞬間的即興演出。即使如此，舞蹈並不是全然的無政府狀態。葉維廉在聖地牙哥教學，曾經實驗性的以詩朗誦的背景下，要學生做出全然的即興動作。但這些動作從一點到另一點之間不是必然的因果牽連，但是某一點可能在虛線的另一頭等待。不是規劃的動作，但動作在完全自主性的意識中尋求這個動作的回應。

詩意象的身姿、諧擬、苦澀的笑聲都是在無所為中有所為。台灣現代詩在後現代時空裡，經由批評家與詩人在形式玩弄上的共謀，由於形式上已經變成重複的標籤，如此的書寫也已經變成另一種寫作的「終點」與「目標」，已經完全悖離真正的後現代精神，也已經使詩的舞蹈變成走路。這是台灣文學界的一種反諷：在強調一種理論時，謀殺該理論。更反諷的是，這些批評家與詩人在強調後現代時，還沒有真正涉足後現代的堂奧；他們沒有聽到此時「後現代精神」正在一個殿堂深處舞蹈，在另一個額外的高度微笑。

註釋

1 新批評當然不能完全代表所有的現代主義。事實上，這個「新」字時常讓人望文生義。「新批評」崛起於美國南方的范德比大學（Vanderbilt University），在文學的詮釋上，由於從先前的作者研究轉移至作品研究，因而被稱為「新」，但他們在生活上所強調的卻是維繫傳統的道德觀與人文價值。他們是反現代性的「現代主義」。

2 這裡的意義，不是固定的符旨，而是浮動的符徵。請參閱本書第七章〈意象與「意義」的流動性〉。

3 當然也有純然玩遊戲，純然沒有意義的弄耍。但是若是如此，已經不是後現代「藝術」，在美學的課題上，也沒有討論的餘地。

4「苦澀的笑聲」是簡政珍在詩論《詩的瞬間狂喜》裡所提出的觀點。之後，湯玉琦以〈苦澀的笑聲〉討論簡政珍的詩。簡政珍也曾經以此討論洛夫的長詩〈漂木〉。

5 請參閱孟樊的《台灣後現代詩的理論與實際》以及葉振富（焦桐）的〈前衛詩的形式遊戲〉。

6 參見古添洪的〈前衛/實驗主義與傳統的再回歸〉。

7 那個時代以散文化長詩得獎的另一明顯的例子是渡也。這些長詩以《最後的長城》的書名結集。

8.請參見游喚在《新世代詩人精選集》（簡政珍編）裡的評論。

又：在詩風的演變上，和白靈相反的是，渡也雖然近期的詩作比較傾向議論，七、八〇年代的渡也不時有幽默機智的詩行出現，如〈戲贈杜甫〉裡有這樣的詩行：「你的名氣大得超過你的身高」（《不准破裂》20）；〈戲贈李賀〉則是：「你為中國文學發達史/製造一個通風不良的/小小地獄/讓後世詩評家坐在裡面」（同上 26）；「垃圾桶」的獨白是：「你不要的/我全盤收下/包括你的煩惱在內/甚至每晚你和太太從床上丟過來的/舒潔衛生紙」

（同上 144）。

9 詩裡並不是不能有「散文」的詩行，但這散文應該有戲劇性的功能，而不只是交代過場。

10 有關夏宇這方面的討論，請參閱簡政珍的〈夏宇論〉（《新世代詩人大系》525-526）；以及簡政珍的〈當代詩的當代性省思〉（《詩心與詩學》376-377）；簡政珍的〈八○年代詩美學──詩和現實的辯證〉（《詩心與詩學》247-248。

詩壇對夏宇後現代書寫的「鼓勵」，廖咸浩、鍾玲與林燿德如下的論述甚具代表性：

廖咸浩〈物質主義的叛變：從文學史、女性化、後現代脈絡看夏宇的「陰性詩」〉（《當代台灣女性文學論》）說，夏宇在台灣當代詩壇，是一個無法輕易歸類的異數。詩人的詩作中，既有「陰性」對理言中心論的一般性反叛，也有「女性」對父權的反叛。從文學史演化的角度來看，她的「後現代」氣質濃厚，是開啓「後現代」寫作風格的先驅。「物質主義的叛變」對頑皮的夏宇來說，也許只是隨手之間的事，但在文學史上卻留下了難以抹滅的痕跡。

鍾玲的〈夏宇的時代精神〉及林燿德〈積木頑童──論夏宇的詩〉（《一九四九以後》）都提及，夏宇的詩，在許多方面，呈現了西方理論家所列舉的後現代主義作品的特色；但另一方面來說，她亦能將現代主義的結構，及其他方法不著痕跡地鎔鑄其中。她甚且揚棄了台灣大部分女詩人所採用的抒情傳統，且對台灣詩壇的抒情傳統迎面加以嘲諷。也只有像她這般，先天富於反叛精神，才能突破多重傳統的束縛，直接聽到時代脈動的跳動。

9 不相稱的美學

——意象的邊界——

　　法國的哲學家、美學家巴特（Roland Barthes）在他著名的〈結構學者的活動〉（"The Structuralist Activity"）一文裡，提出結構學的第一個活動是「切分」（dissection），將既有的客體或是系統分割成為極小極小的單元。由於切分後各個小單元成為從既有組織中釋放的自主狀態，彼此游移浮動進入新的組合。各個單元的碰觸是新組合的「邊界」（frontier），新的意義在「邊界」與「邊界」的接觸點產生。

　　巴特的「邊界」點如空中漂浮的微塵，越細小越有更多的組合。這段文字已經蘊涵：在既有的結構中解構，解構是滋養新結構的可能性。切分是為了重組，切分也是為了打破習以為常的認知。A與B固定式反應已經使AB的組合瀕臨喪失生機的邊緣。打破組合，去掉彼此固定的牽連/牽絆，也打開了另一個視野，展望新的生命力。

　　巴特切分產生新的「邊界」點，正如尼采打破形制上的二元對立，讓酒神與太陽神連結，蛻化成「求力意志」（will to power），使「從未交鋒的事物突然相遇」（Nietzsche, Ecce Homo III-I, 1）。尼采為後世的解結構播下「反二元對立」的種子，也因而促成各種相

247

遇的可能性，正如巴特所釋放的「邊界」。新組合新「邊界」使詩在持續不停的調變中展望生機。僵化的意象以及敘述方式，是創造力的停滯。現代詩在後現代的氛圍裡，潛藏著打破既定組合的創造力。顛覆之外，更傾向重組。詩自古以來就以創新或是重組來延續其美學的存有，後現代的情境更加速其求變的步調。

有趣的是，巴特對於「結構」的論述，卻是和解構與後現代的思維相應合。巴特的思維經常在各種理論裡自由穿梭、來去自如。他的後期結構學的思維已經埋下了解構的種子。結構與解構正如現代與後現代，都以對方的殘缺為自己的滋養。要跨越對方的殘缺，因而有所謂突破，但要跨越或是突破，卻必須依存於對方的殘缺。這是後現代主義部分的雙重視野。

切分後的組合是一種創作行為，這也是英文字composition最重要的意涵。從艾略特組合（combination）、組成（composition）、到雅克慎強調的組合與接續（contiguity），到後現代所謂的拼貼（collage/montage）事實上都把想像和創作行為，從純然的「發明」轉移至「發現」。[1]接續或是比鄰是轉喻（metonymy）的基礎，當代的文學或是詩學論述都傾向將轉喻視為比喻行為的解構。本文將在下面會進一步專節論述。

——機械與有機的排比——

因此，在強調後現代拼貼的情境下，拼貼的事實並不能說明詩本身成就的高低。如何拼貼，或是意象如何並置才見真章。無厘頭遊戲式「惡性拼貼」，刻意使寫詩純然沒有意義，固不足論，意象

成為機械型的排比，也可能使詩喪盡趣味。羅葉的詩作，和張國治、田運良的詩一樣，由於意象「第三類接觸」的方式，產生迥然不同的詩境。他在《蟬的發芽》裡有一首〈操場〉，意象與意象之間的關係如下：「眼前是跳躍跳躍的男女是健康/跑者、行者、雙頰泛紅的兒童，/一圈圈旋轉的飛盤舞在空中；/喘者、仰者、臥憩者、歡談之妙，/離離青草在風中在眼中微笑。」（28）這些都是操場一般之所見，各個意象呈現也正如現實裡的人生，是既定的關係，也是理所當然如此。但作為詩的意象，除非能為整首詩的戲劇性有鋪陳之功，一般說來，這些意象不免只是上述AB牽連的固定模式。詩行中缺乏一種「趣味的」空隙。

但同一本詩集的另外一首詩〈重新做人的數字〉，羅葉如下的排比就趣味漾然：

一次抗議
半個反對黨
三次舉牌警告
十個看熱鬧與
一千九百萬個政治性無能者

（《蟬的發芽》116）

整體詩行結合數字以及各種矛盾的眾生態，意象因而散發荒謬的生趣。現實的景象排比如常，但在選擇與過濾之後，詩中人隱約的譏諷注入意象。詩不是政治的工具，也不是哲學的註腳。但詩難以離開政治社會情境，而展現這些情境的同時，又能引發人生的深

省。後現代在某些寫作者中，是一場無所不可的遊戲，但在另一些人的心中，則充滿了政治社會的意涵。美學是一場拉扯，它將詩從遊戲中拯救，形成入世的寫作，在入世中，又避免自身成為政治或是意識型態的鐃鈸。

張國治的《憂鬱的極限》有些意象也有機械化排比的傾向，但這本詩集的標題詩如下的詩行，則顯現意象重組的新鮮感：

> 他不是壞人，他只不過是
> 服從一些自動性的信念
> 進口的哲學，和我們一樣
> 感冒、速食、失眠
> 努力奮鬥，但無人能診斷
> 他下額憂鬱的極限
>
> (《憂鬱的極限》161)

以意象作為組構詩世界的各個要素，產生鮮活力的關鍵，就在於從既有約定俗成的觀念中釋放。詩開始的意象表面平凡無奇，似乎和常理邏輯相去不遠。但最後的意象是氣氛與效果的大翻轉，也因而拯救了這個詩節。下額和憂鬱是肉體和心靈的顯照。兩者的組合，一方面說明額頭的外表暗示心靈的憂鬱。另一方面，以額頭度量憂鬱的「極限」，而不做心靈的直接探索，顯現些微的反諷，所以前一行說：這個極限「無人能診斷」。

——所謂不相稱——

轉喻的逸軌

以上巴特的「邊界」，以修辭的課題思維，可進一步體驗後現代詩「不相稱」美學的立論基礎。當代文學上的修辭，漸漸傾向從隱喻轉至轉喻（換喻、置喻）。雅克慎早期的〈語言的雙軸〉一文裡，呼籲文學的研究要正視轉喻的廣泛空間。他說，一般詩學的研究者大都以隱喻爲焦點。語言「實際的兩極被人工化取代，成爲截肢式單一化的陰謀，而令人驚訝的是，這正應合了兩種失語症中的一項，也就是接續的失措」（Jakobson, "Two Aspects of Language: Metaphor and Metonymy," *Fundamentals of Language* 127）。所謂接續的失措，就是轉喻在研究上的漏失。接續所產生邊界，在時間上是分秒的銜接，在空間上是小至微塵的碰觸。

雅克慎上述的發言，在時間上，也大約呼應了現代主義跨入後現代階段性的轉移。在後現代的氛圍裡，習慣上二元對立地將隱喻放在現代主義領域，而將轉喻描述成解構的個性，有效地幫助後現代主義疆土的拓展。如此的二分法，當然有其缺失。喬艾思（James Joyce）的著作早就發現意象與意象之間、敘述與敘述之間、接續比鄰的妙處。以現象學爲基礎發展成解構學的狄曼，在其著名的〈符號與修辭〉（"Semiology and Rhetoric"），以轉喻的修辭作爲解構的策略，是以普魯斯特《追憶逝水年華》的第二部《史萬之途》（*Swann's Way*）中的一段敘述爲例。試以這段引文其中的一

句做說明：午後窗簾的縫隙中，「一絲光線設法推動它黃色的翅膀，在角落的木製品與玻璃中靜止、平衡如一隻蝴蝶」（Proust 62-63；de Man 257）。陽光進入屋內，「平衡如一隻蝴蝶」表象是隱喻，但是這個形式上的隱喻事實上是轉喻的結果。詩的詮釋可能有兩種狀況：第一種狀況是：假如陽光進來，屋內剛好有一隻蝴蝶，因此兩個意象銜接照面，物象與物象接鄰所促成的修辭。光線和蝴蝶的「碰觸」，蝴蝶上的光影儼然成為「一物二體」的綜合體。也是因為蝴蝶的存在，陽光一進室內，就披上「黃色的翅膀」。兩個物象「接續碰觸」的瞬間，比喻於焉而生。

　　另一種狀況是：室內並沒有蝴蝶，隱喻裡的蝴蝶是「無中生有」。由於陽光已經被描述成披上「黃色的翅膀」，在詞語的接續上，勢必要落實「翅膀」的歸屬。蝴蝶因而就在語言與意象的接續、流轉、「尋找」成為翅膀的「主人」。蝴蝶是轉喻的結果，是語言內語法接續性的存在，而不一定是現實場景中的必然物。語言與意象的接續促成比喻。[2]

　　吳爾芙夫人的《燈塔行》裡，也有豐富的隱喻與轉喻的互動。「時間的水塘」（*To the Lighthouse* 159）這樣的隱喻是因為房子與海邊的比鄰。呼吸是「潮濕的」（同上 157），是因為人們所吐納的是微風中海的「呼吸」。空間裡物象的接續，造成比喻與修辭。比喻來自於物象偶發性的存在，而非以意象彼此的相似與否作為考慮點。偶發性也反映了上述巴特讓微細單體自由浮動下所碰觸的因緣。以此看待人生，偶發性取代規律性所統籌的疆域。[3]

　　白家華的詩作〈在信紙上〉的前兩節就是以意象帶動敘述：「以一支鋼筆為妳反來覆去調配一首詩／這時候／我剛吃過清淡的早餐

//不否認下筆的品味與剛才舉箸有關/想必妳讀到的字句/將不會太鹹/也不太辣」(《群樹的呼吸》73)。「下筆的品味」與早餐清淡的口味有關,這是第二節與第一節連接的基礎。由於這個基礎,對方「讀到的字句」也將很清淡,「將不會太鹹/也不太辣」。字句的鹹、辣是個隱喻,但這個隱喻是語言進行、意象帶動意象的結果,正如上面普魯斯特的文本裡由於翅膀而找到蝴蝶。

以比喻修辭的傳統來說,被比喻的客體可能來自於想像或是記憶,是一種缺席。隱喻的基礎在於被指涉比喻對象的缺席。轉喻則以現有空間的確實的存在(當然這也可能是假設其存在,如上例蝴蝶意象的第二種詮釋),而作為比喻的對象。狄曼指出:隱喻與轉喻的不同,是「以必要性與偶發因素作為區隔類比與接續的合法方式。構成隱喻所需要的完整性與相似性在轉喻的接續中卻欠缺」(de Man 257)。另外,隱喻也受到接續性的詞語與句構所影響,而接續正是轉喻的屬性,故轉喻牽動隱喻。因此,羅斯伯對狄曼探討普魯斯特的方式如此看待:「將意象的案例經由語言遮掩的轉喻處理」(115)。整體說來,轉喻裡意象與意象在空間中並時的比鄰,語法句構上是順時的接續。一方面,轉喻經由意象或是語言牽引隱喻;另一方面,以比喻的傳統與運作來說,轉喻是反其道而行,是一種逸軌的行徑,因而有解構的姿容。

強調邊界的接續與碰觸,更強化了逸軌的特質。克麗絲緹娃在她的《語言中的慾望》(*Desire in Language*)裡就有「轉喻逸軌」的詞語。她說:

在水平軸功能上,符號的(semiotic)活動,從既有的規範中

以轉喻的連鎖方式逸軌，也即意味隱喻進展式的創造。相反的詞彙，經常有排他性，會陷於可能的多重逸軌的網路中（而造成敘述的驚奇），產生開放結構的幻覺而難以結束，因而只好以獨斷性的方式結尾。

（40）

上述引文可視為是雅克慎「語言的雙軸」的延伸論述。雅克慎的水平軸是接續，是轉喻，這裡是既有觀念的逸軌。克麗絲緹娃的後符號學已經是早期結構學的解構。指意活動從既有的規範另闢蹊徑，而促成隱喻的創造。所謂逸軌是各個意象或是語詞的單元靈活組合，形成迥異於常理規範的「邊界」。她進一步說：「這種漫遊式的連鎖逸軌實際上漫無止境」（同上），各種「邊界」的組合因而也可能無止境，有和諧，有非常理、反邏輯，這正是「不相稱」美學的立足點。

值得注意的是，克麗絲緹娃轉喻的逸軌，引發隱喻，也不言而喻地說明，如此的解構並非意義的崩解。其真正的意涵是：1.詞彙會陷入多重逸軌以及開放的「幻覺」，符號指向各種面向的可能性；2.意象或是語言的銜接是以「連鎖」（concatenation）的方式進行；以詩來說，意象的環扣，不是因為彼此的相似而牽引，而是因為彼此牽引而引發彼此潛在的相關。試以孫維民的詩為例：

夜色

她在陽台收取胸衣和內褲，當

男友扭開熱水弓身在浴室的蓮蓬頭下
無法確認的毛髮遲疑朝向排水孔游泳
收錄音機繼續播放暢銷單曲……。
樓下，機車大致到齊佔領了黯淡的巷子
一名慣竊假裝抄寫牆上的招租紅紙，
詭異無聲地，他正接近
他們明晨七點五十一分的失望與憤恨。

（《異形》110）

　　這首詩以日常的生活取景。意象與敘述的接續，「率性」而自
在。因為「率性」似乎是一種自由的狀態，物象或是意象各在自由
移動中形成介面。於是，女孩收取內衣褲時，男友在浴室。浴室的
意象之後，是「無法確認的毛髮遲疑朝向排水孔游泳」。毛髮的意
象是小小的逸軌。它似乎在呈現兩人關係，又好似沒關係。接下去
收音機播放單曲的意象和毛髮本來兩不相干，這不是因果關係的接
續，而是意象的第三類接觸。但最大的空間變異也是空間的接續，
是收錄音機立刻轉至巷子裡的機車，機車之後是小偷上場。詩最後
的意象：「詭異無聲地，他正接近/他們明晨七點五十一分的失望
與憤恨」，原來兩不相干的「他」與前面的男女，產生關係。
　　這是一首典型當代以意象接續而形成敘述鎖鍊的現實「圖象
詩」。意象的出現如鏡頭取景，因此更應合了拼貼（montage）「蒙
太奇」的弦外之音。既是蒙太奇，是詩人「發現」意象的轉喻，而
非隱喻的「發明」。陽台外面與浴室，毛髮與收錄音機，室內與室

外，小偷與男女，都是意象的流轉所形成的介面，在流轉中由於缺乏彼此銜接的邏輯必然性，因此也是意象從常理敘述中逸軌。值得注意的是，這些轉喻的逸軌在當代電影以及詩作，已經幾近一種「常態」，「拼貼」在外表「傳統」的詩行中早就存在，不一定是刻意顯示外貌奇異組合的專利。

進一步問，這首〈夜色〉「不相稱」的緣由在哪裡？至少有兩點可討論：1.在於「無法確認」的毛髮；2.在於小偷「正接近/他們明晨七點五十一分的失望與憤恨」。前者「無法確認」可能是很「寫實」的描述，是頭髮，還是體毛？是誰的？我的？她的？還是有一個第三者的？毛髮「遲疑」游向排水孔，可能暗示男子的「懷疑」。毛髮游走在排水孔流失，似乎要顯示一些證據的同時，又在消除證據。以另一個角度看待，洗澡時，毛髮滑向排水孔，本來就是天經地義，在詩行的凸顯的地位，以一個單獨的鏡頭做特寫描繪，似乎和整體的敘述「不相稱」。它似乎暗示什麼，又似乎什麼都不是。它只是呈顯一種小小漫不經心的不穩定感，留給詩中的男子，以及讀者。

詩結尾的不相稱，主要是常理上小偷所接近的應該是他們的房子，但這裡卻是指他們的情緒與意念「失望與憤恨」。這是具象與抽象「不相稱」的銜接。整首詩幾乎以意象來顯現生活，抽象理念本來流於論述與感慨，幾乎是現代詩的禁忌，這裡反而是詩美學的提升。這是抽象理念不相稱的「地位」。它暗示了兩種可能性，可能是男女彼此度過夜晚後，所留下的負面情緒，也可能是即將遭遇小偷後的餘波盪漾。兩種時間在此接續。至於七點五十一分，是一個偶然也是自然的時間，他比五十分多一分，很自然的一分。現實

中，我們不可能以對錶的方式迎接小偷的光顧。但這個多餘的「一」
在傳統詩作的眼光裡，也是「不相稱」的存在。

假如本詩以轉喻鎖鍊的逸軌進行，不是隱喻，整首詩卻展現了
一個大隱喻。一個蒼白、男女以肉體生活，流於機械化的生活方
式。女的收取的是內衣內褲，不是制服禮服。毛髮以及重複的暢銷
曲。機車準時回來填滿小巷，小偷定時光顧人們的情緒與「夢
境」。這是無趣但日以繼夜重複的人生。這也是克麗絲緹娃所說
的：詩作裡「隱喻進展式的創造」。

以孫維民的詩為例，在於說明「不相稱」是後現代的時空裡，
經常存在的「現代感」。「不相稱」感在〈夜色〉一詩中並不很明
顯，但仔細品讀，已經自在其中，以下的詩例更不在話下。

「不搭調」的意涵

撇開理論的詞彙與論述，所謂不相稱（incongruous）是指A與
B兩種事、物，在常理上不搭調，但在詩中卻由「不搭調」而產生
額外的趣味，引起讀者對事、物碰觸接續所引起的驚覺。在後現代
的時空裡，詩壇不時有這樣的詩作出現。它為後現代詩拉開雙重視
野的景致，也為後現代詩「由緊而鬆」的精神做有力的註腳。但可
惜除了簡政珍的〈八○年代詩美學──詩和現實的辯證〉一文曾經
專節論述外，台灣當下有關的理論、批評、詩史的撰述幾乎一片空
白。[4]

美國詩人艾許伯瑞的詩作就有豐富的「不相稱美學」。且以他
的〈例證〉（"Illustration"）說明。詩裡一開始是「一個修女院見習
生坐在飛簷上」，準備往下跳，引起圍觀，一個女士答應作她的朋

友，一個母親脫下尼龍絲襪要給她，其他人帶來一些水果與餅乾，盲人獻上他的花朵。[5]整首詩最特殊的是，墜落與否生命攸關，但人們所提供的「安撫」，竟然是尼龍絲襪、花朵、餅乾、水果。這種「不相稱」的對應，一方面，凸顯詩中情境的荒謬感。作爲生死交換的「條件」幾乎不合邏輯。另一方面，卻暴顯了一種人類溝通形式上的悲劇。提供餅乾、尼龍絲襪的人，能否認眞考慮到一個要往下了結生命的人，眞正在乎的是什麼。所提供的放在承載死亡的天平的另一端，毫無重量。對於女見習生來說，這些善意的表現不僅無法塡補她內在宗教上的困惑，而且還對隱約自身被「俗物」的利益交換而啼笑皆非。

換一個角度看待，這些善意的表現雖然都是微不足道，但卻是眼前所能表示的一切。所以女見習生說：這些不是我要的，「但記住我會以死來接受」（But please remember/I died accepting them.）。「不相稱」的意象敘述產生雙重甚至是多重可能性。這是艾許伯瑞後現代詩裡極豐富的天地。[6]

不合邏輯的因果

仔細閱讀與分辨「不相稱」意象，效果歧異繽紛。不合邏輯的因果是其一。許悔之〈綠島〉一詩裡的詩句：「經過半年的羈押/他們讓我/免費乘船來綠島」（《家族》42）。語句輕鬆，反襯現實的不輕鬆。刻意的淡化，反而凸顯其中的嚴肅性。這個詩句最具效果的是最後一行「免費乘船來綠島」。一方面，「免費」這樣的字眼，類似這是觀光旅遊，實際上可能是政治犯的不歸路。另一方面，搭船的人好像要感謝詩中的「他們」，否則走上不歸路，還要

買路費。再進一步說，搭船「來綠島」是羈押的結果，是現實壞的結局。但「免費」的措辭，卻是受到「好事受獎賞」的假象。

須文蔚的〈將軍二十一行〉有這樣的詩句：「從沒人關心駿馬高處/是否寒冷/只有敵人最掛念你/頻頻以暗矢詢問你的死生」（《旅次》171）。這首詩「不相稱」的理由在於最後兩行。將軍戍邊，備盡苦楚，隨時在死亡邊緣遊走，但幾乎沒人關心。唯一的關心來自於敵人。敵人關心是一種苦澀的溫暖。溫暖是因為敵營關心將軍反襯我方對其之不關心；苦澀是所謂敵人的關心，是希望將軍趕快死，這樣他們就可能勝利在望。以上許悔之與須文蔚的詩行都展現了雙重面向的視野。

奎澤石頭的詩集《在芝加哥的微光中》，很多篇幅意象與敘述的「詩性」一般無奇，但〈舊金山手記〉一詩的開頭，卻頗有妙趣，關鍵在於「不相稱」的意象：「因為犯了博愛之罪我才/如鬼若魅謫貶自己至此，/一陌生美麗之國度/日日夜夜爬行漂浮/尋找一個似曾相識的臉龐」（88）。「因為犯了博愛罪我才/如鬼若魅謫貶自己至此」是「不相稱」的起點。博愛造成貶謫，是不合常理的邏輯。「不相稱」造成意象介面兩端的不平衡感。可能是風馬牛不相及，可能是邏輯滑溜失措。博愛表現是美德，實質上暗藏「泛愛」甚至是「濫愛」，是「到處留情」的裝飾語。結果如鬼魅自我放逐。省略中間的過場，反而造成「不相稱」失衡的效果。

顏艾琳有一首〈客人〉，整首詩似乎是詩中人邏輯的欠缺，事實上是前後因果相對照的「不相稱」。整首詩如下：

以前，你向我的夢
投擲一朵朵的玫瑰，
有一天
你忽然將自己
投了過來，
擾亂我後來的睡眠

你一直沒有說抱歉
而我太累了，
忘了把你趕走

（《點萬物之名》56）

　　詩中的「你」是「客人」，「我」可能以出賣肉體營生。整首詩勾點出風月場所中的因緣/姻緣。客人先是投擲玫瑰給「我的夢」，不直接寫「我」，而寫「夢」，暗示能和客人搭上因緣，是一種夢想。第一節結尾，客人整個人投過來，從此「擾亂我後來的睡眠」，輕描淡寫，一方面，呼應前面的「夢」，一方面從夢想到「共眠」實際上是一種夢想的完成，但完成後的夢想卻是用「擾亂睡眠」的字眼。所謂「擾亂睡眠」也可能是「夜夜春宵」。不用「夜夜春宵」，而用其語意的反面，散發「淡化後」（understated）的詩意以及「不相稱」的效果。

　　第二節說對方沒說抱歉，似乎刻意把因緣說成是對方的錯誤，用以遮掩自己真正的心情。但假如是對方的錯，還讓對方繼續（春

宵？），理由竟然是「我太累了/忘了把你趕走」。把兩人變成的長
久關係，說成「忘了」趕走對方，當然是思維上邏輯的失衡狀態。
本詩就在失衡、不相稱的邏輯中展現詩趣。詩中人和「客人」的這
一段關係，可以看成「心想事成」後卻裝作沒事的敘述語調，也可
以看成彼此關係一旦建立後，夢想變成慣性的無謂動作。前者是遮
掩的欣喜，後者是迂迴的無奈。不相稱的語言引申出雙重視野。不
相稱的邏輯使詩富於戲劇性，一齣遮掩、聲東擊西、顧左右而言他
的戲劇。

「非常理」的組合

「不相稱」也是將我們習以爲常的視覺景象拆解後，形成「非
常理」的組合。組合的方式，同樣在「非常理」的狀態下，有純然
遊戲式的拼貼以及美學呈現的天地之別。林建隆所寫的大部分的詩
句是俳句。日本俳句本身就富於思維的跳躍，意象不時展現大量的
空隙以及禪趣。那是瞬間凝止的一種靈視。林建隆詩句的敘述大都
停留在意象湧現的一瞬間，是截然的瞬間。詩的開始與結束似乎都
在一瞬間。讀者當然對他展延敘述的能力，不免有更進一步的要
求。但在他現有的作品中，這些詩句有些頗有「不相稱」的視境。
他的〈入院〉：「把父親抱到屋前/左眼全黑，右眼全白/一隻貓的
尾巴」（《千年之門》119），將兩種截然不同時空截然不同的客體並
置。父親的一眼黑一眼白是造成黑白花貓的聯想。這樣的聯想似乎
沒有「不相稱」的理由。但是詩裡所顯現的不是貓的頭臉，而是貓
的尾巴，顯現一種非常理的應襯。以尾巴取代頭，也將詩帶進一種
淒迷的尾韻。身體的末端似乎也暗藏父親身體的即將離去。讀者初

次面對這樣的詩句，會感受其中一些「逗笑」的氛圍，但仔細回味，笑意會轉成一種無奈與苦澀。「不相稱」的意象再次印證雙重感受以及雙重視野。

和林建隆一樣，蕭蕭也強調短詩（甚至是極短詩）的創作。雖然有一些是極短詩所匯集的組詩，蕭蕭目前的詩作也是以短詩爲主。他的〈鞦韆兩架〉的結尾本身趨近一首極短詩：「鞦韆盪在半天空//那麼/精子射向哪裡？」（《凝神》77）。從鞦韆聯想到精子，大概與往上揚與男子性器「劍拔弩張」的姿勢有關。往上擺盪，想到精子射向何方，也有隱喻的基礎。造成不相稱的理由是，鞦韆與精子怎麼會如此因緣聚會？鞦韆事實上是兒童的「玩伴」，是一種童眞以及成長記憶的化身，射精卻是成人（或是離開童年的青春期）肉體的慾望。兩者相互的應襯，使兩者疊合認同與差異。當鞦韆上揚引起射精的想像，是否也暗藏童年與成長必然的結局？表象的突兀，確有其人生潛在的映照。

琹川〈現場的沈思〉如下的意象沒有上述蕭蕭「驚覺式」的對比，但卻引出「不相稱」的幽微面向：

人們開始議論紛紛
昨夜的驚夢該有一則傳奇作註
於是莫名的躁熱軟化了刀寒的清晨
唯一沈默的是紅磚道上
靜覆的白布

悔恨是昨夜織就的蜘網

（《栄川詩集》139）

　　這是一個車禍「現場的沈思」。第一節車禍後人們的聲音（議論紛紛）對照覆蓋屍體的白布的「沈默」。圍觀者躁熱的言詞對照「*刀寒的清晨*」。這是一個自然而「寫實的」車禍現場。但是下一節第一行的出現和前一節的銜接，卻是非常「不相稱」。以「*悔恨是昨夜織就的蜘網*」帶出詩中人的對生命的聯想，但卻將「悔恨」以一個不合常理的蜘蛛網作為隱喻。以「編織夢」作為「蜘網」的比喻基礎可以說是常理的思維。但在詩行的並置上，以及悔恨與蜘網的銜接上，卻是非常理的組合。事實上，這是以「編織夢」作為中介，而形成聯想的轉喻。詩行暗示：編織夢如蜘蛛編織網，最後編成了悔恨與悲劇。這是隱喻與轉喻自由滲透融合的詩例。雅克慎說：任何隱喻都有轉喻，任何轉喻都有隱喻（Jakobson, "Closing Statements: Liguistics and Poetics"）

對既定反應的諧擬

　　「不相稱」也可能是一種由「不搭調」所顯現的諧擬。諧擬幾乎是後現代的基本「精神」。意象介面兩端的不平衡感或是不搭調，進一步誘發出諧擬的另一個面向。假如諧擬帶來某種趣味性的嘲諷，彼此不搭調的意象或是文字會將「趣味」再推進一層深度。

　　沈志方的〈不敢入睡的原因〉有這樣的詩行：「*我不敢入睡。我怕啊我怕一不小心睡著了/地球和床和我將立刻向無底的宇宙墜落/——那，那所有的連續劇怎麼辦？*」（《書房夜戲》82）。當人已經「*向無底的宇宙墜落*」時，人所關心的竟是「*那所有的連續劇怎*

麼辦？」這是極明顯的「不相稱」。看電視連續劇是人們既定反應的生活模式。詩行諧擬連續劇在生活中過於重要的荒謬。最後一句有兩種可能：一是人已經墜落，連續劇沒辦法看怎麼辦？二是連續劇依賴這樣的人才能存在，沒有這些觀眾時，連續劇怎麼辦？詩行是一把刀的兩面開口。

李進文的詩〈愛在光譜的背上行走〉，「不相稱」的諧擬比較不明顯但也比較複雜：

> 不敢承認愛上你
> 當窗外的陽光像某類哲學或詩剛在暖暖的皮膚上插秧
> 不敢肥沃，萬一夢突然黃熟千頃
> 我們都無力收割
> 不敢告訴你所有的故事，因為從此
> 以後會更加孤獨
>
> （《一枚西班牙錢幣的自助旅行》39）

一般對「愛」的既定反應大都狂喜投入，但是有些愛是語言上的禁忌。有時要在人前躲躲藏藏，有時不敢直呼對方的名字，因為正如俄國女詩人茨薇塔耶娃（Marina Cvetajeva, 1892-1942）在詩〈你的名字〉裡的詩句：「你的名字是舌上的薄冰」（歐茵西155），將舌頭冷凍，無法開口。因此，這樣的情愛若是任由種子發芽成長，需要收割時怎麼辦？豐收是耕作後的期盼，但這裡卻是要百般的躲閃。引文裡不敢承認愛上對方，所接續的是「當窗外的陽光像某類哲學或詩剛在暖暖的皮膚上插秧」。表象，兩行毫不相

稱，沒有必然的邏輯關係。細看之，陽光烘托愛情，正如情人字裡行間的詩與哲學的魔力。一般「愛苗」插在心田上，這裡卻插在皮膚上，點出情愛「肉體」的本質。愛苗「不敢肥沃」，怕無力收割。本詩藉由愛與收成的隱喻，而變成隱喻的翻轉。因為「像」所以「不能像」。一方面是隱喻的平行對應，另一方面，因為對應所以力求對比。這是傳統隱喻的再書寫。這是對一般情愛的諧擬，藉由意象「不相稱」的隱喻，多了一層縱深。

表象的荒謬

　　不相稱的意象介面很自然暴顯人生與現實的荒謬。孟樊〈都是詩的功勞〉有如下的詩句：「當掉老邁的鐵力士/總算喝到一瓶百事可樂」（《S.L.和寶藍色筆記》48）。可樂竟然和鐵力士放在介面的兩邊，不平衡顯而易見。更大的不相稱是要犧牲後者以成全前者。慣性喝可樂的現實誤謬如此。表象的荒謬大都暗藏譏諷。阿翁（翁文嫻）的詩集《光黃莽》的標題詩〈光黃莽〉如下的詩行：

> 所有幽遠的景將漸漸拉近
> 所有的星月終展現塵泥
> 所有的人每天都吃肉
> 血滴與腥變成慢慢拉出的臭氣
> 扶著廁所門我拉上褲子
> 出席水晶晚會香檳的手
> 行行自上而下的晚裝
> 深紅游渦的裙

（78）

　　第三行「所有的人每天都吃肉」放在前後文中非常「不相稱」，凸顯出嚴肅的人生思維，以及「吃肉」在生活中的重要性。詩行讓人在當下看到平常未曾自覺的現實。雖然有此認知，如此的意象轉折，仍然對讀者產生相當「不相稱」的強度。另外，「扶著廁所門我拉上褲子/出席水晶晚會香檳的手」也是AB不相稱的意象比鄰。一種表象優雅及廁所內常見的不雅動作，這是人一體的兩面。「不相稱」藉由意象的並置，不言而喻由轉喻引發諷喻。

　　陳大爲以馬來亞僑居地的華民生活空間，寫了不少有歷史感的詩。歷史無不佈滿血淚與謬誤。陳大爲的歷史的文字圖象裡，間夾了「不相稱」的敘述與意象。

　　歷史自有刀章

　　沒有人在意那些內戰的刀疤
　　死亡遺下美好的風水，錫苗印證了龍穴的方位
　　吉隆坡窒上縷金的黃馬褂，他也一樣
　　課本把所有的建設都算進來，連同晚霞和晨曦
　　連同路過的契機、投宿的思想
　　並漂白他黑回來的土地、鋪子和礦湖
　　一如沙漠對仙人掌的渴望，對英雄
　　歷史自有一套刀章，削出大家叫好的甲必丹；
　　不知一八幾幾年，他拍下那張得意的照片

讓後人仰止，考生叩出永恆的印象。

（《再鴻門》12）

詩中第二行「死亡遺下美好的風水，錫苗印證了龍穴的方位」。中國人死亡必看風水，而這裡，倒果為因，進一步可能引申出因為彼此械鬥後的死亡，以及葬地的好風水，福澤被及子孫。另一個意象，採錫礦，礦苗之所在即龍穴之所在。意象的詮釋似乎自有道理，彼此的接續卻展現不相稱的突兀感。第四、五行的「課本把所有的建設都算進來，連同晚霞和晨曦/連同路過的契機、投宿的思想」竟然將晚霞與晨曦也算進建設的藍圖；詩從大處轉移至表象無關緊要的細微處，又是「不相稱」的另一例證。進一步審視，開路（路過的契機），開旅館的想法（投宿的思想），也將自然應有的襯托繪成人事風景。

「漂白他黑回來的土地、鋪子和礦湖/一如沙漠對仙人掌的渴望」的詩行裡，如所暗示的隱喻又是兩邊不相稱的意象。將黑回來的財產漂白，怎麼會像沙漠對仙人掌的渴望？兩邊的牽連關鍵在於財產裡「礦湖」中「湖」的意象。由水聯想到沙漠，由沙漠的「空」聯想到仙人掌的「有」。這是結合雅克慎的轉喻以及克麗絲緹娃轉喻的逸軌。雅克慎說：轉喻是「將位置的相似性與語意的接續性組合與對比」（Jakobson, *Fundamental of Language* 123）「湖」和「沙漠」是同一詞性位置的對比，在語意反轉後接續；「湖」乾涸的聯想促成「沙漠」的景致；轉喻的逸軌也促成「湖」和「沙漠」的銜接，沙漠對「仙人掌」的渴望。

267

陳大爲類似的歷史意象在他的詩集《再鴻門》裡，出現頻繁。本詩的第3節〈長袖與鐵腕〉也是一例：「狠狠的，他扣緊象與土狼火併的脈門/把娼樓煙館端上圓桌，用嚴厲的慢火煮爛/每對聽話的暴牙一碗。穩定了圓桌/泥濘才有承受機械與磚瓦的堅硬/像拉麵，小巷與大街越拉越長/吉隆坡成了眾生喧嘩的金碗。」（11-12）「不相稱」的書寫，也因而成爲詩人個人投射的史觀。當歷史事件在時間的距離外塑造各個銅像，不相稱的詩行讓讀者在銅像身上看到銅綠裡的雜質。

「不相稱」底下的真實

諷喻成功的基礎在於被諷喻對象的反面或是底層處是眞實。所以表象的誤謬蘊涵底層之眞。如此的意涵類似弔詭，不同處在於前者的「不相稱」接續，後者則無此絕對性的要求。銅像的頭顱作爲某種權威的圖騰，在時代的翻轉之後，可能「混進跳蚤市場」。上述陳大爲詩中人爲自己塑像的暗藏的可笑，在黃恆秋的詩行裡，在「可笑的」意象敘述裡暗指其中的可悲：

銅像篇

No.1
他們喜歡
在狹小公園的一角
鋪設混凝土爲疆界
圈成廣場

他們集合
許多自認聰明的子民
跨越歷史的藩籬
在廣場上，用青銅
計較時代偉人的斤兩

（《寂寞的密度》132）

　　整首詩的文字幾近歷史現實的記載，平淡中暗諷的語氣在其中
起伏。即使在「狹小公園」，也要將土地草坪「鋪設混凝土」。這是
個「疆界」，一個被仰望，迥異於一般人的生活的空間。以「混凝
土」和土地相對應，表象是決議為偉人豎立銅像的人，想將後者的
「豐功偉業」「凝結」成為人們心中持久穩固的記憶，但實質上在一
般人的心目中，反而可能是一切將因而「凝固後僵化」。

　　立意為「偉人」立銅像的人「自認聰明」，因為這樣的舉止馬
上可以換取現實利益。假如詩行到此是暗諷的基調，到了最後兩
行，由於「不相稱」的意象敘述，譏諷的情境夾雜了複雜可笑的語
調。「在廣場上，用青銅/計較時代偉人的斤兩」勾勒一個雙重視
野。人「偉大」，銅像也應該高大；銅像的物質呼應偉人的精神。
但是銅像的高大與否，都要實際考慮青銅需要的重量，因而所謂偉
人的精神，原來是形而下的「斤兩」。物質「實際的」考慮，顯現
一種「立銅像」底層身處的真實。「斤兩」與「偉人」的接續，產
生極富深意的「不相稱」美學。

　　以上，由轉喻的逸軌、不搭調的意涵、不合邏輯的因果，非常
理的組合、對既定反應的諧擬、到表象之謬到底層之真，是「不相

稱」美學豐富的面向。這並不是後現代詩的專利，但無疑後現代意象「鬆」以及「嬉戲」的傾向，有助於它的美學建構，也有助於後現代雙重視野的開拓。由於在台灣後現代詩理論裡，還沒被製作成標籤，因而幾乎完全被忽視。這是實質重要性與實際的討論頻率所顯現的「不相稱」。

註釋

1 請參閱本書第四章〈詩化的現實——八○年代以來詩的現實美學〉。

2 以上是本人的詮釋。狄曼在本文裡將轉喻促成的隱喻，偏重於「修辭文法化」（grammatization of rhetoric）的解釋。換句話說，他強調是語法與句構決定了隱喻的走向。如此的詮釋，稍嫌簡化些。文章的結尾，他說普魯斯特的引文既非全然的隱喻也非全然的轉喻，是兩相滲透。事實上，他的〈符號與修辭〉主要用意是要消解隱喻與轉喻的二元對立。

3 有關吳爾芙夫人《燈塔行》裡轉喻促成隱喻的討論，請參見簡政珍《語言與文學空間》裡〈比喻與符號〉一章。

4.有關「不相稱」的名稱是簡政珍個人在〈八○年代詩美學——詩和現實的辯證〉一文裡提出的權宜性措辭。「不相稱美學」也是暫時性的課題。這是拋磚引玉的初探，希望有朝一日能有豐碩的研究成果，以及更穩定更完滿的詞語。

5 本詩這段的原文是：A novice was sitting on a cornice/High over the city. Angels//Combined their prayers with those of the police, begging her to come off it.// One lady promised to be her friend./"I do not want a friend," she said.//A mother offered her some nylons /Stripped from her very legs. Others brought// Little offerings of fruit and candy,/ The blind man all his flowers."(*Selected Poems* 17)

6 有關艾許伯瑞的不相稱詩作，請參閱簡政珍的〈八○年代詩美學——詩和現實的辯證〉以及他的英文著作Chien Cheng-Chen, "The Double-Turn in Ashbery's ' Self-Portrait of a Convex-Mirror'"。

10 詩既「是」也「不是」

　　詩的雙重視野，除了上述顯現在對客體或是外在現實的觀照上外，它也可能在自身反照時，顯現自我的「是」與「不是」。仔細閱讀一些當代詩，身為指涉，又似乎是指涉的消解，身含意義，又似乎多重意義中，難以拿捏意義的歸向。而最有趣也是最複雜的是，詩以語言書寫自我的存有時，由於語言潛在的自我消散，存有又在表象的句號下凸顯問號。假如後現代詩是對現實或是既有結構的諧擬，如此「是」與「不是」的弔詭，則是自身的諧擬，也是對意念上所謂的「詩」的諧擬。

──詩「不是」？──

　　強調詩的「不是」，當然主要是承襲解結構語言自我摧毀的理念。德希達著名的言談：「語言蘊涵自我批判的必要性」（*The Structuralist Controversy* 254）。所謂批判（critique），意味語言指涉的同時質疑如此的可能性。這是他「延異學」（differance）的根本。語言或是意象對客體的指涉，不僅和被指涉物有空間的距離（differ），還有時間上的延遲（defer），因此被指涉物都不可能「現存」（presence）。德希達典型的觀念正如這段《語言與現象》（*Speech and Phenomenon and Other Essays on Husserl's Theory of*

Signs）裡的文字：

> 意義活動的可能性，在於每一個元素都是「存在」於「現存」的舞台上。但是元素所關連的都已經不是自身，只是保留了過去一些的印記，而且讓自己和未來關連的印記所掏空。這樣的痕跡和未來的關連，和它與過去的關連一樣，都是虛晃不實。而所能建構的現在，是和一個「不是什麼」，「絕對不是什麼」的產生關係。也就是說，即使將過去或是未來視爲修飾過的現在，痕跡也與此無關。

（142-430）

時空綜合的「延異」，使元素指涉的是：「不是什麼」。假如語言自我質疑與自我摧毀，指涉與被指涉之間又佈滿縫隙，詩的語言與意象符徵的飄移性，更加深這層「不是」的特性。在後現代氛圍下，傳統賦予詩所要傳達的理念與意義，在遊走、迂迴、甚至是反向中，似乎失卻方向。意象奔飛、轉喻逸軌，更讓詩「存有」的定位趨近飄散的問號。傳統詩「是」什麼的探問，變成詩「是不是」什麼的質疑。前者的答案在於印證對外的指涉，後者的答案在於詩對自我的反思。

以解結構的思維爲本，傑恩（Edward Jayne）的《否定詩學》（*Negative Poetics*），一開始就以「眞理的曲解」作爲命題。他說：「文學的繆思（muse）難免既是有所意圖也有所曲解」（Jayne 2）。文學來自繆思的啓發，是妙思與謬思的結合。是巧妙的思維，也可能是荒謬的思考。創作有所意圖，但經常在過程中失眞與別生枝

節。文學有其「不是」，是讓詩「曲解」既定之真，所謂「失真」，是讓制式化確認的真實扭曲變形。

因此，傑恩認為「整個文本變成否定指涉體，藉由創意的表達力去處置無法接受的真理」（同上 6）。詩的文本更容易成為「否定的指涉體」，因為正如上述，詩意象具有「逸走」或是「逸軌」的特性。傑恩的「處置無法接受的真理」充滿多樣性的意涵。處置（dispose of）可以是正面的處理，也可能是負面的棄置。這是面對「無法接受的真理」的雙重態度。真理所以無法被接受，在於可能和現有的「真理」牴觸。但即使在後現代解構的氛圍下，違背真理的「負面真理」也不一定就必然有一席之地。以詩美學來說，既有準則的再書寫或是重整，並不意味再書寫的對比理念必然是真，必然能佔據取代的地位。引文只是指出是一種可能性，一種可能被嚴肅看待，也可能被處置掉的可能性。

以詩美學來說，「創意的表達力」才是一切。真理不一定被反面的真理所取代。真正的焦點不是真理的誰進誰出，而是詩創造真正的表現力。這正應合了本書第七章〈意象與「意義」的流動性〉所論述的，閱讀詩時，所關注的焦點是符徵，而非符旨。當詩的重點是符徵，也意味詩「不是」符旨的工具，詩的文本是一個「否定指涉體」。

以「否定」或是「不是」的觀念再進一步看待詩，常理邏輯的「負負得正」並不一定是真理。從制式化的「正」步入蹊徑，和各個「負」真理第三類接觸，並不表示這些「負」會「扶正」。傑恩說創作的行為也可能是謊言與自我的欺騙。當作家拴上多重歧義的真理時，很可能是想遮掩內心真確的謊言。（同上 272）詩創作是

藉由語言與意象演練謊言。創作成功在於謊言的演練成功。但傑恩又說：「即使說謊意味傳達一個更基礎的真理，我要強調，這也很可能構成錯誤的再現，因為從非真理中導出的真理不可能完全真實」。（同上 3）不論詩以謊言為出發點，或是強調非真理的不真，都是展現創作本體的「不是」。

因此，和傳統觀念極為不同的是，在「否定詩學」的觀點下，成功的詩作，在於詩人能認真成功地講謊言，這樣也才能成功地自我欺騙。而自我欺騙的成功在於能自欺欺人。弔詭的是，自我欺騙的詞彙也並非全然是負面的意涵，它也可能是創作的建設性行為。傑恩說：「自我欺騙是作者與讀者合作共享的行為。在此，未定性的觀念——如以哲的『空隙』、德希達的『縫隙』、以及賀絲曇（Barbara Herrstein）『極端應機而生』等——基本上都是讓讀者能自由將作者的自我欺騙調適，以配合個人之所需」（同上8）。

以上傑恩所論述的重點是：1.打破傳統以創作為真理傳達的本體命題。他說寫作主要是寫出作者心中自以為是的觀念；2.所謂自以為是，可能是謊言，也可能是自我欺騙。「這些不真誠的痕跡，讓整體文本充滿活力」（同上 3）；3.認真成功地說謊，才有成功的作品，因為「除非謊言有可信度，否則謊言難以有效成功」（同上 3）；4.創作與閱讀是作者與讀者的共謀。由於書寫可能是自我欺騙，因此不是權威性唯一的真理，也因此容許讀者介入各取所需。

詩「不是」的面向，是將所謂「真」倒轉，將肯定的意義消解。白靈在《千年之門——二〇〇一學院詩人群年度詩集》裡的〈真假之間〉極適宜說明這種「否定詩學」：

只有雲是真的，天空是假的
落日是假的，只有晚霞是真的
只有灰燼是真的，燃燒是假的
永恆是假的，只有瞬間是真的
只有謊言是真的，真話皆是假的
愛是假的，恨，只有恨偏偏是真的
只有假的是真的，如果真的，皆是假的

（192）

這首詩分成意象與意念兩種。意象上，比較常態持久的存在如
天空在詩裡便是假的，暫時性的現象如晚霞則爲真的。意念上，常
理邏輯裡被肯定的，如愛，如真話都是假的。反之，日常被否定
的，如恨，如謊言，都是真的。這些當然是永恆與瞬間的反轉，真
理與謊言的倒置。假如一切皆是常理邏輯以及日常真理的顛覆，詩
所呈現的是「否定」的力量，詩也在語言與意象中自我宣示「不是」
的美學。

杭特（Erica Hunt）在他的〈反對詩學註解〉（"Notes for
Oppositional Poetics"）裡說：「反對詩學以及文化所形成的計畫，
超越懷疑論的臆想，而以更關鍵性的立場反對掌控的形式」（Hunt
198）。換句話說，「否定詩學」或是「反對詩學」所宣揚的「不
是」，在於將現有的掌控，包括自然現象的認知，常理邏輯的瞭
解，以及既有的真理或是謊言的定位，都全部翻轉倒錯，讓「肯定」
變成「否定」。這不是「消極的」懷疑論，而是積極參與既有體系

的瓦解。

　　何光明在詩集《寫給春天的情詩》裡有一首〈歷史測驗〉，和上述白靈的詩作類似，也是「是」與「非」、在「肯定」與「否定」裡翻轉，但有其積極的面向：

　　　背誦戰爭的名字
　　　閱讀烽火的照片
　　　收看電視新聞的槍與彈
　　　觀賞電影的衝刺與攻擊

　　　問題的年代沒有問題
　　　沒有問題的青年有問題
　　　印有答案的書本沒有答案
　　　沒有印答案的街頭有答案

　　　審判的手握著沈重的筆
　　　填充那個年輕沒有留白的時代
　　　選擇一些頭痛與傷心的記憶
　　　是與非都有陷阱

　　（125-26）

　　詩所處理的是戰爭的年代，一個問題叢生、是非倒置的年代。作者藉著文字的多義性延生多方面的意涵。「問題的年代沒有問題」，是一般句法的倒裝，意味：毫無疑問，這是個有問題的年

代。在這樣的年代裡,「〔本來〕沒有問題的青年〔現在都〕有問題」。這些問題已經在書本裡找不到體認的線索,文字無以映照血淋淋的人生,這樣的人生以及對人生的疑問文字沒有提供答案,答案在「沒有印答案的街頭裡」。回顧戰爭的歲月,是「頭痛與傷心的記憶」,更是「是非論斷」都可能佈滿陷阱的年代。

本詩指出戰爭造成的是非顛倒,這是嚴肅的課題。本詩更嚴肅的課題是:人生是人與生活觸動的臨即感,不能只靠書寫的轉述或是報導。假如書寫已經不是人生真切的輪廓,文字更需要自我要求貼近人生。是非的倒置表象是文字的戲耍,卻充滿了嚴肅的意涵。換句話說,「真」「假」的翻轉、「是」「非」的倒置反而更加凸顯一種真,而不是文字遊戲。

——詩「是」?——

上述傑恩的引文:「除非謊言有可信度,否則謊言難以有效成功」(同上 3)。可信度的建立,在於立論或是謊言要有現實真實性為基礎。假如詩作是為了所謂「說謊」,說謊的效果要仰賴「真實」,詩與被指涉的的客體,就「不是」全然無關。

詩「是」和客體有關,是自古以來,詩所承載的「使命」。當代與後現代解結構的思維,將這層「使命」解除,使詩從「是」翻轉成「不是」,但是所有的「不是」,只是遮掩「是」,而非將「是」摧毀消滅。現象學的思維在二十世紀的歷史流程,正好說明如此的辯證發展。海德格早期的哲學《存有與時間》是「存有」的宣示,是存在本體的宣言。人「墜入」(fall)現實世界裡浮沈,在「日日

存在」（everydayness）裡維繫本真。存有即使在逆境中還能肯定自我。值得注意的是，海德格和其他的現象學哲學家如梅洛龐帝一樣，強調「他者」不可缺的地位，人是「世界中的存有」（being-in-the-world）。人要經由「他者」才能看到真正的自我。

後期的海德格某方面漸漸傾向質疑存有的完整性。他的「毀滅」觀照（destructive）已經被批評家詮釋成有解構的傾向。但是毀滅與解構（deconstructive）最大的差別，在於即使面臨消散，存有仍然在幾近罔無上存在一種可能。這是面對「無」後的「有」，經由「不是」後所體認的「是」。後期現象學者馬歇爾（Gabriel Marcel）在其《存有與擁有——存在日記》（*Being and Having: An Existential Diary*）裡說：「事實上，有任何承諾不會導致背叛嗎？」（Marcel 51）。馬歇爾的答案早就隱藏在其問題中——那是極明顯的「不」，是一種趨近解構的「毀滅」性思維。只有上帝不會背叛自己的承諾，人的一切已經不言自明背叛的可能性。背叛證實這個動詞的主詞是「人」。對存有的「毀滅性」的逼視，並不是意味存有的「不存在」。馬歇爾接著將「存有」與「擁有」的對應辯證後，道出了人存在「有無」互植的複雜情境：

我們會被誘惑地認爲：不再擁有東西等同於不再是任何東西。事實上，一般人的習性傾向和自己擁有的東西認同，也因此將存在本體的課題塗抹掉。但是〔人之自我〕犧牲的現象證實我們的存有能夠超越對擁有的因襲。烈士行徑最深沈的意義在於它的見證——它就是見證。」

（同上 84）

「擁有」不等於「存有」。我們將消失所有，但在消失中保有我們的存有。也許需要死亡犧牲，但烈士的行徑是存有的見證——見證不再「擁有」肉體，卻能以保有的存有對「擁有」超越。類似馬歇爾這樣當代的後現代思維，現象哲學家與詩人不再維繫存有結構的「完整性」，而是在殘缺中維繫存有。

後現代的時空將既有存在的價值翻轉倒置後，一切似乎都已經「不是」。詩在這樣的氛圍下，經常墜入意義被解除，存在被質疑的境地。但是詩可能在「殘缺」中更能感受自我。麥克哈爾等人將現象本體的探問視爲後現代的命題，原因在此。[1]

——詩既「是」也「不是」——

假如解構傾向「不是」，現象學傾向「是」，在後現代時空裡，兩者的交融辯證可能正如佛學所指向的：既是也不是。佛學與解構學神交映合，別有洞天：

1. 佛法無邊，不著兩端，不立於任何一邊，對應解構學的化「解」二元對立。佛法力求破除相對法，非是，非不是；非自然，非不自然；非因緣，非不因緣。解構學重點在於破解二元對立，似乎沒有立足點，但仍有瞬間的觀點。這瞬間觀點可視爲佛學的世俗諦。所有世俗諦裡的「是非」、「非是，非不是」，到眞諦或是聖義諦的層次可以翻轉成「既是也不是」。解構學似乎持續在避開眞諦。眞諦如如不動，解構學在顛覆是非，但似乎永遠沒有（也不願承認）像佛法裡

眞如的境界。

2. 變的觀念——以世俗諦的眼光來看,沒有任何的瞬間是不變的。解構學在對既有的解構中也在面臨自我的解構。

3. 沒有中心點——佛法點出沒有掌制眞理的核心,沒有統籌一切的眞理,沒有放諸四海而皆準的法則,佛陀甚至說:「說法者,無法可說」;「所謂佛法者,即非佛法」;「如來所說法,皆不可取,不可說,非法,非非法」(《金剛經》)。這一句話是聖義諦的境界,融於宇宙虛空,一切如如不動,何謂法?但未到達眞諦之前的世俗諦,則是「一切法皆是佛法」;「發阿耨多羅三藐三菩提心者,說諸法斷滅,莫作是念」(《金剛經》)。[2]《楞嚴經》裡強調「明覺」,刻意的加明,反而無明,這是聖義諦裡的境界。但在反身求己的世俗諦過程,仍然有階段性的「中心」和「眞理」,在自知無明的狀態中,需要「加明」。

4. 佛學講空,解構學講縫隙。縫隙的重點是結構的斷層,趨近於「無」。[3]空則是看破實像虛晃後的妙有。「眞空非空是妙有,妙有非有是眞空」。

若以佛法包容解構與現象學的觀點重新審視上述的「是」與「不是」,將另有天地。白靈的〈眞假之間〉展現眞的虛晃不實,但詩裡說「只有假的是眞的」,這是詩所要傳達的一種「眞的」見解。假如這首詩是對「眞」說「不是」,它同時也肯定了「假」的「是」。當然無論眞假,這都是典型二元對立的論述。眞正的「眞」應該是「既是眞也是假」,人事不可能全然分成眞假兩邊站。眞與

假的相互滲透，才是所謂人生，一個在世俗諦裡起伏的人生。

詩以佛學解讀，不是宗教的考慮，而是其映照了西方解構與現象學的思維。事實上，在西方人的眼光中，佛學是一種解構又圓通的哲學。不著兩邊的思維可以以下面的型態出現：「當人在毫不選擇的自覺下作了有意的選擇，同時又完全尊重他人的選擇」，是一種佛子與無政府主義者的弔詭（Low 219）。以詩的「是」與「不是」檢視這一句話，可以說自己的選擇是「是」，但仍然完全尊重他人「不是」和自己一樣。這幾乎是一種完全的自由，也因而類似無政府狀態。

在類似世俗諦的階段，也是當人在世界中浮沈，詩的「是」與「不是」是「存有」與「非存有」的依存與辯證。美國詩人麥克理希說：「詩所涵蓋的『存有』來自於『非存有』（non-being），而非來自詩人」（MacLeish 8）；「詩人的心神要跟無意義以及世界的沈默掙扎，直到將其逼出意義」（同上 9）。前者意味詩的「非存有」是存有的泉源。後者意味詩人在世界瘖啞、意義枉然中，藉由語言讓世界吐納意義。「是」與「不是」是一體的兩面。存有的體現在於認知非存有。意義的發聲在於體認意義的瘖啞。

以死為例，西方解構現象學者馬歇爾以一體的兩面看待死：「死可以視為腐化的極端表現……或是相反地『純然的解放』」（Marcel 123）。我們從這些話可以聽到海德格的回音：死是完成，而不是終結。以佛家的觀點視之，迷戀肉體者，死是我與軀體的敗亡；以修行者來說，肉體之死，則是「純然的解放」。馬歇爾如下的一段話也和佛家的「我本無自性」相應合：「我越進入完全自我的活動，越沒有權利說我是獨立自主」（同上 131）。

283

　　克麗絲緹娃有關後符號學的論述，在西方理論中，極能發揮「一體的兩面」的思維，也極能用以說明「是」也「不是」的詩美學，試以她《詩語言的革命》（*Revolution in Poetic Language*）中有關符號與象徵的主要內容為例說明之：

1. 象徵（symbolic）意味較固定的意義，符號（semiotic）意味較繁複的展現（enunciation）（54）。

2. 「由於主體永遠既是『符號的』，也是『象徵的』，沒有任何指涉系統可以是『全然』符號，或是『全然』象徵，而是必然受惠於兩者。」（24）

3. 「斷裂的否定會讓典型的『主詞』與『述詞』變成只是相對性的措辭。」（55）

4. 「文本的途徑不像黑格爾的辯證法那樣，只是簡單的回返……它不是黑格爾三段論法中判斷式的『合』，而是在異質過程中分裂與維持既有的地位。這在文本的符號設計裡的語音、語彙、與語法干擾中，可得到明晰的證明……詞彙連結一氣，但是由於刪除後無法再恢復，連結的方式永無止境。句子並非受到壓抑，而是將其無限化。同樣，被指涉的特定含意並非消失，而是在多重意涵的客體裡繁衍。」（56）

5. 「精確地說，模擬的客體建構，所根據的不是真理，而是逼真感」（57）。

6. 「當真理指涉的不再是語言之外可辨識的客體，模擬是斷裂性的逾越，因而它所指涉的客體，是符號網路上（semiotic network）的建構，但也置身於象徵的領域，因為模擬總在於

逼眞。」（58）

克麗絲緹娃的「詩語言」有幾個重要的觀念，值得進一步分析。其一，主體似乎強調浮動性的符號，但並沒有將意義從較固定的象徵從中切離。其二，文本內在的否定會使「主詞」與「述詞」翻轉，這在中文的當代詩尤然。其三，文本的「途徑」既是分裂也是維持原有的地位。這是結構與解構的糾結，也是後期符號學的精髓。詩因此既是也不是。原有的字句並非消失，只是無限化。特定含意（denotation）也不是煙消雲散，而是在多重意涵（connotation）裡綿延繁殖。其四，在如此的符號論下，模擬的立足點不是眞理，而是逼眞感。但逼眞感並沒有消除，指意過程（signification）中斷裂特性的掌控（58）。模擬是力求逼眞以及體認逼眞可能的斷裂。其五，模擬的對象是在符號網路上一再輾轉延生的客體，但並沒有棄絕象徵的固定領域。詩的意象是一再浮動的符徵，但是原先較固定的符旨並非完全被揚棄。

以上綜合解構與現象學的佛學，以及克麗絲緹娃的後期符號學，哲學的命題，以及詩的取向，是「既是也不是」的雙重視野。以佛學觀點看待，在聖義諦的境界裡，原先世俗諦的「是」，可能變成「不是」。假如將世俗諦到聖義諦看成是時間性必然的流程，則這一切終將「既是也不是」。再其次，佛能在瞬間看到無數劫（無止境的時間），也同時看到萬物的實像與虛像，「是」與「不是」早就並時存在。因此，心經說：「色不異空，空不異色；色即是空，空即是色」。在克麗絲緹娃的後符號學論述裡，主詞與述詞，特定含意以及多重意涵，符號性與象徵性、也都相互糾葛。若本身

是「是」，也體認到與其相對的「不是」的存在性。反過來說，本身自覺「是」，也蘊涵「不是」的可能性。

比喻的是與否

比喻幾乎是詩的習慣性的語言。詩人的寫作能力也經常以比喻作爲檢驗的標準。比喻的創造，是使兩個原來不相干的客體產生關係（Ricoeur 51）。所謂關係是由比喻所牽連，有時可能是一種語言上的「暴力」，比喻有時生硬「不得體」，有時因爲觸動到兩個客體的微妙處，而展現了詩美學的悠遠。

有時候比喻的重點不是在於比喻與被比喻的細緻牽引，而是兩者的若是與不是。阿翁的〈待〉裡有如下的比喻：

全天的星星散落灰地白陽下
我是這樣地
宛然蛇住
猶佔住方場方中央的一個餅
偶然足手遊離方外

（《光黃莽》 87）

引文裡有兩組主要意象。第一組「全天的星星散落灰地白陽下」類似五、六〇年代的超現實寫作，但有比較具說服力的意象基礎。陽光使一切泛白，而因爲泛白，我們忘掉天空仍有星星的存在。第二組是一連串比喻的意象。「我宛然蛇住」，將人與蛇做比喻的牽連。這是習慣上被「容許的」的比喻活動，自古皆然。若是質疑如

此的比喻的「成規」，似乎是「顛覆」詩作的傳承。其實細看之，「我居」與「蛇住」必然存在不能密合的縫隙。因此，「像蛇」的語意也意味「不像蛇」的事實。

第二個比喻更展現「是」中的「不是」。事實上，第二組意象是雙層的比喻。「我」「宛然蛇住」，像廣場中央的「一個餅」。比喻後再延伸成另一個比喻。被比喻成「餅」，著眼點可能是廣場中的一個圓，以形狀作為比喻的基礎。但「我」──「蛇」──「餅」之間，「漏洞」百出。假如最後一行「偶然足手遊離方外」，是「餅」的屬性，它所描述的又是「非人」，因為缺乏手腳。整體引文展現比喻的正向活動中，顯露了反向的屬性，使客體與客體之間既像亦不像。有趣的是，這種「既是也不是」不僅不會造成「生硬不得體」的印象，反而拓展了比喻既有的美學空間。

阿翁同一首詩裡的詩行：「我之等待散逝成浮雕的線」（同上88），以及同一本詩集裡的〈墓地上的小圓頭〉的意象：「你佇立的圓頭/擺動、凝結/兩旁交混的斑彩高速消逝/齊來貼伏這刻地的影/一線勾出/一生的清清也說不出甚麼來」（《光黃莽》 74）也都展現了這種比喻的雙重面向。

詹澈的一首短詩〈失業〉也有蛇的意象：「肚裏的腸/細瘦如冬眠的蛇/一時/我已忘了用毒/祇知道縮自己的口舌」（《詹澈短詩選》 14）。把「肚裏的腸」比喻成冬眠的蛇，以纏繞狀，兩者相似。再者，這樣的比喻也呼應了「心腸如蛇蠍」的俗語。但腸實際上沒有口舌，怎能和蛇一樣用毒？兩者之間，除了一個小小的相似之外，大都是相異。引文的比喻雖然也展現了是與不是的雙重視野，但也稍微往「生硬的比喻」偏移，和上面阿翁的意象不同。

論證的是與否

有時，在詩的論證上，詩行往一個既是也不是的結論演進，詩也在這樣是與否的弔詭中顯現趣味。但所謂「是也不是」並不全然是弔詭，它有更大的不確定性，而弔詭則是以兩者之間的矛盾張力產生趣味。焦桐的詩傾向以各種風格展現詩的可能性。他的〈詩人〉說詩是：「顧左右而言他的情形/吞吞吐吐的藉口/爲各種意圖製造不在場的證明」（《青春標本》73）。由於「顧左右而言他」，由於「吞吞吐吐」，詩所指涉的是表象的「不是」，但有一個隱藏的「是」，正如實際的「在場」要顯現「不在場」。林煥彰大部分的詩作，「詩想」中規中矩，但是如下的詩作〈一九七○年的無心論〉是個特例，令人驚喜：「兩個人/一顆心/不是你帶走，就是/我//所以，兩個人經常/有一個/無心」（《愛情的流派及其他》65-66）。「有心」與「無心」的辯證是詩的趣味。愛的極致是同一顆心，但是當兩人不在一起，那一顆心被一方帶走，另一個人勢必無心。值得注意的是，這裡的「無心」兼含正負兩方的含意，可能是「心」的喪失，也可能有曠達如空的意涵。

再以張錯的〈錯誤十四行〉爲例：

苦就苦在開始了第一行

就知道只剩下十三行

從第一到第十四

中間是不三不四

亂七八糟的倒敘。

像一幅設計好的山水
從主峰到飛瀑，
白雲什麼時候飄來，
秋天什麼時候落葉；
我們的戀歌

已寫到最後第四行
是否還要押一個險韻
或者按平仄的規矩行事，唉，
反正是錯誤十四行。

（《張錯詩選》 39-40）

　　第一節就產生「是與否」的張力。前面兩行：「苦就苦在開始
了第一行／就知道只剩下十三行」似乎暗示詩中人（寫詩人）很珍
惜這十四行的寶貴經驗，寫了一行，就意味少了一行，只剩下十三
行。但後三行則呈現出中間的過程，是一種「不三不四／亂七八糟」
的填空，似乎是一種缺乏想像，只好無奈機械的交差。以這樣的心
情再回頭看：「苦就苦在開始了第一行」，表示詩人不寫就沒事，
就不會苦，可是詩人還是要「苦」，要寫下去，而寫出「亂七八糟」
的現象。這樣的現象卻「像」是第二節有關人生自然的景象，妙的
是「這是設計好的」人生風景。是人生本來就「亂七八糟」呢？還
是「設計」得「亂七八糟」？最後結尾，詩中人在「險韻」與規矩
的平仄裡猶豫，這表示兩者雖然相對，詩人卻都不願意割捨。詩的

最後一行在「唉」的感嘆聲後，以「反正是錯誤十四行」結束。這
是「錯誤」的十四行，詩人卻在這一行完成一首十四行詩，一首精
巧論辯、「非錯誤」的美學展現。

現象的存在與不存在

有時詩是以意象並置排比，彼此強化與逃避。羅智成的《夢中
書房》有一首〈木棉花（又一首）〉描述「她」和詩中人的情感在
似有似無中閃爍，背景是街道的木棉花以及遊行的群眾：

> 我們緊擁著虛構的同鄉情誼
> 在冗長的清談中迴避正題
> 在未揭露的愛戀中
> 模擬
> 水手與海鷗或春天與騷動之間的親密
>
> 什麼會是生活中那陌生又善意的事物呢？
> 一朵朵簽證過期的火燄
> 映照在玻璃窗上
> 遊行的群眾在遠處也許又一次
> 推翻了一個無趣的政府
> 為了閃躲
> 話題
> 她向我描述已遊行的各個醜陋巷弄的
> 盛開的木棉花

（72-73）

首先「同鄉情誼」是「虛構的」，爲了進一步感情的發展。表象的「清談」事實上是「迴避」兩人感情的「正題」。「水手與海鷗或春天與騷動之間的親密」，是分與離、瞬間的因緣與即來的逸失。現象「暫存」也「即將不再」。

引文的第二節「一朵朵簽證過期的火燄／映照在玻璃窗上」，「火焰」是花的投影，但是在下面遊行意象的襯托下，似乎有動亂燃燒的影子。花的「簽證過期」暗藏花的「居留」有時間的限制，這些木棉花顯然是季節過後仍然盛開如「火焰」。這一節的第二個意象是遊行者「也許又一次」推翻了「無趣的政府」。所謂推翻只是「也許」，並不眞確。而政府不是無能或是暴虐，只是「無趣」，似乎在瓦解遊行者將其推翻的堂皇理由。接著，詩中的「她」對木棉花的敍述是「爲了閃躲／話題」。閃躲的是妳我之間可能的感情，映照在火焰的花影之中，似有似無，似無似有。

對立與不對立

假如感情在吞吐之間，好惡難以啓齒表明，人生的事件經常欲語還休。岩上的一首〈兩岸〉映襯了在兩岸的弔詭立場。這可能是人生隨處可見的「兩岸」，也可能是當下現實的「兩岸」。

我們都是孤獨者
靜聽水的低吟
秋和冬

至於春與夏
雨水的咆哮，我們盡全力搗住
抵擋
你還是在彼岸
我還是在此岸

說我們完全對立
也不盡然

（《岩上短詩選》40）

　　身居兩岸，「我們都是孤獨者」，因此在秋冬共同聆聽「水的低吟」。但是一旦春夏，河水暴漲，我努力擋住河水，使我的居所不淪陷於汪洋。擋住意味加高河堤，而這岸堤防的增高，意味河水將向對岸傾洩。因此，這將是兩岸築堤的競賽，「以鄰為壑」是必然的結果。藉由「你還是在彼岸/我還是在此岸」分行顯現兩岸的對立。但詩的結尾是：「說我們完全對立/也不盡然」。四季輪迴，當洪訊已遠，當秋冬再臨，我們可能又共同傾聽河水的呼吸。

敘述的虛實

　　詩的意象也經常將詩帶入敘述虛實之間。所謂虛構似乎來自於想像，想像又將敘述捲入虛實的糾葛。大荒的一首短詩〈腹語術〉的趣味建立在「虛」的敘述與真實的互補：

她說肚子痛

醫生在她腹部捫捫聽聽

照張片子瞧瞧吧

一瞧，醫生訝然失笑

怪不得好像肚裡有人講話

原來妳懷了一隻手機

小姐扭怩一下：我在學腹語術

（《大荒短詩選》 18）

　　大荒在詩後有按語：「台北一少女玩手機，一不小心，手機滑
進腹腔，求醫開刀取出」，意味這是眞實事件，不是詩人故意耍弄
的情節。但在如此眞實的書寫中，使文字提升爲詩的關鍵，在於
「虛的」敘述塡補。整首詩進行如記錄的事件，但有兩處卻使類似
的散文事件變成詩事件。第一：「醫生訝然失笑/怪不得好像肚裡
有人講話」，肚子裡有人講話的關鍵，在於這時剛好有人撥電話給
這個手機，有這種可能，但是更可能的是，詩利用這種機率不大的
可能，而展現了詩可能的趣味性。第二的地方是最後一行：「小姐
扭怩一下：我在學腹語術」。少女這時不可能有如此的言語，這是
詩人純然「虛的」敘述，使詩增加了戲劇性，也使詩脫下了散文敘
述的外衣。這行「虛的」敘述也同時消解了「按語」所要強調的眞
實性。

人生的虛實——有或是無？

零雨在她的詩集《木冬詠歌集》的最後部分有八首，都是以〈我們的房間〉為題，重點是對已經逝去的「你」的緬懷。其中的第八部分營造出人生的虛晃，時間既是向前延展，也似乎往後回溯。詩行裡佈滿「不確定」、「抑或」、「或是」的詞語：

之八

半嬰孩半老者的人
來到我們的房間

我落淚了
這意外的邂逅……
（——來自造物主的華寵？）

從自己體內延伸，又逃離——
一個雙翅的個體，逐漸
長大——從嬰孩到老者
又回復嬰孩……

抑或（——以雙翅為誓）
另起一個異名——稱為詩
或不稱為詩，以天地

神人的心，相互接壤

……以淚眼相認……

似笑（非笑）……

走入我們的房間

以及，房間之外

（181-82）

這首詩有三對不置可否詞語。首先，「半嬰孩半老者」，既是
嬰孩，也非嬰孩；既是老者，也非老者。是一個像老年又像嬰孩的
中年人嗎？也不能確定。第三節自體內延伸又逃離的「雙翅的個體」
似乎從嬰孩成長到老者又輪迴成嬰孩。至於動作，是延伸還是逃
離，既是亦不是。假如這是來自體內的個體，嬰孩的出生，可以說
是自己的延伸，但又脫離母體。但既然是脫離，就不能說是自我的
延伸。第四節的「抑或」是不確定的開頭，既然上節有雙翅的意
象，在這個意象的基礎上（「以雙翅為誓」），可能想成繆思女神，
這是詩的創造。但語法上這又是另一個不確定（「稱為詩/或不稱為
詩」）。詩行裡似乎在傳達：詩是這樣的緣起，但這樣的發展也不見
得就是詩。詩的最後一節「似笑」，但馬上在括弧裡補上「非笑」。
一種似乎是笑又非笑的表情。

這些不確定的詞語，在於顯現詩中人從開始的「之一」「你」
的死後，感受上「但你並沒有走」，「你」存在的虛虛實實，到最
後「之八」裡進一步將這種混淆的虛實提升至神人、陰陽兩界的重

疊並存。在這樣的領域裡，個體或是存在「既是也不是」。而這也就是這首詩所要指陳的「詩的存在空間」。

詩性的存在空間

事實上，正如本書許多章節所述，意象本身就有「逸走」的傾向。當代詩的意象總試圖逃脫「主題」、「主義」的規範。有些詩的意象在特殊的句構與的語法下，更加深了意象這方面延伸與逃脫、「既是也不是」。簡政珍的長詩〈失樂園〉處處是「定點浮動的期盼」，是意象語言的言說與自我消解。[4]試以詩的最後數行說明意象的多重視野：

> 這時微風拂動
> 文字的微粒降落在
> 電腦螢光幕上
> 似乎告訴我：
> 我並沒有
> 失樂園
>
> (《失樂園》32-33) [5]

微風拂動是外在的情景，牽動文字的微粒，在電腦螢光幕上顯現。這個文字的訊息「似乎告訴我：/我並沒有/失樂園」。「似乎」無以確定。假如以「沒有」當副詞、「失」當動詞，樂園並沒有失去。假如「沒有」是動詞，「失樂園」整體是名詞，按照傳統的閱讀，雙重否定變成肯定，意味樂園還在。假如「失樂園」整體的名

詞所指的是歷史的典故，「我並沒有/失樂園」意味我已經沒有這些歷史的意涵。但不論樂園是否失去，這些都只是「似乎」的狀況。

假如沿用費希的閱讀，這些「不定」更以等比級數增加意涵的不定性。按照費希的想法，文本是隨著時間的順序排列，閱讀因而也是隨著文字流轉的時間之旅。所以一個出現的「不」所造成否定印象，並不能隨著後來的另一個「不」，變成負負得正。兩個「不」不是雙重否定變成肯定，而是既不是前者，也不是後者。正如本文前面有關傑恩的討論：將「正面」否定成謊言的論述本身不一定是真理，讀者在前一瞬間的負面印象，是心靈的烙痕，並不因為再來的「負面」將其消除，而是負面的雙重烙痕。因而，費希說，雙重否定，只在於說明：「不知意何所指？」（Fish, "Literature in the Reader" 73）

事實上，〈失樂園〉的結局，詩中人對樂園的得失如何定奪，這正是詩性「既是也不是」之所在。吳新發對此詩的論述，其結語一語道破所謂的詩人的自性本體在後花園或是樂園的得與失：

自性本體如同文字：既云自性本體，先驗上已肯定「定點」自在，空無遍在的是「浮動的期盼」。文字是「定點浮動的期盼」，自性本體亦可作如是觀。詩人的樂園不在後花園，不在山鐘水井，而在其創作的園地。詩人可期盼者，盡在於此。詩，是詩人的自性本體。

註釋

1.請參閱本書第二部〈前言──後現代的雙重視野〉。

2 有關《金剛經》的解釋，大都在一個句子裡橫越世俗諦與聖義諦的兩種觀點的詮釋，如「眾生者，如來說非眾生，是名眾生」；「凡夫者，如來說即非凡夫，是名凡夫」；「所言善法者，如來說即非善法，是名善法」。以聖義諦的眼光看待，所有眾生皆有佛性，都是未來佛，何來凡夫？但是眾生還在世俗諦裡流轉，凡夫就是凡夫。所謂善法也同。

3 有關解構是否全「無」，或是全然結構的斷層，仍有討論餘地。學者目前越來越傾向認為，德希達並非是虛無主義者。請參見本書〈結構與空隙〉一章有關縫隙的論述。

4「定點浮動的期盼」是吳新發引用〈失樂園〉裡的詩行作為標題，作為該詩的評論。

5 正如本書〈自序〉所言，本書撰寫中，本人儘量迴避對自己詩作的論述。此次引〈失樂園〉的結尾討論，重點不是詩的好壞，而是藉由此例做「是也不是」的辯證、以及引申出下面費希與吳新發精彩的觀點。

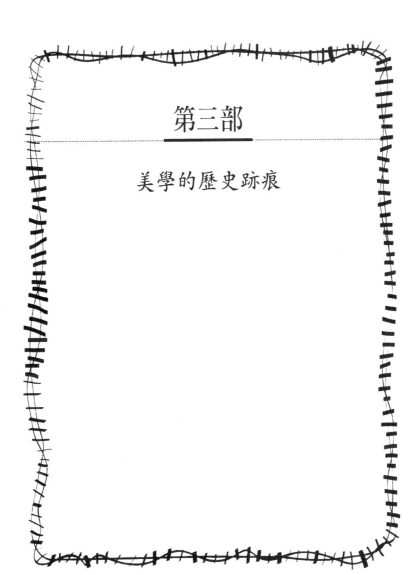

第三部

美學的歷史跡痕

11 似有似無的「技巧」

　　大部分文學史的撰寫者經常在眾多詩人中，找「鶴立雞群」的
對象，做為探照燈的聚光點。但所謂「鶴立雞群」並不一定是詩藝
上的突出，而是凸顯和他人的不同。為了凸顯不同，寫詩的人文字
戲耍，圖象拼貼，字形拆解，邏輯倒錯，以吸引批評家的目光。有
些詩人知道如此的書寫必然引起某些批評家的關注，也必然因而佔
據文學史的扉頁。

　　其實，詩是最富於想像力的文類，文字和常理有別，物象新鮮
組合成為意象，意象猶如舞蹈踰越行走的步輻，這些都是想像力的
展現。想像力儘可能的延伸而不至於崩解的臨界點的選擇，是對詩
人最有力的檢驗。詩行離臨界點甚遠，文字用於議論言說，可能是
想像力不足；但跨越臨界點也可能是想像力的崩解，是以「超凡」
的想像力掩飾想像力的不足。當然，所謂臨界點可能是浮動的。它
是隱約的虛點，也因人而異，但是總是以似有似無的人生作為參酌
的指標。詩不是人生的複製，但經得起檢驗的詩也非全然以「超現
實」來揚棄人生。兩者之間有辯證的拉扯，有虛虛實實的映/應
照。假如不考慮人生，純然作想像的遊戲，詩是非常好寫的文類。

——批評家的傾向——

前衛與鄉土的兩極傾向

造成台灣現代詩這樣的現象，和批評家的美學素養很有關係。大抵上，此地的批評家在心態上有兩種極端的傾向。一種是檢驗一個時代的前衛藝術，越前衛，越有被討論的可能性。另一種心態是，假如詩人是本土作家，批評家原先的前衛準則，完全自我棄守，因此再粗俚的作品也仍然受到青睞。批評家以這樣完全對立的兩種準則篩選作家，完全忽視真正最值得注目的作品，可能是在這兩者之間。

批評家以如此「二元」對立的傾向看待作品，因而在美學的呈現上也呈現雙重標準。前衛的作品，被譽為走在時代尖端的想像，而忽視掉作者可能沒有足夠的想像力面對時代。本土的作品，批評家完全棄絕美學，不論其是否有沒有想像，而以意識型態作為論證；換句話說，詮釋所謂本土詩，不是討論詩，而是討論意識型態。

在這樣的批評氛圍裡，被批評詮釋的對象，要不就是所謂前衛藝術，要不就是嚴重散文化的本土詩。個別詩人的作品引起批評家注意的也是這方面的特色。當批評家在陳黎的《貓對鏡》與《島嶼邊緣》討論其前衛的思維時，幾乎忽視掉他的詩作裡有不少散文化的書寫，如在《島嶼邊緣》裡的〈玫瑰之歌〉有這樣的詩行：「6//醒來吧女人起來吧女人/你必須起身而舞/死亡來了/你無法躲避/啊，

多冷啊/多冷的風啊/死亡來了」；「8//心啊，你為什麼不眠地度過/
每一個為愛而設的夜晚/如果你所牽掛的她/躺在別人的懷裡？」
（72-73）。另外，同一詩集裡的〈苦惱的鐘聲與別離之淚〉裡也有
這些詩行：「一滴淚滴落在你的夢中/如同輕盈的數字/飄逸在群星
的鏡面/憂傷的風景中/不可觸的母音/圓唇，濕濡/如記憶中的白鴿」
（78）。

雖然這些詩行有抒情傾向，散文化的狀況和本土性詩人的文字
有異曲同工之處。一些批評家將陳黎的詩作定位為前衛書寫，因而
不會「批評」也不在意這些「非常不前衛」、幾近「非詩」的書
寫。反過來說，假如這樣的文字出自本土性詩人的手筆，批評家可
能在原有的意識型態討論裡再加上「抒情」的論述，而驚為天人。
這些批評家給了一個詩人概括的定位後，由這些「定位」決定其論
述的空間與評價的語調。批評家因人而異，隨時讓其雙重標準浮
動。

但事實上陳黎在美學上較值得注意的既不是那些前衛遊戲的文
字，也非這些散文化的詩行，而是那些介於兩者之間少數能觸動人
心的作品，如早期的〈房子〉的第一節：

說單純是一間複雜的房子的
他們的情婦也許就住在郵局隔壁
那意思是她們將很習慣在大清早收到風景明信片
在模糊不清的郵戳與問候找到一片草地，一隊海鷗
或者一隻船
因為船是窗戶，窗戶比房子大

（《陳黎詩集I 1973-1993》103）

　　以上這些詩行，和本書前面所引用的陳黎文字或是圖象戲耍不同。除了第一行文字有點拗口外，這些詩行在淡淡中引出人生的深沈感。情婦居住在郵局隔壁，郵局的意象自然而反諷。一方面情婦很快就可以得到情夫的訊息；一方面，來自對方的訊息，總要由郵局中介，兩人很難有面對面的臨即感。而即使是訊息，通常也只是對方來的明信片，上面偶爾有一片草地，偶爾有一隊海鷗，偶爾有一隻船。顯然，女子偶爾與情夫「碰觸」後，情夫大部分時間在遠方，（也許旁邊伴隨的是自己的妻子甚至是另一個情婦）在天涯海角旅遊度假。從明信片上的風景去揣測情夫的行蹤，是空間上的模糊；而郵戳也是「模糊不清」，意味時間上的不定。從空間與時間上的不定，暗示情婦和他關係的不穩定，而時間的朦朧，也是自己在歲月裡含糊度日，月月年年的消逝，以及自己青春年華潦草地一筆帶過。

所謂「技巧」

　　以上陳黎這首〈房子〉是陳黎較難得能「平實」有感地出入人生的作品，但是卻不是批評家注意的焦點，因為他不夠「前衛」，也不是有明顯的意圖，以詩表達原住民的心聲。[1]批評家在後者的作品裡追求族群的意識型態，在前者的作品裡強調詩要有「陌生」的前衛技巧。

　　族群的論述，是文化政治論述，遠離詩美學的課題，在此不予討論。而「陌生」與「技巧」卻是在台灣當代詩裡是一再被提及但

也一再被誤用的詞語，本文將予較詳盡的觀照。

有關「技巧」的論述，有兩篇文章深具影響力，但也一再在此地被錯誤的引用與誤解。一篇是四〇年代蕭若（Mark Schorer）的〈以技巧作爲發現〉（"Technique as Discovery"），另一篇是俄國希克洛夫斯基（Viktor Shklovsky）的〈以藝術作爲技巧〉（"Art as Technique"）。

蕭若認爲文學的魅力與價值，不是取決於人生既定的課題與內容，而是書寫「處理完成後的」（achieved）內容。書寫的「處理完成」會發現嶄新的客體。這就是「技巧」的展現。運用人生重要的題旨，並不一定成就優越的文學作品。「技巧」的運用，會在既有的題旨裡發現豐富複雜的人生。「技巧」「不僅涵蓋知識與道德的意涵，而且還發現這些意涵」（76）。

蕭若說：所有我們對既有課題或是題旨透過書寫所做的一切，包括文字的運用，敘述的語調，結構的運用等等都是技巧。而這些技巧也是我們「在經驗的領域裡，探索與界定價值」的憑藉。

蕭若這段文字在二十一世紀的今天，看來平凡無奇。但在台灣的現代詩評論裡，「技巧」經常是再度從「處理完成後」的內容單獨抽析出來討論，而忽略了它本身已是內容，忘了它「在經驗的領域裡，探索與界定價值」，忘了它本身就是探索人生的憑藉，而且它本身就是書寫所顯現的人生。

在台灣文學的情境裡，我們對蕭若以上的文字經常有如下的誤解：在一些強調前衛或是後現代書寫的批評家的心目中，技巧是文字的戲耍，而非與人生相應扣，此其一。再其次，我們經常聽到這樣的「說法」：「你詩寫得不錯，但技巧不夠好」。技巧被詮釋成

為「工具」，而不是「完成後的」內容。也就是這樣語言的誤用，本書在其他章節裡儘量避免「技巧」的字眼，以免將其等同於「工具」。本章定名為「似有似無的『技巧』」，其中「技巧」穿戴上引號，就是意味有可能如上的誤解，而將「技巧」視為文字的戲耍或是機械功能的「工具論」。本文的重點是突破這種誤解，並且融合以下希克洛夫斯基的論述，以及海德格有關理論套用的質疑。

希克洛夫斯基的〈以藝術作為技巧〉的立論基礎，主要是打破人們「習慣性」的認知，物象習以為常，詩的意象也是慣性的引用，所謂觀點是習慣性自動化的反應。我們被習慣吞噬，因此我們視而不見。「客體在我們前面，我們知道他們的存在，但我們沒有真正看到他們」（59）。要能真正體驗到客體的存在，要讓客體「陌生」呈現，讓觀者有初次看見的新奇感與躍動感。他說：

藝術的存在是能讓人恢復生命的躍動感；藝術能讓人感受到東西，能讓石頭透露出石頭性。藝術的目的是，當事務被觀照時，能注入事務的躍動感，而不是被知道而已。藝術的技巧是讓客體「不熟悉」，讓形式變得困難，以增加觀照的困難度與長度，因為觀照的過程本身即是美學的終點，必須加以延長。藝術是對客體的藝術性的體驗方式，客體本身並不重要。

（58）

為了讓觀者或是讀者能有「生命的躍動感」，作品要將描寫的對象「陌生化」，以免墜入習以為常的認知。希式的這些看法，是一般對文學藝術有真正感覺的人，都能贊同的觀點，在文學思維的

傳承裡，也有脈絡可循。十九世紀的英國詩人與詩論家柯勒奇就說：詩是要喚醒人昏睡的知覺，而讓我們日常熟悉的事物展現不熟悉而顯現新鮮感。十九世紀中期英國的美學家培特（Water Pater）在他的《文藝復興史研究》的結論一章裡說：藝術能讓客體撩動人的心弦，讓人有瞬間的狂喜。二十世紀的現象學的思維，更是要讓觀照者與被觀照的對象彼此有臨即感，不被慣性的反應中介，不被常理邏輯牽引。既有的知識可能是塵埃，遮掩了物象的本貌。人要直接面對客體逼視客體，而不是沿用既有的學理。

但是希氏這樣自然有說服力的看法，在台灣現代詩的詮釋裡，卻經常被錯誤援用。首先，「生命的躍動感」幾乎完全被忽視，強調的是技巧的困難度。其次，藝術的技巧被理論的框架所網羅。再其次，「陌生化」變成理論的框架。

理論的框架

正如上面希氏的引文所述，「陌生化」的用意，在於展現客體的躍動感以及主體的驚覺。事實上，所謂「陌生感」就是「新鮮感」，所有有創意的詩作無不如此。但是一般批評家將台灣現代詩（尤其是後現代詩）「陌生化」簡化成為：詩要刻意強調「困難」以及「怪異」才能「陌生」，才有想像力。這些批評家只有在「極端」化的怪異才能看到「陌生」，對於那些外表平淡無奇但是生命的躍動感潛藏其中的詩作，大都無能為力。如此的認知，事實上是將「陌生化」套入理論化的框架的結果。框架使某一種詩想變成僵硬明顯的信條；框架使詩以及詩的詮釋失去「躍動感」。這些批評家以為極端的「陌生」才是創意，殊不知真正有創意的詩人，使「陌

生」在似有似無之間，使詩在平凡中顯現不平凡。和本書之前討論的〈貓對鏡〉以及用圖象拼貼的〈戰爭交響曲〉相比，以上陳黎的〈房子〉的可貴在此。

　　理論化的論述將技巧從生命的觸動中抽離，而將其視為制約化的準則。因此，越明顯的技巧越能被一些批評家背書。台灣後現代詩的信條被「規則化」，詩人寫詩、批評家詮釋詩以「對號入座」的方式寫文學史，肇因於此。海德格在《存有與時間》裡指出：「以理論化的眼光看世界，我們已經將其模糊成為純然現存的制式樣貌，雖然這種制式樣貌無疑能將客體經由特性顯現而涵蓋很多新的東西」（*Being and Time* 177）。所謂「很多新的東西」是制式化整理出來的條文，但是我們必須償付的代價是：這個世界已經模糊，已經沒有明晰的輪廓。我們對詩經常視而不見，正如我們看待這個世界，因為我們只看到理論。以理論看詩，批評家也無法感受到詩潛在的躍動感。所幸，大部分的批評家的焦點是那些技巧明顯的詩作，對於動人而外表無奇的詩作沒有感覺可能是一種福祉，否則詮釋一首詩，可能就是謀殺一首詩，因為，很多時候，理論的套用很少能真正看到人生。海德格告誡：「詮釋根本上不應該是理論的陳述，而是一種周延的關懷行動（action of circumspective concern）」（同上 200）。換句話說，假如詩作沒有顯現對人生動人的關懷，就沒有真正的技巧。海德格、現象學、培特、柯勒奇、蕭若和希克洛夫斯基異曲同調，殊途同歸。關鍵在於他們都沒有將文思或是詩想變成制式的理論，因為他們要保持世人、詩人、詩讀者心靈對人生的躍動感。

──似有似無的「技巧」──

能造成心靈躍動的詩作，絕不是套用理論而將技巧視同工具的作品。最好的技巧也不是痕跡明顯的技巧。最難能可貴的技巧是「似有似無的技巧」。以下本文將以一些詩作為例，檢視台灣現代詩裡，最無法以「理論的框架」詮釋但是卻動人而不煽情的詩。這些詩行也展現了難能可貴的「不是技巧的技巧」。

抒情語調

抒情是眾多詩人開始寫詩的樣板風格。很多女詩人終其一生都在寫「純情詩」。由於男女情愛的純情敘述能直接觸動年輕讀者的本能反應，這些詩也是「暢銷詩」的充要條件。早期席慕蓉眾多的作品可為例。[2]假如以上希克洛夫斯基強調的「陌生化」為了凸顯觀照的新鮮感，以免書寫因為慣性而流於重複，純情詩一般所訴求的卻是讀者慣性與熟悉的反應，以便於暢銷。因此，有創意的「純情詩」非常有限。從女性詩人的純情擴大視野與思維而成為抒情詩，是詩作重要的跨越。

但是九○年代以後的女詩人，不再是「純情詩」的代名詞。洪淑苓早期稍微「純情」的傾向，在近期的詩作裡展現了知性思維的密度。在〈預約的幸福〉一詩裡，詩中人對著約會的對象寫道：「你可以帶鮮花和巧克力／但請不要帶魚來／因為我並不想做晚餐」（《預約的幸福》134）。假如撇開作者風格與題旨的一些重複不論，潘郁琦這首〈橋畔 我猶在等妳〉單獨閱讀，字裡行間的情感滲出

冷肅的詩想:「當橋邊冷落/爲了守著一個風裡的諾言/將長髮盤起/用心鐫刻那一瞬的眼神如碑」(《今生的圖騰》85)。羅任玲的詩的情境大都清冷凝重,氣氛極其悠遠,如下的詩作〈九月〉,可以說是迥異於「純情詩」,而有思維密度的抒情詩:「坐在黑黑的秋天裡/想像蜘蛛結網/那些隱晦的時光字語/如雨聲滴流//形而上的一首詩/回不去的蟹足/月光從鐘擺滴落/只是輕聲走過了/桌上的一支羽毛筆//九月黑夜的安靜」(《逆光飛行》35-36)。蜘蛛結網是人的想像,也說明人的想像如蜘蛛,編織多少的故事情節。從雨聲聽到時光的字句,從鐘擺聲中感受到月光輕輕走過桌上的一支筆。是筆,因爲這是一首詩的醞釀。而蟹足的意象突兀但令人驚喜。可能是吃過的蟹足,已經無法返回生命,也可能是看到蟹足,想到自身的行徑,一生橫行而來,已經難以返復。這些都在安靜的九月的黑夜裡,思緒無聲的起落。

　　進一步說,能感動一般讀者的是純情的抒情詩,但能感動深沈的讀者的,是要能展現「陌生感」且能有心靈躍動感的詩作,不是情感的慣性反應,也不是慣性的意象疊置。綠蒂的詩大部分抒情,意象也大都訴諸讀者的慣性反應。他的《坐看風起時》大都涵蓋如下的意象:「炊煙/夕陽殘照似曾相識的小徑/繪成了十足故鄉式的黃昏」(121)。這樣的文字幾乎是樣板古典詩的散文化。類似的情景若是適度的「陌生化」處理後可能是迥然不同的景致。他在二○○三年八月十二日發表於《聯合報》副刊的〈雨的紋路〉令人訝異,讓讀者以爲出自另一個全然不同的作者,關鍵就在於意象「陌生」處理後所產生的新鮮感。詩的第一節如下:「蟬聲隨雨勢無端斜落/在亭內桌上未寫竟的稿紙/暈染了文字與詩的排列/把極簡的懷

念,以及/預留的空格/推擠爲迷宮迂迴的甬道」。

楊澤、羅智成、張錯、鄭愁予的詩作富於抒情語調,但字裡行間有時難以避免有散文式的書寫,雖然「說明」的不是理念,而是情感。楊澤七〇年代如下的文字深具美學的內涵,可惜八、九〇年代之後無以爲繼:「異鄉,我夢見:/四十個夏日在電話亭外/一葉,一葉的/凋落」(《薔薇學派的誕生》〈秋之電話亭〉71)。張錯近幾年來的作品有意讓詩「鬆」,而遊走詩與散文之間的重疊地帶。但偶爾像《細雪》裡的〈捕雁人語〉的詩行仍然讓人對他當年「翱翱」的歲月緬懷:

我們用絕望的愛燃燒成明路燈火
密封在瓦罐裏,乘夜潛入
雁群棲息的大湖,故意宣洩
一線天機,雁奴爭相驚叫呼諾
引起沙渚千百騷動
然後靜息──
一切不過是月亮與星群的爭輝吧

(《細雪》91)

這是〈捕雁人語〉的開頭。抒情語調款款流出鮮明的意象。第一行濃縮了絕望的愛與燈火。由於愛的不可能,詩中人將愛意的燃燒,化成黑夜的明燈去捕雁。把絕望的愛燃燒成燈火,是愛的另一種轉移,是一個「封在瓦罐裏」的秘密。從絕望到捕雁,是從愛到殺戮。在淡淡的抒情語調裡,隱藏驚心的動作。捕雁的動作是由動

介入靜，再由動歸於靜的過程，也是聲音與寂靜相互演繹的過程。
雁群騷動，空中亂闖，是捕雁者的契機。最後靜息，是殺戮後生命
無聲的驗收，由月亮與星群作證。以上的詩行，除了前面兩行，有
較明顯的技巧聚焦點外，詩行的運行潛在的戲劇性，以及生命交關
的嚴肅課題，在抒情語調的遮掩下，在「不以焦點為焦點」的敘述
下，展現似乎沒有技巧的技巧。

　　楊牧是極能以抒情語調展現生命力的詩人。楊牧的創作力綿綿
不絕，作品表象如抒情散文，但細看則字裡行間，不時有語意的空
隙。理論或是技巧幾乎無法在其作品上套用。試看他的《完整的寓
言》：

　　雨止，風緊，稀薄的陽光
　　向東南方傾斜，我聽到
　　輕巧的聲音在屋角穿梭
　　想像那無非是往昔錯過的用心
　　在一定的冷漠之後
　　化為季節雲煙，回歸
　　驚醒

　　（〈風鈴〉88）

　　雨停後，風起，風鈴聲大作。陽光似乎是方向的指引，那是稀
薄隱約的記憶。往昔的聲音隨著風鈴在屋角穿梭。回首過去，一切
只不過是「錯過的用心」。鈴聲是過去的提醒劑，也是當下對往昔
的驚覺。但過去與現在的兩點之間，是一些沈澱的冷漠，隨著季節

的來去以及雲煙的聚合飄散。表象,悠悠的文字是人生陰晴的投影。技巧無著,無非是人生冷漠驚覺交替的韻律。

　　楊牧的抒情語調自然地帶來人與人情感的漣漪。假如技巧被套入機械性的框架,情感也將止息跳動的脈搏。有時,抒情也伴隨了人生戲劇性的場景。他的〈懷念柏克萊〉是人對語文(希臘文)、繪畫、自然以及人事所編織的纖細景致,詩的結尾是這樣:

> 我將菸熄滅
> 終止本來一直在心中進行的
> 希臘文不定過去式動詞系列變化表
> 倚窗逼視。那是夾道兩排黃楊當中
> 最高的一棵,而橋下流水清且漣漪
> 是秋天的景象,筆路刀法隱約
> 屬於塞尚一派
> 乾燥的空氣在凹凸
> 油彩裡細細流動,接近了
> 加利弗館大門,在雨中,乾燥流動
>
> 不調和的詩裡
> 蕭索,豐腴,藏在錯落
> 我因此就記起來的一件舊事
>
> (《時光命題》11-12)

詩是以詩中人在三樓高處「憑欄吸煙,咀嚼〔希臘文〕動詞變

化」時，看到樓下有人搬運一幅油畫朝加利弗館方向移動開始。第二節詩中人發現這是一幅「秋林古道圖」，在移動中，搬運的落腮鬍子，「右手緊抓著金黃的樹梢，另外那個人左手握住/一座小橋」。搬運者所抓的是畫上的風景，但在閱讀上，讀者可能會將樹梢與小橋誤認爲現場實景。這些刻意的朦朧，事實上是技巧的一部分，也是美學的一部分。緊接著就是以上結尾的引文。第三行到第五行的「倚窗逼視。那是夾道兩排黃楊當中/最高的一棵，而橋下流水清且漣漪/是秋天的景象」，在詩行的安排上，讓讀者瞬間不明這是詩人所處的眞實景象，還是畫中的風景。和上節一樣，這也是兩者朦朧所造成的美感。進一步閱讀，由於在第二節已經提到樹以及小橋的意象，將其詮釋成畫中的圖象順理成章，而且第六行「秋天的景象」之後，有「筆路刀法隱約/屬於塞尚一派」更加強這是繪畫的印象。這些詩行的精彩處在於，雖屬繪畫，這些圖象卻促成心靈風景的顯影。由於詩行處理上，圖象與實景的朦朧暗示繪畫與人生潛在的牽連，上述的朦朧之美事實上是人生的支撐。由圖象聯想到心裡過去留下的印跡，詩最後以「蕭索，豐腴，藏在錯落/我因此就記起來的一件舊事」結束。[3]

　　本詩的技巧幾乎不著痕跡。繪畫的出現和詩中人練習動詞變化並置接續，表象兩者都是人文的活動，但前者深入詩中人的觀察者的心靈，而後者只是機械性的語法。因而，詩中人隨後中斷語法練習，轉移焦點專注繪畫的內容，是本詩敘述結構上極重要的變化。一方面，這是繪畫內容散發的吸引力，另一方面，是詩中人從基礎語法演練轉移至心靈的關注，才引發了一段「蕭索，豐腴」的往事。整首詩從場景的選擇（從高處俯瞰）到動作的進行，充滿細膩

的戲劇性。也許繪畫中的黃楊和小橋,勾引了舊事裡的某個類同的場景,而引發了記憶的尾音,油彩裡乾燥的空氣,映照現實裡及時來的雨水,造就了往事對心靈的造訪。一切錯落如過往的點滴,一切集結如一首「不調和的詩」。

現實人生

以上兩種有關技巧的理論,共同的焦點是讓我們以新鮮的眼光看待人生。理論極端化的展現經常仍是理論機械性的套用,反而遠離人生的真諦。詩裡人生,技巧似有似無時,很多批評家經常無法看到「在熟悉中展現不熟悉」的創意。因此,這些詩的美學內涵最值得詩學上的討論。以下以各種詩例個別說明。

例一、大荒的〈睡眠七歌〉

大荒是從五、六〇年代以來,能以詩質而不以形式的花俏書寫的詩人。大荒詩作以大陸家園、旅遊為主題。但真正凸顯出他的重要性的是對周遭人生的課題。這些詩的「技巧」大都非常隱約,試以他的〈睡眠之歌〉裡的第六段「夢遊」為例:

持夢的護照
肉體瞞過靈魂
悄悄從床上起身
出走

意識降到零度
精神抽成真空

無我

無心

醒著其實睡著

走著其實動著

遊乎方內

其實遊乎方外

野渡無人舟自橫

(《台北之楓》134-135)

　　夢遊是「肉體瞞過靈魂」的出走，因為拿了「持夢的護照」。護照的運用是比較「明顯」的隱喻，但仍然相當「自然」，因為這牽扯到「起身」、「出走」的動作，猶如遠遊出行；由於前面的「瞞過」，有點偷渡的味道。事實上，夢遊，本來就是肉體脫離靈魂，由床上偷渡到別的地方。

　　既然抽離靈魂，意識與精神不是「降到零度」，就是「抽成真空」。本詩最值得討論的是，由於靈魂與肉體的抽離狀態，詩牽引讀者打翻習以為常的相對法。夢遊時，「醒著其實睡著」，「走著其實動著」。前者是肉體醒著出走，但靈魂卻仍然睡著。後者是雖然肉體在走，但因為沒有靈魂或是意識的伴隨，只能說是類似物體的「動」而已。也就是在這種特殊狀況，人的思維突破習俗的拘圍。不僅睡醒的狀態是平常狀況的翻轉，夢遊的處所也是內外不分。關鍵在於，以精神層面看待，既已成「真空」，內外無別，以肉體定義之，雖然遠遊在外，心不在其中，也不自覺在外。這些都

是詩在瞬間的「禪悟」狀態。一個脫離常態的瞬間，有如一個脫離理念的意象——「野渡無人舟自橫」。最後這個援用古詩的意象也值得注意。「野渡」應合夢境裡荒野的情境。「無人」應襯上述詩行裡的「無我、無心」。「舟自橫」猶如孤獨的夢遊者。

例二：詹澈的〈等待〉

在台灣詩壇裡，《創世紀》與《笠》詩刊的詩風，經常顯現兩極。前者因為經過五、六〇年代的超現實，因而有較多的「遊戲」詩作，後者則是強調本土意識，因而也有較多強調政治理念而書寫如散文的作品。其實，兩個詩刊最好的作品都是介於兩者之間，既非遊戲，也非意識型態。事實上，《笠》詩刊以及一些本土詩寫得好的詩人，寫了不少自然而「眞摯」的作品。原因無他，他們展現了似有似無的技巧。詹澈的詩作經常在平實的文字中，碰觸到人生的血肉。試以他的一首短詩〈等待〉為例：

寒夜
我和一顆冬眠的種子
互相體會了沈默的意義
醒來
眼裏映現的晨光
又使我驚覺
路
必須接受踐踏

（《詹澈短詩選》 34）

　　詩在「冬眠」與「醒來」中來去，詩中人從「冬眠的種子」體會沈默。沈默是語言的感受，似乎是人的專利，但在這一剎那間，卻由植物的種子作最明確有力的展示。那是一種純然的謐靜狀態，有別於基本傾向言語而壓抑言說的人類。再者，沈默的種子表象安靜，其實蘊藏能量，蓄意待發。因此，第四行的醒來，表象是人的甦醒，卻也可能意味種子的發芽。這裡，再度顯現人與自然的不同。冬眠後種子若是醒來，是一棵植物的成長。而人的醒來，意味「路/必須接受踐踏」。人醒來，繼續完成人生的奔途，順理成章。邁開腳步，猶如種子發芽。但是詩人再度以自然回看人的動作，路會被「踐踏」。「踐踏」兩個字可以說是中性的詞彙，說明人在路上踩出的腳步，無關好壞，但這個字在人類的行為中，也已經染上「糟蹋摧殘」的語意。以人的觀點，邁開腳步，奔向前途；以路的觀點，則可能是人奔往前途的腳步，總是以「踐踏」他者為代價。本詩開始以種子襯托人，到了詩的後半段，種子已經消失，而在詩行的行進中延續它存在的暗影，和「路」的意象共同反襯人的行止。這些安排都是似有似無的技巧。

例三：岩上的〈窗口〉

　　《笠》詩刊的岩上、利玉芳等人的詩作，和該詩刊其他詩人強調意識型態以及說明性的詩，顯現相當的差距。《笠》詩刊中、青代的詩人，也經常有令人驚喜之作，有別於「笠」的圖騰。試以岩上的〈窗口〉為例：

　　窗口的牙齒

吊懸在冷風中顫抖

咬豆子一般

擊碎了一季白色的雪崩

春天終會來臨

窗口掀啟血絲的雙唇

渴望青山的投影

窗口愈築愈高

遠山越想越遠

只好狠狠咬住

由吹軍號的人從肺部吐出

而凝結的一片

灰雲

（《更換的年代》 54）

　　這一首詩和上述大荒的〈夢遊〉相似，有一個起頭比較「明顯」
的隱喻：「窗口的牙齒」。這樣的隱喻和五、六〇年代商禽等人所
用的刻意曲折的隱喻不同，因為它有現實「形似」的立足點：窗口
與嘴巴相似。冬天窗戶緊閉如牙齒咬合。春天窗戶開啟如帶有血色
的雙唇。冬天「咬牙切齒」冷得抖擻，發出咬碎豆子的音聲，應照
窗外雪崩的聲勢。春天的雙唇佈滿血絲，因為渴望「青山的投
影」。詩的第一節是自然與人個體的對應，活化了詩的視野。

　　第二節將詩的意象觀照，提升到人生的哲思。顯然渴望的青山

越來越遠，窗口只好越築越高。遠眺青山不可得，「只好」咬住軍人肺部吐出的軍號。「咬」是「牙齒」意象的延伸；由肺部發聲的軍號，是現實情景夾帶人世隱約的淒涼。軍號喚起聽者的感覺，暗示日子的消長，暗示晨昏的變化，暗示人世存在的總總鬱結，正如空中那一片凝結的灰雲。這是聲音和視覺意象的對應，一個從遠方傳進窗內，一個高懸窗外的天空。

例四：陳義芝的〈上邪〉

　　台灣中生代詩人，在前生代詩人的足跡上前進，雖然名字籠罩在後者的陰影裡，但就詩論詩，通常有更具說服力的詩作。以詩碰觸人生，大體上有更多技巧自然隱約而感人的作品。汪啓疆、陳義芝、陳克華、白靈等人值得注意。試以陳義芝的一首〈上邪〉為例：

　　她準備了一包乾糧兩瓶礦泉水
　　在我遠行的行囊裡哀怨地說
　　南方多地震

　　我怕劫後挖出我的身體
　　水已乾糧已腐
　　就在一塊殘瓦上刻了天地合三個字
　　留給她

（《我年輕的戀人》42-43）

這是一首幾乎完全看不到技巧的詩作。似乎只是在交代一件事

的過程——詩中人往多地震的南方遠行，「她」為他準備乾糧與礦泉水。當地震來臨，被埋地下，若能倖存，只能靠乾糧與礦泉水殘活。準備的東西已暗示可能來的災難。「她」的哀怨似乎意味這是一個宿命之旅。

第二節的詩中人也是以宿命的感知，承受「她」為他準備的行囊。未來將是悲劇，劫後「挖出我的身體」時，可能「水已乾糧已腐」，所以預先在一片殘瓦上刻下「天地合」三個字。水乾糧腐以及被挖出的屍體，是三個「她」原來情感的憑藉，但此時已經走樣，只是勾引「她」悲痛的現場物證。詩中人已經設想到這種狀況，因此事先留下一片殘瓦，安慰對方：水、乾糧與他已經「天地合」，只是轉形，而未消失。「天地合」也可以說明「他」和「她」另一種情感持續相依的狀態。本詩所描繪的感情，比一般表象的抒情詩動人，而這種動人，又不是那些販賣眼淚的煽情詩所可比擬。冷靜的情感可能是更動人的情感。而這樣的情感的底層裡，所支撐的是幾乎是看不到技巧的技巧。[4]

例五：游喚的〈移位〉

上述陳義芝的詩是地震的餘震。九二一大地震後，詩人在「搖晃」的文字裡銘記心靈的紀錄，但大都是情緒的傾瀉。游喚以七行的短詩體寫了不少有關地震的詩，感情保持適當的距離，情緒稍事冷卻後，能引起讀者的深省。這些詩作中，由於只有七行，情感的展現有時點到為止，讀者可能有更大的期盼。下面這一首雖然〈移位〉也只有七行，但在感情與思維都有濃密的迴響空間：

火跑過來住在水上

人，嚇出來坐在心影中
眼睛倒著看自己
白日逃亡向黑夜
敲鐘人睡熟了

那傢伙打開無字報紙
不停搖頭又點頭

（《游喚短詩選》36）

　　詩所展現的是一種倒錯現象。原來「水火不容」的，現在火住在水上。真實的景象可能是，水流或是湖水岸邊草木的燃燒。也許是地震所引發的森林大火，水近在咫尺，不僅無能為力，而且成為一個荒誕的後現代構圖。受到外在現實的驚嚇，人躲在意識深處，地震已經是人的「心影」。既然不敢碰觸外在，眼睛只能反看自己。這不是鏡子自我的顯影，而是閉上眼睛後，腦筋裡自我驚嚇的形象。白日「逃亡」遁入黑夜，「逃亡」因為白日不敢睜眼觀照，即使是白天，也形同黑夜。白天的存在是心靈的暗影，遁入黑暗，反而是內心的期盼。「敲鐘人」所承擔的是古語「暮鼓晨鐘」的職志，但也已經睡著了，因為這是昏黑的日子。

　　詩的結尾是極有力的意象。一方面，既然水火交融、日夜不分，眼睛只能內觀，不敢外顧，意識必然顛倒，所以報紙雖然「無字」，也看得搖頭晃腦。另一方面，「無字報紙」可能帶來地震當時報導新聞的震撼，因此只要是報紙就會引發這段夢魘的記憶，頭

也就跟著「搖晃」起來。整首詩的情境比上述的各個詩例稍微隱約，讀者的瞭解上也稍微困難，但是基本上各個詩句仍然是道地的「白話」，沒有刻意的修辭與技巧。[5]

　　值得注意的是，這首詩也可以脫離地震的意涵，成為描述人生情境「移位」後的意象思維。

例六：汪啟疆的〈在台北等一句〉

　　汪啟疆以海軍將軍的背景，寫了很多有關海洋以及航海的詩。他的詩很少運用造作的技巧，在海浪翻騰的浪花中，浮沈著波濤或是涓滴成流的生命。海水的滾動，似乎使詩人以及詩中人成為從陸地自我的放逐者。實際上，船靠岸，家人就在陸地的懷抱裡。詩裡的「她」是心之所屬，經常在陸地裡期盼「他」的歸來。〈在台北等一句〉是詩人與「她」日常關係的倒轉。這一次是「她」出遠門」，而「他」在家「等一句」話。

　　她擠進天祥的雨聲裏靜靜站立電話亭投幣
　　一個纖小身形溶化入群山的沖刷內
　　穿紅襪子的冷，被
　　朵朵梅花
　　　縫繫在抽繹白絲繭的紡織機上。

　　我默坐等待硬幣跌落
　　捏遙遠那一句生日快樂的台北落日
　　　搓出愈來愈瘦，但不肯斷的雨的聲音。
　　後記：她到花蓮，那一天我一直等這句簡單深摯的話，發自她

和整個山川，相信她是在天祥梅林的公車站打這電話的。

（《人魚海岸》199-200）

　　雨中襯托她「纖小」的輪廓，是詩中人想像的筆觸。「纖小」的軀體包容的是身形難以承載的感情。「擠進」雨聲意味雨勢之急，而她冒著急雨，只爲在電話亭裡傳遞一句話。詩中「雨聲」與「靜靜」的並置，勾勒出一個小巧身形，面對雨勢的是，篤定的心意。若是電話亭外面看進去，裡面的身形經由雨水的沖刷，疊置層層的遠山。所謂沖刷當然是電話亭玻璃門上的流動的雨水。文字的處理上，所產生的雨水穿透透明的玻璃，而直接刷洗那「纖小」的身體。視覺的營造，已經傳達出詩中人的愛憐，當然也更珍惜對方要講的話。詩動人之處，視覺的效果，大於意義。

　　但梅花的意象顯襯既是效果也是意義。梅花正如「她」，是寒多凜然而立的志節，這是意義。梅花也是雨水澆淋的情境中凸顯的形象，豐碩的意義由視覺效果襯托。

　　而「我」是「默坐」等待對方的話語──「那一句生日快樂」。詩強調「我」是坐著，當然反襯對方「擠進雨聲」、在電話亭裡站立的辛苦，因而勢必更加撩起詩中人心中對對方的憐惜。反襯的不只是兩人的姿勢，還有天候。那邊雨勢聲聲急，這邊晴朗，還可見天邊的落日。不過「落日」除了反襯雨水外，還有黃昏時分倍加思念的氛圍。遠方的花蓮雨水似乎減弱，卻拒絕停止。詩中人手持的話筒，仍然聽到那「不肯斷的雨的聲音」。雨水不肯斷，似乎也是思念的情緒不會斷。幾百公里的空間阻隔，在想像中流下雨水

中的身影，將是記憶裡儲存的影像，由詩的意象銘記。

　　汪啓疆這首詩在隱約中傳達出悠遠動人的感情。感情不流於言說，彼此細緻的默契也無須經由詩作廢言廢語。整首詩幾乎沒有一些刻意強調的技巧，但打電話的場景安排，兩人在電話兩頭的姿勢，都是深層的技巧。這些「技巧」在一些強調明顯的「前衛」作品的批評家中，幾乎可以斷言將是被「漠視」的存在。

　　總之，台灣現代詩較高層次的美學，不是那些明顯可以套用標籤與詞彙的「習作」。當一個有「技巧內涵」的詩人，以詩的言語發聲，他所關注的是隱約而自然地撩撥人的心弦，以及讓人與人之間心弦互動，而不是吶喊一個主義的來臨。當然「前衛」的實驗無可厚非，但那畢竟只是一個過程。美學經常是過程後所沈澱的書寫空間。似有似無的技巧是一種啓示：「新」不一定「好」；潛藏的「新」經常比明顯的「新」有更好的技巧。[6]

註釋

1 陳黎近期作品時常寫作原住民的題材。

2 八、九〇年代之後，席慕蓉的詩風略有改變，已經不全然是「純情詩」。但是「慣性的抒情」仍然處處可見，如：「二月過後又有六月的芬芳/在紙上我慢慢追溯設法挽留時光/季節不斷運轉宇宙對地球保持靜觀/一切都還未發生一切為什麼都已過去/山櫻的枝椏間總好像會喚起什麼記憶」（《邊緣光影》40-41）。這些文字當然也很能喚起一般讀者的「慣性反應」，但深沈的讀者可能更希望有多一些如同一本詩集〈創作者〉這樣的作品：「我們用文字將海浪固定/將記憶釘死　努力記述/許多輪廓模糊的昨日　然後/裝訂成冊/靜待那銀灰色微微閃亮的蠹蟲的來臨//可是　水與岩石從不肯如此/在永遠的流動與沖激之中/他們不斷描繪並且修正/那時光的/面容」（《邊緣光影》52-53）

3.楊牧絕不懷疑詩的「抒情」功能（《有人‧後記》）。雖然，他的詩作常含有敘事意味，但是「抒情」功能經常凌駕敘事功能；事件的發展過程絕非詩的主體，他企圖捕捉的是事件背後，顫動他心弦的內向情感所投射的抽象思維。（請參閱黃惠菁的《楊牧‧詩為人而作》）楊牧對「抒情」功能的執著，並未使其題材侷限一隅，他觀照著現實生活諸多無解的苦難和憂慮，他的「抒情」已然和群體、鄉國、時代結合成更遼闊的夢土。楊牧說，詩對藝術超越性格的執著，以及詩對現實是非的關懷，寓批判和規勸於文字的指涉與聲韻跌宕之中，這一切是不太可能隨政治局面或意識型態去改變的。

有關楊牧詩作的評論，請參閱以下資料：

石計生〈布爾喬亞詩學論楊牧〉說，楊牧在台灣現代詩歷史演進的洪流中，一直是特立獨行的。他本質的布爾喬亞詩學性格，在1973年他寫〈十四行詩十四首〉時表露無遺。吳潛誠的〈地誌書寫，城鄉想像：楊牧與陳黎〉、陳芳明的〈永恆的鄉愁──楊牧文學的花蓮情結〉、賴芳伶的〈楊牧山

水詩的深邃美〉提及，現實的指涉與心靈的鑑照，是他文學思維的兩個面向。以抒情方式演出生命哲理，虛擬實境的抽象經營，遂成他詭密的詩的符碼。張芬齡、陳黎的〈楊牧詩藝備忘錄〉對於楊牧的長詩，多所論及。如詩劇〈吳鳳〉，追索著吳鳳媲美耶穌的偉大情操。

4 陳義芝近期如《我年輕的戀人》的詩作，大幅改變了讀者對他早期詩作的「慣性反應」。早期的作品有很明顯的「中文系詩人」的圖騰。這些「中文詩」語文古典抒情，但也沿襲了古典詩的一些慣性書寫。請參閱游喚在《新世代詩人精選集》裡的評論（頁203-05）

5 游喚曾經寫了不少帶有遊戲色彩的「實驗詩」，如以易經卦義為基礎的書寫。這些詩所顯現的是，詩人的機智大於人生的感受。本文所討論的地震詩則證實人生的感受迥異於機智。這也是讀者在驚喜之外對他整體詩作更進一步的期望。

6 本章所舉的詩人與詩作當然不是台灣現代詩所有的代表。正如上述，一般說來，中生代詩人中這類的作品較豐富。以下再列舉一些詩人與詩行做為參考：尹玲的〈傳真布拉格〉：「也許不該追問／一九六八的春天是否真正已遠／老城廣場上這座最古的鐘／當年曾因他們突至／驚嚇得只剩一根分針／爾後直愣愣地憤怒等待／不知何日的／他們的解體／如何忍心相問／那一年的春天為何從布拉格／騰空翻越二十個年頭／進駐天安門廣場／揮舞僅存的兩殘翼／竟也落紅無數／／而他們啊解體的前夕／他們居然還以為／水逝的時間／可以清洗廣場上的各種聲音／和聲音唱烙的大小痕跡」（《一隻白鴿飛過》 39-40）。白靈的〈嘉峪關〉：「將軍在軍帳裡翻讀兵書／偶爾打盹，肘下枕？千里的地圖／只有月光夜夜由背後前來巡哨／一一拍醒軍士的鄉愁／萬千鄉愁都不如君王幾起／安穩的鼾聲」（《沒有一朵雲需要國界》18）。鍾玲的〈無根者之歌〉：「我要握住你／一把地在我手中／吊在空中的根—／昨夜鏗鏗（滲透千年雲海波濤）／你來刮我凝雪的玻璃窗／以一陣水晶花雨／濾過我的晨夢／飄忽的根／我要一根一根地／數數你的苦澀／我要用指尖／拂去你皺紋裡的灰塵／而你總像白雪／

微微傾身/由八方以你的鬢/掠過我而去」(《芬芳的海》 14-15)。陳亮的〈三生石〉:「風雨悠悠地捲著/破茅屋裡/妻女在黑暗的角落/兵馬踏著爛泥/瀰漫了整個平原/小兒嘻嘻地拍手亂指/門前的枯樹/風雨中戰慄/怎麼是黃昏/任江水迴流/我是一個遊子/去聽兩岸的猿猴/她跌入迷茫的煙水/我的船/夕陽下飄浮」(《地面》65-66)。路寒袖〈煤球〉一詩的第一節:「當整條街的炊煙/為晚霞而暴動時/祖母才蹣跚的/跨過風的門檻/到飢餓的最深處/煽火點燃煤球/終於我們有一鍋稀飯/拌著醬油/黏接黑夜與清晨」(《我的父親是火車司機》25-26)。其他如杜十三、侯吉諒、向陽、陳克華等也都有一些值得細細品嚐而不是硬套理論的詩作。

但我們也不要忽視一些一般詩作「技巧」比較明顯的詩人,也有「技巧」似有似無的展現,如洛夫的〈井邊物語〉:「被一根長繩輕輕吊起的寒意/深不盈尺/而跨下咚咚之聲/似乎響自隔世的心跳/那位飲馬的漢子剛剛過去/繩子突然斷了/水桶砸了,月光碎了/井的曖昧身世/繡花鞋說了一半/青苔說了一半」(《月光房子》)。在這首詩裡,從繩子斷、水桶砸、月光戲劇性地帶出「井的曖昧身世」。繡花鞋似乎暗示古遠來的女子投井,但這只是故事的一半,另一半是見證時間的青苔。藉由井的意象,我們看到現代和古代兩種重疊的經驗和文本。這些詩行都是你我對人生的普遍感受,但意象和自然的文字讓我們正色凜然。詩的創意和新鮮感,不必依賴表象形式上的花俏和遊戲。除了以上的詩人與詩作,也許很多詩人一生中都有一、兩首類似最值得記憶的作品。至於簡政珍的詩作,一向被批評家稱為「極具生命感」,請參考有關的論述。

12 長詩的發展

——詩句與詩——

　　一般說來，詩火花的觸發，很可能是一個意象介入意識，一個意象的火花，燃燒起敘述的田野。詩句是詩眼捕捉的光影與微塵。靈光乍現的剎那，也是心神凝注的瞬間，那是詩的瞬間。鍾順文的〈山〉是「憨直的傻小子/幾度還俗/幾度落髮」（《鍾順文短詩選》40），以詩心印顯山上植物的消長、季節的輪迴。文字帶來諧趣，機巧讓空氣充滿笑意。張默的〈墳墓〉是「今晚如此清寂/原來，他的另一半/還未駕到」（《落葉滿階》90），讀者感受到機智的笑意後，有點苦澀。安靜是因爲少了一半，而最後那一半也絕對要來報到。林建隆的俳句：「後視鏡的松樹梢/第一顆星星/上班了」（《生活俳句》〈下班〉1）；「金針花開了/廚房裡傳來/妻子的香味」（《生活俳句》〈下班〉2），這些是詩眼所攝取的瞬間。

　　但是正如張默和林建隆在詩作與詩集裡所定的標題「俳句」，這樣的短句是自我而足的瞬間，也是唯一獨立的瞬間，並沒有延續敘述的渴望，也沒有涓滴成河的流動慾求，更沒有斐然成章的遠景。其他蕭蕭、張健等人以短詩爲主的書寫，他們大部分所完成的「詩」，在他人的詩敘述裡，只是一個起頭的詩句。正如王鼎鈞羅列

了十個短句，總標題為「詩料」——只是一般詩的材料。而這樣的「詩句」或是「詩料」在寫「一般長度」的詩人，偶爾也有佳句，瞬間以意象的姿容在意識裡閃現，如鍾順文〈燈下蟻問〉的前三行：「一隻黑蟻，停在我翻開的書上/冒充驚嘆號，要我驚嘆/牠的存在，絕非偶然」（《鍾順文短詩選》30）；陳義芝的〈崖上〉：「長髮吃風一撩撥/化作她胸前的一條蛇」（《不能遺忘的遠方》107）。前者讓我們驚覺螞蟻也有「存在」，是一個「驚嘆號」；後者以女子的長髮化為胸前的長蛇，除了因為風的吹動，而造成長髮與蛇外型相似的趣味外，又呼應傳統女人的心性被比喻為蛇的影射。短詩輕巧的趣味，在現代時空有其誘人的身姿，但是跨越純然的機智，進一步要深入人生的哲思時，詩人要有宏遠的視野。由於展望如此的視野，長詩的寫作也經常對嚴肅詩人發出難以抗拒的誘惑，詩的敘述能力也變成現代詩重要的美學。

——所謂長詩——

「所謂長詩」美學，並不是將一首短詩拉長，如濃湯摻水稀釋。長詩展現要如短詩的濃密，而又能將這些濃密的詩質展延成綿綿的敘述，在美學上才有意義。因此，長詩最基本的考驗，是文字的敘述是否已經變成散文？長詩是否已經變成以故事為主的敘事詩？葉維廉曾經對西洋的敘事詩以及現代詩有所區隔的討論。他說：西洋古代的敘事詩如《奧迪賽》、《伊里亞德》等是先有故事，才有詩；而強調抒情韻味的現代詩，則是先有詩才有故事。[1]放在台灣現代詩的時空裡，有趣的是，長詩是否偏向故事的「敘事

詩」，也變成進入長詩美學的關卡。長詩越趨於敘事或是說故事，詩質經常越趨於稀薄，也越偏離詩美學的走向。

　　長詩的存在對於詩人是一體的兩面。一方面長詩的寫作會使詩進展的節奏趨緩，另一方面，在趨緩的節奏中，沈穩地道出雄渾悲喜的人生。一方面，有些詩人在長詩裡語言經常為了敘事，而流於鬆散，而趨近散文；另一方面，使詩長大而不流於散文變成詩人對自我的挑戰。近代詩人兼詩論家瑞德（Herbert Read）說：「主要詩人與次要詩人的區別，在於是否能夠成功創作一首長詩，很難想像一個被稱為主要詩人的創作者，畢生的詩作悉數是短詩」（Read 56）。[2]

　　在台灣現代的敘事詩裡，純然以故事性或是「敘事」性為主的長詩，大部分流於說明性，以及散文化。這些詩在八〇年代之前，是重要文學獎的指標，但若是將這些作品放在該詩人所有詩作的整體成就裡檢驗，是詩美學最脆弱的一環。白靈的〈黑洞〉、〈大黃河〉，陳黎的〈后羿之歌〉、〈最後的王木七〉，渡也《最後的長城》裡所有的長詩等，都是敘事的重點大於回味的想像，詩質非常薄弱。有些敘事詩雖然重點是敘事，但夾雜了相當的抒情，有適度的詩美學的展現，如羅智成的〈問聃〉、〈離騷〉，陳黎的〈白鹿四疊〉等，但這些詩在敘述過場時，仍然有相當比例的情節交代以及說明性。楊牧有一首〈林沖夜奔〉是以風聲、雪聲、山神聲、以及林沖本人內心的聲音等，穿插交雜成「聲音的戲劇」，結合了抒情與戲劇的趣味，詩質跨越了典型敘事詩侷限。林燿德的詩作以長詩寫作為主，但是詩行雖然是意象敘述，文字卻大都是散文式的行進。他有些長詩具有「詩小說」的趣味，情節是重點，而非詩語意的迴

盞。這也是他跨文類創作的具體結果。

　　正如上述，以詩美學的課題來說，真正值得探討的長詩必須具有短詩濃密的詩質，有別於敘事詩的傳承。五、六〇年代葉維廉的〈愁渡〉，大荒的〈存愁〉、〈兒子的呼喚〉、〈幻影·佳節的明日〉，蓉子的〈維納麗莎組曲〉，洛夫的〈石室之死亡〉，羅門的〈死亡之塔〉、〈第九日的底流〉，巴雷（吳望堯）的〈都市組曲〉、〈力的組曲〉，余光中六〇年代末的〈敲打樂〉，以及瘂弦不算長的「長詩」〈深淵〉等；七〇年代余光中的〈天狼星〉，楊牧的〈山洪〉、〈北斗行〉、〈十二星象練習曲〉，葉維廉的〈松鳥的傳說〉，陳千武的〈影子的形象〉，巴雷的〈未來組曲〉，陳家帶的〈不知名的航行〉；八〇年代之後，楊牧的〈出發〉、〈子午協奏曲〉，陳克華的〈星球紀事〉、〈建築〉、〈室內設計〉、〈列女傳〉，鍾玲的〈美人圖〉，馮青的〈雪原奔火〉、〈女角〉，[3]洛夫的〈非政治性的圖騰〉、〈天使的涅盤〉，張錯的〈六月〉，簡政珍的〈歷史的騷味〉、〈浮生紀事〉、〈失樂園〉，林燿德的〈馬拉美〉、〈韓鮑〉，陳義芝的〈出川前紀〉、〈川行即事〉，須文蔚的〈證言〉，張默的〈時間，我繾綣你〉等；到二十一世紀，楊牧有〈失落的指環〉，大荒有組詩〈九聲〉，[4]汪啓疆有〈天命〉，簡政珍有〈流水的歷史是雲的責任〉、〈放逐與口水的年代——詩小說〉，洛夫有約三千行的長詩〈漂木〉。[5]以上所舉的詩例，大都是長詩的敘述裡，仍然具有短詩的稠密度，甚至隨便翻閱長詩某些片段時，讀者有閱讀短詩的錯覺。從五、六〇年代至今，長詩的風格與語言也大致應合了該時代短詩的特色。長詩從五、六〇年代複雜曲折的隱喻到七〇年代的漸趨明朗。八〇年代之後，長詩在意象語言稠密的前景下，能觀照

當下的現實。事實上，八〇年代之後，長詩是「現實詩美學」的聚焦點。

<h1 style="text-align:center">──長詩的美學──</h1>

組詩

　　以上洛夫〈石室之死亡〉，余光中的〈天狼星〉，鍾玲的〈美人圖〉，陳克華的〈建築〉、〈室內設計〉、〈列女傳〉，蓉子的〈維納麗莎組曲〉，以及巴雷的幾首組曲，是以「組曲」的形式構成。有趣的是，蓉子的〈維納麗莎組曲〉標名為組曲，內容卻接續連貫；其他詩雖然沒有表明組曲，卻是由多首獨立的短詩組合而成。組詩最大的長處是，詩人在寫作時，每一單元大都以短詩的幅度書寫，因而較能控制語言的張力，以及意象的有機性。組詩最大的問題，是如何將各組成份子，在長詩的大結構下，自我宣示個別存在的必然性？

　　洛夫的〈石室之死亡〉共含六十四首短詩。這六十四首詩個別甚具獨立性，彼此的關係，不是很明顯。詩的安排順序，不論是小幅度的對調，或是前後的大調整，似乎都沒有絕對的「可」或是「不可」。以大結構來說，各個短詩圍繞著一個封閉空間有關死亡的思維與聯想，但是聯想並沒有結構上必然的邏輯與順序。從第一首的第一行「祇偶然昂首向鄰居的甬道，我便愣住」開始，到第六十四首的最後三行：「正如我們與你們/並非僅僅為了吃掉那些果/化成那些泥」，詩的敘述並不是在於化解存在的探問，而是這些探問

一再以片段零散的樣貌閃現於意識。各個短詩的「獨立」也呼應了這種零散的思維脈絡。

假如讀者嘗試在〈石室之死亡〉追尋在詩行裡穿梭的「死亡」命題，在詩行中探索人在墳塚、子宮的死生來去，試圖找出其意象的接續性與展延性，他會發現這首詩的意象經常是偶發性的並置，是吉光片羽的閃現，而非必然性的安排。〈石室之死亡〉的組詩形式，可能是對讀者的一種邀約，讓讀者將其結構合理化。由於每一個單元的阿拉伯數字產生「順序感」的假象，因而誘引讀者作接續的結構試探。但讀者終究會發現，數字的先後是接續的假象，每個單元仍然湧動著顛倒順序的可能性。數字所標示的，是詩中人瞬間心路歷程的起伏折衝，而非前因後果。事實上，〈石室之死亡〉的題旨本身就非單一，敘述也非線性，而是多重的思維觀照，成輻射狀的呈現。洛夫自己就說：

> 如果我們碰到一首幅度大、涵蓋廣的長詩，我們就更難判定其中究竟含有多少次元的思想，而這些思想也難免有相矛盾之處，艾略特的長詩「荒原」就是如此。我國現代詩中，長詩如瘂弦的「深淵」、余光中的「天狼星」，和我的「石室之死亡」，思想都不單純，主題難定於一。我們總不能說某詩「表現了一個時代精神」，這類空洞的話來說是這首詩的主題，故一首長的現代詩中含有多個主題，是不足為奇的。

（《孤寂中的迴響》149）

由於是「多個主題」的非線性敘述，編碼的順序並不意味詩的

進展就是順時性的敘述。

　　陳克華的〈建築〉、〈室內設計〉、〈列女傳〉三首詩的組成份子，不是數字，而是個別的小標題，因而更能說明各個「短詩」的獨立性。但是同樣是由「有標題」的短詩所組成的「長詩」，各個成員的選擇，仍然造成長詩結構是否「比較」嚴謹的關鍵。〈室內設計〉裡，除了開始的「楔子：室內」以及「後記：室外」之外，內含「樓梯間」、「床」、「馬桶」、「煙灰缸」、「傘」等十九首「短詩」。減少其中任何一、兩項，或是再增加一、兩項，對整首詩似乎影響不大。其次，這些物象前後的關係，也沒有絕對的必然性。假如作者在物象的安排上，能隱藏其中空間或是時間上的脈絡，表面各首獨立，其實暗藏內在的結構牽連；假如「書桌」與「字紙簍」能和前面的「椅子」、「電話」、「鑰匙」、「原子筆」接續，而勾勒出一個概略書房的景象，敘述結構上可能增加一些必然性。

　　不過，乍看陳克華的這些物象的安排，似乎是隨意為之，細看之，有些地方則文字導引物象與物象的銜接與呼應。「書桌」的最後一行是：「呵，一個神經質的，自滿復自戀的王哪」。「自戀」這兩個字引導出下一首以「鏡」的物象作為意象。在詩的觀照下，人之照鏡子潛藏一種自戀。而「鏡」的開頭是「一個出口。我對鏡摸索/尋找機關」。由於是「開口」，緊接著下一個「短詩」是「後記：室外」。開口隱含從室內到室外。假如其他物象的安排，也都能像這三首照顧到文字前後的回音，雖然物象似乎「隨意」散置，但文字牽連仍然能使彼此的接續成為一種「必然」，而更像一首完整的長詩。

　　純粹以個別短詩的物象或是意象的安排作考慮，陳克華的〈列女傳〉比〈室內設計〉有較大的說服力。由於第一首：「楔子：台北的女人」所勾勒的台北市，是比較低下階層以及沈淪的面向，接下去的四種女人：「一位送報的女子」、「落翅仔」、「情婦」、「學生女童工的故事」可以視為這個面向的具體化。四首的排列，最前與最後是一般的勞動階級，中間夾雜了「情婦」與「落翅仔」。以「女童工」結束，翻轉了年輕就是希望的樣板，年輕已經墜入凄楚生活的必然模式。詩末女孩的懷胎，不是「新生」，而是預期一個悲劇性的循環。

　　鍾玲的〈美人圖〉以「蘇小小」起頭，以「織女」結束，從人世到遠離人間，似乎有結構性的進展，其中穿插的「李清照」、「西施」、「唐琬」、「綠珠」等並沒有必然性的順序，仍然像十首短詩。而非一首「有機的」長詩。其他如余光中的〈天狼星〉、巴雷的幾首組曲也是如此。蓉子的〈維納麗莎組曲〉正如上述，標題的「組曲」卻是蘊涵綿密的思維邏輯，節與節之間有相當的必然性，如「肖像」之後是「時間」，「時間」之後是「重量」，「重量」之後是「災難」。每一節有一標題，讓粗心的讀者誤以為是獨立的短詩，但這些標題只是點名該節的重點，仍然是統籌在整首詩的結構之下，而非獨立。蓉子在這一首長詩裡，寫出了她所有詩創作作品中最好的詩行，如「邀」一節裡的開頭：「*接受某一種邀約/便是把自己套上一種繩索/開出某一白晝或夜晚的支票/於是那時刻便從妳分出/不再屬於妳自己*」（42）。[6]

章節的規劃：形式與內容的搭配

有時章節以數字規劃，長詩可以作為時間性與空間性的有機安排。羅門〈第九日的底流〉分為九段。詩中人設想貝多芬死後的九日，自我的心靈狀態。九段當然是應和貝多芬的九首交響曲。但是每一段並不就是與其相呼應的交響曲的詮釋。事實上，詩是文字性的藝術，音符被詮釋成文字本來就是一種再書寫，而非還原。音符不能以文字具體化，因而反而成為詩詮釋的自由空間。〈第九日的底流〉雖然是從音符中流出來的自由冥想，偶爾視覺的意象性會回溯音樂的「底流」，如第五段裡如下的意象：「人是被釘在時間之書裡的死蝴蝶」呼應了第五交響曲被後世所加的標題：「命運」。而第六段的第一行「如此盯望 鏡前的死亡貌似默想的田園」，和貝多芬的第六首交響曲「田園」牽連。但這是偶發的牽連，這一段的內容並不是持續的自然或是田園，建築、風季、廢墟、天國的意象交織。再其次，每一個段落的數字和交響曲的內容的「量感」也無關。貝多芬的交響曲第九號最龐大，但是詩的第九段和前面各段幾乎等量齊觀。第九首交響曲「合唱」在第九段裡的回音，只是「一城喧鬧」四字，沒有其他聲音的合唱交響。整體說來，羅門〈第九日的底流〉從第一段到第九段並不是線性的發展，而是環繞著貝多芬之死的思維的九個環圈，如唱片的溝紋。

楊牧的〈十二星象練習曲〉則不同，這首詩在時間性上搭配子丑寅卯等十二天干的時辰，在空間性上，應和金牛座雙子座等星座的轉換，其線性進展的「結構性」比較明顯，而詩行敘述中戰爭與性愛交疊，死亡與愛糾葛纏繞。「眼前的」戰場與思憶裡「遠方的」

愛人拉長空間無法跨越的悲劇感，「當下的」生存危機與「當時的」肉體纏綿拉開時間無法返復的無奈。有時時空的對比也暴露了小小的反諷語調：「啊露意莎，波斯地氈對你說了甚麼／泥濘對我說了甚麼」。但這種反諷是偶發性的「知性」，整首詩大都仍然在「抒情」語調裡流轉。和羅門〈第九日的底流〉比較，羅門詩中的敘述並沒有明顯的動作進展，而楊牧的〈十二星象練習曲〉每一段與另一段的接續，動作/情節持續在變化中，因此每一段都有其存在的必要性，不能貿然割捨，和羅門數字的編序，迥然有別。楊牧這首詩的段落區隔，可能造成「組詩」的假象，實際上是一首分段首尾接續的長詩

　　陳義芝的〈出川前紀〉以及張錯的〈六月〉和楊牧的〈十二星象練習曲〉相似，是接續的長詩。林燿德的〈韓鮑〉，從0段開始，到55段結束，數字幾乎趨近洛夫的〈石室之死亡〉，但這是一首有前後有發展、首尾相續的長詩。

「詩系」（poetic sequence）

　　以上兩節，組詩以及有數字規劃的詩篇系列，正是歐美近代興起的寫作方式，也就是所謂的「詩系」。但定義鬆散的「組詩」和「詩系」需要進一步釐清。「詩系」結合了短詩的抒情性以及單篇長詩綿長的敘述性。「詩系」裡的每一首詩篇都是獨立的短詩，另一方面，每首短詩是整個「詩系」的環節，整體與個體是一個有機體。以上洛夫〈石室之死亡〉以及陳克華的〈室內設計〉每首有獨立性，但彼此不甚有關連。但陳克華的〈列女傳〉就有「詩系」的韻味，因為每個詩篇對不同女子的描述，正如上述，有安排上的必

要性，也有呼應整首「台北的女人」的題旨。楊牧以上論述的〈十二星象練習曲〉，每一段都是下一段的接續關鍵，但每一段並不能完全獨立。但楊牧其他的一些長詩有「詩系」的傾向，如他的〈北斗行〉、〈出發〉、〈巫山高六首〉、〈妙玉坐禪〉就同時擁有獨立與牽連的雙重功能。陳義芝的〈出川前記〉也是一首「詩系」。從第一篇回四川的〈家門〉開始，到最後十篇的〈迴旋〉最後的詩行：「船，輕輕一擺首/全都過去了……」（《不能遺忘的遠方》191），由獨立的各篇統籌接續成為一首長詩。當整體以及各篇的獨立性兩種功能圓柔接濟時，長詩就正如吳潛誠在〈衡論詩的長短以及詩系〉裡所說的：

　　一組詩系的所有詩篇形成一個有機結構，獨立的各首詩之間便會產生動力的交織，其整體效果以不只是全部詩篇累加的總和，而可能是部分相加的「和」再加上部分相乘的「積」。毫無疑問，詩系比單篇的長詩、短詩都更具包涵性，更能兼容並蓄詩人各種不同的、變換不定的情緒、感悟和思想概念，甚至可以包納敘事和戲劇手法。

（吳潛誠 242）

歷史、真實的再書寫

　　長詩要首尾接續，最方便的是對既有的事件或是歷史的再書寫。換句話說，既有的歷史故事或是現實事件是串接敘述的主軸。但是正如上述，台灣現代詩裡的敘事詩甚多是散文的偽裝，不是本文「長詩美學」的課題。試以能將敘事與抒情結合而能保持的詩質

的詩為例。羅智成的〈離騷〉詩中人是屈原。整首詩有相當的抒情性。詩的進行沿著歷史時間性的脈絡，從「那時中國還未成形」，到了「我的出生」，到最後投江：「將在流動的河水裡/鑲下我的話語」。敘述從容抒發，夾雜必然的象徵貞潔或是奸佞的花草意象。讀者未閱讀整首詩前的想像與閱讀後沒有太大的落差。羅智成的〈離騷〉是四平八穩的書寫。

　　但是詩的讀者可能有進一步的要求。雖然詩不是論文，讀者不能預期所謂詩人的新觀點切入，但詩在展現既有事實時，事實上是詩人和事件的互動。敘述語調、戲劇性的安排都會讓既有的史實展現新的面貌。以敘述語調來說，由於用「我」敘述，所以對時代的失望或是感傷，容易流於煽情與散文化的明言。詩的後半段不時有散文化的句子介入，如：「我是最不勇於割捨的/轉圜之心，與一次又一次/死灰復燃的希冀/我放棄了別種可能的學習」；「我終得又以孩提的眼睛/初識了我熟識──/熱愛──/熱愛得疲憊已極的/國土/啊國土/我不禁老淚縱橫了」。假如換一個敘述觀點，以「他」或是全能敘述來描述時，以中性的意象來襯托而不明言，或是以當前的「我」與屈原對話，上述的說明性都可以巧妙避免。

　　陳大為的〈屈程式〉是一首「小長詩」，以屈原為焦點，但不是史實的還原，而是寫詩人新的觀點切入，時而藉此變成對當下現實的譏諷，時而對歷史無奈的感懷。敘述人稱與語調巧妙地變化，使詩行免於「敘事」的過場或是主角屈原心事的自我剖析，而流於交代說明的散文化。詩以如下的詩行開始：「端上一串促進午睡的大作/有龍舟自詩人咽喉夾泥沙滑落/我被大會的高潮深度催眠/隱約回到屈原註冊的江邊」（《再鴻門》37）

陳黎的〈白鹿四疊〉是敘述原住民邵族移居日月潭的一段過往，其中穿插了邵族的神話。以追捕白鹿，而進入日月潭的懷抱，白鹿在潭中消失。這首長詩的敘述是還原，也是增補，這是史實重新書寫的意義。在再書寫中，陳黎巧妙地賦予邵族的「人文」定義：「我們稱自己為邵：人的意思/我們是人，一個符號，一個/姿勢，一個在辭典裡被簡化成遺忘與曖昧同義字的考古學/名詞，一個被誤讀誤寫的專有/名詞。我們是名詞，也是動詞/隨一隻白鹿自辭典中躍出」。書寫在轉述所謂的史實時，重新還原史實的真貌。真正最需要還原的是：「我們是人」，一句簡單的詞語，似乎在空間中引發重重疊疊的回音：邵族一直被「簡化成遺忘」，漢人漠視他們「人」的姿容，忽視他們應有的價值及應該受到的尊重。

陳黎以「我們」敘述〈白鹿四疊〉，讓詩人、詩中人，以及讀者都和敘述的主題「邵族」認同。這樣的敘述語調不是小我可能墜入的情緒陷阱，也不像全能敘述可能產生的距離感。「我們」的語音也有助於詩行的從容敘事。部分詩行雖然趨於散文化，本詩仍然在重新書寫歷史時賦予新的觀點與意義。

意象敘述：意象的稠密度

嚴格來說，詩本身就是意象敘述，但長詩更進一步檢驗詩人意象敘述的能力。所謂意象敘述，是用意象的視覺性來推展敘述，而非抽象性的說理。由於長詩敘述的量度，意象穿插其間，或是意象導引敘述的進行，很容易墜入稀鬆和說理。陳千武的〈影子的形象〉(《陳千武作品選集》40-48) 有一些精彩有力的意象，如「影子是萍藻 想掩蓋海/卻漂在海面」(40)，整首詩大體上是以意象來進

行，但是不少篇幅仍然備受抽象論述的侵襲，頗為可惜，如：「由於傻笑、貪吃而肥腸了的身世/皺起眉頭/喋喋不休地說一句金諺絕句/就捏一次鼻汁/一丘之貉的你和我/甚麼是道義/甚麼是廉恥/甚麼是仁慈/甚麼是守法/一丘之貉的你和我」（45-46）。即使如此，這首詩仍然是陳千武較有稠密度的詩作。長詩寫作的能力，事實上，來自於長詩的意象敘述能力。

洛夫在《天使的涅盤》這本詩集裡的兩首長詩：〈非政治性的圖騰〉和〈天使的涅盤〉表面上看來和眾多以「故事情節」為主的長詩相似，但稍事翻閱，就發現意象的濃疏有別。這就是雖然有「情節的骨架」，以「故事敘事」以及以「意象敘述」的差別。當敘述與意象在詩行中流轉，兩者也產生相似與相對比的辯證關係。

〈非政治性的圖騰〉這首詩有一個「散文」的序說明了整首詩行進的走向。既然詩人的題旨已在序裡言明，整首詩從主線引發出來詩想軌跡，也似乎難以跳出可能的框架。表面上，若是敘述是順時性的書寫，「情節的骨架」更會加深這種必然的、常理化的邏輯，但意象的稠密度使所謂的常理敘述佈滿了奇異的風景。

本詩主要的「情節」是詩中人參觀中山先生故居，由中山先生錄音帶裡的聲音，聯想到近代中國充滿災難的歷史。詩的敘述帶出故事性的情節，但詩行間的意象卻使文本的「意圖」雜沓繽紛。這是意象敘述所「經營」出來的效果。背景的陳述，因為敘述者意識的介入，使意象跨越純然中性的「事件報導」。洛夫這首長詩處處呈現意象的稠密度。開始時有關現實的無奈：「橫跨兩岸的腳除了試探水溫/還能作些甚麼？」；「明天的太陽和老人斑照樣爬上額頭」。將近結束時，有關歷史滄桑，回顧惘然：「雨水洗淨夏日的

慾念，沖去了/讀史人零亂的腳步」。

這首長詩的意象提供敘述的縱深。意象是瞬間凝結中所重疊的時空，因此順時性在某一凝結的瞬間已經變成並時性。由於基本上敘述的順時性必須照顧情節隨機而起的意象，這首詩的意象不是前後相互照顧，首尾呼應。但是隨處可見如短詩的稠密意象，在在宣示與自我提醒：長詩因此不是「說故事」。本詩結尾的意象也是如此：「撐一把破傘/我衝出了冷濕的歷史/仰首向天/迷茫中隱約看到/雲端一條閹割了的來龍/卻不見雨中獨行者的去脈」。歷史冷濕，破傘如何防雨驅寒？歷史的傳承如迷茫中的一條龍，我們都是「龍的傳人」，但是當下獨行，我們將何去何從？意象所呈顯的是沒有答案的問號。

〈天使的涅盤〉也是以稠密的意象作為敘述的主體。敘述由天安門廣場上絕食者的意識推演。如在「節食者的夢」一段裡：「他夢見一群鴿子繞著寺院的塔尖飛咕咕數聲/便紛紛跌落在一排雪亮的餐盤上」；在「我杵立廣場如一根燒紅的鐵柱」一段裡：「明天許是未知/但終將有一隻手捻熄幕後的燈/草草結束我這皮影戲的一生」、在「死於聽不見的槍聲中」一段裡：「他們把滾燙的心臟/揉成一團/交給一面在烈火中哭泣的旗」，都是以豐富稠密的意象細節，層層疊疊出現，牽引出繁雜的現實與心境，而成就長詩的敘述。

意象敘述：意象的環鍊

有時，長詩的敘述，是以意象的環鍊，彼此呼應，彼此映照而推展。楊牧是很「認真」寫詩的詩人，他的長詩除了顯著的抒情

外，敘述成分經常有巧妙的佈局。雖然不是寫小說，但詩的意象敘述確有類似情節安排的巧思。由於情節或是敘事的痕跡，似有似無，這和下面所要論述的「詩小說」不同。以楊牧的〈子午協奏曲〉為例，這一首詩可以視為詩中人的我，對兩個時空的妳的懷想與敘情。所謂協奏曲，是「子」與「午」地球兩個地點的兩個不同時辰的並時演出的音聲。進一步說，協奏有兩個意涵。一是詩中人與「你」協奏的曲調。一是眼前的景象與地球另一面協奏的和聲。這種對應的「協奏」狀態有時在同一詩節裡就已經很耀眼。如第一段的第一節的第一行是「方才過了子夜」，第三行卻是「炎熱的午後」；第二節的第一行「陽光如猛虎的顏色……」，第二行「月影幽微，落在短牆上」；第三段第一節開始「天微微明，呼晨的鳥聲悠悠如髮」，而第二節的開頭「此刻在遠方，黑夜/方才降落」等等都是「子」與「午」兩個時辰的空間對照。

　　詩中的「你」在敘述裡似乎也是在「子」與「午」的地域裡穿梭。這可以解釋成一個是當前的「你」，另一個是想像或是回憶的「你」。由於敘述本身不是說故事，時空的自由聯想與飄移，並沒有勾勒事件明顯的輪廓，但這樣反而造成詩濃密的抒情韻致。最值得注意的是：不論是「子」或是「午」的你，詩中人思緒與聯想總和水的意象有關。水的型態以及有關水意象的各種樣貌，是牽連敘述的環鍊。第一段的你是小母親「從多汗的涼席上小夢/醒來」，第二段的第一節詩中的我「在隔簷的風聲裡等候，聽見/淋浴的水龍撲打你健康的肩胛」，第三節「我側身躺臥等候，……聽水聲喧嘩如閃爍的龍鱗/溫存地沖洗的肩胛和四肢」，第五節「水珠從額頭和雙頰滴落/我仰臉想見你」，第三段「你的耳根濕透如水仙」，「眼是

12

長詩的發展

亢奮不息的深潭」，「眼是洶湧飛濺的古潭」，你的唇「溫暖而潮濕」，第四節「湧動的光影，澎湃如你的胸乳」，妳的哭泣「如激動的魚/迷失漩渦中」，第五段，你「在露水耳語的草地上」，第六段「你對著展現的鏡子梳頭/汗水從胸口滑落」，第七段「豐富的水源在大地上流，說它是汗/其實是洶湧璀璨的血脈」，第八段「我看到你涉水的雙足慢慢乾了」，你「鬢髮汗濕/如深夜的小苜蓿」，最後一段回到第一段的場景：你「從多汗的涼席上小夢/醒來」。

在詩裡，「你」是水襯托，是和水貼近合一的姿容。這是詩中人意識裡湧現或是沈澱的意象，由這個意象牽引敘述。意象的環鍊間夾了意象的幽深，和敘述結構的說服力。一方面，「你」和水的襯顯，結合了「你」在意識裡的誘人的姿容，也隱約地對於水的流動性的無法完全掌控，臉龐上閃現的水珠在光線下，是難忘的瞬間，但水本身就是時間的化身，「子」「午」的課題正是在冥想與聯想裡的時間命題。詩的開頭與結尾都是回到「你」「清瘦的小母親」、「羞澀的情人」的形象，也暗示這已經是時間過後的事。

簡政珍的〈浮生紀事〉書寫當下以及想像時空的現實，也是以水的意象作為焦點。各種水的變貌：口水、河水、洪水、淹水、濤聲彼此呼應成意象的環鍊，鋪成敘述的結構。[7]

須文蔚的〈證言〉是以左傳襄公二十五年，崔杼弒君，而太史公兄弟前仆後繼銘記史實而被殺的事件作為書寫內容，當時的書寫是刻簡為文，竹子以及竹簡是串接全詩各節的意象。詩中以竹子暗示太史公的高節，以竹簡作為真確的史實書寫，竹子的成長是希望的化身，而太史公在書寫中，即使成仁，也和竹簡合為一體：「*去青的竹簡是孩提的夢土/繁複的文牘是年少的屐痕/⋯⋯上蒼在南山*

播植綠竹/深切的期許於林間昇起」（《旅次》153）；兩位太史兄長被殺，弟弟「伸手擁抱他們冰涼身軀/恍如擁抱拾檢不盡的竹簡」（156）。當意象已經成為貫穿詩作的隱喻，它也自然變成敘述的環鍊。

文本的互植

長詩一方面挑戰詩人的意象敘述能力，一方面由於篇幅的長大，勢必引發詩人在敘述的主線上，將文本延伸變化，而造就多重的文本。所謂多重文本，在有機結構的敘述裡，最有力的呈現方式是文本的互植（intertextuality）。文本互植展延敘述，文本互植也重疊了不同的時空與現實。

洛夫的〈非政治性的圖騰〉，詩中人意識的流動牽引各種文本。詩的情境是孫中山故居，但詩中人的意識進入歷史作時光之旅。從「追趕一頂大風吹走的帽子/我倉倉皇皇地/闖進了/一部未設訪的歷史」，到「八國聯軍統帥的鬍子裡點著一根雪茄」到「撐一把破傘/我衝出了冷濕的歷史」，意識從固定原點跨越空間與時間。意識將敘述編織成層層疊疊的歷史。文本的互植帶來時間的流程，也帶來空間的流變。長詩文字的鋪成，表象是遵照點點滴滴的時間之流，但每一個水滴都可能讓詩中人聽到歷史叮叮咚咚的迴響。

陳克華的〈星球紀事〉是一首結合愛情和人類起源「科幻詩」。詩中有人類典型愛情故事的影子，但詩的敘述並非說故事。除了第一章第一節文字有較明顯的現實投影外，事件的輪廓非常模糊。這首詩有點嘗試著筆人類的起源，是一首史詩的構圖。當然〈星球紀事〉是一首「史詩」，它所顯現的特性，不是古代長詩故事

的敘述,而是現代「短詩」的抒情特質。假如八〇年代以來的長詩值得論述,首先就是詩的抒情性超越故事性。

這首詩大略的情境是:兩個詩中人在外太空流浪,無法回到地球的情景。透過詩中人「抒情」的視野而有這樣的文字:「別仍追問那顆逐漸遙遠黯淡/無由我們降生成長並隨即遺棄的地球/看到沒?就在那兒。很美不是嗎?」。詩中人在這樣的情境下,敘述文本在緬懷地球現實與「超越現實」的外太空裡穿梭。由於是在外太空裡漫遊,對於詩中人來說,所謂「現實」與「超越的現實」正好是常理的翻轉。地球已經遙遠不可及,詩中人已經陷入命定「回不去」的意識。地球已經是變成「超越現實」的可能性。

由於回不去,詩中有關地球的情境以及「地球人」的語言與思維方式更顯得淒絕。類似這樣的詩行:「我正回到距離十個世紀/十個光年的地球上空/順著最後一次東北季風朝溫暖飛行」,正說明詩中人意識裡不時起伏的懷鄉思緒。語言是思想的化身,是詩中人糾結意識的出口。這首詩表面事件的「科幻」因而注入地球人生的情感與思維,使詩增加了「詩想」的縱深與內涵,有別於一般的「科幻小說」。

在這首詩裡,地球的現實與科幻的現實是主要的互植的文本。假如上述洛夫的詩作,文本的互植大部分的基礎是時間,這首陳克華的〈星球紀事〉互植所編織敘述主要來自於空間。由於現實與「超越現實」雙重的可能性,互植的文本不僅帶來反諷,也讓詩的敘述更加繁複厚實。

以上,洛夫與陳克華的例子,一般可能詮釋成從當下的時空引發歷史與超時空的聯想。某方面說來,的確如此。但文本互植在

兩種現實或時空上的穿梭更加快速自由；有時甚至是並置成為一種對話或是反襯。有時，文本的互植不僅是時空，還涵蓋了各種相依或是相對的「詩想」。如此的長詩可能是結構與解構、現代與後現代相輔相成、相互抵銷的多重文本，如簡政珍的〈失樂園〉。[8]

長詩的小說化

　　林燿德一向以「長詩」作為主要的書寫。事實上，他語言與意象比較稠密的詩作，是短詩，如《都市終端機》內的短詩。和其他詩人相比較，林燿德有些長詩裡「散文的遮掩」變成他的特色。除了一些外表像「後現代詩」的文字圖象拼貼的作品外，林燿德有一些長詩，由於分行以及文字稍微壓縮的外貌，讀者初次大略閱讀會有讀詩的感覺，但細看其詩行，字裡行間，語意的回味空間不大，各個詩行與排成一般散文的作品並沒有什麼太大的差別。[9]

　　一般人既定反應以為林燿德的詩晦澀難讀，主要是被他的「後現代」的外貌所影響，以為這是一首「很有當代性」的詩，事實上，讀者只要撇開詩的外表，仔細閱讀內文，當發現他大部分的詩情境明白如散文，思索空間並不是非常隱約曲折。換句話說，他的「難讀」，不是意象語意豐碩的回味空間，而是刻意安排的奇異外貌。試以〈愛，不妨自由聯想〉的部分詩行為例：「節奏被反覆聽聞/秩序終究不明/愛，不妨自由聯想/無法治癒的是手的淫亂症//十十十十十十十十十/指指指指指指指指指指/滑滑滑滑滑滑滑滑滑滑/過過過過過過過過過過/乳乳乳乳乳乳乳乳乳乳/房房房房房房房房房房」（《都市之甍》80-81），語意明朗，意象趨近說明性，但文字的排列讓讀者有「深奧」的幻覺，以為這是最前衛藝術的化身。

　　本文開始時，曾經就闡明以詩意象的稠密度作為長詩美學的出發點。以這個觀點看待，以上有關林燿德一些散文化長詩的討論似乎和本文的題旨相去甚遠。但是由於他長詩的產量可觀，長詩的散文化不應該變成讀者對他的詩作的唯一印象，其他意象豐富語言比較稠密的詩集如《1990》仍然不應該被忽視，此其一。另外由於他試圖作跨文類的書寫，某些長詩的小說化是將詩這個文類延伸擴展的嘗試，是值得注意的課題，此其二。但是弔詭的是，他的詩一旦寫成「小說」，文字也更加散文化。試以他的〈聖器〉的開頭為例：

> 黎醫師將黑襯衫套回身上，然後是
> 那件蠶絲內褲。
> 遞給他一瓶酒，小安逕自轉身，
> 兩個白磁碗從冰箱裡取出，放進微波爐。
> ‧‧‧
> 黎醫生靠在立式吧台上，環視這間套房，
> 他深呼吸三次，胸腔裡一片舒暢。

（《都市之蠹》 53）

　　一般說來，這些散文能在一首詩裡「就地合法」，大部分是依賴小說式的戲劇性。這首詩「小說」的場景，在於精神分析醫師藉看病之便，與部分病人進行同性性行為。詩小說的開始是醫生和年輕的小安，即將開始的親密行為。兩人愛撫後要分開，小安現出本來的身分，而進入戲劇性的高潮。原來十八年前，小安還在念高中

時，被當時就讀醫學院的黎醫師誘拐，為後者口交，從此小安走上這條不歸路。今天的再出現，是十八年後的復仇。詩接近結尾：「小安的食指又陷進黎醫師的心窩」（73）。最後的結尾是精液與食指交叉的意象：「食指穿透胸肌/精液的螢光/食指穿透劇烈搏動的心房/精液的螢光潺潺流溢」（74）

以〈聖器〉為例，可以看出整首詩的焦點不是意象性的濃密度，而是類似小說的戲劇性高潮。林燿德如此的書寫，可以說為詩嘗試一種可能性。但整首詩的進展，很難有詩的想像韻致。英國十九世紀的詩人小說家梅瑞迪斯（George Meredith）也曾經以五十幾首短詩的形式寫下一部有小說內容的《現代愛情》（*Modern Love*）。其中每一個部分都是極精緻濃密的短詩。詩本身存在的最大理由，是詩的意象性，而非其故事，假如詩小說在故事敘述下，還能兼顧意象的稠密度。林燿德的嘗試是一個粗略的起步，有待其他詩人開拓更具美學內涵的詩作。其實，以上陳克華的〈星球紀事〉和楊牧的〈十二星象練習曲〉、〈子午協奏曲〉都有點小說敘述的痕跡，但詩質卻濃厚多了。以詩小說當著眼點，若是林燿德稍微朝意象的稠密度偏移，楊牧和陳克華稍微朝故事敘述上著力，兩者的折衷點將是詩小說美學的所在之處。[10]

超長詩〈漂木〉

長詩的創作，到了二○○一年，洛夫完成了一首約三千行的詩〈漂木〉。嚴格說來，這是由四首長詩（也是四章）所組成的「超長詩」：[11]

第一章〈漂木〉敘述一塊木頭的「一種/形而上的漂泊」，它歷

經時空,更重要的是,它從此岸到彼岸,出入兩岸的現實。

第二章〈鮭魚的逼視〉的文字帶有較強的敘述性,描寫加拿大鮭魚回流產卵的歷程。和第一章比較,意象的譜成,節奏比較和緩,「說故事」的成分比較濃,詩質也稍微薄弱些。

第三章〈浮瓶中的書札〉分四部分:「之一:致母親」,「之二:致詩人」,「之三:致時間」,「之四:致諸神」。「致母親」以懷念在大陸已過世的母親爲主。「致詩人」反諷了一些當代詩人,甚至自我解嘲。這時,詩人以另一個自我,揶揄質疑詩人的存有與行徑。「致諸神」一節裡,是「神在那裡」及「神無所不在」兩種思維的糾結。這是宗教與宗教的懷疑論的思維辯證。

最後一章以《金剛經》的引文作前言,展開人存在的意象論述。題目〈向廢墟致敬〉已暗指這是「實」與「空」的辯證,而「空」正是本詩結構上終極標的。「空」落實於「實」。人經常是面對「空」的威嚇時,才開始體會到「實空」交相滲透的本質。

整體說來,第一章的〈漂木〉,第四章的〈向廢墟致敬〉及第三章的「至詩人」及「至時間」最能展現雄渾而帶有諧趣的意象,也最能刻畫深邃弔詭的人生。

這首「超長詩」結合了現代詩質的稠密度以及後現代書寫的鬆緊調變,語調嚴肅與詼諧互動,語言陳述與自我消解並行。簡政珍以〈意象「離心」的向心力〉論述這首長詩時說:

在這一本詩集裡,洛夫以慣常的機智展延語言的可能性和包容力。語言不只是個工具,它暗藏一種思維,和人生態度。〈漂木〉所顯現的是,語言在表象克服制約時,內在存在另一種拉扯。思維

所顯現的是,語言在表象克服制約時,內在存在另一種拉扯。思維似乎在稜線上遊走,文字可能滾落成泡影,也可能在高處展望另一個向度。語言在解構的危機感裡建構詩的殿堂。因為可能的破壞,而有更紮實的基礎。因為可能的自我塗消,詩行更要留下明顯的印記。詩人的思維的方向似乎暗指:一切將只是風中的耳語,因而更需要在當下吐納(articulate)有力的音符。否定會集結而成為一種肯定。表象失卻重心的逸走隱藏另一個向心力。

　　總之,這首「超長詩」是台灣詩路上的指標。詩寫成類似古代或是西洋敘事詩的長度,但在詩質上,大都能讓詩行仍然保持短詩文字的密度。和當代西方最高層次的詩作,如艾許伯瑞的〈凹鏡自畫像〉("Self-Portrait of a Convex Mirror")比較,除了意象化的哲學思維稍微單薄外,[12]其他在意象與敘述雙重相互相生的發展上,已經使台灣現代長詩的美學展望新的向度。

註釋

1 請參見葉維廉對其〈愁渡〉一詩的看法。見《葉維廉自選集》頁258。

2 以上瑞德的引文,吳潛誠在其〈衡論詩的長短以及詩系〉也有引用,譯文和本文略有不同。

3.馮青(1950－)於1989年出版了她的第二本詩集《雪原奔火》(台北:漢光),收錄了〈雪原奔火〉、〈女角〉兩首長詩,前者在字質上,後者在戲劇處理上都值得注意。本文以「組詩」、「詩系」、「意象環鍊」等分類討論,不便對這兩部作品細部分析,但請參考如下論述。林燿德認為〈女角〉剝開了隱遁在「古典的長裙」後的「肉慾白鳥」,針對繼承父權血統的當代社會迸射出凌厲的目光(參見《新世代詩人精選集》。另外請參考李癸雲《與詩對話——台灣現代詩評論集·現實底下的潛航——馮青詩研究》與《朦朧、清明與流動——論台灣現代女性詩作中的女性主體》、陳義芝《從半裸到全開——台灣戰後世代女詩人的性別意識》、李元貞《女性詩學——台灣現代女詩人集體研究(1951-2000)》的討論。

4 其實大荒在第二本詩集《台北之楓》收集的七、八○年代另有幾首長詩,如〈萬里長城傳〉、〈西楚霸王〉、〈遲佩的黑紗〉。但這幾首詩,正如他的序文裡所強調的:「長詩追求氣韻」,因而氣勢有之,但不免散文化。

5 上述所列,只是一些便於討論的代表,並不是所有的長詩。即使所列的詩人,還有其他的詩作沒有列入,如楊牧至少還有〈吳鳳〉、〈輓歌〉、〈出發〉、〈巫山高六首〉、〈行路難〉等,葉維廉至少還有〈驚馳〉、〈台灣農村駐足〉等。

6 台灣女詩人的長詩寫作略述增補如下:張秀亞(1919－)的〈水上琴聲〉為最早,寫於1940年,近四百五十行(《水上琴聲》,台北:樂天,1957)。蓉子(1928－)的長詩〈七月的南方〉(藍星,1961)、〈維納麗莎組曲〉(純文學,1969)。敻虹(1940－)於1976年創作〈台東大橋〉(台北:大

地）。淡瑩（1943－）於1979年書寫〈太極篇〉四十一章、〈懷古〉十五章（《太極詩譜》，教育）。鍾玲（1945－）的〈美人圖〉十章創作於1988年（《芬芳的海》，大地）。謝馨（1938）於1985年創作〈黃道十二宮〉組詩（藍星）。方娥真（1954－）於1977年書寫〈絕筆〉、〈墓帷〉、〈側影〉、〈娥眉賦〉（《娥眉賦》，四季）。

7 有關〈浮生紀事〉的詮釋，陳建民認為水意象的種種變形，「經由時間和空間的旅程」，在非線性邏輯的敘述中遙相呼應，表象水的意象似乎是「散兵遊民」，細觀之，「整體敘述其實是一條意象編成的有環扣的鍊子。」（〈四種長詩的可能──從洛夫、簡政珍、陳克華、林燿德的長詩創作探索起〉 236）。

8 批評家對〈失樂園〉這首長詩集大致有這樣的看法：意象不時滑溜輾轉成另一種略同而不同的意象，語言建構時也在自我塗消。詩在諧擬、「苦澀的笑聲」、「定點浮動的期盼」裡開展敘述。詩行在瞬間裡重疊了百感交集的情感。情感、思維與文本相互拆解重組，詩的進展也非線性敘述，因為各個不同時空定點的書寫，已構築成另一來自現實又跨越現實的組合。有關〈失樂園〉進一步的的詮釋。請參閱下面各文並參考本書〈詩既「是」也「不是」〉一章裡相關的論述：

蔣美華在〈簡政珍《失樂園的「後現代」意涵與意義》〉裡，整理出本詩「現代語境」裡有五種潛在但外表不著痕跡後現代精神。

吳新發在〈定點浮動的期盼──試析簡政珍的《失樂園》〉裡強調「定點」與「浮動」的拉扯與辯證。

古添洪在〈讓我們一起來寫長詩──與簡政珍的長詩《失樂園》對話〉裡說：「《失樂園》的結構是一個二重的互疊架構。用更為前衛的術語，也就是由兩個『書篇』交疊而成：作為『現實脈絡』的書篇和有點『後設書篇』meta-text）性質的『書寫脈絡』的書篇。詩人是語言的使用者；他需要不斷對詩語言的美學功能、詩語言的真假性、詩語言是否能戰勝時間的凌虐，

以及詩語言對現實的關係等等基本問題加以思考、反省。」

9 陳建民〈四種長詩的可能——從洛夫、簡政珍、陳克華、林燿德的長詩創作探索起〉認為，林燿德的長詩大都是散文式的詩行，其傾向近似在鋪陳小說的戲劇性場景。跨越文類是他的創作重心。林燿德的詩，若不是分行寫，若少了詩的標題來提示，讀者會很容易以為是散文或小說。其意象的功用，著重並置的感官效果，勝過比喻的延伸與深耕。

陳建民也認為：「林燿德的詩行傾向於散文構句，再加上其敘述是以小說的全知觀點在進行，因此詩中的張力，極度淡化，僅靠微量的小說懸疑的動力來持續一種文字的前進，前衛實驗性是強悍，但詩質上失去了大部分的詩的基本張力。」（〈四種長詩的可能〉245）

10 事實上，陳克華與楊牧這兩首詩的重點是詩本身，而非小說或是「故事」，以上的「假設」是純然以「詩小說」的發展作為著眼點，但這點並不一定是兩人的興趣之所在。

11 有關洛夫〈漂木〉一詩的資料與論述，概述如下：

洛夫（1928－）的〈漂木〉長詩，計3092行。於2001年元月1日，開始於《自由時報》副刊連載。並於同年八月，由《聯合文學》出版。簡政珍先後發表了三篇關於〈漂木〉的評文：《自由時報》副刊的短文、〈在空境的蒼穹眺望永恆的向度——論洛夫的長詩〈漂木〉〉（《漂木》詩集的〈序〉）、〈意象「離心」的向心力——論洛夫的長詩〈漂木〉〉（《1980年以來台灣當代文學學術研討會會前論文集》，2001年9月29日，中山大學中文系）。2002年8月，彰化師大國研所研究生曾貴芬，完成了《悲劇的主體價值體驗——洛夫〈漂木〉詮釋》碩士論文，亦可參看。在《漂木——洛夫長詩》裡，還收錄了龍彼德〈飆升在新高度上的輝煌〉、蔡素芬採訪〈漂泊的，天涯美學〉等文。

以上的論述大部分以簡政珍的〈意象「離心」的向心力——論洛夫的長詩〈漂木〉為依據。

12 大體說來，和西方的現代詩人相比，台灣當代詩人大都比較欠缺「以意象哲學思維」的能力，因此，我們也比較缺乏能引起我們深思且能展現厚重人生的詩作。也許，這是我們的《台灣現代詩美學》所留下的「空隙」，有待詩人加以填補。

主要參考書目

　　本書參考資料甚多，全部羅列將佔用太多篇幅。以下只列出本書直接引用以及與本書論述關係較密切的著作。有關書目的選擇，近一步說明如下：

◆ 外文的原典，除了英文外，應該還有法文、德文、俄文等，但是本書作者除了法文有三、四成把握外，其他語文幾近完全陌生，因此書目所列的，一律以英文版的原文或是譯文為主。

◆ 在論述某一詩人的作品時，作者也廣泛閱讀該詩人的其他作品，但為了節省篇幅，只擇其代表作列為書目。

◆ 對於一些未能討論或是未能充分討論的詩人，本書在「註釋」裡加以補述，也在「參考書目」列舉部分研究該詩人的評論，以求論述上的平衡。

◆ 同理，對於某些詩人的討論，若是觀點和其他現有詩評的觀點有明顯差異，也盡量將這些觀點在各章的「註釋」補述，並列入「參考書目」，以求論述上的平衡。

—— 英文書目 ——

Adorno, Theodor. "On the Fetish-Character in Music and the Regression of Listening," *Arato and Gebhardt*, 1978.

Adorno, Theodor. *Aesthetic Theory*. Eds. Gretel Adorno and Rolf Tiedemann. Trans. Robert Hullot-Kentor. Minneapolis: University of Minnesota Press, 1984.

Andrews, Bruce. "Poetry as Explanation, Poetry as Praxis," *The Politics of Poetic Form: Poetry and Public Policy*. Ed. Charles Bernstein, New York: Roof Books, 1990, pp.23-43.

Antin, David. "Modernism and Postmodernism: Approaching the Present in American Poetry," *Boundary* 2, 1 (Fall, 1972).

Arac, Jonathan, Ed. *Postmodernism and Politics*. Minneapolis: University of Minnesota Press, 1986.

Ashbery, John. *Selected Poems*. New York: Penguin Books, 1985.

Auerbach, Erich. *Mimesis: The Representation of Reality in Western Literature*. Trans. Willard R. Trask. Princeton: Princeton University Press, 1953.

Baker, Peter. *Deconstruction and the Ethical Turn*. Gainesville, University Press of Florida, 1995.

Barth, John.. "The Literature of Replenishment: Postmodernist Fiction," *Atlantic* 245 (1973) 1: 65-71.

Barthes, Roland. "Style and Its Image," *Literary Style: A Symposium*. Ed. and Trans. Seymour Chatman. London: Oxford University Press, 1971.

Barthes, Roland. *Image-Music-Text*. Trans. Stephen Heath. New York: Hill and Wang, 1977.

Barthes, Roland. *The Pleasure of the Text*. Trans. Richard Miller. New York: Hill & Wang, 1975.

Baudrillard, Jean. "The Precession of Simulacra," *Wallis* (1984): 253-81.

Becker, George J., Ed. *Documents of Modern Literary Realism*. Princeton: Princeton University Press, 1963.

Becker, George J., Ed. *Realism in Modern Literature*. New York: Frederick Ungar Publishing Co., 1980.

Beistegui, Miguel de. "Toward a Phenomenology of Difference?" *Research in*

Phenomenology, XXX (2000), 54-70.

Bellour, Raymond. "The Unattainable Text," *Screen*, 16.3 (Autumn, 1975), 19-28.

Benveniste, Emil. *Problems in General Linguistics*. Trans. Mary Meek and Coral Gables. Florida: University of Miami Press, 1971.

Bernstein, Charles. "Comedy and the Poetical Form," *The Politics of Poetic Form: Poetry and Public Policy*. Ed. Charles Bernstein, New York: Roof Books, 1990, pp.235-244.

Bernstein, Charles, ed. *The Politics of Poetic Form: Poetry and Public Policy*. New York: Roof Books, 1990.

Blanchot, Maurice. *The Space of Literature*. Trans. Ann Smock. Lincoln, and London: University of Nebraska Press, 1982.

Brooks, Cleanth. "Irony as a Principle of Structure," *Twentieth Century Criticism*. Eds. William J. Handy and Max Westbrook. New York: The Free Press, 1974, pp. 59-70.

Brooks, Cleanth. *The Well-Wrought Urn*. New York and London: Harcourt Brace Jovanovich, 1975.

Brossard, Nicole. "Poetic Politics," *The Politics of Poetic Form: Poetry and Public Policy*. Ed. Charles Bernstein, New York: Roof Books, 1990, pp.73-86.

Caws, Mary Ann. "Literal or Liberal: Translating Perception," *Critical Inquiry*, XIII, 1 (Autumn, 1986), 49-63.

Chien, Cheng-Chen. "The Double-Turn Images in Ashbery's 'Self-Portrait of a Convex-Mirror,'" 《國立中興大學文史學報》，第28期，1998年8月，173-193.

Clark, Timothy. *Derrida, Heidegger, Blanchot*. Cambridge: Cambridge University Press, 1992.

Coleridge, Samuel Taylor. *Biographia Literaria*. London: Dent & Sons, 1965.

Conley, Tom. "Reading Ordinary Viewing," *Diacritics*, XV, 1 (Spring, 1985), 4-14.

Culler, Jonathan. *The Pursuits of Signs: Semiotics, Literature, Deconstruction*. Ithaca: Cornell University Press, 1981.

de Man, Paul. "Semiology and Rhetoric," *Allegories of Reading: Figural Language in Rousseau, Nietzsche, Rilke, and Proust*. New Haven: Yale University Press, 1979, pp. 3-20.

de Man, Paul. *Blindness and Insight: Essays in the Rhetoric of Contemporary Criticism*. London and New York: Oxford University Press, 1971.

台
灣
現
代
詩
美
學

Derrida, Jacques. "Structure, Sign, and Play in the Discourse of the Human Science," *The Structuralist Controversy*. Eds. Richard Macksey and Eugenio Donato. Baltimore and London: The Johns Hopkins University Press, 1970. pp. 247-72.

Derrida, Jacques. *Of Grammatology*. Trans. Gayatri Spivak. Baltimore: The Johns Hopkins University Press, 1977.

Derrida, Jacques. *Positions*. Trans. Alan Bass. Chicago: The University of Chicago Press, 1981.

Derrida, Jacques. *Speech and Phenomenon and Other Essays on Husserl's Theory of Signs*. Evanston: Northwestern University Press, 1973.

Eco, Umberto. *A Theory of Semiotics*. Bloomington: Indiana University Press, 1976.

Falck, Colin. *Myth, Truth, and Literature: Towards a True Post-Modernism*. Cambridge: Cambridge University Press, 1989.

Fish, Stanley E. *Is There a Text in This Class? The Authority of Interpretive Communities*. Cambridge: Harvard university Press, 1980.

Fish, Stanley E. "Literature in the Reader: Affective Stylistics," *Reader-Response Criticism*. Ed. Jane P. Tompkins. Baltimore and London: The John Hopkins University, 1980, pp. 70-100.

Flint, F. S. and Pound, Ezra. "On Imagism," *Twentieth Century Criticism: The Major Statements*. Eds. William J. Handy and Max Westbrook. New York: The Free Press, 1974, pp. 17-21.

Foster, Hal Ed. *The Anti-Aesthetic: Essays on Postmodern Culture*. Port Townsend, Wash.: Bay Press.

Frank, Joseph. "Spatial Form in Modern Literature," *Twentieth Century Criticism*. Eds. William J. Handy and Max Westbrook. New York: The Free Press, 1974, pp. 85-94.

Gadamer, Hans-George. *Truth and Method*. London: Sheed and Ward, 1975.

Gasche, Rodolphe. "Deconstruction as Criticism." *Glyph 6*. Baltimore: Johns Hopkins University Press, 1979, 206-208.

Genette, Gérard. *Figures III*. Paris: Seuil, 1972.

Godfrey, Sima, Ed. *The Anxiety of Anticipation*. New Haven: Yale University Press, 1984.

360

Graff, Gérald. "The Myth of the Postmodernist Breakthrough," *Triquarterly* 26

(1973): 383-417.

Hall, Stuart. "Cultural Identity and Cinematic Representation," *Framework* 36 (1989):69-72.

Harper, Howard. *Between Language and Silence*. Baton Rouge and London: Lousiana State University Press, 1982.

Hartman, Geoffrey, Ed. *Deconstruction and Criticism*. London: Routledge & Regan Paul, 1979.

Hartman, Geoffrey. "The Interpreter: A Self-Analysis," *New Literary History*, 4 (Winter, 1973), 213-28.

Hartman, Geoffrey. *Beyond Formalism*. New Haven: Yale University Press, 1970.

Harvey, Richard. *Society as Text*. Chicago and London: The University of Chicago Press, 1987.

Hassan, Ihab. "Pluralism in Postmodern Perspective," *Critical Inquiry 12* (1986) 3: 503-20.

Hassan, Ihab. "POSTmodernISM," *New Literary History 3* (1971) 1: 5-30.

Hassan, Ihab. *The Postmodern Turn: Essays in Postmodern Theory and Culture*. N.p.: Ohio State University Press, 1987.

Hawkes, Terence. *Structuralism and Semiotics*. London: Methuen & Co. Ltd., 1977.

Heidegger, Martin. *Being and Time*. Trans. John Macquarrie and Edward Robinson. New York: Harper & Row, Publishers, 1962.

Heidegger, Martin. *On the Way to Language*. Trans. Peter D. Hertz. New York: Harper & Row, Publishers, 1971.

Heidegger, Martin. *Poetry, Language, Thought*. Trans. Albert Hofstadter. New York: Harper & Row, Publishers, 1971.

Hester, Marcus. *The Meaning of Poetic Metaphor*. The Hague: Mouton, 1967.

Howells, William Dean. "Novel-Writing and Novel-Reading: An Impersonal Explanation," *W. D. Howells: Selected Literary Criticism, Vol. 3: 1898-1920*. Bloomington: Indiana University Press, 1993.

Hoy, David Couzens. *The Critical Circle*. Berkeley, Los Angeles, and London: University of California Press, 1982.

Hume, Kathryn. *Fantasy & Mimesis: Responses to Reality in Western Literature*. New York and London: Methuen, 1984.

Hunt, Erica. "Notes for Oppositional Poetics," *The Politics of Poetic Form: Poetry and Public* Policy. Ed. Charles Bernstein, New York: Roof Books, 1990, pp. 197-212.

Hunter, J. Paul. "The Loneliness of the Long-Distance Reader," *Genre*, 10 (Winter, 1977), 455-84.

Hutcheon, Linda. *A Poetics of Postmodernism: History, Theory, Fiction.* New York and London: Routledge, 1988.

Hutcheon, Linda. *The Politics of Postmodernism.* London and New York: Routledge, 1989.

Huyssen, Andreas. *After the Great Divide: Modernism, Mass Culture, Postmodernism.* Bloomington, Ind.: Indiana University Press, 1986.

Ingarden, Roman. *The Cognition of the Literary Work of Art.* Trans. Ruth Ann Crowley and Kenneth Olson. Evanston: Northwestern University Press, 1973.

Ingarden, Roman. *The Literary Work of Art: An Investigation on the Borderlines of Ontology, Logic, and the Theory of Literature.* Trans. George Grabowicz. Evanston: Northwestern University Press, 1973.

Iser, Wolfgang. "Interaction Between Text and Reader," *The Reader in the Text: Essays on Audience and Interpretation.* Eds. Susan Suleiman and Inge Crosman. Princeton: Princeton University Press, 1980.

Iser, Wolfgang. *The Act of Reading: A Theory of Aesthetic Response.* Baltimore: The Johns Hopkins University Press, 1978.

Iser, Wolfgang. *The Implied Reader: Patterns of Communication in Prose Fiction from Bunyan to Beckett.* Baltimore: The Johns Hopkins University Press, 1974.

Jakobson, Roman and Morris Hall. *Fundamentals of Language.* The Hague: Mouton, 1956.

Jakobson, Roman. "Closing Statements: Linguistics and Poetics," *Style in Language.* Ed. Thomas A. Sebeok. Cambridge: MIT Press, 1960, pp. 350-77.

Jameson, Frederic. "Postmodernism and Consumer Society," *Postmodernism and Its Discontents.* Ed. E. Ann Kaplan. London: Verso, 1988, pp. 13-29.

Jameson, Frederic. *The Prison-House of Language.* Princeton: Princeton University Press, 1972.

Jauss, Hans Robert. "Literary History as a Challenge to Literary Theory." Trans. Elizabeth Benzinger. *New Literary History*, 2 (Autumn 1970), 7-37.

Jauss, Hans Robert. "Thesis on the Transition From the Aesthetics of Literary

Works to a Theory of Aesthetic Experience," *Interpretation of Narrative*. Eds. Mario J. Valdes and Owen J. Miller. Toronto: University of Toronto Press, 1978, pp. 137-47.

Jauss, Hans Robert. *Toward an Aesthetic of Reception*. Trans. Timothy Bahti. Minneapolis: University of Minnesota Press, 1982.

Jayne, Edward. *Negative Poetics*. Iowa City: University of Iowa ,1992.

Kerby, Anthony Paul. *Narrative and the Self*. Bloomington and Indianapolis: Indiana University Press, 1991.

Kermode, Frank. *The Sense of an Ending*. London and New York: Oxford University Press, 1966-7.

Kintgen, Eugene R. "Reader Response and Stylistics," *Style, 11* (Winter, 1977), 1-18.

Kotin, Armine. "On the Subject of Reading," *Journal of Applied Structuralism*, 1 (July, 1979), 11-34.

Kristeva, Julia. *Desire in Language*. Ed. Leon S. Roudiez. Trans. Thomas Gora and Alice Jardine, and Leon S. Roudiez. New York: Columbia University Press, 1980.

Kristeva, Julia. *Revolution in Poetic Language*, Trans. Magaret Waller. New York: Columbia University Press, 1984.

Kroker, Arthur and Cook, David. *The Postmodern Scene: Excremental Culture and Hyper-Aesthetics*. Montreal: New World Perspectives, 1986.

Kuchler, Tilman. *Postmodern Gaming: Heidegger, Duchamp, Derrida*. New York: Peter Lang, 1994.

Labov, William. *Language in the Inner City*. University of Pennsylvania Press, 1972.

Langer, Susanne. *Philosophy in a New Key*. New York: Mentor Books, 1948.

Lawall, Sarah N. *Critics of Consciousness: The Existential Structure of Literature*. Cambridge: Harvard University Press, 1968.

Leitch, Vincent B. *Deconstructive Criticism*. New York: Columbia University Press, 1983.

Loseberg, Jonathan. *Aestheticism and Deconstruction*. New Jersey: Princeton, Princeton University Press, 1991.

Lyotard, Jean-François. *The Postmodern Condition: A Report in Knowledge*. trans. Geoff Bennington and Brain Massumi, Minneapolis, Minn.: University of Minnesota Press, 1984.

MacLeish, Archibald. *Poetry and Experience.* Boston: Houghton Mifflin Company, 1961.

Mailloux, Steven J. "Learning to Read: Interpretation and Reader-Response Criticism," *Studies in the Literary Imagination*, 12 (Spring, 1979), 93-108.

Marcel, Gabriel. *Being and Having: An Existential Diary.* New York: Harper & Row, Publishers, 1965.

Martland, T. R. "When a Poem Refers," *Aesthetics, XLIII*, 3 (Spring, 1985), 267-73.

McFarland, Thomas. "The Place beyond the Heavens: True Being, Transcendence, and Symbolic Indication of Wholeness," *Boundary 2*, 7(Winter, 1979), 283-317.

McHale, Brain. *Postmodernist Fiction.* London and New York: Methuen, 1987.

Merleau-Ponty, Maurice. *The Phenomenology of Perception.* Lonndon: Routledge & Kegan Paul, 1962.

Merleau-Ponty, Maurice. *The Visible and the Invisible.* Trans. Alphonso Lingis. Evanston: Northwestern University Press, 1968.

Michaels, Walter Benn. "The Interpreter's Self: Peirce on the Cartesian 'Subject,'" *The Georgia Review*, 31 (Summer, 1977), 383-402.

Miller, Owen J. "Reading as a Process of Reconstruction: A Critique of Recent Structuralist Formulations," *Interpretation of Narrative.* Eds. Mario J. Valdes and Owen J. Miller. Toronto: University of Toronto Press, 1978, pp. 19-27.

Montag, Warren. "What Is at Stake in the Debate on Postmodernism?" *Postmodernism and Its Discontents.* Ed. E. Ann Kaplan. London: Verso, 1988, pp. 88-103.

Murkrovsky, Jan. *The Word and Verbal Art.* Trans. John Burbank and Peter Steiner. New Haven: Yale University Press, 1977.

Naremore, James. *The World Without a Self.* New Haven and London: Yale University Press, 1973.

Newman, Charles. *The Post-Modern Aura: The Act of Fiction in an Age of Inflation, Evanston.* Ill.: Northwestern University Press, 1985.

Ong, Walter J. "The Writer's Audience Is Always a Fiction," *PMLA*, 90 (January, 1975), 9-21.

Ong, Walter J. *Orality and Literacy.* London and New York: Methuen, 1982.

Perloff, Majorie. *The Poetics of Indeterminacy.* Princeton: Princeton University Press, 1981.

Picard, Max. *The World of Silence.* Trans. Stanley Godman. Chicago: Gateway Books, 1952.

Poulet, Georges. "Criticism and the Experience of Interiority," *The Structuralist Controversy: The Language of Criticism and the Sciences of Man.* Eds. Richard A Macksey and Eugenio Donato. Baltimore: The Johns Hopkins University Press, 1972, pp. 56-72.

Poulet, Georges. *Studies in Human Time.* Trans. Elliott Coleman. Baltimore: The Johns Hopkins University Press, 1956.

Proust, Marcel. *Swann's Way.* Trans. C. K. Scott Moncrieff. New York: Vintage Boos, 1970.

Ransom, John Crowe. *The World's Body.* New York: Charles Scribner's Sons, 1938.

Ray, William. "Recognizing Recognition: The Intra-textual and Extra-textual Critical Persona," *Diacritics, 7 no. 4* (winter, 1977), 20-33.

Read, Herbert. *Form in Modern Poetry.* New York, 1933.

Ricoeur, Paul. *Interpretation Theory: Discourse and the Surplus of Meaning.* Fort Worth: the Texas Christian University Press, 1976.

Riffaterre, Michael. "Stylistic Context," *Word 16* (August 1960).

Riguelme, John Paul. *Harmony of Dissonsances.* Baltimore and London: The John Hopkins University Press, 1991.

Rosenblatt, Louise. "The Poem as Event," *College English, 26, no. 2* (November, 1964), 123-128.

Ross, James, F. "On the Concepts of Reading," *The Philosophical Forum,* 6 (Fall, 1972), 93-141.

Russell, Charles. "The Context of the Concept," *Garvin* (1980) : 181-93.

Said, Edward W. *Orientalism.* New York: Vintage Books, 1978.

Sartre, Jean-Paul. *What is Literature?* Trans. Bernard Frechtman. New York: Harper & Row, Publishers, 1965.

Saussure, Ferdinand de. *Course in General Linguistics.* Eds. Charles Bally and Albert Sechehaye. New York: McGraw-Hill Book Company, 1966.

Scholes, Robert. *Semiotics and Interpretation.* New Haven and London: Yale University Press, 1982.

365

台
灣
現
代
詩
美
學

Schorer, Mark. "Technique as Discovery," *Twentieth Century Criticism*. Eds. William J. Handy and Max Westbrook. New York: The Free Press, pp. 71-84.

Shklovsky, Viktor. "Art as Technique," *Contemporary Literary Criticism*. Eds. Robert Con Davis and Ronald Schleifer. New York and London: Longman, 1989, pp. 54-66.

Slatoff, Walter. *With Respect to Reader: Dimensions of Literary Response*. Ithaca: Cornell University Press, 1970.

Sontag, Susan. *Against Interpretation*. New York: Farrar, Straus & Giroux Inc., 1967.

Steiner, George. "'Critic'/'Reader,'" *New Literary History*, 10 (Spring, 1979), 423-452.

Suleiman, Susan, and Inge Crosman. Eds. *The Reader in the Text: Essays on Audience and Interpretation*. Princeton: Princeton University Press, 1980.

Valery, Paul. "Poetry and Abstract Thought," *Literary Criticism*. Ed. Lionel Trilling. New York: Columbia University, 1971, pp.451-467.

Van Rees, C. J., and H. Verdassdonk. "Reading a Text vs. Analyzing a Text," *Poetics 6* (March, 1977), 55-76.

Waldrop, Rosemarie. "Alarms & Excursions," *The Politics of Poetic Form: Poetry and Public Policy*. Ed. Charles Berstein New York: Roof Books, 1990. pp. 45-72.

Ward, Geoffrey. "Dying to Write: Maurice Blanchot and Tennyson's 'Tithonus,'" *Critical Inquiry, XII*, 4 (Summer, 1986), 672-687.

Warren, Robert Penn. "Pure and Impure Poetry," *Critical Theory Since Plato*. Ed. Hazard Adams. New York: Harcourt, Brace & Co., 1971, pp. 981-992.

Wheelright, Philip. *Metaphor and Reality*. Bloomington: Indiana University Press, 1968.

Wimsatt, William K. *The Verbal Icon: Studies in the Meaning of Poetry*. Lexington: University of Kentucky Press, 1954.

Winfree, Jason. "Concealing Difference: Derrida and Heidegger's Thinking of Becoming," *Research in Phenomenology XXIX* (1999), 161-181.

Woolf, Virginia. *To the Lighthouse*. The Hogarth Press-Penguin Books, 1970.

——中文書目——

一 信，《一信詩話》，台北：秀威，2003年。

丁 穎，《第五季的水仙》，台北市：藍燈，1980年。

丁 旭輝，〈台灣現代圖象詩的價值〉，《台灣詩學季刊》，第32期，2000
年，頁98-106。

丁威仁，〈新世代詩人都市文本中的空間想像初論〉，《現代詩的語言與教
學》，彰化師範大學國文系編，彰化：彰化師範大學國文系，2001年，頁
433-478。

丁威仁，《末日新世紀》，台北市：文史哲出版社，1998年。

大 荒，《大荒短詩選》，香港：銀河出版社，2002年。

大 荒，《台北之楓》，台北縣永和市：采風出版社，1980年。

大 荒，《存愁》，台北市：十月出版社，1973年。

大 荒，《剪取富春半江水》，台北市：九歌出版社，1999年。

大 荒，《第一張犁》，台中市：台中市立文化中心，1996年。

大 荒，〈九聲〉（長詩），《創世紀詩雜誌》，第134期，2003年3月，頁28-
43。

大地詩社，《大地之歌》，台北市：東大圖書，1976年。

中國文藝協會編，《文協十年》，台北市：中國文藝協會，1960年。

尹 凡，《吹皺一池海市蜃樓》，高雄：佛光，2000年。

尹 凡，《牆有琴》，嘉義市：嘉義市立文化中心，1997年。

尹雪曼，《中華民國文藝史》，台北市：中正書局，1976年。

巴 雷，《吳望堯自選集》，台北市：黎明文化，1979年。

文曉村，《九卷一百首：文曉村詩選》，台北縣新店市：詩藝文出版社，1996
年。

文曉村，《葡萄園詩論》，台北市：詩藝文出版社，1997年。

文曉村，《橫看成嶺側成峰》，台北市：東大圖書，1988年。

文曉村編，《中國詩歌選》，台北縣新店市：詩藝文出版社，2001年。

牙 明，《生命是悲歡相連的鐵軌》，台北市：創世紀詩社，2003年。

方 群，《文明併發症》，台北市：文史哲出版社，1997年。

方 群，《進化原理》，宜蘭縣：凱拓出版社，1994年。

王幻編，《中國詩歌選一九九六年版》，台北縣新店市：詩藝文出版社，1996
年。

王　寧，《超越後現代主義》，台北市：洪葉，2003年。

王　藍，〈歲首說眞話〉，《聯合報》副刊，1958年1月5日，第6版。

王文興，〈現代主義的質疑和原始〉，《書和影》，台北市：聯合文學，1988年，頁183-194。

王宗仁，《失戀生態》，彰化縣：彰化縣文化局，2001年。

王岳川，《後現代主義文化研究》，台北市：淑馨，1993年。

王威智編，《在想像與現實之間走索——陳黎作品評論集》，台北市：書林書店，1999年。

王浩威，《台灣文化的邊緣戰鬥》，台北市：聯合文學，1995年。

王浩威，〈地方文學與地方社群認同——以花蓮文學爲例〉，《鄉土與文學》，台北市：文訊雜誌社，1994年，頁13-37。

王添源，《如果愛情像口香糖》，台北市：書林書店，1988年。

王廣仁，《回聲》，台北市：爾雅出版社，2002年。

王廣仁，《孤寂》，台北：書林書店，1998年。

王德威，〈五十年代小說新論——一種逝去的文學？〉，《四十年來中國文學》，張寶琴等編，台北市：聯合文學，1997年，頁67-84。

王潤華，〈象外象〉，《創世紀詩刊》，第32期（1973年3月）、第33期（1973年6月）。

王錦江，〈賴懶雲論〉，《賴和先生全集》，李南衡編，台北市：明潭，1979年。

王澤龍，《中國現代主義詩潮論》，武昌：華中師範大學，1995年。

古　丁、張萬熙，《古丁全集》，台北市：秋水詩刊社，1983年。

古　月，《我愛》，台北市：時報文化，1994年。

古艾玲，〈夏宇的詩〉，《女性與文學——女性主義文學國際研討會論文集》，鄭振偉編，香港：嶺南學院，1996年，頁207-234。

古添洪，〈名理前的明鏡——論葉維廉的詩〉，《中外文學》，4卷，第10期，1976年3月，頁104-119。

古添洪，〈我們需要怎麼樣的「後現代」？〉，《海鷗詩刊》，復刊第21期，2000年，頁5-8。

古添洪，〈前衛/實驗主義與傳統的再回歸〉，《海鷗詩刊》，復刊第24期，頁5-10。

古添洪，〈讓我們一起來寫長詩——與簡政珍的長詩《失樂園》對話〉，《海鷗》，復刊第22期（2000年秋/冬），頁5-8。

古添洪，《背後的臉》，台北市：笠詩刊社，1984年。

古添洪，《記號詩學》，台北市：東大圖書，1984年。

古添洪，《歸來》，台北市：國家出版社，1986年。

古濟堂，《台灣青年詩人論》，湖北省：武漢出版社，1994年。

古繼堂，〈浩氣貫古今，健筆攬縱橫——評大荒的詩〉，《創世紀》詩刊133
　　期，2002年12月，頁121-128。

古繼堂，《臺灣新詩發展史》，台北市：文史哲出版社，1989年。

台灣總督府，《台灣總督府警察沿革誌。第二編：領台以後治安狀況》，中卷
　　《台灣社會運動史》，台北市：台灣總督府警務局，1939年。

瓦歷斯‧諾幹，《伊能再踏查》，台中市：晨星出版社，1999年。

田運良，《為印象王國而寫的筆記》，台北市：文鶴，1995年。

石計生，〈布爾喬亞詩學論楊牧〉，《當代台灣文學評論大系——新詩批
　　評》，台北市：正中書局，1993年，頁375-390。

白　雨，《坐看風起時》，台北市：亞細亞，1999年。

白　荻、陳千武編，《亞洲現代詩集‧第1集》，台北市：時報文化，1982
　　年。

白　萩，《天空象徵》，台北市：田園，1969年。

白　萩，《白萩詩選》，台北市：三民書局，1971年。

白　萩，《風吹才感到樹的存在》，台北市：光復書局，1989年。

白　萩，《風的薔薇》，台北市：光復書局，1965年。

白　萩、張信吉編，《詩與台灣現實》，台北市：笠詩刊社，1991年。

白　靈，《一首詩的誕生》，台北市：九歌出版社，1991年。

白　靈，《世紀詩選》，台北市：爾雅出版社，2000年。

白　靈，〈真假之間〉，《千年之門——二○○一學院詩人群年度詩集》，白
　　靈編，台北市：萬卷樓，2002年，頁192。

白　靈，〈現代詩創作方法之教學示例〉，《現代詩學會議論文集》，彰化師
　　範大學國文系編，彰化：彰化師範大學國文系，1995年，頁247-313。

白　靈，《沒有一朵雲需要國界》，台北市：書林書店，1993年。

白先勇，〈流浪的中國人——台灣小說的放逐主題〉，《白先勇自選集》，花
　　城出版社，1996年，頁407-416。

白先勇，〈六○年代台灣文學：「現代」與「鄉土」〉，《樹猶如此》，台北
　　市：聯合文學，2002年，頁182-193。

白家華，《群樹的呼吸》，桃園縣：桃園縣立文化中心，1994年。

尤純純，《重塑現代詩——羅門詩的時空觀》，台北市：二魚文化，2003年。

任茹文，〈多元文化夾縫中的奇葩——論尹玲的詩〉，《藍星詩學》，第18

期，2003年端午號，頁1-10。

向　明，〈五〇年代現代詩的回顧與省思〉，《藍星詩刊》，第15號，1988年4月，頁83-100。

向　明，《水的回想》，台北市：九歌出版社，1988年。

向　明，《向明自選集》，台北市：黎明文化，1988年。

向　明，《雨天書》，台北市：藍星詩社，1959年。

向　明，《青春的臉》，台北市：九歌出版社，1982年。

向　明，《狼煙》，台北市：純文學出版社，1969年。

向　明，《新詩後五十問》，台北市：爾雅出版社，1998年。

向　明，《隨身的糾纏》，台北市：爾雅出版社，1994年。

向　明，《詩來詩往》，台北：三民書局，2003年。

向　陽，〈「副」刊「大」業：台灣報紙副刊的文學傳播模式分析〉，台北市：聯合報「世界華文副刊研討會」論文，1997年。

向　陽，〈一首被撕裂的詩〉，《新世代詩人精選集》，簡政珍編，台北市：書林書店，1998年，頁297。

向　陽，〈五〇年代台灣現代詩風潮試論〉，台北市：兩岸詩刊學術研討會論文，1998年。

向　陽，〈七〇年代現代詩風潮試論〉，台北市：《文訊》月刊，第12期，1984年6月，頁47-76。

向　陽，〈八〇年代台灣現代詩風潮試論〉，《第三屆現代詩學術會議論文集》，彰化：彰師大國文系，1997年，頁65-97。

向　陽，《十行集》，台北市：九歌出版社，1984年。

向　陽，《向陽詩選1974-1996》，台北市：洪範書店，1999年。

向　陽，《暗中流動的符碼》，台北市：九歌出版社，1999年。

向　陽（林淇瀁），〈長廊與地圖——台灣新詩風潮的溯源與鳥瞰〉，《台灣現代詩經緯》，林明德編，台北市：聯合文學，2001年，頁9-64。

向　陽，《歲月》，台北市：大地出版社，1985年。

向　陽，《跨世紀傾斜》，台北市：聯合文學，2001年。

向　陽，〈微弱但是有力的堅持：七〇年代台灣現代詩壇本土論述初探〉，《台灣現代詩史論》，台北市：文訊雜誌社，1996年，頁363-375。

向　陽，〈樹的真實——論楊牧《傳說》〉，《台灣文學經典研討會論文集》，陳義芝編，台北市：聯經出版社，1999年，頁299-313。

朱力元編，《當代中國美學新學派》，上海市：復旦大學出版社，1991年。

朱學恕，《三葉螺線》，台北市：創世紀詩社，1962年。

朱雙一，《近二十年台灣文學流脈》，廈門市：廈門大學出版社，1999年。

朱雙一，《戰後新世代文學論》，台北市：揚智文化，2002年。

朵　思，《心痕索驥》，台北市：創世紀詩社，1994年。

朵　思，《飛翔咖啡屋》，台北市：爾雅出版社，1997年。

朵　思，《從池塘出發》，嘉義市立文化中心，1999年。

朵　思，《窗的感覺》，台北縣，自費印行，1990年。

江文瑜，〈屋裡的圖象詩〉《千年之門──2001年學院詩人群選集》，白靈編，台北市：萬卷樓，2002年，頁164。

江文瑜，《阿媽的料理》，台北市：女性文化，2001年。

江自得，《故鄉的太陽》，台中縣立文化中心，1992年。

江自得，《從聽診器的那端》，台北市：書林書店，1996年。

羊子喬，〈光復前台灣新詩論〉，《光復前台灣文學全集9：亂都之戀》，羊子喬、陳千武編，台北市：遠景出版社，1982年，頁1-37。

羊子喬，〈從鹽分地帶文學看台灣農村的變遷〉，《鄉土與文學》，台北市：文訊雜誌社，1994年，頁198-204。

羊令野，《千手千眼集》，台北市：大林出版社，1988年。

羊令野，《羊令野自選集》，台北市：黎明文化，1979年。

羊令野，《見山見水集》，台北市：大林出版社，1978年。

何光明，《寫給春天的情詩》，台北市：爾雅出版社，1993年。

何金蘭（尹玲），〈發生論結構主義詩篇分析方法──及其在中國詩歌上的實踐〉，《現代詩學會議論文集》，彰化師範大學國文系編，彰化：彰化師範大學國文系，1995年，頁97-153。

何金蘭（尹玲），《一隻白鴿飛過》，台北市：九歌出版社，1997年。

何金蘭（尹玲），《當夜綻放如花》，台北市：自印，1994年。

何鑫業，〈召喚‧蒙難‧語言的秘密〉，《創世紀四十年評論選》，台北市：創世紀詩社，1994年，頁143-49。

宋田水，《「吾鄉印象」的鄉土美學──論吳晟》，台北：前衛出版社，1995年。

余光中，〈第十七個誕辰〉，《現代文學》，第46期「詩專號」，1972年3月。

余光中，〈新現代詩的起點──羅青的《吃西瓜的方法》讀後〉，《中華現代文學大系：台灣1970-1989評論卷貳》，余光中編，台北市：九歌出版社，1989年，頁925-948。

余光中，《白玉苦瓜》，台北市：大地出版社，1974年。

余光中，《第七度》，台北市：大林出版社，1970年。

余光中，《隔水觀音》，台北市：洪範書店，1983年。

余光中，《敲打樂》，台北市：純文學出版社，1969年。

余光中，《與永恆拔河》，台北市：洪範書店，1979年。

余光中，《蓮的聯想》，台北市：大林出版社，1969年。

利玉芳，《活的滋味》，台北市：笠詩刊社，1989年。

利玉芳，《淡飲洛神花茶的早晨》，台南縣：台南縣文化局，2000年。

利玉芳，《貓》，台北市：笠詩刊社，1991年。

吳　晟，《台灣詩選，1983》，台北市：前衛出版社，1983年。

吳　晟，《向孩子說：吳晟詩集之三》，台北市：洪範書店，1985年。

吳　晟，《吾鄉印象：吳晟詩集之二》，台北市：洪範書店，1985年。

吳　晟，《飄搖裡：吳晟詩集之一》，台北市：洪範書店，1985年。

吳　當，《拜訪新詩》，台北市：爾雅出版社，2001年。

吳東晟，《上帝的香菸》，彰化縣：彰化縣立文化中心，1998年。

吳長耀，《山城傳奇》，台北市：詩之華出版社，1995年。

吳長耀，《逆溫層》，台北市：詩之華出版社，1997年。

吳新發，〈定點浮動的期盼──試析簡政珍的《失樂園》〉，《台灣詩學季刊》
　　　第31期，2000年6月，頁84-92。

吳潛誠，〈九十年代台灣詩（人）的國際視野〉，《台灣現代詩史論》，台北
　　　市：文訊雜誌社，1996年，頁507-518。

吳潛誠，〈衡論詩的長短以及詩系〉，《當代台灣評論大系：文學理論卷》，
　　　台北市：正中書局，1993年，頁223-266。

吳潛誠，〈八〇年代台灣文學批評的衍變趨勢〉，《感性定位──文學的想像
　　　與介入》，台北：允晨文化，1994年，頁271-296。

吳潛誠，〈地誌書寫，城鄉想像：楊牧與陳黎〉，《島嶼巡航──黑倪和台灣
　　　作家的介入詩學》，台北：立緒文化，1999年，頁79-90。

吳潛誠，〈台灣在地詩人的本土意識及其政治涵義──以《混聲合唱：笠詩
　　　選》為討論對象〉，《當代台灣政治文學論》，台北市：時報文化，1994
　　　年，頁403-423。

呂興昌編，《林亨泰研究資料彙編》，彰化：彰化縣立文化中心，1994年。

呂正惠，〈陳芳明再殖民論質疑〉，《反對言偽而辯──陳芳明台灣文學論、
　　　後現代論、後殖民論的批判》，台北市：人間，2002年，頁177-228。

呂正惠，〈台灣現代詩的歷史傳承與歷史斷層〉，《台灣現代詩史論》，台北
　　　市：文訊雜誌社，1996年，頁617-618。

呂正惠，〈現代主義在台灣〉，李瑞騰主編，《台灣文學二十年集四：評論二

十家》，台北市：九歌出版社，1998年，頁119-158。

呂正惠，〈以獨白反對群眾──對本土文化論的質疑〉，《文學經典與文化論》，台北市：九歌出版社，1995年，頁91-98。

呂周聚，《中國現代主義美學》，北京：人民文學出版社，2001年。

呂興昌，〈知性與計算──詹冰詩評析〉，《中華現代文學大系（貳）──台灣1989-2003·評論卷》，台北市：九歌出版社，冊一，2003年，頁177-200。

呂興昌編，《水蔭萍（楊熾昌）作品集》，台南市：台南市立文化中心，1995年。

巫永福，《不老的大樹》，台北市：笠詩刊社，1990年。

巫永福，《巫永福全集詩卷》台北：傳神福音文化，1996年。

巫永福，《時光》，台北市：笠詩刊社，1990年。

巫永福，《無齒的老虎：永州詩集》，台北市：笠詩刊社，1993年。

李　經，〈文藝政策的兩重涵義〉，《自由中國》，第20卷，10期，1959年5月16日。

李　震，〈語言的神話──詩符號論〉，《當代文學評論》創刊號，台中市：中興大學外文系，1993年，頁1-20。

李元洛，〈論余光中的詩藝〉，《77年文學批評選》，台北：爾雅出版社，1989年，頁25-58。

李元貞，〈什麼是女性詩學〉，《女性詩學──台灣現代女詩人集體研究》，台北市：女書，2000年，頁413-439。

李昌憲，《加工區詩抄》台北市：德華出版社，1981年。

李昌憲，《生態集》，台北市：笠詩刊，1993年。

李昌憲，《生產線上》，高雄市：春暉出版社，1996年。

李勇吉，《中國新詩論史》，台中縣：台中縣立文化中心，1991年。

李癸雲，〈往回長大的小孩──從孩童角色的運用論蘇紹連詩中的成長觀〉，《中華現代文學大系（貳）──台灣1989-2003·評論卷》，台北市：九歌出版社，冊二，2003年10月，初版，頁1313-1340。

李癸雲，《詩和現實的辯證──蘇紹連、簡政珍、馮青之研究·簡政珍：現實的意象思維》，東海大學中研所1996年5月碩士論文。

李癸雲，《朦朧、清明與流動──論台灣現代女性詩作中的女性主體》，台北市：萬卷樓，2002年。

李癸雲，《與詩對話──台灣現代詩評論集》，台南縣：台南縣文化局，2000年。

李皇誼，《舊巷》，台中縣：萬翰影印印刷社，2003年。

李益維，《甦醒》，台南縣：台南縣文化局，2000年。

李祖琛，〈鄉土文學論戰後的台灣文學〉，台北市：《台灣文藝》，第105期，1987年5-6月，頁45-52。

李敏勇，《心的奏鳴曲》，台北市：玉山出版社，1999年。

李敏勇，《台灣詩閱讀：探觸五十位台灣詩人的心》，台北市：玉山出版社，2000年。

李敏勇，《野生思考》，台北市：笠詩刊社，1990年。

李敏勇，《傾斜的島》，台北縣新店市：圓神出版社，1993年。

李敏勇，《鎮魂歌》，台北市：笠詩刊社，1990年。

李進文，《一枚西班牙錢幣的自助旅行》，台北市：爾雅出版社，1998年。

李進文，《不可能；可能》，台北市：爾雅出版社，2002年。

李瑞騰，〈六十年代台灣現代詩評略述〉，《台灣現代詩史論》，台北市：文訊雜誌社，1996年，頁265-279。

李瑞騰，《台灣文學二十年集1978-1998》，台北市：九歌出版社，1998年。

李漢偉，《台灣新詩的三種關懷》，台北縣：駱駝出版社，1997年。

李魁賢，《李魁賢詩選》，台北市：新地出版社，1985年。

李魁賢，〈笠的歷程〉，《台灣精神的崛起：「笠」詩論選集》，鄭炯明編，高雄：文學界，1989年，頁400-434。

李魁賢，《黃昏的意象》，台北縣立文化中心，1993年。

李魁賢，《溫柔的美感》，台北市：桂冠圖書，2001年。

李豐楙，〈七〇年代新詩社的集團性格及其城鄉意識〉，《台灣現代詩史論》台北市：文訊雜誌社，1996年，頁325-355。

李豐楙，〈中國純粹性詩學與現代詩學、詩作的關係──以七〇年代葉維廉、洛夫、瘂弦為主的考察〉，《現代詩學研討會論文集》，彰化：國立師範大學國文學系。

杜十三，《石頭悲傷而成為玉》，台北市：思想生活屋，2000年。

杜十三，《地球筆記》，台北市：時報文化，1986年。

杜十三，《人間筆記》，台北市：時報文化，1987年。

杜十三，《行動筆記》，台北市：漢光文化，1988年。

杜十三，《嘆息筆記》，台北市：時報文化，1990年。

杜國清，〈「笠」詩社與台灣詩壇〉，《台灣精神的崛起：「笠」詩論選集》，鄭炯明編，高雄市：文學界，1989年，頁176-185。

杜國清，《情劫集》，台北市：笠詩刊社，1990年。

杜國清，《望月》，台北市：爾雅出版社，1983年。

沙　牧，《死不透的歌》，台北市：爾雅出版社，1986年。

沙　穗，《燕姬》，高雄市：心影出版社，1979年。

沈奇，〈生命之痛的詩性超越——論朵思〉，《台灣詩人散論》，台北市：爾
　　雅出版社，1996年，頁198-215。

沈　奇，〈歷史情懷與當下關切——評大荒兩本詩集〉，《台灣詩人散論》，
　　台北市：爾雅出版社，1996年，初版，頁50-83。

沈　奇，〈詩心・詩學・詩話〉（沈奇訪談簡政珍），《創世紀詩刊》，第127
　　期，2001年夏季號，頁69-79。

沈　謙，〈戰後台灣文壇主流之遞嬗〉，《台灣的文學與環境》，高雄市：麗
　　文文化事業股份有限公司，1996年，頁17-31。

沈志方，《書房夜戲》，台北市：爾雅出版社，1991年。

汪啟疆，《人魚海岸》，台北市：九歌出版社，2000年。

汪啟疆，《海上的狩獵季節》，台北市：九歌出版社，1995年。

汪啟疆，《海洋姓氏：汪啟疆詩集II，1971-86》，台北市：尚書文化，1990
　　年。

汪啟疆，《夢中之河》，台北市：黎明文化，1979年。

言　曦，《言曦五論》，台北市：邱言曦，1960年。

辛　鬱，《因海之死》，台北市：尚書文化，1990年。

辛　鬱，《在那張冷臉的背後》，台北市：爾雅出版社，1995年。

辛　鬱，《我給那白痴一塊錢》，台北市：天華，1978年。

辛　鬱，《辛鬱自選集卷4》，台北市：黎明文化，1980年。

辛　鬱，《豹》，台北市：漢光文化，1988年。

邱貴芬，〈發現台灣：建構台灣後殖民論〉，《仲介台灣女人——後殖民女性
　　觀點的台灣閱讀》，台北：元尊文化，2002年，頁153-177。

邱貴芬，《後殖民及其外》，台北市：麥田出版社，2003年。

周　寧，〈或許這才是管管應該走的方向〉，《中華現代文學大系：台灣
　　1970-1989評論卷貳》，余光中編，台北市：九歌出版社，1989年，頁
　　907-924。

周欣雅，〈多元中心的理想〉，《鄉土與文學》，台北市：文訊雜誌社，1994
　　年，頁457-462。

周英雄、劉紀蕙編，《書寫台灣》，台北市：麥田出版社，2000年。

周偉民等編，《日月的雙軌——羅門、蓉子詩創作世界的評介》，台北市：文
　　史哲出版社，1991年。

周偉民等編,《羅門蓉子文學世界學術研討會論文集》,台北市:文史哲出版社,1994年。

周華斌,《蒲公英》,台南縣:台南縣立文化中心,1999年。

周夢蝶,《十三朵白菊花》,台北市:洪範書店,2002年。

周夢蝶,《約會》,台北市:九歌出版社,2002年。

周夢蝶,《還魂草》,台北市:領導出版社,1978年。

周夢蝶,《周夢蝶世紀詩選》,台北市:爾雅出版社,2000年。

孟樊等撰,《後現代學科與理論》,台北市:生智,1997年。

孟　樊,〈當代台灣地緣詩學初論〉,《鄉土與文學》,台北市:文訊雜誌社,1994年,頁401-415。

孟　樊,〈當代台灣政治詩學〉,《當代台灣政治文學論》,台北市:時報文化,1994年,頁313-355。

孟　樊,《S.L.和寶藍色筆記》,台北市:書林書店,1992年。

孟　樊,《台灣文學輕批評》,台北市:揚智文化,1994年。

孟　樊,《台灣後現代詩的理論與實際》,台北市:揚智文化,2003年。

孟　樊,〈後現代主義詩學〉,《當代台灣新詩理論》,台北市:揚智文化,1995年,頁222-285。

孟　樊,〈政治詩學〉,《當代台灣新詩理論》,台北市:揚智文化,1995年6月,頁158-195。

孟　樊,《當代台灣新詩理論》,台北市:揚智文化,1995年。

林　外,《戒指》,台北市:笠詩刊社,1990年。

林　泠,《在植物與幽靈之間》,台北市:洪範書店,2003年。

林　泠,《林泠詩集》,台北市:洪範書店,1982年。

林　彧,《單身日記》,台北市:希代,1986年。

林文欽,〈現代詩教學中章法形式深究探討〉,《現代詩的語言與教學》,彰化師範大學國文系編,彰化:彰化師範大學國文系,2001年,頁123-165。

林文寶,〈有關鄉土與文學的省思〉,《鄉土與文學》,台北市:文訊雜誌社,1994年,頁82-86。

林亨泰,〈「笠」詩社創刊啟事〉,鄭炯明編,《台灣精神的崛起:「笠」詩論選集》,高雄:文學界,1989年,頁377-379。

林亨泰,〈台灣詩史上的一次大融合(前期)——一九五〇年代後半期的台灣詩壇〉,《台灣現代詩史論》,台北市:文訊雜誌社,1996年,頁99-106。

林亨泰,〈從八〇年代回顧台灣詩潮的演變〉,《世紀末偏航:八〇年代台灣

文學論》，林燿德、孟樊編，台北市：時報文化，1990年。

林亨泰，〈現代詩的基本精神〉，《找尋現代詩的原點》，彰化縣立文化中心，1994年，頁50-116。

林亨泰，《找尋現代詩的原點》，彰化市：彰化縣立文化中心，1994年。

林亨泰，《林亨泰全集》I-III，彰化縣立文化中心，1998年。

林亨泰，《林亨泰詩集》，台北市：時報文化，1984年。

林亨泰，《見者之言》，彰化：彰化縣立文化中心，1993年。

林亨泰、呂興昌編訂，《林亨泰全集五：文學論述卷2》，彰化：彰化縣立文化中心，1998年。

林佩芬，〈永不停息的風車：訪楊熾昌先生〉，台北市：《文訊》雜誌，第9期，1984年3月，頁404-414。

林宜澐，〈文學創作與鄉土關懷〉，《鄉土與文學》，台北市：文訊雜誌社，1994年，頁91-93。

林幸謙，《詩體的儀式》，台北市：九歌出版社，1999年。

林明德，《台灣現代詩經緯》，台北市：聯合文學，2001年。

林建隆，〈弔父親詩──入院〉，《千年之門》，台北市：萬卷樓，2002年。

林建隆，《生活俳句》，台北市：探索文化，1998年。

林婉瑜，《索愛練習》，台北市：爾雅出版社，2001年。

林盛彬，《風從心的深處吹起》，台北縣：台北縣政府文化局，2002年。

林盛彬，《家譜》，台北市：笠詩刊社，1991年。

林盛彬，《戰事》，台北市：名流出版社，1988年。

林煥彰，《中國新詩集編目・2輯》，台北市：成文，1980年。

林煥彰，《愛情的流派及其他──林煥彰詩集》，台北市：石頭出版社，1991年。

林瑞明，〈文學從土地與人民出發〉，《鄉土與文學》，台北市：文訊雜誌社，1994年，頁217-221。

林群盛，《星舞絃獨角獸神話憶》，自印，1995年。

林嘉誠，《社會變遷與社會運動》，台北市：黎明文化，1992年。

林錫嘉，《竹頭集》，台北市：九歌出版社，1995年。

林錫嘉，《親情詩集》，台北市：長歌出版社，1979年。

林豐明，《怨偶》，花蓮市：花蓮縣立文化中心，1995年。

林豐明，《地平線》，台北市：笠詩刊社，1986年。

林鎮國，《空性與現代性》，台北市：立緒文化，1999年。

林惠玲，〈體內地誌與原鄉視景：論台灣女詩人吳瑩與零雨空間書寫〉，《挑

撥新趨勢——第二屆中國女性書寫國際學術研討會論文集》，范銘如主
　　編，台北市：學生，2003年，頁325-342。
林燿德，〈八十年代現代詩世代交替現象〉，《台灣現代詩史論》，台北市：
　　文訊雜誌社，1996年，頁425-435。
林燿德，《不安海域》，台北市：師大書苑，1988年。
林燿德，《1990》，台北市：尚書文化出版社，1990年。
林燿德，《一九四九以後》，台北市：爾雅出版社，1986年。
林燿德，《都市之甍》，台北市：漢光文化，1989年。
林燿德，《都市終端機》，台北市：書林書店，1988年。
林燿德，《銀碗盛雪》，台北市：洪範書店，1987年。
林燿德，《重組的星空——林燿德論評選》，台北市：葉強，1991年。
林燿德，《觀念對話》，台北市：漢光文化，1989年。
林韻梅，〈地方文學發展的語言難題〉，《鄉土與文學》，台北市：文訊雜誌
　　社，1994年，頁87-90。
初惠誠，《珊瑚先生》，澎湖縣：澎湖縣立文化中心，1998年。
邱　平，《密碼燈語》，台北市：詩之華出版社，1994年。
非　馬，《沒有非結不可的果》，台北市：書林書店，2000年。
非　馬，《微雕世界：非馬詩集》，台中市：台中市立文化中心，1998年。
侯吉諒，《交響詩》，台北市：未來書城出版，2001年。
侯吉諒，《城市心情：侯吉諒詩集》，台北市：漢光文化，1987年。
侯吉諒，《星戰紀念》，台北市：海風出版社，1989年。
侯吉諒，《詩生活》，台北市：麥田出版社，1994年。
奎澤石頭，《在芝加哥的微光中》，台北市：書林書店，1999年。
奎澤石頭，《時光飛逝》，台北市：唐山出版社，2003年。
封德屏主編，《鄉土與文學：台灣地區區域文學會議實錄》，台北市：文訊雜
　　誌社，1994年。
施懿琳，〈稻作文化的蘊育下的農民詩人：試析吳晟新詩的性格特質與批判
　　精神〉，《台灣的文學與環境》，國立中正大學語言與文學研究中心，
　　1996年，頁67-110。
春　風，〈以「詩史」自許，寫出「詩史」〉，《春風》創刊號，台北：春風
　　詩刊，1984年。
洪素麗，《十年詩草》，台北市：時報文化，1981年。
洪淑苓，《預約的幸福》，台北縣：河童出版社，2001年。
洪順隆，《銀杏樹的戀歌》，台北市：文史哲出版社。

洛　夫，《天使的涅槃》，台北市：尚書文化，1980年。

洛　夫，《月光房子》，台北市：九歌出版社，1990年。

洛　夫，《因爲風的緣故》，台北市：九歌出版社，1988年。

洛　夫，《洛夫「石室之死亡」及相關重要評論》，侯吉諒、沙笛編，台北市：漢光文化，1988年。

洛　夫，《洛夫詩論選集》，台北市：源成，1977年。

洛　夫，《孤寂中的迴響》，台北市：東大圖書，1981年。

洛　夫，《詩的邊緣》，台北市：漢光文化，1986年。

洛　夫，《時間之傷》，台北市：時報文化，1987年。

洛　夫，《雪落無聲》，台北市：爾雅出版社，1999年。

洛　夫，《無岸之河》，台北市：大林出版社，1970年。

洛　夫，《夢的圖解》，台北市：書林書店，1993年。

洛　夫，《魔歌》，台北市：中外文學月刊社，1974年。

洛　夫，《漂木》，台北市：聯合文學，2000年。

洛　夫，《釀酒的石頭》，台北市：九歌出版社，1986年。

洛　夫，《洛夫禪詩》，台北市：天使學園網路，2003年。

紀　弦，〈六點答覆〉，《筆匯》，第24期，1958年6月。

紀　弦，《五八詩抄》，台北市：現代詩社，1971年。

紀　弦，《紀弦自選集》，台北市：黎明文化，1978年。

紀　弦，《紀弦詩拔萃》，台北市：九歌出版社，2002年。

紀　弦，《紀弦詩選》，北京：中國友誼出版公司，1993年。

紀　弦，《紀弦論現代詩》，台中市：藍燈出版社，1970年。

紀　弦，〈現代主義論戰〉，《紀弦回憶錄（第二部）：在頂點與高潮》，台北：聯合文學出版社，2001年，頁80-106。

紀　弦，《現代詩》，第1期-45期，1953年4月至1964年2月。

紀　弦，〈從現代主義到新現代主義〉，《現代詩》，第19期，1957年8月。

紀　弦，《第十詩集》，台北市：九歌出版社，1996年。

紀　弦，《檳榔樹甲、乙、丙、丁、戊》，台北市：現代詩社，1967年，1967年，1967年，1969年，1974年。

紀小樣，《天空之海》，彰化縣：彰化縣文化局，2000年。

紀小樣，《實驗樂團》，彰化縣：彰化縣立文化中心，1997年。

胡　適，〈中國文藝復興・人的文學・自由的文學〉，《當代中國新文學大系・文學評論集》，王夢鷗編，台北市：天視出版公司，1980年，頁1-16。

胡衍南，〈戰後台灣文學史上第一次橫的移植——新的文學史分期法之實驗〉，《台灣文學觀察雜誌》，第6期，1992年9月。

胡錦媛，〈主體、女性書寫與陰性書寫——七、八十年代女詩人的作品〉，《台灣現代詩史論》，台北市：文訊雜誌社，1996年，頁287-299。

苦　苓，《每一句不滿都是愛》，台北：前衛出版社，1986年。

侯作珍，〈論紀弦的現代詩運動〉，眞理大學台灣文學資料館發行，《台灣文學評論》，第2卷，第3期，頁34-46。

唐文標，《天國不是我們的》，台北市：聯經出版社，1976年。

夏　宇，《夏宇詩集——Salsa》，台北市：唐山出版社，2000年。

夏　宇，《備忘錄》，台北市：（自費印行），1984年。

夏　菁，《悠悠藍山》，台北市：洪範書店，1985年。

夏　菁，《澗水淙淙》，台北市：九歌出版社，1998年。

夏濟安編，《文學雜誌》創刊號，1956年9月。

奚　密，〈本土詩學的建立——讀陳黎《島嶼邊緣》〉，《中外文學》，第25卷，12期，1997年5月，頁159－169。

奚　密，〈在我們貧瘠的餐桌上——五〇年代的《現代詩》季刊〉，《書寫台灣》，台北市：麥田出版社，2000年，頁197-229，。

奚　密，〈形式的陷阱——丘緩詩試析〉，《當代文學評論》，創刊號，台中市：中興大學外文系，1993年，頁125-134。

奚　密，〈邊緣，前衛，超現實：對台灣五、六十年代現代主義的反思〉，《台灣現代詩史論》，台北市：文訊雜誌社，1996年，頁247-264。

奚　密，〈後現代的迷障〉，《現當代詩文錄》，台北市：聯合文學，1998年，頁203-226。

奚　密，《現當代詩文錄》，台北市：聯合文學，1998年。

奚　密，〈早期《笠》詩刊探析〉，《文化、認同、社會變遷：戰後五十年台灣學文學國際學術研討會論文集》，台北市：台灣大學，2000年6月，頁173-196。

孫玉石，《中國現代主義詩潮史論》，北京：北京大學，1999年。

孫維民，《所羅門與百合花》，台北市：九歌出版社，1998年。

孫維民，《拜波之塔》，台北市：現代詩季刊社，1991年。

孫維民，《異形》，台北市：書林書店，1997年。

孫維民，《麒麟》，台北市：九歌出版社，2002年。

徐正光，〈中產階級興起的政治經濟學〉，《變遷中台灣社會的中產階級》，蕭新煌編，台北市：巨流，1989年，頁34-54。

徐望雲,《革命前後》,台中縣:台中縣立文化中心,1992年。

徐望雲,《望雲小集》,台北市:林白出版社,1987年。

旅　人,《一日之旅》,台北市:笠詩刊社,1986年。

旅　人,《中國新詩論史》,台中縣立文化中心,1991年。

海　瑩,《敲窗雨》,台北市:台笠出版社,1993年。

席慕蓉,《邊緣光影》,台北:爾雅出版社,1999年。

翁文嫻(阿翁),《光黃莽》,台北市:自印,1991年。

翁文嫻,〈在古典詩之旁辨解現代詩的「變形」問題〉,《現代詩的語言與教學》,彰化師範大學國文系編,彰化:彰化師範大學國文系,2001年,頁393-432。

翁文嫻,〈評論可能去到的深度——介紹法國詩論家莊皮亞‧李察對波特萊爾處理的效果〉,《現代詩學會議論文集》,彰化師範大學國文系編,彰化:彰化師範大學國文系,1995年,頁23-50。

草根詩社,〈草根宣言第二號〉,《草根》復刊號,1985年。

草根詩社,〈草根宣言〉,《現代詩導讀:理論史料篇》,張漢良、蕭蕭編,台北市:故鄉出版社,1979年,頁449-461。

茨薇塔耶娃(Cvetajeva, Marina),歐茵西譯著,〈浪漫與沈思——俄國詩歌欣賞〉,《走到文學殿堂裡看一看》,彭鏡禧主編,台北市:聯經出版公司,2002年,頁139-56。

袁鶴翔,〈略談比較文學:回顧,現狀與展望〉,《中外文學》,第2卷,第9期,62-70。

高上秦,〈探索與回顧〉,龍族詩社編,《中國現代詩評論——龍族評論專號》,台北市:林白出版社,1993年。

高世澤,《捷運的出口是海洋》,台北市:九歌出版社,2003年。

商　禽,《用腳思想》,台北市:漢光文化,1988年。

商　禽,《夢或者黎明及其他》,台北市:書林書店,1988年。

康　原,〈文學作品的地方特色與精神傳承〉,《鄉土與文學》,台北市:文訊雜誌社,1994,頁293-298。

張　健,《山中的菊神》,台北市:文史哲出版社,1987年。

張　健,《中國現代詩論集》,台北市:純文學,1968年。

張　健,《世紀的長巷》,台北市:文史哲出版社,1989年。

張　健,《早晨的夢境》,台北市:九歌出版社,1982。

張　健,《玫瑰歲月》,台北市:文史哲出版社,1997年。

張　錯,〈抒情繼承:八十年代詩歌的延續與丕變〉,《台灣現代詩史論》,

台北市：文訊雜誌社，1996年，頁407-424。

張　錯，〈朦朧以後：大陸新詩的動向〉，《中華現代文學大系：台灣1970-1989評論卷貳》，余光中編，台北市：九歌出版社，1989年，頁1221-1243。

張　錯，《春夜無聲》，台北市：書林書店，1986年。

張　錯，《張錯詩選》，台北市：洪範書店，1999年。

張　錯，《細雪》，台北市：皇冠出版社，1996年。

張　錯，《檳榔花》，台北縣：大雁書店，1990年。

張　默，〈「創世紀」的發展路線及其檢討〉，《現代文學》，46期「詩專號」，1992年3月。

張　默，《台灣現代詩筆記》，台北：三民書局，2004年。

張　默，《台灣現代詩概觀》，台北：爾雅出版社，1997年。

張　默，《台灣現代詩編目：1949-1995修訂篇》，台北市：爾雅出版社，1996年。

張　默，《光陰‧梯子：張默詩集》，台北市：尚書文化，1990年。

張　默，《飛騰的象徵：現代詩評論集》，台北市：水芙蓉，1976年。

張　默，《無調之歌》，台北市：創世紀詩社，1975年。

張　默，《現代百家詩選》，台北市：爾雅出版社，2003年。

張　默，《落葉滿階》，台北市：九歌出版社，1994年。

張　默，《無塵的鏡子》，台北市：東大出版社，1991年。

張山克編，《台灣問題大事紀》，華文出版社，1988年。

張文智，《當代文學的台灣意識》，台北市：自立晚報，1993年。

張同吾，《詩的本體與詩人素質》，北京市：作家出版社，2001年。

張良澤，〈台灣本土文學的發展〉，《台灣文學、語文論集》，彰化：彰化縣立文化中心，1996年，頁57-77。

張秀亞，《水上琴聲》，台北市：樂天，1957年。

張我軍，〈致台灣青年的一封信〉，《台灣民報》，2卷，7號，台北市：東方書局複刊版，1973年，頁10。

張我軍，〈糟糕的台灣文學界〉，《台灣民報》，2卷，24號，台北：東方書局複刊版，1973年，頁6-7。

張我軍，《亂都之戀》，瀋陽：遼寧大學，1987年。

張京媛〈彼與此——愛德華‧薩伊德的《東方主義》〉，《後殖民理論與文化認同》，張京媛編，台北：麥田出版社，1995年，頁33-50。

張松如編，《中國詩歌美學史》，吉林：吉林大學，1994年。

張芳齡、陳黎，〈楊牧詩藝備忘錄〉，《台灣現代詩經緯》，彰化師大國文系編，台北市：聯合文學，2001年。

張芳慈，《紅色漩渦》，台北市：女性文化事業有限公司，1999年。

張香華，《愛荷華詩抄》，台北市：林白出版社，1985年。

張梅芳，《鄭愁予詩的想像世界》，台北：萬卷樓，2001年。

張國治，《雪白的夜：張國治抒情詩選》，台北市：詩之華出版社，1991年。

張國治，《憂鬱的極限》，台北市：詩之華出版社，1991年。

張雪映，《同土地一樣膚色》台北市：前衛出版社，1983年。

張道藩，〈論當前自由中國文藝發展的方向〉，《文藝創作》，第21期，1953年。

張漢良，〈現代詩的田園模式——《八十年代詩選》序〉，《中華現代文學大系：台灣1970-1989評論卷貳》，余光中編，台北市：九歌出版社，1989年，頁1009-1027。

張漢良，〈論台灣的具體詩〉，《創世紀四十年評論選》，台北市：創世紀詩雜誌社，1994年，頁69-86。

張漢良等撰，《門羅天下——當代名家論羅門》，台北：文史哲出版社，1991年。

張漢良，〈中國現代詩的超現實主義思潮〉，《當代台灣評論大系：文學現象》，鄭明娳編，台北：正中書局，1993年，頁277-296。

張漢良，《現代詩論衡》，台北市：幼獅，1977年。

彩　羽，《上昇的時間》，台中市：台中市立文化中心，1991年。

彩　羽，《不一樣的溶雪》，台北縣新店市：詩藝文出版社，2000年。

梁正居、沈花末，《鏡頭中的新詩》，台北市：漢光文化，1987年。

梁如雲，《戀痕》，台北市：藍燈出版社，1989年。

梁景峰，〈現代詩中「橫的移植」——比較文學的一個案例〉，《台灣現代詩史論》，台北市：文訊雜誌社，1996年，頁193-197。

陶保璽，〈景也，亨泰！舍也，亨泰！思也，亨泰！——讀林亨泰的詩兼論圖象詩的思維走勢〉，《台灣新詩十家論》，台北市：二魚文化，2003年，頁333-372。

陶保璽，《台灣新詩十家論》，台北市：二魚文化，2003年。

陶保璽，〈觸摸詩人大荒燃燒的靈魂〉，《台灣新詩十家論》，台北市：二魚文化，2003年，頁190-220。

莫　渝，〈六十年代台灣的鄉土詩〉，《台灣現代詩史論》，台北市：文訊雜誌社，1996年，頁199-224。

莫　渝，《台灣新詩筆記》，台北市：桂冠圖書，2000年。

許世旭，《新詩論》，台北：三民書局，1998年。

許俊雅，〈日治時期台灣白話詩的起步〉，《台灣現代詩史論》，台北市：文訊雜誌社，1996年，頁35-59。

許悔之，《肉身》，台北市：皇冠出版公司，1993年。

許悔之，《家族》，台北市：號角出版社，1991年。

許悔之，《陽光蜂房》，台北市：尚書文化，1990年。

許悔之，《當一隻鯨魚渴望海洋》，台北市：時報文化，1997年。

許勝文，〈文學創作與鄉土關懷〉，《鄉土與文學》，台北市：文訊雜誌社，1994年，頁161-163。

連水淼，《生命的樹》，台北市：創世紀詩社，1980年。

連水淼，《在否定之後》，屏東縣：屏東縣立文化中心，1995年。

連水淼，《連水淼自選集》，台北市：黎明文化，1988年。

連溫卿，〈言語之社會的性質〉，《台灣民報》，2卷，19號，台北市：東方書局複刊版，1973年，頁13-14。

陳　炘，〈文學與職務〉，《台灣青年》雜誌，創刊號，台北：東方書局複刊版，1973年，頁41-43。

陳　亮，《地面》，台北市：笠詩刊社，1990年。

陳　晨，《迷鳥詩集》，南投縣：南投縣政府文化局，2001年。

陳　黎，《小宇宙》，台北市：皇冠出版公司，1993年。

陳　黎，《島嶼邊緣》，皇冠出版公司，1995年。

陳　黎，《陳黎詩集Ⅰ：1973-1993》，花蓮市：東林文學社，1997年。

陳　黎，《廟前》，台北市：東林文學社，1975年。

陳　黎，《貓對鏡》，台北市：九歌出版社，1999年。

陳　謙，《山雨欲來》，台北市：前衛出版社，1992年。

陳　謙，《台北盆地》，台北新店：鴻泰圖書，1995年。

陳　謙，《島》，台北縣：台北縣政府文化局，2000年。

陳千武（桓夫），〈台灣現代詩的歷史和詩人們：華麗島詩集後記〉，《台灣精神的崛起：「笠」詩論選集》，鄭炯明編，高雄：文學界，1989年，頁451-457。

陳千武（桓夫），〈談「笠」的創刊〉，《台灣精神的崛起：「笠」詩論選集》，鄭炯明編，高雄：文學界，1989年，頁380-383。

陳千武（桓夫），《台灣新詩論集》，高雄：春暉出版社，1997年。

陳千武（桓夫），《安全島》，台北市：笠詩刊社，1986年。

陳千武（桓夫），《陳千武作品選集》，台中縣：台中縣立文化中心，1990年。

陳千武（桓夫），《台灣新詩論集》，高雄市：春暉出版社，1997年。

陳千武（桓夫），《寫詩有什麼用》，台北市：笠詩刊社，1990年。

陳大爲（桓夫），〈在語字中安排宇宙──論洛夫《魔歌》〉，《台灣文學經典研討會論文集》，陳義芝編，台北市：聯經出版社，1999年，頁201-216。

陳千武（桓夫），〈台灣現代詩的演變〉，《笠》詩刊，第99期，1970年，頁38-42。

陳大爲，《再鴻門》，台北市：文史哲出版社，1998年。

陳大爲，《存在的斷層掃描──羅門都市詩論》，台北：文史哲出版社，1998年。

陳大爲，《亞細亞的象形思維》，台北市：萬卷樓，2001年。

陳少紅，〈從後現代主義看詩與城市的關係〉，《中國現當代文學探析》，陳炳良編，台北市：書林書店，1994年，頁184-204。

陳正雄，《故鄉的歌》，台南縣：台南縣文化局，2000年。

陳玉玲，〈紀弦與現代詩詩刊之研究〉，《台灣文學觀察雜誌》，第4期，1991年11月，頁3-33。

陳玉玲，《台灣文學的國度：女性、本土、反殖民》，台北市：博揚，2000年。

陳玉玲，《月亮的河流》，台北市：桂冠圖書，2002年。

陳仲義，《台灣詩歌藝術六十種》，桂林市：漓江出版社，1997年。

陳仲義，《扇形的展開：中國現代詩講論》，浙江文藝出版社，2000年。

陳光興，〈炒作後現代？──評孟樊、羅青、鍾明德的後現代觀〉，《自立早報》副刊，1990年2月23日。

陳克華，《欠砍頭詩》，台北市：九歌出版社，1995年。

陳克華，《我撿到一顆頭顱》，台北市：漢光文化，1988年。

陳克華，《星球紀事》，台北市：元尊文化，1997年。

陳克華，《新詩心經》，台北市：歡喜文化，1997年。

陳克華，《美麗深邃的亞細亞》，台北市：書林書店，1997年。

陳育虹，《河流進你深層靜脈》，台北市：寶瓶文化，2002年。

陳忠倫，《地球客棧》，台南縣：台南縣立文化中心，1997年。

陳昌明，〈「感覺性」與新詩語言析論〉，《現代詩的語言與教學》，彰化師範大學國文系編，彰化：彰化師範大學國文系，2001年，頁223-247。

陳明台，〈鄉愁論：台灣現代詩人的故鄉憧憬與歷史意識後記〉，《台灣精神的崛起：「笠」詩論選集》，鄭炯明編，高雄：文學界，1989年，頁20-67。

陳明台，《台灣文學研究論集》，台北市：文史哲出版社，1997年。

陳明台，〈論戰後台灣本土詩的發展和特質〉，《台灣文學研究論集》，台北市：文史哲出版社，1997年，頁104-124。

陳明台，〈論戰後台灣現代詩所受日本前衛詩潮的影響〉，《彰化師大第三屆現代詩學學術會議論文集》，彰化師大國文系編，彰化：彰化師大，1997年，頁104-124。

陳明台，〈楊熾昌·風車詩社·日本詩潮——戰前台灣新詩現代主義的考察〉，《台灣文學研究論集》，台北市：文史哲出版社，1997年，頁39-64。

陳昭瑛，《台灣文學與本土化運動》，台北市：正中書局，1998年。

陳芳明，〈死滅的，以及從未誕生的〉，《鞭傷之島》，台北市：自立晚報，1989年，頁137-175。

陳芳明，〈新的一代·新的精神〉，《鏡子和影子》，台北市：志文出版社，1974年，頁275-287。

陳芳明，〈余光中的現代主義精神——從《在冷戰的年代》到《與永恆拔河》〉，《後殖民台灣：文學史論及其周邊》，台北市：麥田出版社，2002年，頁197-218。

陳芳明，〈永恆的鄉愁——楊牧文學的花蓮情結〉，《後殖民台灣：文學史論及其周邊》，台北市：麥田出版社，2002年，頁219-242。

陳芳明，〈後現代或後殖民——戰後台灣文學史的一個解釋〉，《後殖民台灣：文學史論及其周邊》，台北市：麥田出版社，2002年，頁23-46。

陳芳明，《詩和現實》，台北：洪範書店，1977年。

陳建民，〈四種長詩的可能——從洛夫、簡政珍、陳克華、林燿德的長詩創作探索起〉，《文與哲》，第2期，中山大學中文系學報，2003年6月，頁223-250。

陳建民，〈九十年代詩美學—語言與心境〉，《台灣現代詩史論》，台北市：文訊雜誌社，1996年，頁533-548。

陳建民，〈詩的心相導向：論簡政珍的《歷史的騷味》〉，《中外文學》，21卷，第10期，1993年3月，頁57-87。

陳建民，〈觀世心境的概念化呈現：論簡政珍詩集《浮生紀事》〉，《創世紀詩刊專號詩人——簡政珍》，第108期，1996年10月，頁75-99。

陳建宇，《陳建宇詩集》，台北三重市：詩友詩社，1986年。

陳映眞，《知識人的偏執》，台北市：遠行出版社，1976年。

陳映眞，〈駁陳芳明再論殖民主義的雙重作用〉，《反對言僞而辯——陳芳明台灣文學論、後現代論、後殖民論的批判》，台北市：人間，2002年，頁133-176。

陳紀瀅，〈文藝運動二十五年〉，《當代中國新文學大系‧史料與索引》，劉心皇編，台北市：天視出版公司，1981，頁377-411。

陳家帶，《城市的靈魂》，台北市：書林書店，1999年。

陳啓佑（渡也），〈五十年代現代派中的古典〉，《台灣現代詩史論》，台北市：文訊雜誌社，1996年，頁123-147。

陳啓佑（渡也），《不准破裂》，彰化縣：彰化縣文化中心，1994年。

陳啓佑（渡也），〈新詩形式設計的美學基礎——類疊篇〉，余光中編，《中華現代文學大系：台灣1970-1989評論卷貳》，台北市：九歌出版社，1989年，頁993-1008。

陳啓佑（渡也），〈新詩賞析策略〉，《現代詩的語言與教學》，彰化師範大學國文系編，彰化：彰化師範大學國文系，2001年，頁89-121。

陳啓佑（渡也），《流浪玫瑰》，台北市：爾雅出版社，1999年。

陳啓佑（渡也），《最後的長城》，台北市：黎明文化，1988年。

陳啓佑（渡也），《渡也論新詩》，台北市：黎明文化，1983年。

陳啓佑（渡也），《落地生根》，台北市：九歌出版社，1989年。

陳瑞山，《地球是艘太空梭》，台北市：書林書店，1998年。

陳義芝，〈台灣後現代詩學的建構〉，《解嚴以來台灣文學國際學術研討會論文集》，國立台灣師範大學國文系編，台北：萬卷樓，2000，頁384-419。

陳義芝，《不能遺忘的遠方》，台北市：九歌出版社，1993年。

陳義芝，〈台灣女性詩學的建立〉，《台灣現代詩經緯》，彰化師大國文系編，台北：聯合文學，2001年，頁65-98。

陳義芝，《從半裸到全開——台灣戰後世代女詩人的性別意識》，台北市：聯經出版公司，1999年。

陳義芝，《我年輕的戀人》，台北市：聯合文學，2002年。

陳義芝，《陳義芝世紀詩選》，台北市：爾雅出版社，2000年。

陳端明，〈日用文鼓吹論〉，《台灣青年》，3卷，6號，台北：東方書局複刊版，1973年，頁31-34。

陳慧樺，《我想像一頭駱駝》，台北市：萬卷樓，2003年。

陳慧樺,《雲想與山茶》,台北:國家出版社,1976年。

陳鵬翔(陳慧樺),〈歸返抑或離散——留台現代詩人的認同與主體性〉,《台灣現代詩經緯》,彰化師大國文系編,台北市:聯合文學,2001年,頁99-128。

陳巍仁,《台灣現代散文詩新論(2001)》,台北市:萬卷樓,2001年。

陸士清,《台灣文學新論》,上海市:復旦大學出版社,1993。

枼　川,《枼川詩集》,台北市:自印,1990年。

章益新(梅新),《梅新自選集》,台北市:黎明文化,1985年。

章益新(梅新),《魚川讀詩》,台北市:三民書局,1998年。

章亞昕,〈簡政珍:面對人生的本來面目〉,《創世紀》詩雜誌,第108期,1996年,10月,頁61-67。

麥　穗,《孤峰》,台北市:采風出版社,1988年。

麥　穗,《森林》,台北市:長歌出版社,1979年。

麥　穗,《詩空的雲煙:台灣新詩備忘錄》,台北:詩藝文出版社,1998年。

彭邦楨,《彭邦楨自選集‧5輯》,台北市:黎明文化,1980年。

彭邦楨,《詩的鑑賞》,台北市:台灣商務,1971年。

彭瑞金,〈台灣社會轉型時期出現的工人作家〉,《鄉土與文學》,台北市:文訊雜誌社,1994年,頁101-109。

彭瑞金,《台灣新文學運動40年》,台北:自立晚報社,1991。

彭瑞金,〈當前台灣文學的本土化與多元化〉,《台灣文學探索》,台北:前衛,1995年1月,初版,頁39-67。

彭瑞金主編,《李魁賢文學國際學術研討會論文集》,台北市:文建會,2002年。

彭瑞琪,《中國新文學創作實績》,貴陽:貴州人民,2001年。

曹文軒,《二十世紀末中國文學現象研究》,北京:北京大學,2002年。

斯　人,《薔薇花事》,台北市:書林書店,1995年。

曾信雄,〈文學創作的檢討與再出發〉,《鄉土與文學》,台北市:文訊雜誌社,1994年,頁374-377。

曾貴芬,《悲劇的主體價值體驗——洛夫〈漂木〉詮釋》,2002年,彰化師大國研所碩士論文。

曾貴海,《鯨魚的祭典》,台北市:春暉出版社,1983年。

曾進豐,《聽取如雷之靜寂——想見詩人周夢蝶》,台北市:漢風,2003年。

游　喚,〈大陸學者如何詮釋五十年代台灣詩〉,《台灣現代詩史論》,台北市:文訊雜誌社,1996年,頁173-185。

游　喚，《文學批評的實踐與反思》，台中：台中縣立文化中心，1993年。

游　喚，《文學批評精讀》，台北市：五南圖書，2003年。

游　喚，《現代詩精讀》，台北市：五南圖書，1998年。

游　喚，《游喚短詩選》，香港：銀河出版社，2002年。

游　喚，《游喚詩稿1976-1977》，自印，1977年。

游　喚，〈八〇年代台灣文學論述之變質〉，《當代台灣文學評論大系2：文學現象》，台北市：正中書局，1993年，頁225-276。

游　喚，〈八〇年代台灣政治詩調查報告〉，《當代台灣政治文學論》，台北：時報文化，1994年，頁359-399。

游勝冠，《台灣文學本土論的興起與發展》，台北：前衛出版社，1996年。

湯玉琦，〈詩與存有——論簡政珍的詩〉，《幼獅文藝》，1992年5月，頁86-97。

童　山，《天山明月集》，台北市：東大圖書，1995年。

覃子豪，〈介紹幾個新作者〉，《自立晚報》「新詩」週刊版，1952年10月26日。

覃子豪，《覃子豪全集》，台北市：覃子豪編輯委員會，1965年。

覃子豪，《詩的表現方法》，台中市：普天出版社，1967年。

覃子豪，《詩的解剖》，台北市：藍星詩社，1958年。

覃子豪，《論現代詩》，台中：普天出版社，1969年。

費　勇，〈詩和現實的辯證——論簡政珍的詩〉，《創世紀詩雜誌》，第90期，1992年10月，頁129-141。

費　勇，〈簡政珍論〉，《暨南學報》，1993年7月，頁122-129。

陽光小集，〈請不要污染詩的天空〉，《陽光小集》，第13期，台北市：陽光小集，1984年。

須文蔚，《旅次》，台北市：創世紀詩社，1996年。

須文蔚，《台灣數位文學論》，台北市：二魚文化，2003年。

須文蔚編，《網路新詩紀：詩路2000年詩選》，台北市：未來書城，2001年。

須文蔚、林德俊編，《詩次元》，台北縣：河童出版社，2002年。

瘂　弦，〈他的詩‧他的人‧他的時代——論商禽《夢或者黎明》〉，《台灣文學經典研討會論文集》，陳義芝編，台北市：聯經出版社，1999年，頁240-259。

瘂　弦，《瘂弦詩集》，台北市：洪範書店，1985年。

馮　青，《天河的水聲》，台北市：爾雅出版社，1983年。

馮　青，《快樂或不快樂的魚》，台北市：尚書文化，1990年。

馮　青，《雪原奔火》，台北市：漢光文化，1989年。

黃　翔，《黃翔禁毀詩選》，香港：明鏡出版社，1999年。

黃　梁，《想像的對話——新詩評論集》，台北市：二魚文化，1997年。

黃呈聰，〈應該創設台灣特種的文化〉，《台灣民報》，3卷，1號，台北：東方書局複刊版，1973年，頁7-8。

黃玠源，《不安》，台北市：詩之華出版社，1993年。

黃玠源，《時光記憶》，台南縣：台南縣文化局，2000年。

黃俊傑，〈邁向二十一世紀的台灣新文化：內涵、問題與前瞻〉，《第一屆台灣本土文化學術研討會論文集》，台北市：台灣師範大學，1995年。

黃勁連，〈略述「鹽分地帶」的文學傳統〉，《鄉土與文學》，台北市：文訊雜誌社，1994年，頁222-225。

黃勁連，〈語言、思考、與詩〉，《蓮花落》，再版，台北市：大漢，1990，頁1-6。

黃勁連，《蟑螂的哲學》，台北市：台笠出版社，1989年。

黃恆秋，《寂寞的密度》，台北市：殿堂出版社，1989年。

黃得時，〈台灣新文學運動概觀〉（上），《台北文物》季刊，3卷，2期，1954年，頁13-25。

黃荷生，《觸覺生活：黃荷生詩集》，台北市：現代詩季刊社，1993年。

黃智溶，《今夜妳莫要踏入我的夢境》，台北市：光復書局，1988年。

黃裕生，《時間與永恆》，北京市：社會科學文獻出版社，2002年。

黃維樑編，《火浴的鳳凰——余光中作品評論集》，台北市：純文學出版社，1979年。

黃維樑編，《璀璨的五彩筆——余光中作品評論集（1979-1993）》，台北市：九歌出版社，1994年。

黃樹根，《鯨，自由了》，高雄市：高雄市立中正文化中心，1998年。

黃樹根，《讓愛統治這塊土地：黃樹根詩集2》，高雄市：春暉出版社，1984年。

黃惠菁，《楊牧》，台北市：聯合文學出版社，2002年。

彰化師大國文系編，《台灣前行代詩家論》，台北市：萬卷樓，2003年。

彰化縣文化局編，《林亨泰文學會議論文集》，彰化：彰化縣政府，2002年。

落蒂，〈大荒詩作研究〉，《創世紀》詩刊，131期，2002年6月，頁145-149。

萬胥亭，〈讀夏宇的《備忘錄》〉，《74年文學批評選》，台北市：爾雅出版社，1986年4月，頁39-58。

楊　平，《年輕感覺》，台北市：詩之華出版社，1991年。

楊　平，《我孤伶伶的站在世界邊緣》，台北市：詩之華出版社，1996年。

楊　平，《空山靈雨》，台北市：唐山出版社，2001年。

楊　平，《處境》，台北市：唐山出版社，2003年。

楊　牧，《一首詩的完成》，台北市：洪範書店，1989年。

楊　牧，《有人》，台北市：洪範書店，1986年。

楊　牧，《完整的寓言》，台北市：洪範書店，1990年。

楊　牧，《時光命題》，台北市：洪範書店，1997年。

楊　牧，《涉事》，台北市：洪範書店，2001年。

楊　牧，《瓶中稿》，台北市：志文出版社，1980年。

楊　牧，《楊牧自選集》，台北市：黎明文化，1975年。

楊　牧，《楊牧詩集1956-1974》，台北市：洪範書店，1989年。

楊　牧，《楊牧詩集1974-1985》，台北市：洪範書店，1995年。

楊　牧（葉珊），《非渡集》，台北市：晨鐘出版社，1972年。

楊　牧（葉珊），《傳說》，台北市：志文出版社，1978年。

楊　牧，《傳統的與現代的》，台北市：洪範書店，1979年。

楊　喚，《楊喚詩集》，台北市：光啓，1997年。

楊　澤，《人生不值得活的：楊澤詩選1977-1990》，台北市：元尊文化，1997年。

楊　澤，《薔薇學派的誕生》，台北市：洪範書店，1977年。

楊子澗，〈沒有文化的泥土，那有文學的花樹——雲林區域文學的過去、現在與未來〉，《鄉土與文學》，台北市：文訊雜誌社，1994年，頁171-186。

楊文雄，〈風雨中的一線陽光：試論《陽光小集》在七、八十年代詩壇的意義〉，文訊雜誌社編，《台灣現代詩史論》，台北市：文訊雜誌社，1996年。

楊佳嫻，《屏息的文明》，台北市：木馬文化，2003年。

楊匡漢，《詩學心裁》，西安：陝西人民教育出版社，1995年。

楊宗翰，〈詩少年——黃荷生〉，《台灣現代詩史——批判的閱讀》，台北市：巨流，2002年6月，頁87-122。

楊宗翰，《台灣文學的當代視野》，台北市：文津，2002年。

楊宗翰，《台灣文學史的省思》，台北市：富春，2002年。

葉　紅，《藏明之歌》，台北新店市：鴻泰圖書，1995年。

葉　紅，《瀕臨崩潰的字眼感覺有風》，台北縣：河童出版社，2000年。

葉　笛，〈日據時代台灣詩壇的超現實主義運動——風車詩社的詩運動〉，《台灣現代詩史論》，台北市：文訊雜誌社，1996年，頁21-34。

葉日松，《葉日松自選集》，台北市：黎明文化，1988年。

葉石濤，《台灣文學史綱》，高雄：文學界雜誌社，1987年。

葉振富（焦桐），《青春標本》，台北市：二魚文化，2003年。

葉振富（焦桐），《焦桐‧世紀詩選》，台北市：爾雅出版社，2000年。

葉振富（焦桐），〈八〇年代詩刊的考察〉，《現代詩學研討會論文集》，彰化：彰化師大國文系。

葉振富（焦桐），〈前衛詩的形式遊戲〉，《現代詩學會議論文集》，彰化師範大學國文系編，彰化：彰化師範大學國文系，1995年，頁177-200。

葉振富（焦桐），〈一場現代詩的街頭運動——試論台灣八十年代的政治詩〉，《台灣現代詩史論》，台北市：文訊雜誌社，1996年，頁459-476。

葉振富（焦桐），〈前衛詩〉，《台灣文學的街頭運動（1977－世紀末）》，台北市：時報文化，1998年，頁63-114。

葉振富（焦桐），《失眠曲》，台北市：爾雅出版社，1993年。

葉振富（焦桐），《在世界的邊緣》，台北市：九歌出版社，1995年。

葉振富（焦桐），《蕨草：焦桐詩集》，台北市：蘭亭，1983年。

葉維廉，〈中國古典詩和英美詩中山水美感意識的演變〉，《比較詩學》，台北市：東大圖書，1983年，頁135-194。

葉維廉，《解讀現代、後現代》，台北：東大圖書，1992年。

葉維廉，〈語法與表現——中國古典詩與英美現代詩美學的匯通〉，《比較詩學》，台北市：東大圖書，1983年，頁27-85。

葉維廉，《愁渡》，台北市：仙人掌出版社，1969年。

葉維廉，《葉維廉自選集》，台北市：黎明文化，1975年。

葛賢寧，《論戰鬥文學》，中華文化復興委員會，1955年。

葛賢寧、上官予編著，《五十年來的中國詩歌》，台北市：中正書局，1965年。

詹　冰，《詹冰詩選集》台北市：笠詩刊社，1993年。

詹　冰，《銀髮與童心》，台中市：台中市立文化中心，1998年。

詹　澈，《土地請站起來說話》，台北：遠流出版社，1983年。

詹　澈，《西瓜寮詩輯》，台北：元尊文化，1998年。

詹　澈，《有翅膀的歌聲》，台北：遠流出版社，1976年。

詹　澈，《詹澈短詩選》，香港：銀河出版社，2002年。

零　雨，《木冬詠歌集》，台北市：唐山出版社，1999年。

零　雨，《城的連作》，台北：現代詩季刊社，1990年。

零　雨，《消失在地圖上的名字》，台北市：時報文化，1992年。

零　雨，《特技家族》，台北：現代詩季刊社，1996年。

路　痕，《單音六節》，嘉義市：嘉義市文化中心，1997年。

路　痕，《路痕》：台北縣新店市：詩藝文出版社，1996年。

路寒袖，《我的父親是火車司機》，台北市：元尊文化，1997年。

廖咸浩，〈「台語文學」的商榷〉，《愛與解構：當代台灣文學評論與文化觀察》，台北市：聯合文學，1995年。

廖咸浩，〈物質主義的叛變：從文學史、女性化、後現代脈絡看夏宇的「陰性詩」〉《當代台灣女性文學論》，台北市：時報文化，1993年，頁236-72。

廖咸浩，〈從諸神的秘會到精靈的邀宴：當代詩的兩種趨勢〉，《台灣詩學季刊》，第7期，1994年，頁13-20。

廖咸浩，〈悲喜未若世紀末——九〇年代的台灣後現代詩〉，《兩岸後現代文學研討會論文集》，林水福編，台北市：輔大外語學院，1998年，頁33-52。

廖咸浩，〈離散與聚焦之間——八十年代後現代詩與本土詩〉，《台灣現代詩史論》，台北：文訊雜誌社，1996年，頁437-450。

廖炳惠，〈台灣：後現代或後殖民〉，《書寫台灣——文學史、後殖民與後現代》，台北市：麥田出版社，2000年，頁85-100。

廖炳惠，〈在台灣談後現代與後殖民論述〉，《回顧現代——後現代與後殖民論文集》，台北市：麥田出版社，1994年，頁53-72。

廖炳惠，〈比較文學與現代詩篇——試論台灣的「後現代詩」〉，《中外文學》，第24卷，第2期，1995年，頁67-84。

廖炳惠，《另類現代情》，台北市：允晨文化，2001年。

廖漢臣，〈台灣文學年表〉，《台灣文獻》，第15卷，第1期，1964年，頁245-290。

碧　果，《一隻變與不變的金絲雀》，台北市：文史哲出版社，2003年。

碧　果，《碧果人生：碧果詩選（一九五？——一九八八）》，台北市：采風，1988年。

管　管，《早安‧鳥聲》，台北市：九歌出版社，1982年。

管　管，《管管詩選》，台北市：洪範書店，1986年。

管　管，《請坐月亮請坐》，台北市：九歌出版社，1979年。

蓉　子，《黑海上的晨曦》，台北市：九歌出版社，1997年。

蓉　子，《蓉子自選集》，台北市：黎明文化，1978年。

夐　虹，《觀音菩薩摩訶薩》，台北市：大地，1997年。

夐　虹，《向寧靜的心河出航》，高雄：佛光，1999年。

趙天儀，〈論林亨泰的詩與詩論：現實主義與現代主義的對話〉，《林亨泰文學會議》，彰化：彰化縣文化局，2002年1月，頁23-40。

趙天儀，〈從荊棘的途徑走出來：笠百期的回顧與展望〉，《台灣精神的崛起：「笠」詩論選集》，鄭炯明編，高雄：文學界，1989年，頁458-463。

趙遐秋、呂正惠編，《台灣新文學思潮史綱》，台北市：人間，2002年。

趙衛民，〈火成岩的額頭——論余光中《與永恆拔河》〉，《台灣文學經典研討會論文集》，陳義芝編，台北市：聯經出版社，1999年，頁220-235。

趙衛民，〈現代詩與中國美學——從五十年代現代詩名作試析所含的中國美學意境〉，《現代詩學會議論文集》，彰化師範大學國文系編，彰化：彰化師範大學國文系，1995年，頁225-246。

趙衛民，《新詩啓蒙》，台北市：業強，2003年。

趙衛民，《猛虎和玫瑰》，台北市：九歌出版社，1997年。

齊邦媛，〈二度漂流的文學〉，《中華文學的現在和未來——兩岸暨港澳文學交流研討會論文集》，黃維樑編，香港鑪峰學會，1994年。

熊國華，〈詩魔的藝術魅力——論洛夫的「詩魔之歌」〉，《創世紀四十年評論選》，簡政珍編，台北市：創世記詩雜誌社，1994年，頁233-248。

劉　菲，《長耳朵的窗》，台北市：創世紀詩社，1980年。

劉小梅，《雕像》，台北市：文史哲出版社，2001年。

劉小梅，《驚豔》，台北市：文史哲出版社，1999年。

劉正忠（唐捐），《軍旅詩人的異端性格——以五、六十年代的洛夫、商禽、瘂弦爲主》台北市：台灣大學中國文學所博士論文，2001年。

劉正忠（唐捐），《意氣草》，台北市：詩之華出版社，1993年。

劉正忠（唐捐），《暗中》，台北市：文史哲出版社，1997年。

劉正偉，《思憶症》，台北市：文史哲出版社，2000年。

劉克襄，《劉克襄詩集》，台北市：蘭亭，1983年。

劉洪順，《古相思曲：劉洪順詩集》，台北市：漢藝色研，1990年。

劉紀蕙，〈林燿德現象與台灣文學史的後現代轉折：從《時間龍》的虛擬暴力書寫談起〉，《文化、認同、社會變遷：戰後五十年台灣文學國際研討會論文集》，台北：台灣大學，2000年6月，頁197-243。

劉紀蕙，〈前衛的推離與淨化——論林亨泰與楊熾昌的前衛詩論及其被遮蓋

的際遇〉，《書寫台灣——文學史、後殖民與後現代》，台北市：麥田出版社，2000年，頁141-168。

劉紀蕙，〈變異之惡的必要——楊熾昌的「異常為」書寫〉，《中華現代文學大系2：評論卷》，冊二，台北：九歌出版社，2003年，頁869-896。

劉紀蕙，《孤兒‧女神‧負面書寫》，台北市：立緒文化，2000年。

劉素玉，〈三十年台灣脈動，三十本暢銷好書〉，《從《藍與黑》到《暗夜》——三十年來的暢銷書》，久大文化編，台北：久大文化，1987年。

劉登翰、莊明萱、黃重添、林承璜，《台灣文學史，下卷，當代台灣文學的前期狀況》，福州：海峽文藝出版社，1993年。

劉登翰等主編：《台灣文學史》（下冊），福州：海峽文藝出版社，1993年。

劉登翰，《台灣文學隔海觀——文學香火的傳承與變異》，台北市：風雲，1995年。

劉榮進，《寂寞萬花筒》，台北縣：詩藝文出版社，1999年。

綠　蒂，《坐看風起時》，台北市：秋水詩刊，1997年。

綠　蒂，《發燒的城市》，台北市：聯合文學，2003年。

黎山嶢，〈詩美學：存在的考問，詩性的尋覓——簡政珍詩作探索〉，《意象風景》附錄，台中市：台中市立文化中心，1998年，頁171-190。

潘郁琦，《今生的圖騰》，台北市：思想生活屋，1999年。

潘麗珠，〈現代詩的聲情教學研究〉，《現代詩的語言與教學》，彰化師範大學國文系編，彰化：彰化師範大學國文系，2001年，頁23-50。

潘麗珠，《現代詩學》，台北市：五南圖書，1997年。

潘麗珠，〈中國「禪」的美學思想對現代詩的影響〉，《現代詩學》，台北：五南圖書，1997年，頁105-134。

蔣美華，〈意象的存有——以簡政珍詩作為例〉，修平學院「2004年戰後台灣文學研討會」，2004年3月27日。

蔣美華，〈意象推動‧抒情為體‧隱喻為用——析論簡政珍的長詩美學〉，中山大學中文系，《文與哲》學報，第2期，2003年12月，頁409-444。

蔣美華，〈哲學是詩和現實交相辯證後的結果——簡政珍〈浮生紀事〉長詩美學〉，彰化師大，《文學院》學報，第2期，2003年11月，頁21-60。

蔣美華，〈簡政珍〈失樂園〉長詩的「後現代」意涵〉，《台港文學選刊》，200期，2003年7月，頁44-49。

蔡文章，〈各地文學發展所面臨的問題〉，《鄉土與文學》，台北市：文訊雜誌社，1994年，頁150-154。

蔡振念，〈洛夫詩中的二元結構〉，《台灣現代詩經緯》，林明德編，台北

市：聯合文學出版社，2001年，頁185-238。

蔡培火編，《台灣青年》雜誌，東京：台灣青年社，創刊號4卷，2號，大正9年12月-11年2月。台北市：東方書局複刊版，1-9卷，1973年。

蔡源煌，〈從顯型到原始基型──論羅門的詩〉，《中外文學》，5卷，第9期，1977年2月，頁4-24。

蔡源煌，《從浪漫主義到後現代主義》，台北市：雅典出版社，1991年。

蔡詩萍，〈創造不出「傳統」意識的創作文化〉，《台灣現代詩史論》，台北市：文訊雜誌社，1996年，頁623-625。

蔡篤堅，〈對1980年代台灣民族認同的文化分析〉，《台灣近百年史研討會論文集》，台北市：吳三連台灣史料基金會，1995。

鄭　春，《精神與局限──二十世紀中國文學兩極透析》，濟南：山東大學，2002年。

鄭　敏，《詩歌和哲學是近鄰──結構解構詩論》，北京：北京大學，1999年。

鄭明娳，〈當代台灣文藝政策的發展、影響與檢討〉，鄭明娳編，《當代台灣政治文學論》，台北市：時報文化，1994，頁13-68。

鄭明娳，《當代文學氣象》，台北市：光復書局，1988年。

鄭明娳編，《當代台灣都市文學論》，台北市：時報文化，1995年。

鄭明娳，《當代台灣政治文學論》，台北市：時報文化，1994年。

鄭明娳，〈簡政珍論〉，《新世代詩人精選集》，簡政珍編，台北市：書林出版有限公司，1998年，頁97-100。

鄭烱明編，《台灣精神的崛起：「笠」詩論選集》，高雄：文學界，1989年。

鄭烱明，〈鄭烱明詩集〉，《最後的戀歌》，台北市：笠詩刊社，1986年。

鄭烱明，《蕃薯之歌》，高雄市：春暉出版社，1981年。

鄭清文，〈鄉土文學與民間傳承〉，《鄉土與文學》，台北市：文訊雜誌社，1994年，頁457-461。

鄭愁予，《刺繡的歌謠》，台北市：聯合文學，1987年。

鄭愁予，《寂寞的人坐著看花》，台北市：洪範書店，1999年。

鄭愁予，《雲的可能》，台北市：洪範書店，1985年。

鄭愁予，《鄭愁予詩集‧壹，一九五一──一九六八》，台北市：洪範書店，1979年。

鄭愁予，《燕人行》，台北市：洪範書店，1980年。

鄭慧如，〈從敘述詩看七十年代現代詩的回歸風潮〉，《台灣現代詩史論》，台北市：文訊雜誌社，1996年，頁377-397。

魯　蛟，《時間之流》，台北市：聯亞出版社，1995年。

蕭　蕭，〈五○年代新詩論戰述評〉，《台灣現代詩史論》，台北市：文訊雜誌社，1996年，頁107-121。

蕭　蕭，〈跌落在深淵裡的樺樹夢——論瘂弦《深淵》〉，《台灣文學經典研討會論文集》，陳義芝編，台北市：聯經出版社，1999年，頁264-282。

蕭　蕭，《現代詩學》，台北市：東大圖書，1987年。

蕭　蕭，《凝神》，台北市：文史哲出版社，2000年。

蕭　蕭，〈佛家美學特質與周夢蝶詩作的體悟〉，《第五屆現代詩學會議論文集》，彰化師大國文系編，2001年11月，初版，頁167-222。

蕭　蕭，〈台灣現實主義詩作的美學特質〉，《台灣詩學季刊》，37期，2001年11月，頁45-56。

蕭　蕭編，《詩儒的創造——瘂弦詩作評論集》，台北市：文史哲出版社，1994年。

蕭　蕭編，《詩癡的刻痕——張默詩作評論集》，台北市：文史哲出版社，1994年。

蕭蕭、白靈編，《台灣現代文學教程：新詩讀本》，台北市：二魚文化，2002年。

蕭新煌，〈當代知識份子的「鄉土意識」〉，《知識份子與台灣發展》，中國論壇編委會編，台北市：聯經出版社，1989年，頁179-214。

隱　地（柯青華），《法式裸睡》，台北市：爾雅出版社，1995年。

隱　地（柯青華），《詩歌舖》，台北市：爾雅出版社，2002年。

賴芳伶，〈追尋生命與詩藝的顛峰——試論陳黎〉，《台灣現代詩經緯》，林明德編，台北市：聯合文學，2001年，頁351-412。

賴芳伶，〈楊牧山水詩的深邃美〉，《彰化師大第五屆現代詩學研討會》，2001年11月，頁355-392。

賴芳伶，《新詩典範的追求——以陳黎、路寒袖、楊牧為中心》，台北市：大安，2002年。

龍泉明、鄒建軍，《現代詩學》，長沙：湖南人民出版社，2000年。

龍彼德，〈洛夫與中國現代詩〉，《詩探索》，天津：天津社會科學院，2002年。

薛化元編，《台灣歷史年表：終戰篇I〔1945-1965〕》，台北市：國家政策研究中心，1990年。

謝昭華，《伏案精靈》，台北市：詩之華出版社，1995年。

鍾　玲，〈夏宇的時代精神〉，《中華現代文學大系：評論卷貳》，台北市：

九歌出版社，1989年，頁1245-1262。

鍾　玲，《現代中國繆思——台灣女詩人作品析論》，台北：聯經出版社，1989年。

鍾　玲，《芬芳的海》，台北市：大地出版社，1988年。

鍾　雷，《春之版圖》，台北市：華實出版社，1992年。

鍾　雷，《鍾雷自選集》，台北市：黎明文化，1978年。

鍾明德，《在後現代主義的雜音中》，台北市：書林書店，1989年。

鍾順文，《空無問答》，台北市：宏文館，2001年。

鍾順文，《鍾順文短詩選》，香港：銀河出版社，2002年。

鍾鼎文，《山河詩抄》，台北市：正中書局，1956年。

鍾鼎文，〈關於詩的理論〉，《自立晚報》「新詩」週刊版，1951年11月26日。

韓經太，《詩學美論與詩詞美境》，北京市：北京語言文化大學，2000年。

鴻　鴻，〈家園與世界——試論五十年代台灣詩語言環境〉，《台灣現代詩史論》，台北市：文訊雜誌社，1996年，頁157-171。

鴻　鴻，《在旅行中回憶上一次旅行》，台北市：唐山出版社，1996年。

鴻　鴻，《黑暗中的音樂》，台北市：現代詩季刊社，1990年。

簡政珍，〈八〇年代詩美學——詩和現實的辯證〉，《創世紀詩雜誌》，第103期，1995年，頁82-95。

簡政珍，〈意象「離心」的向心力——論洛夫的長詩《漂木》〉，「一九八〇年以來台灣當代文學」學術研討會，中山大學中文系，2001年9月29日。

簡政珍，〈夏宇論〉，《新世代詩人大系》，台北市：書林書店，1990年，頁525-26。

簡政珍，《失樂園》，台北市：九歌出版社，2003年。

簡政珍，《季節過後》，台北市：漢光文化，1988年。

簡政珍，《浮生紀事》，台北市：九歌出版社，1992年。

簡政珍，《紙上風雲》，台北市：書林書店，1988年。

簡政珍，《詩心與詩學》，台北：書林書店，2000年。

簡政珍，《語言與文學空間》，台北市：漢光文化，1989年。

簡政珍，《歷史的騷味》，台北市：尚書文化，1990年。

簡政珍，《放逐詩學——台灣放逐文學初探》，台北市：聯合文學，2003年。

簡政珍編，《新世代詩人精選集》，台北市：書林書店，1998年。

簡政珍、林燿德編，《新世代詩人大系》，台北市：書林書店，1990年。

簡政珍、瘂弦編，《創世紀四十年評論選1954-1994》，台北市：創世詩

社，1994年。

矗華苓，〈憶雷震〉，《黑色，黑色，最美麗的顏色》，三聯書店香港分店、
花城出版社聯合出版，1986年。

顏元叔，〈細讀洛夫的兩首詩〉，《中外文學》，第1卷，第1期，頁118-134。

顏艾琳，《抽象的地圖》，台北縣：台北縣立文化中心，1994年。

顏艾琳，《點萬物之名》，台北縣：台北縣政府文化局，2001年。

顏艾琳，《顏艾琳的秘密口袋》，台北市：石頭出版社，1992年。

羅　門，〈一些往事與感想〉，《現代詩》，復刊20期，1993年7月。

羅　門，《在詩中飛行：羅門詩選半世紀》，台北市：文史哲出版社，1999
年。

羅　門，《有一條永遠的路》，台北市：尚書文化，1990年。

羅　門，《羅門自選集》，台北市：黎明文化，1975年。

羅　門，《羅門詩選·一九五四──一九八三》，台北市：洪範書店，1984
年。

羅　門、張健編，《星空無限藍：藍星詩選》，台北市：九歌出版社，1986
年。

羅　青，《什麼是後現代主義》，台北市：五四書店，1989年。

羅　青，〈總序·後現代狀況出現了〉，四度空間五人集，《日出金色》，台
北市：文鏡，1986年。

羅　青，《從徐志摩到余光中》，台北市：爾雅出版社，1984年。

羅　青，《詩的風向球》，台北市：爾雅出版社，1994年。

羅　青，《錄影詩學》，台北市：書林書店，1988年。

羅　英，《雲的捕手》，台北市：林白出版社，1982年。

羅　葉，《病愛與救贖》，台北縣：木馬文化，2002年。

羅　葉，《蟬的發芽》，台北市：書林書店，1994年。

羅任玲，《逆光飛行》，台北市：麥田出版社，1998年。

羅任玲，《密碼》，台北市：曼陀羅創意工作室，1990年。

羅智成，《黑色鑲金》，台北市：聯合文學，1999年。

羅智成，《傾斜之書》，台北市：聯合文學，1999年。

羅智成，《夢中書房》，台北市：聯合文學，2002年。

關傑明，〈中國現代詩人的困境〉，《中華現代文學大系：台灣1970-1989評
論卷貳》，余光中編，台北市：九歌出版社，1989年，頁879-885。

關傑明，〈中國現代詩的幻境〉，台北《中國時報》人間副刊，1992年9月10-
11日。

關傑明，〈中國現代詩的幻境〉，台北《中國時報》人間副刊，1992年9月10-11日。

鯨向海，《通緝犯》，台北縣：木馬文化，2002年。

嚴振興（岩上），《詩的存在：現代詩集評論集》，高雄縣鳳山市：派色文化發行，1996年。

嚴振興（岩上），《針孔世界》，南投：南投縣政府文化局，2003年。

嚴振興（岩上），《激流》，台北市：笠詩社，1972年。

嚴振興（岩上），《冬盡》，台北市：明光，1980年。

嚴振興（岩上），《岩上八行詩》，台北市：派色，1997年。

嚴振興（岩上），《更換的年代》，台北市：春暉出版社，2000年。

嚴振興（岩上），《岩上短詩選》，香港：銀河出版社，2002年。

蘇紹連，《我牽著一匹白馬》，台中市：台中市立文化中心，1998年。

蘇紹連，《茫茫集》，台北市：大昇，1978年。

蘇紹連，《童話遊行：蘇紹連詩集》，台北市：尚書文化，1990年。

蘇紹連，《驚心散文詩》，台北市：爾雅出版社，1990年。

蘇雪林，〈新詩壇象徵派創始者李金髮〉，《自由青年》，第22卷，第1期，1959年7月。

蘇其康編，《結網與詩風——余光中先生七十壽慶論文集》，台北市：九歌出版社，1999年。

龔鵬程，〈本土化的迷思：文學與社會〉，《台灣文學20年集4：評論20家》，台北市：九歌出版社，1998年，頁305-344。

台灣現代詩美學

Cultural Map 21

著　　者／簡政珍

出 版 者／揚智文化事業股份有限公司

發 行 人／葉忠賢

總 編 輯／林新倫

執行編輯／張何甄

登 記 證／局版北市業字第 1117 號

地　　址／台北市新生南路三段 88 號 5 樓之 6

電　　話／(02)2366-0309

傳　　真／(02)2366-0310

E - m a i l ／service@ycrc.com.tw

網　　址／http://www.ycrc.com.tw

戶　　名／葉忠賢

郵撥帳號／19735365

印　　刷／偉勵彩色印刷股份有限公司

法律顧問／北辰著作權事務所　蕭雄淋律師

初版一刷／2004 年 7 月

定　　價／新台幣 400 元

I S B N ／957-818-631-2

本書如有缺頁、破損、裝訂錯誤，請寄回更換。

版權所有　翻印必究

國家圖書館出版品預行編目資料

台灣現代詩美學 / 簡政珍作. -- 初版. -- 台
北市：揚智文化, 2004[民 93]
　　面；　公分. -- （Cultural Map；21）
參考書目：面
ISBN　957-818-631-2（平裝）

1. 中國詩　－　歷史　－　現代（1900-）　2.
中國詩　－　評論

820.9108　　　　　　　　　　　　93008495